零公里

Zero Kilometers

王族 ◎ 著

长江出版传媒　长江文艺出版社

图书在版编目（CIP）数据

零公里 / 王族著. -- 武汉：长江文艺出版社，2023.10
 ISBN 978-7-5702-3176-8

Ⅰ. ①零… Ⅱ. ①王… Ⅲ. ①长篇小说－中国－当代 Ⅳ. ①I247.5

中国国家版本馆 CIP 数据核字(2023)第 115089 号

零公里
LINGGONGLI

责任编辑：李　艳　王洪智　　　责任校对：毛季慧
装帧设计：八牛·書裝·設計　　　责任印制：邱　莉　胡丽平

出版：长江出版传媒　长江文艺出版社
地址：武汉市雄楚大街 268 号　　邮编：430070
发行：长江文艺出版社
http://www.cjlap.com
印刷：中印南方印刷有限公司

开本：640 毫米×970 毫米　　1/16　印张：24.75
版次：2023 年 10 月第 1 版　　　　2023 年 10 月第 1 次印刷
字数：300 千字

定价：48.00 元

版权所有，盗版必究（举报电话：027—87679308　　87679310）
（图书出现印装问题，本社负责调换）

目 录

001　第一章：走向界碑
040　第二章：下山的人
082　第三章：遥远的约会
124　第四章：领命上山
157　第五章：山崖上的光芒
194　第六章：巡逻路上
247　第七章：生命禁区的树
278　第八章：无法见面的亲人
312　第九章：一支驳壳枪
355　第十章：无言的告别

388　后　记

第一章：走向界碑

1

下来了一个命令,还有一个消息。

天气不好,明明是白天,却阴沉得像是夜晚。此时的田一禾,正在吃力地爬山。田一禾是汽车营二连的排长,他爬的不是一般的山,而是昆仑山,昆仑山太大太高,人怎么能爬这样的山?他这样想着,脚步就停了下来,这一停就没有了力气,头也开始眩晕,并伴随着一阵阵剧痛。开始高山反应,缺氧了。人在昆仑山上,怎么会不高山反应和缺氧呢? 田一禾想转身下山,却又觉得不合适,就犹豫着停住了。怎么办呢?田一禾的头又开始阵痛,这次不是因为高山反应和缺氧,而是为难以选择而头痛。田一禾想用手揉揉头缓解一下,不料手却动不了。这是怎么啦?他又用力,但还是动不了。他急了,一急便眼冒金花,接着一道强光刺过来,他睁开眼睛,才发现自己躺在床上。哦,刚才睡着了,做了一个艰辛而无奈的梦。梦醒了,就回到了现实中,上级下来的命令,和附带传来的消息,摆在了田一禾面前。

命令很简单,让汽车二连从阿里下山时,派几个人去一号达坂,用红漆把界碑上的"中国"二字描红。一号达坂在多尔玛边防连后面,二连下山时会路过那里,任务便落在了他们头上。

一阵风吹来,觉不出寒意,排长田一禾便觉得还没有入冬,还停留在昆仑山漫长孤寂的秋季。如果没有这个命令,田一禾带着十五辆军车,在三天后就能下昆仑山,就能回到叶城县的零公里。突然接到这个命令,下山只能推后。汽车兵上一趟昆仑山不容易,下山便很迫切,哪怕一晚上不睡觉,也愿意把车开下山。下了山,海拔就会降低,人就不会缺氧,头也不会再疼痛,那是再舒服不过的日子。

但是命令来了,得服从。

远处的雪山好像更高了,看得见但爬不上去。不要说最高的雪山,即便是近处的不高的雪山,爬上去也并非易事。田一禾想起刚才做过的梦,无奈地笑了笑,不再去看雪山。没事爬雪山干什么呢?有的雪山,可能从来没有人爬上去,雪山在高处独自耸立,人在低处走路,互不牵扯。

另一个消息也很简单,说部队要评"昆仑卫士",明年年底会公布第一批。这个消息让大家很兴奋,汽车兵常年在昆仑山上奔波,这个荣誉的称呼中就有昆仑二字,那就是为他们而设的,二连应该能被评上几个人。但他们高兴过后冷静一想,不能因为"昆仑卫士"的名称与昆仑山有关,就要照顾昆仑山上的军人,所有部队都一样,就看谁干得更好,谁的成绩更大。据说"昆仑卫士"从明年开始评,大家撸起袖子加油干,到时候拿事实和成绩去竞争。

风吹过来,不大,便好像没有风。风吹过去后,就真的没有风了。

评"昆仑卫士"这件事,大家说说就放下了。

眼下最重要的,是去一号达坂完成任务。

田一禾想去执行这个任务,没想到连长肖凡却说,由他亲自去完成。肖凡的话说得硬,事情就不会软。田一禾还想争取,肖凡的神情很快就让田一禾明白,此事争取无望,他是排长,肖凡是连长,他得听连长的。

田一禾在前几天还听到一个消息,昆仑山上的一个边防连因为冬季缺人,藏北军分区计划让汽车营挑出一百人,到那个边防连执行任务。这个消息,汽车营的人很快都听说了。大家觉得一连和二连就在山上,任务来了便不用下山,在山上直接执行即可。田一禾起初也这样想,后来又觉得虽然一连和二连在山上,但三连还在山下,必须汇集到一起才能上山。当时的山上,正下着入冬后的第一场雪,一夜间就让高原变成了白色。田一禾想,就像雪花必须从天上落下,才能算下了一场雪,汽车营要执行任务,必须服从命令统一行动。

那就先下山,然后再上山。田一禾笑了笑,不再想这件事。

几辆军车翻过一个达坂,很快就不见了。达坂上的路像纤细的毛线,而达坂上面的雪山,又犹如紧闭的门扇,汽车一进去便死死关上。进了门的汽车就开始下山,汽车兵说的上山和下山,是指在新藏线上的运送物资。汽车营属于西藏的藏北军分区,却驻扎在新疆叶城县新藏线零公里旁边的供给分部。本来,他们在新疆,去阿里就上了昆仑山,就去了西藏,汽车兵却不说去阿里是去西藏,而说是上山。他们从零公里出发,不久就过库地达坂上了昆仑山。汽车兵将称呼简化,只用"山上"或"山下"称之。山上一说,是说五六千米高海拔、危险、缺氧、头疼、胸闷、孤独和吃不上蔬菜;山下一说,是说氧气充足、安全、轻松和行走自如,即使是叶城那样的小县城,让下山的军人也觉得犹如繁华都市。

上山。

下山。

风一直在刮,雪一直在下,田一禾上山下山很多趟,因为每一趟都极其不易,所以他对每一趟都记得清清楚楚。铁打的营盘流水的兵,一茬老兵复员离去,一茬新兵又来,每年都重复上山,每趟都去阿里。上山时,每个人都神情紧张,害怕上去下不来,从此只在花名册上留下一个名字。上山途中,历经达坂、雪山、险滩、峡谷、悬崖、风雪、寒流、饥渴、寂寞等等,汽车兵个个灰头土脸,满眼血丝,嘴唇裂缝。这些磨难,汽车兵都能忍受,不能忍受的是缺氧和高山反应。缺氧让人昏昏欲睡,高山反应让人头疼欲裂。这种时候,汽车兵都不敢睡过去,否则就再也醒不过来。头疼得实在受不了,便把背包带绑在头上,把头绑得麻木,挨到天亮后上路。下山后,新兵倒头就睡,而老兵哪怕再累,也要在院子里坐一会儿。又一次平安下了山,他们脸上有欣慰之色。

汽车二连很快就到了阿里地区的首府清水河镇,上山到一个边防连执行任务的消息,很快就得到了证实,但到底到哪个边防连,却不明确。

田一禾想着这些,感觉有些冷。他有些纳闷,明明晴空万里,阳光明媚,为什么却这么冷?哦,昆仑山上与山下不一样,好像冷就藏在阳光里,前一天还好好的,一夜间就冰封雪裹,冻得人发抖。这样想着,田一禾禁不住一抖,好像有雪落在了身上。他一激灵,才发现自己已经走到了邮电局门口。对了,他来邮电局是要给对象马静发一封电报,说他下山后最多待一个月,然后又要上山,希望她能来新疆一趟。田一禾与马静是高中同学。田一禾参军入伍的那一年,马静考上了大学,之后两人一直保持着联系。去年,两人在通信中确定了恋爱关系。马静说,咱们不能靠通信谈恋爱,应该见面,田一禾以为入冬后就可以休假,不料汽车营又要上山,只能让马静来一趟。马静很快发回电报,说她一两天即可动身。田一禾算好下山的日子,给马静去电报确定了见面日期。谁知,汽车连却接到了去一号达坂的命令,看来他下山的日子得推后几天。他知道马静已经从兰州出发,过几天就能到达零公里旁的供给分部,如果他能早一点下山,马静就能站在他面前,用那双漂亮的眼睛看着他。他想起部队常说的一句话,舍小家顾大家。他当然明白,个人利益事小,部队利益事大。阿里的军人在这方面的牺牲比比皆是,有一位排长准备结婚,在举行婚礼的前一天,因为执行紧急任务上了山,那一去就是一年,一年后下山才得知,未婚妻早已和别人成家。想到这些,田一禾暗自叹息,希望马静不要因为这些变心。

车队很快上路,向多尔玛边防连驶去。

描红"中国"二字的任务已经明确,哪怕平时再不关注的一座山,也会变得清晰。昆仑山上有很多像一号达坂这样的地方,因为这个任务,一号达坂一下子被拉近,好像一眼看过去,就看得清清楚楚。

田一禾想,一号达坂在等着咱们汽车二连。

如果连长肖凡去描红"中国"二字,那就只能说,一号达坂在等着肖凡一个人。

阳光迎面照过来,照着田一禾,也照着肖凡。

田一禾憋了一会儿,还是忍不住劝肖凡:"连长,你还是在多尔玛边防连休息,我身体好,由我带几名战士去描红'中国'二字。你放心,我保证顺利完成任务。"

肖凡说:"战士们都很辛苦,再说一号达坂的海拔太高,这个任务由我去完成更合适,我在山上跑得多,经验丰富,会比你们少吃一些苦。再说了,很快就要评'昆仑卫士'了,咱们千万不能出什么事,否则到了评选的时候会受影响。"

田一禾有些吃惊,评选"昆仑卫士"一事,虽然还没有正式通知,但肖凡已经在做考虑,看来这一荣誉触动了每一个人,尤其是昆仑山上的军人,渴望被评上的愿望更加迫切。只是去一号达坂太艰苦,他不忍心让肖凡一个人去。他忍不住问肖凡:"你一个人去能行吗?"

肖凡点了点头。

田一禾说:"我身体好,让我去吧。"

肖凡却摇头。

田一禾又说:"要不我陪你去,两个人在路上有个照应。"

肖凡说:"一号达坂那么高,我之所以要一个人去,就是不想多一个人受罪,你陪我干什么?没那个必要。"

田一禾的嘴张了张,像被什么压着,没有吐出一个字。排长必须听连长的,这是规矩,军令如山,田一禾懂得这些,便把想说的话压了下去。

有风刮过,像是把一股寒意扔出来,砸在了田一禾和肖凡身上,二人不由得颤抖了几下。昆仑山上的风不大,但刮起来没完没了,历来有"一年一场风,从春刮到冬"的说法。平时刮风倒没什么,最多冷一点,可如果人遭受高山反应,再加上刮风,头就会更疼,呼吸就会更困难,好像有一只巨手,一把将气喘吁吁的人拎起,一甩手就要扔到地上。现在刮过来的风,让田一禾和肖凡觉得说话费劲,于是便上车启动马达,踩一脚油门,向多尔玛边防连驶去。

虽然是下山,但要在多尔玛停留几天,所以这只是短暂的行驶,很快就会到达。

新藏公路上车辆不多,加之沿途很少有人,一路都很凄清,除了偶尔飞过的鸟儿,从山谷里窜出的羚羊,再无别的活物。汽车兵不为赶路,却忍不住越开越快,好像只为把寂寞扔在身后。至于到底能不能把寂寞扔掉,好像他们在心里想了,就真的能扔掉似的。

田一禾在车载音响中放着李娜的歌曲《青藏高原》，旋律高亢，荡气回肠。李娜已经告别娱乐圈，出家为尼多年，这首歌也已变成老歌，但汽车兵仍然喜欢听，一上路就放，而且反复听，很提神。

一位老兵说，李娜能把歌唱成这样，一定在高原的黑夜里听过狼叫。田一禾起初不理解，后来上了几趟昆仑山，才理解了那位老兵的话。

田一禾想，评选了"昆仑卫士"，也许以后会有一首《昆仑卫士》的歌。

车队一路迅疾，是不是把寂寞扔在了身后，谁也说不准，却把夕光扔在了身后，一天就跑到了多尔玛边防连。

进入多尔玛院子后，田一禾抬头向上看了看，一号达坂的海拔5800多米，几乎与云朵挨在一起，是阿里军人常说的"天边边"。边防连就在一号达坂下面，抬头能看见，但上去一趟很难，大雪封山后就更上不去了，只有等到开春后积雪融化，在巡逻时才能上去一趟。空气稀薄、缺氧、高山反应等，会在人迈出第一步时，像石头一样压在人身上，像针扎一样让脑袋生疼，像被抽去筋骨一样让双腿发软。边防线和界碑在一号达坂上，必须上去巡逻。担任巡逻任务的是边防军人，除了他们几乎没有人上去。这样想着，田一禾便觉得即将评选的"昆仑卫士"，并不是习惯理解的"守卫昆仑山"，那种概念中的守卫。真正的"昆仑卫士"在精神和肉体上经受了双重考验，其艰难程度，常人难以想象。

田一禾没有看清一号达坂，却因为仰头太久，一阵头晕。

平时，不上一号达坂，也会因为高山反应头疼，上了一号达坂则一步三喘。战士们每次上去都议论，咱们如此艰难地爬上一号达坂，是为了什么？有的说，是为了到达，咱们到达就证明是坚守；有的说，是为了看一眼界碑上的"中国"二字，那两个字红灿灿的,体现着中国的威严。

说得都好。

这些话,每次上一号达坂前都会说一遍,好像是仪式,又好像是为自己鼓劲。多少年了,一号达坂没变,这些话也没变。说完这些话,战士们就开始向上爬,有时候半天都不说一句话,不是他们不喜欢说话,而是因为说话费劲,走不了几步就头疼胸闷又腿软,所以不说话是理智之举。

田一禾再次向肖凡提出请求,由他去完成一号达坂的任务。

肖凡仍然不同意。

田一禾很想去一趟一号达坂,作为军人,只有上了一号达坂,对界碑敬一个军礼,才算是真正到了边关。虽然在昆仑山上很苦,但并不能干熬着,必须在苦中见精神,苦中有作为,这些军人一天天忍,一月月熬,一年年扛,铸就出了昆仑精神。只要昆仑山在,这些精神就在。明年要评"昆仑卫士",虽然目前不知道评选标准是什么,但是这个评选是因昆仑精神而设的,如果昆仑军人不能保持昆仑精神,那"昆仑卫士"又从何而来?保持昆仑精神有多难,只有昆仑军人清楚。或许有人认为他们傻,人生在世为自己选择一个好的去处,本无可厚非,他们为什么就不离开昆仑山,去氧气充足的地方?哪怕是昆仑山下的叶城县一带,至少能吃饱空气,白天走路轻松,晚上睡觉踏实。昆仑山上的军人把氧气充足叫"吃饱空气",足可见氧气对他们多么重要。有一个说法,在昆仑山上的无人区,但凡出现人,那一定是军人。现在,田一禾也想当一回在无人区出现的人,哪怕肖凡不同意,他也想争取。

一阵风吹来,没有刚才那么冷,田一禾却看见肖凡颤抖了一下。是那种被什么突然袭中,不觉间禁不住的颤抖。田一禾以为肖凡出现高山反应了,但他很快又否定了这一想法,高山反应首先会让人头疼,身体不会先颤抖,倒是因为呼吸短促,嘴唇会先颤几下。还有,高山反应引起的头疼首先会让人神情有变,但肖凡看上去很正常,不像高山反应。田一禾注意观察肖凡,如果肖凡继续颤抖,他就能判断出一二,但好一会儿了,肖凡没有再颤抖。田一禾有些疑惑,天并不算冷,也没有因为缺氧而高山反应,为什么肖凡却颤抖了一下?田一禾伸手去扶肖凡,肖凡却迅速避开,田一禾的手像被什么碰了一下,掩饰着尴尬收回,然后问肖凡:"连长,你的身体怎么啦?"

肖凡说:"没什么,这个地方海拔高,天气冷。"

田一禾说:"我一点也不觉得冷。但是我看见你颤抖了,你不舒服吗?"

"没有啊。"肖凡不明白田一禾的话,他看了看腿脚,没什么毛病,遂一笑完事。

田一禾觉得自己多虑了,不再说什么。

没有争取到任务,田一禾有些郁郁寡欢,他问肖凡:"咱们下山后过不了几天,就又要上山,明天就上一号达坂吗?"

肖凡摇摇头说:"上山的任务重是重,但是不要急,明天在多尔玛边防连休息一天,养足精神,后天上一号达坂。"

田一禾忍了忍,没忍住,便说:"连长,还是我去一号达坂吧,你的身体……"

肖凡说:"我的身体怎么啦?"

田一禾不好直说心里的顾虑:"这么多人,这么多车,需要你带下山。所以,你把身体养好……"

肖凡不耐烦了:"你一个排长,操的是连长的心……"

田一禾不好再说什么。他想起有一次在清水河,一位营长对抢任务的连长说,你一个连长,操的是营长的心!你什么都别想,让你休息你就休息,任务再重,少一个连长,地球照样转。现在也是这种情况,他是排长,肖凡是连长,他无法让肖凡改变主意。

吃完晚饭,天很快就黑了下来。

多尔玛孤零零地处在一号达坂下面,四周没有村庄和走动的人,天黑下来后夜色更厚重,像铁板一样紧紧夹着边防连,就连窗户上的灯光,也像随时都要熄灭。没有人走动,好像在这样的夜晚走动,一不小心就会掉入黑色的巨大深渊。

其实,多尔玛的夜晚,与别处的夜晚并无二致,都是夜色将万物遮蔽,所有生灵都屏声敛息,以挨时间到天亮。

起风了,田一禾走到窗前,看见院子里掠起一团幻影,过了一会儿风小了,那团影子还在不停地摆动。他以为是树,但很快便反应过来,多尔玛没有树,一棵也没有。如果有树,被风吹打是常事,在阿里的一个边防连,因为风总是从一个方向吹,树枝便向另一个方向弯去,看上去像是整棵树都弯着腰,直不起身来。昆仑山上的人很苦,树也不例外,人苦了还可以倾诉,树却只能把磨难熬成无言。在昆仑山上,很难让一棵树活下来,往往栽十棵活一两棵,一个冬天过后,只剩下一个个秃干。窗外的这团影子不是树,那又是什么?直到那影子动了一下,田一禾才看清是一条狗。也许狗也会有高山反应,加之风又刮得这么大,所以便趴着不动,只是任由大风把身上的毛吹出一团幻影。

狗在这样的地方也不容易,人不能久看,看久了会难受。

田一禾刚转过身,看见肖凡又颤抖了一下,他想提醒肖凡,却又觉得肖凡不会认为自己颤抖过,便把话咽了下去。

很快,田一禾看见肖凡还在颤抖,便对肖凡说:"连长,你的身体……不行的话,我带队去一号达坂。"

肖凡仍然没有感觉到自己在颤抖,学着那位营长的腔调对田一禾说:"你一个排长操的是连长的心!你不也是急着下山,要见对象马静吗?在汽车营,谁不知道你与马静确定恋爱关系两年了,还只是靠写信在谈恋爱。所以,你还是好好休息一下,下山后在零公里的供给分部等马静来看你吧。"

马静可能已经在路上了。田一禾想。

肖凡见田一禾走神,一笑说:"你的心,恐怕早就飞下山了。"

田一禾确实想下山,尽快见到马静,但是他又看了看肖凡,虽然肖凡没有颤抖,他还是请求肖凡让他去一号达坂。

肖凡还是不同意。

田一禾不想放弃,尽管在一号达坂上每走一步都缺氧、气喘、胸闷、头疼,要忍受常人难以想象的折磨。他听说有一次,战士们走到离界碑一百多米的地方,气喘吁吁一步一停,用了一个多小时才到了界碑跟前,到了界碑旁要说话,等慢慢转过身,一字一顿才能说一两句话。而现在肖凡的身体莫名其妙地颤抖,上一号达坂能行吗?于是,田一禾对肖凡说:"我晚回去几天没关系,马静多等几天也无妨。我去一趟一号达坂,这一趟上山来就圆满了。"

肖凡没有说什么。在部队,连长不同意的事,排长不能自作主张。

外面的风又刮了起来,好像一个挣扎的人,在向着幽暗的地方挪动。夜太黑,风又没有方向,很快便不知撞到了哪里。

田一禾争取任务无望,只能躺下睡觉。

奔波了一天,战士们早早地都睡了。

半夜,田一禾梦见藏北军分区在颁发"昆仑卫士"证书,但没有他的名字。他在前一天听说有他,正式通知下来却没有。一位战友告诉他,因为汽车营出事了,所以汽车营无一人被评选上。他问那战友汽车营出了什么事,一阵风刮来,那战友说了句什么,他没有听清,那战友也很快不见了。他好像知道出了什么事,又好像想不起来,因为是在梦里,他一用劲去想,思路便滑向模糊的方向,再也想不起到底出了什么事。后来他又梦见自己在阿里的清水河边,他本来想去看看河中有没有鱼,却离清水河越来越远,直至走到一片荒地上,才发现自己走反了方向。

他转身往回走,一场风刮了起来,还夹杂着沙子,打在脸上一阵生疼。阿里高原上刮的都是冷风,现实中是这样,梦里也不例外,不一会儿就将田一禾冻得瑟瑟发抖。

清水河就在不远处,他看得清清楚楚,好像还看见了水里的鱼,但是他却在大风中迈不开步子。他于是明白,水里的鱼是幻觉,甚至清水河也不在眼前。

他想,不怕慢就怕停,慢慢走吧,哪怕清水河再远,迟早也能走到它跟前。

没走几步,就走不动了,只好停下喘息。虽然在梦里,人仍然会有高山反应,做梦的人不知详情,只是难受。

过了一会儿,喘息渐缓,又往前走。

有一个人在前面健步如飞,大风奈何不了他,高原也不能让他慢下来。

田一禾对那人喊叫,风太大了,不能走这么快。喊完了自己笑自己,你想快还快不了呢,倒替别人操心。

很快,田一禾发现因为风太大,他喊出的话,像是被风中的大嘴一口吞了,那人没有听见。

那人会不会是肖凡?

好像是。

又好像不是。

那人走得轻快如飞,田一禾心里的答案也随之起起伏伏。最后,好像风中的石头落了地,他断定那人是肖凡。他又想喊叫一声,却看见那人被风刮得飞起,像树叶一样飘过清水河,落到了对面的山洼里。"肖凡……"这次他喊出了声,肖凡却已经不见了。

不见了……是生还是死,田一禾不敢往下想。

大风停了。

一下子就停了,好像没有刮过一样。

田一禾急急往前走,很轻松,他走得很快。

到了清水河边,他无心看河水,更无心看水里是否有鱼。

他要赶回多尔玛边防连,让大家知道肖凡出事了。多尔玛离清水河很远,但梦是无序的世界,田一禾说到就到了。奇怪的是,肖凡却在多尔玛,完好无损。梦中人半醒半睡,田一禾没有惊讶,他对肖凡说话,却听不清自己对肖凡说着什么。而肖凡一会儿点头,一会儿又摇头,好像对他的话有肯定,也有反对。田一禾纳闷,肖凡到底是什么意思?他唯一清楚的是,肖凡要一个人去一号达坂,那么肖凡点头,是听从他的建议,由他陪着一块儿去。但是肖凡又摇头了,说明肖凡反对他的建议。他于是大声对肖凡说话,声音很大,但还是听不清自己在说什么。

后来,他听清了自己的声音,却仍然听不明白自己在说什么。他的声音钻入自己耳朵,刺出一阵疼痛,把自己折磨得醒了过来。

一醒来,疼痛消失了。

梦境中的事件还没有结束,他还在说话,那话隐隐约约,像伸出的手拽了他一把,又把他拽入了梦中。

他和肖凡同住一屋,本可以看看肖凡,但因为他白天长途奔波,刚才又做了那样的梦,实在太累,于是很快又沉沉睡去。

人睡着了,又会做梦。田一禾又梦见了肖凡,这次的梦境接近现实,他看见肖凡在发抖,是那种浑身难以止住的颤抖,连嘴唇都晃出一团幻影,间或还有牙齿磕碰的声音。

肖凡病了。

很重。

都这样了,还能上一号达坂吗?

不能。

那怎么办?

阻止他。

怎么阻止?

没有办法阻止,一个排长,不能操连长的心。

不,一定有办法。

什么办法?

不要急,一定能想出办法。

田一禾提问时,是他;回答时,是另一个他。一问一答像两张嘴,急于把一件事弄明白,扯来扯去,好像弄明白了,又好像没弄明白。

肖凡一直在颤抖,田一禾想走过去把肖凡扶起来,让肖凡喝点水,但梦不给他力气,连脚也不让他动一下,他干着急动不了,便只能这样自问自答。

问来答去,不要说答案,连问题也变得模糊不清。

他脑子里彻底乱了。

这时,他听见肖凡在叫他的名字,他应了一声,肖凡好像听不见,仍在叫。他急了,大声答应,让自己都吃惊,他的声音居然会这么大。

这一声,让他醒了过来。

是做梦了,他唏嘘不已。

梦中情景让人悸动,现实中的事实更让人惊骇——肖凡果然在发抖,浑身像被电击了一样扭来扭去。肖凡想爬起来,却没有力气,便叫着田一禾的名字,最终叫醒了田一禾。

田一禾扶肖凡坐起来,替肖凡擦去汗水。

肖凡看了一眼田一禾,想说什么,却没有说出来。

田一禾明白,肖凡在白天不承认自己颤抖,现在承认了。

他为什么颤抖?

不是高山反应。

也不是缺氧。

高山反应和缺氧都不会这样。

可能得了什么病。

是什么病?

在多尔玛这样的地方,得一般的病都很麻烦,现在肖凡已经变成了这样,怎么办?田一禾一筹莫展,正准备叫醒战士们,让车队连夜下山,把肖凡送到三十里营房医疗站。肖凡却突然停止了颤抖,像面条一样瘫了下去。

田一禾再次把肖凡扶起来,让他靠着枕头,给他倒了一杯水。肖凡喝水后,慢慢好了起来。

过了一会儿,肖凡想说什么,田一禾用手势制止了他。他打了一个哈欠,田一禾便扶他躺下,"睡吧,好好睡一觉。"

肖凡很快睡着了,呼吸平缓,应该不会有事。

夜慢慢深了。

2

炉子烧得很旺,发出一连串呼呼声。那声音像是谁憋得太久,终于遇上了一个可以倾诉的人,于是便一发不可收拾地说个不停。也许火焰是有语言的,但是人听不懂,所以火焰便独自倾诉,让这个暗夜有了几分躁动。时间久了,炉子里的呼呼声便越发激烈,像是不屈于无人应对它的倾诉,要撑破炉子跳出来大干一场。但是,炉中的火不会一直烧得很旺,就在那呼呼声眼看要撑破炉子,把炭火和火焰迸射出流星般的弧线时,却像是被什么一把捏住,先是那呼呼声慢慢弱了下去,然后整个屋子都安静了下来。

田一禾睡不着。

睡不着也好,刚好照看肖凡。

肖凡入睡后说了一句话,一禾,咱们一定要拿上首届"昆仑卫士",昆仑山的军人拿不上"昆仑卫士",还有面子吗?田一禾以为肖凡在清醒中说话,凑近一看,发现肖凡是在说梦话。肖凡睡得很沉,不见被子动一下,说明他没有再发抖。

田一禾没有多想肖凡的话,人入睡后身体也会休眠,肖凡应该不会再颤抖,哪怕再颤抖几下,也会因为睡得沉而没有反应。昆仑山上有一个说法,只要能睡着,高山反应就会轻缓一些,说的就是这种情况。

一觉睡到天亮吧,那样就缓过来了。田一禾这样想着,心里好受了一些。

外面的风大起来,田一禾想,这样的风刮起来,千万不要没完没了,否则汽车连会被困在这里。昆仑山上的大风很厉害,能把树枝刮得满天飞,刮得地上刚长出的草变成黄色——它一年的生长便宣告结束。如果是冬天,地上的积雪哪怕再厚,也能被大风掀起几层,有时候甚至会让积雪彻底消失。

田一禾的脚有些酥麻,便换一个姿势坐着。这个季节,山下还是初秋,但山上已经入冬,冷不丁会大雪纷飞,让天地在一夜间一片雪白。这样想着,他坐不住了,决定出去看看,风大不大不要紧,千万别下雪,否则上不了一号达坂。

哦,上一号达坂。田一禾一阵头疼,肖凡都这样了,还能去吗?

他看了一眼肖凡,被折腾了一番的肖凡,好像缩小了,而且这一缩小就再也舒展不开,从此无缘再上昆仑山。不,不能这样想,昆仑山上的军人,没有什么能打垮他们。往往在别人都离开后,留下的还是军人。在最累的时候,他们用身体去撑;在最饥饿的时候,他们用意志去撑。撑过来,就活下来了;撑不过来,也不在昆仑山面前服输。一次次,一年年,就这样折腾,从不气馁和退却。

这时,田一禾才反应过来,他已经站在院子里了。哦,因为想事,居然不知不觉走出来,在院子里站了这么长时间。他想起自己是出来看天气的,天很黑,看是看不来的,只能感觉一下。

其实不用去感觉,风在吹,雪在落,不是好天气。

田一禾觉出脸上有凉意,一摸是雪花。下雪了,因为天黑,加之雪下得太小,所以没有感觉。田一禾暗自希望雪不要下大,否则明天会被困在这里。又一股凉意袭来,田一禾以为雪下大了,用手一摸脸上,才知道是寒风。他叹息一声,冷一点没关系,只要不下雪,就不会影响去一号达坂。

大风慢慢小了,雪也落得稀疏,哪怕天气不好,也坏不到哪里去。

田一禾扭头向一个方向望去,远处黑乎乎一片,什么也看不清。他想起昨天来多尔玛的路上,他看了一会儿前面的雪山,觉得沉闷,便向下看低处。突然,他看见山脚有一片红,很大,也很鲜艳。

是什么呢?

他猜测不出答案。昆仑山的雪线之上是雪山,洁白晶莹的雪线下是褐色山脉,显得粗粝苍茫。从雪线向下便是沟谷,不见一丝绿色。他对此早已习惯,每次上路看上几眼便不看了,因为看与不看,昆仑山都在心里。

但是那片红色却是意外,上次路过时没有看见,这次却突然出现了,到底是什么呢?

从上午到中午,再从中午到下午,那片红色一直都在前面。田一禾估计明天才能跑到那片红色跟前,到时候就能看出究竟。

汽车跑了一天,天慢慢黑下来后,到了班公湖边。班公湖是一个奇迹。在海拔四五千米的高原上,粗糙的山峰环绕起伏,而幽蓝的班公湖就在中间安然偃卧。太阳已经落下,湖面扩散着片片刺目的幽光,人尚未走近便被那片光亮裹住,有眩晕之感。

过了班公湖,就到了多尔玛。到了多尔玛,其他的事都很正常,唯独肖凡莫可名状地颤抖,到了晚上就变成了这样。因为忙碌,田一禾一直没有顾得上去看那片红色,现在想起来了,便扭头去看,夜太黑,什么也看不见。不要紧,那片红色一定还在夜色中,只不过被夜色遮蔽了而已。黑色是夜晚的专利,那片红色只有在太阳照射下才会显得赤烈明亮,在黑夜中只能暗自呼吸,耗着时间。

熬过今夜,就能看清那片红色是什么。如果明天天气不好看不清,很快就又上山了,那也迟早有一天会看清。也许那时候,风和雪都会停止,肖凡的身体也会好起来。田一禾依稀记得有人说过,在昆仑山上,白天不重要,最重要的是晚上,只要晚上睡得好,身体得到缓解,第二天哪怕到了海拔再高的地方,哪怕再缺氧气,甚至高山反应,也能扛住。

田一禾一阵坦然。

一个黑影径直向田一禾移动过来,田一禾以为是肖凡醒来发现他不在,便出来找他。他刚要对着黑影叫一声"连长",那黑影却先开口了:"田排长,你半夜站在院子里,是睡不着吗?"

是下哨的战士,背着枪。

田一禾不好意思说自己睡不着,便对那战士说:"离天亮还有两三个小时,你回去好好睡一觉吧。"

那战士却不动,"田排长,你不回去吗?"

田一禾说:"我待一会儿。"

那战士说:"我陪你。"

田一禾劝不走那战士,只好让他留下陪自己。阿里高原上的军人,其实不缺觉,没事时只要你愿意躺,便有足够的时间睡觉。问题是白天睡多了,晚上便没有睡意,眼睁睁地挨到天亮很难受,所以军人们在白天都不午睡,为的是在晚上睡着,睡着了就会少受罪。现在,这位战士一定知道回去睡不着,加之田一禾一个人站在院子里,便要留下来陪他。陪吧,他陪我,我也陪着他,把这个夜晚打发过去。

两个人走出院子,站在马路上,什么也看不见,便不知要干什么。那战士问田一禾:"排长,听说要评'昆仑卫士'了,这个称号是不是因为昆仑精神而设的?"

田一禾说:"昆仑精神是新疆部队最具特色的精神,所以就叫'昆仑卫士',这样叫有一定的代表性。"

那战士又问:"排长,那咱们汽车营天天在昆仑山上跑上跑下,应该能拿上'昆仑卫士'吧?"

田一禾想起那个梦中汽车营出事的细节,心中一紧,没有说什么。

那战士见田一禾不说话,不好问,便也就沉默了。

一股寒意袭来,把田一禾撞出一阵疼痛。他以为是风,却感觉不到风。他一愣,不是风,那就是雪下大了,但是他一摸身上,没有多少落雪。奇怪,既没有刮风也没有下雪,这股寒意是从哪里来的?

又一股寒意袭来,田一禾裹紧军大衣,索性不去想了,反正昆仑山就这样的气候,不必为一股寒意大惊小怪。

突然,传来一连串狞厉的嗥叫。

有狼!

田一禾一惊,才知道袭到身上的那股寒意是从哪儿来的。

那战士拿起枪,对田一禾大叫:"排长,快过来,有狼。"

田一禾一惊,把那战士拉到身边。黑暗中,有一片绿点闪了过来,是狼的眼睛,像小灯泡似的越来越大。毋庸置疑,狼越来越近。昆仑山上的狼与别处的狼不一样,别处的狼凶,但昆仑山的狼恶,尤其是无人区的狼,个儿大,体硕,袭人如发疯。不仅仅是狼,就连野马、野驴、野牦牛等都凶猛无比,甚至野羊见了人,也会刺过来一对锋利的角。

是他们二人的气息被风刮开,狼嗅到后便围了过来。

那片像小灯泡似的光到了山冈上,突然不动了。这不是好事,狼群有一个习惯,围到人跟前会前仰后蹲停顿下来,人以为狼不会进攻,其实这是最危险的时刻,此时的狼在观察人,然后突然发起进攻,一攻便能击中人的要害。

田一禾的呼吸紧促起来,与狼相遇,有了麻烦。

那战士本能地拉动枪栓,准备向狼射击。

"不能开枪,这儿是边境线。"田一禾低叫一声,那战士将食指从扳机上收了回来。

慢慢地,那片小灯泡似的光围了过来,到了他们跟前又不动了。这是狼进攻前的惯例,他们谁也不说话,瞪着眼睛与那片小灯泡似的光对视。这时仍看不清狼,但是那片光就是狼,他们与那片光对视,就是与狼对视。

田一禾咬紧了牙,如果狼群发起进攻,那战士却不能开枪,怎么办?只能用刺刀或用枪托去刺去砸,那样的话他们的战斗力会明显减弱,弄不好会出人命。

田一禾的手颤了一下。

这时,一股旋风把脚下的雪卷过去,那片小灯泡似的光晃动几下,像是被风吹得飘了起来。狼群受到了惊吓,在恐慌地躲闪。很快,便传来支支吾吾的嗥叫。狼的这种表现,表明它们也恐慌,同时也给田一禾和那战士带来启示,狼怕铁器撞击的脆响声。

"不停地拉枪栓。"田一禾下了命令。

一时间,铁器的碰撞声骤然响起,狼群被惊吓得乱了阵容,发出难听的叫声。那战士不停地拉着枪栓,清脆的声响,似乎是一把刺向狼群的长剑。

终于,狼的气焰被压了下去,那片小灯泡似的光乱成一团,不一会儿便消失了。

他们松了一口气,那战士的双手仍紧握着枪,直到进入房中才松了开来。大家知道了刚才发生的事后,都再也睡不着了,有一句没一句地说话,话语在深夜中随着雪花一并落地,顷刻间又被大风卷入黝黑的远处。

他们这才发现又下雪了,因为下得不大,所以他们刚才没有发现,昆仑山上就是这样,雪说下就下,有时候一夜之间便一片苍白,有时候下一会儿就会停止。刚才有一团雪惊扰了狼,说明已经下雪了,但是当时太紧张,田一禾和那战士没有注意到,现在危险已经过去,才看清地上有一层雪。

昆仑山的夜晚,下雪很常见,只能熬,熬到天亮又上路,多大的雪都会留在身后。

有一位战士却熬不下去,他突然从床上爬起,哇哇叫起来:"我不干了,我要回家。"大家都愣愣地看着他,似乎一下子被唤醒了什么。这些军人待在孤寂的高原,对家的渴望无比强烈,这位战士的喊叫,一下子就触到了他们的隐痛处。田一禾上前握住那位战士的手:"不要这样。我们一定要坚持住,一定会回去的。"

"不,我不干了,让我走。"那位战士仍然不能冷静。

田一禾大吼:"你给我听着,现在并不是你干不干的问题,而是你活不活的事情。好,你不干了,你回家,不也是从这儿往回走吗?现在,你干也是走出去,不干也是走出去。咱昆仑山的军人,只要活着,只要走在风雪线上,就是干,我们边防军人在这冰天雪地奔波,为了什么?就是体现国威、军威。所以干不干没有形式,只有意义,我们的意义就是能够活着下山。再说了,你想想死了的战友,他们在临死的那一刻,产生过不干的念头吗?咱们再过两天就下山了,这两天哪怕再难再累,也一定要扛住。"

那位战士安静了下来。

或许在别的地方,有人潇洒地喊一声"不干了",就可以换一个环境,甚至换一种活法,而高原军人只能让自己在荒野冰雪中活下去,就是无可替代的"干"。

"你要明白,咱昆仑山的军人,不能自己丢自己的人。"大家一同伸手拉那位战士,他不再乱叫乱动。

田一禾给那位战士披上大衣。

远处开始泛白,天快亮了。

一个夜晚就这样过去了,这样的事在昆仑山上很常见,汽车兵上山下山,到了晚上便打开携带的被褥露天而宿,虽然铺在褥子下的塑料布可防潮,但不防寒,如果遇上大风,牙齿发颤与大风呼啸的节奏如出一辙。而下大雪则更难挨,第二天早上被子变得像雪堆,有的战士冻得无力从被窝中爬出。

好在雪已经停了,地面上只有一层薄薄的白色,这样的雪不影响驾驶,车队可以照常行驶。

战士们开始做饭,忙碌的声音和升起的炊烟,把大家从一夜的惊悸拉回现实,也拉回像往日一样的正常程序。最多再过两天,吃完这样的一顿早饭就下山了,越往下走海拔会越低,也就离供给分部越近,回到供给分部就完成了这次任务。

突然,田一禾看见几只鹰在山坡上缓慢爬动着,稍不注意,便以为它们趴在那儿纹丝不动。他第一次见到在地上爬行的鹰,心里有些好奇,便尾随其后想看个仔细。它们缓慢爬过的地方,被它们双翅上流下的水沾湿。回头一看,这条湿痕是从班公湖边一直延伸过来的,在晨光里像一条明净的丝带。他想,鹰可能在湖中游水或者洗澡了,所以从湖中出来后,身上的水把爬过的地方也弄湿了。常年在昆仑山上生存的人有一句调侃的谚语:"死人沟里睡过觉,班公湖里洗过澡。"这是他们在那些没上过昆仑山的人面前的炫耀,高原七月飞雪,湖水一夜间便可结冰,人若是敢下湖去洗澡,恐怕便不能再爬上岸来。

现在,这几只鹰已经离开班公湖,正在往一座山的顶部爬行。平时,鹰都是在蓝天中展翅飞翔,其速度之快,像尖利的刀剑一样倏然刺入远方。人很难接近鹰,所以鹰的具体生活是神秘的。据说,西藏的鹰来自雅鲁藏布江大峡谷,它们大多在那里出生并长大,然后向远处飞翔。大峡谷在它们身后渐渐疏远,随之出现的就是这无比空阔遥远的高原。它们苦苦飞翔,苦苦寻觅适于生存的地方。

田一禾仔细看了看,发现这几只鹰的躯体都很臃肿,在缓慢挪动时两只翅膀散在地上,像不属于身体的东西。再细看,它们翅上的羽毛稀疏而又粗糙,上面淤结着厚厚的污垢。羽毛根部堆积着褐色的粗皮,没有羽毛的地方裸露着皮肤,像是刚被刀剔开的一样。他跟在它们身后,它们已经爬了很长时间,晨光在此时已变得无比明亮,但它们的眼睛却都紧闭着,头颅也缩了回去,似乎并没有能力来度过这美好的一天。

他想,它们也许在班公湖中浸泡了一夜,已经被冻得丧失了生存的能力,所以在爬行时才显得如此艰辛。他跟在它们后面,一伸手便可将它们捉住,但他没有那样做。几只在苦难中苦苦挣扎的鹰,与不幸的人是一样的,这时候应该同情它们,而不应该伤害。一只鹰在努力向上爬行时显得很吃力，以至于爬了好几次，都不能爬到那块不大的石头上去。他想伸出手推它一把，而就在那一刻，他看到了它眼中的泪水。从鹰流下泪水的眸子里，他看见了绝望和屈辱。

　　山下，战士们在叫田一禾，但他不想下去，他想跟着这几只鹰爬高一点。他有几次忍不住想伸出手扶它们一把，帮它们把翅膀收回，如果可以，他宁愿帮它们把身上的脏东西洗掉，弄些吃的东西来将它们精心喂养，好让它们有朝一日重新飞上蓝天。只有天空才是它们生命的家园，它们应该回到以飞翔的形式生存的家园中去。战士们等得不耐烦了，按响了车子的喇叭，鹰没有受到惊吓，也没有加快速度，仍旧无比缓慢地往山上爬着。

　　十几分钟后，几只鹰终于爬上了山顶。

　　它们慢慢靠拢，爬上一块平坦的石头。过了一会儿，它们敛翅、挺颈、抬头，站立起来。突然，它们一跃而起，像射出的箭一样飞了出去。它们飞走了。不，是射了出去。几只鹰在一瞬间，身体内部的力量迸发，把自己射出去了。太神奇了，这样的情景完全出乎田一禾的意料，他本以为它们会在苦难中痛苦死去，没想到它们却是为了到达山顶去起飞。

　　几只鹰很快便已飞远。在天空中，它们仍然是平时的那种样子，翅膀如锋利的刀剑，沉稳地刺入云层。远处是更为宽广的天空，它们飞掠而入，班公湖和众山峰皆在它们的翅下。

　　这就是神遇啊！目睹了这一幕，田一禾心满意足。下山时，他内心无比激动。脚边有几根它们掉落的羽毛，他捡起来，紧紧抓在手中，他有一种拥握着圣物的感觉。

　　他终于明白，鹰不论多么艰难，都要从高处起飞。

　　田一禾无意一抬头，看见了那片红色。这次他看清楚了，是边防连的战士们用红油漆在山崖上写出了"昆仑卫士"四个字，从远处看只是一片红色，走近了便看得清清楚楚。

田一禾嘴里喃喃自语，昆仑卫士，昆仑卫士……他举起手，向那四个字敬了一个军礼。

3

前面有一块大石头，几步就能走到它跟前，但田一禾走了好几步仍然没有到达。哦，路有些陡，所以不是走而像爬，但也不能说是爬，因为爬要手脚并用，现在只是弓着腰在走。田一禾用了一个多小时，爬上多尔玛后面的山冈，又费了不少力气，才走到这块大石头跟前。他回头看了一眼多尔玛边防连，又看了一眼那四个字，念叨了一句"昆仑卫士"……然后转身上路。这时候，他已经在达坂上了。达坂是大概念，人常说的达坂，指高原上隆起的孤立高峰，因为难以攀登，所以鲜有人至。这里地势高，风呼呼大作，似乎在平时郁闷得太久，好不容易出现了一个人，要扑上来在这人身上蹂躏一番。田一禾低头迎着风往上走，风吹他刮他，他没有反应，而风刮着刮着就小了。

田一禾想，肖凡起床后才会知道，他已经上了一号达坂。田一禾出发时，战士们都争抢着要跟他来，他学着肖凡的口气说，你们一个个战士，操的是排长的心。战士们便不再吭气。

狼群退去后，那位战士又折腾了一番，田一禾把他安抚平静后，又睡了一会儿。田一禾又在梦中说着什么，说到最后，他终于听清了自己的声音：去一号达坂。虽然在梦中，他的思维却很清晰，肖凡的身体有问题了，去一号达坂一定会有危险，必须把他拦住，但是肖凡是连长，自己是排长，用什么办法拦住他呢？一着急，田一禾急醒了，醒后的他下定决心替肖凡去一号达坂。收拾东西时，他低声嘀咕了一句，他的声音很小，连他也没听见自己嘀咕的是什么。不过那嘀咕声是从心里发出的,他耳朵没听见,心里知道。他嘀咕的是,我很快就下山了,等着我,我的马静。从未谈过恋爱的人,怎么能大声说出这样的话,加之旁边有战士,便只能低低地嘀咕。

嘀咕完,他有些不好意思,却觉得幸福。

只有几个人知道他要去一号达坂。田一禾责任心强,能吃苦,大家倒不担心他的身体,只是希望他早一点完成任务回来。马静要来新疆的消息已人人皆知,战士们都希望他们二人早一点见面。

一位战士问田一禾:"马静来了,我们是叫嫂子,还是叫姐姐?"

田一禾不好意思,说不出话。他也不知道,战士们应该把马静叫嫂子,还是叫姐姐?不过他很快便从窘迫中清醒过来,还没结婚呢,叫什么嫂子?那就叫姐姐?部队不兴这个,直接叫马静也行。

出了连队大门,他朝着山下的方向说,亲爱的马静,你到了零公里的供给分部,等我几天,我很快就会出现在你面前。可是没有人能听见,虽然他这次的声音大,自己都听得清清楚楚。

这样一说,心里有劲了,脚步也快了很多。

出了多尔玛边防连的大门,很快就上山了。战士们平时习惯把多尔玛边防连后面的达坂叫山,那样叫着,好像达坂就低了,心里会好受一些。

田一禾往上爬了没有几步,胸口沉闷,腿也酸软,呼吸更是困难。他知道,哪怕胸再闷,头再疼,腿再软,也要坚持往上爬。

上一号达坂,这是唯一的办法。这次是这样,过些天再次上山到边防连执行任务,上达坂还是这样。虽然他不知道再次上山会去哪个边防连,但执行的是冬天的任务,到时候大雪会封山,也许不会有上达坂的任务,所以,这次上一号达坂,可能是唯一的一次,幸亏自己替换了肖凡。

战士们站在院子里,看着田一禾。田一禾知道他们在看他,虽然他因为背对着他们,看不清他们的脸,但他能感觉到他们脸上充满信心,他们相信他能完成任务,而他也不会让他们失望。

田一禾感觉到,好像有人悄悄叹了口气。

毕竟是去一号达坂,而且还是一个人,难免有人会担心。

田一禾没有发现身后有人在叹气,他的劲在腿上,心已经在往上飞,要飞到一号达坂上去,心飞上去了,人自然也就上去了。但他仍觉得肩上很重,此次去一号达坂,不知会发生什么事,他必须小心,才能完成任务。这样想着,田一禾又在心里默默说,亲爱的马静,你耐心等着我,我从一号达坂下来,马上就下山,最多两天就到你身边。

身边没有人,他索性把刚才在心里说过的话,大声说了出来。

说完,又来了一句,马静,我想你。

都已经确定了恋爱关系,却还没有正式见面,不知道这次见面会不会尴尬?唉,阿里军人这条件,真是别无选择。好在马静通情达理,不计较他在这样的地方当兵。他有一次在信中对马静说,我待的地方有多艰苦,你可能想象不到。马静回信问,有多艰苦?他回信说,我待的地方的艰苦有两种,一种是山上的苦,那种苦我一个人吃就够了,反正你没有机会,我也不会让你上山体验一回;第二种是山下的苦,相对任何一个地方都更遥远、偏僻和闭塞,但我们军人别无选择,既然到了这里就要拿出当兵的样子,把任务完成好,把义务尽好,把属于昆仑军人的荣耀传承下去。马静说她能理解,也能接受,田一禾心里却没底,马静没来过新疆,仅凭想象了解不了这些军人的处境,只有亲自来看一看,才会知道是什么样子。他这次动员马静来新疆,就有这个意思,但是他没有给马静说,如果马静后悔或变心了,就当她是来看望了一次老同学,而他将什么都不说,然后把马静送走。

太阳出来了,在山巅抖出一片金光,紧接着便一跃而出。被阳光照亮的石头,像是从一夜昏睡中苏醒了过来。更高的地方,太阳已将雪山照亮,有刺眼的光束被反射出去,与蓝天交相辉映,展示着高原的雄浑之美。

再往上爬了几百米,田一禾就到了阳光中了。

田一禾恍然觉得马静在看着他笑,他心里一阵欣慰,马静也支持他上达坂,他很高兴。

有风,田一禾停下让风吹吹,好受了一些。但他警告自己,这才爬了几步,不能停,一停就成了习惯,后面就意志更脆弱,腿更软,很难上到一号达坂的界碑跟前。

田一禾在停步喘息的间隙,回头望了一眼达坂下面的多尔玛边防连。从这里看下去,连队的房子夹在峡谷中间,有一种喘不过气的感觉。其实连队的房子不呼吸,也不会有喘不过气的感觉,是田一禾呼吸困难,喘不过气,便产生了这样的感觉。爬达坂就是这样,爬,让人喘不过气,停下不爬,也让人喘不过气,只有咬着牙爬,爬一步少一步。

又有风吹来,田一禾像刚才一样,又好受了一些。

在高海拔地带,风带动空气流通,会加大含氧量,所以刮风会让人舒服。是不是这样,没有定论,反正昆仑山上的军人都这样认为,说多了便都相信了,相信了也就让心里有了力量,心里有了力量就能扛更多的缺氧和高山反应。很多人其实都明白,人在昆仑山上,没有办法改变自然条件,所以人的精气神不能弱下去,否则身体也就垮了。

现在,田一禾就是这样,被风一吹,脸上有了喜悦的神情。

这时候的风很难得,田一禾迎风站立,让风吹。昆仑山上的兵,把这种情景称为喝风,喝上一通风,人就会舒服。这个说法在昆仑军人中人人皆知,但别处的人却闻所未闻。有一位陕西兵从昆仑山回去探亲,在家中待不了多长时间就出去一趟,家人不解他在干什么,他唏嘘着说,把他家的这么好的风,要是放在昆仑山上,还不把人喝美哩!家人仍不解,但他不管不顾迎风张着嘴,一脸沉迷之色。

田一禾又想起马静,她是高个子女孩,上高三时已经一米七三,现在的个头可能更高了吧?其实他只记得马静高中时的样子,正如她名字中带有一个静字一样,她乖巧,身上有一种静谧的美。他在高三那年喜欢上了马静,马静的学习比他好,他担心影响马静高考,没有向马静表白。这样想着,他笑了,他对马静的表白迟了七年。

风刮得大了起来。

虽然迎着风舒服,但不能待得时间长,否则人就会懒,要想再次鼓起勇气往前走就会困难。田一禾对自己命令一声:"走,昆仑山的军人已早于上级把'昆仑卫士'喊了出来,并刻在了山崖上,所以去一号达坂,就要有'昆仑卫士'的样子,不畏惧,不退缩。哦,不不不,还没有评上'昆仑卫士',以后千万不能说自己是'昆仑卫士',否则会被别的部队笑话。"嘀咕一番,他又往上爬。

风好像留在了身后。

过了一会儿,他爬到了叫老鸦口的地方。这里最难爬,只有一个仅能容一人爬过去的豁口,一不小心就会掉下去。去一号达坂别无选择,只能从这里爬过。人们都习惯把上达坂叫爬,那是因为达坂很陡,便那样叫了,其实还是叫走,只有到了老鸦口才是真正的爬,人必须匍匐在地,手脚并用一点一点往前爬。爬的时候只能往前看,看见前面的光亮,离出口就不远了。在爬的过程中不能往下看,一看就会头晕身体软,极有可能会掉下达坂。海拔这么高,达坂又这么陡,人掉下去不敢想象是什么后果。

没有人和田一禾说话,他便对自己说,说出口才发现又对自己命令了一声,"小心一点,慢慢爬过去。"

平时说的爬上达坂,是从低处走到高处,这次是真的爬。

田一禾往老鸦口里面看了一眼,老鸦口太窄,人像蚂蚁爬进去,很久才能从另一边露出头。

不能急,只能这样爬。

田一禾匍匐下去,慢慢爬入老鸦口。爬到中间,光线突然暗下来。多尔玛边防连的战士没有提醒他老鸦口难爬,看来他们都不把老鸦口当回事。他想,年轻就是好啊,他们从老鸦口爬过去,不会有一个人喊叫,更不会把昏暗当回事。这样一想,田一禾便告诫自己,你是排长,战士能吃的苦,你一定也能吃,不能因为光线暗下来就慌了神,或者乱叫。你只能坚持,在坚持中忍受黑暗,再爬几步就能出去。

巨大的黑暗却遮蔽了过来。

田一禾往前看,黑暗让老鸦口没有了尽头。他想回头看,如果后面有光亮,他就退回去喘口气,然后再爬一次。他相信再来一次,一定能顺利爬出去。但是他浑身无力,头都转不过去。他很惊讶,我这是怎么啦?难道高山反应一下子就击垮了我吗?以前他也曾遭受过高山反应,不是这样的。那么这次是因为什么?他想弄明白,却觉得自己滑入了一个无比柔软的深洞,身体一下子放松了,胸闷、头疼、气喘都不见了,只有从未体验过的舒适。他很纳闷,难道老鸦口中不缺氧,这么舒服吗?他觉得不对劲,好像有几只小虫子钻进了他脑袋中,慢慢蠕动出一种无比舒服的感觉。

如果过些天汽车营的人上山来执行任务,时时刻刻都是这样,该多好!

不,这是缺氧导致的昏厥。

他知道自己不能昏睡过去,否则就会再也醒不过来,永远都见不到马静。那小虫子蠕动出更为舒适的感觉,他浑身一软,像是被什么丢开似的,已无法抓住自己。太累了,在老鸦口里面反而放松了下来,那就先睡一觉,等到醒来会更有力气,一口气爬出去又一口气到达界碑跟前,应该没有问题。这时候的他已处于半昏迷状态,既不能冷静判断处境,也不能像先前一样命令自己,头一歪,身体就软了下去。在他恍惚睡去之际,一只手伸过来抓住了他。他看不清那只手,那只手却紧紧抓着他,把他拽出了老鸦口。

是马静的手吗?

看不清,便无法肯定。

被外面的风一吹,田一禾清醒过来,那只手不见了。其实是他在昏厥的前一刻,本能地爬了出来,因为想着马静,在那一刻便产生了幻觉,觉得被一只手拽出了老鸦口。幸亏在最后挣扎了一下,否则他就会在老鸦口里面长眠,等到多尔玛边防连的人上来,他可能已经变成了冰疙瘩。

田一禾坐在石头上,让风吹自己。

老鸦口另一端的风更大,田一禾一阵欣喜。

田一禾被风吹着,慢慢缓了过来。高山反应能在一瞬间把人击倒,但只要在被击倒的前一瞬间缓过来,就不会有事。刚才的危险是个教训,下去后也要告诉战友们,以便大家在以后遇到同样情况时,知道该怎么办。

休息了一会儿,田一禾又像是对自己下命令一样说:"走吧。"

走了几步,头开始疼了。

高山反应。

田一禾经历过无数次高山反应,他知道只要忍着,扛一会儿就好了。从头疼程度而言,现在的头疼比他经历过的任何一次都剧烈。这是一号达坂,头如此剧痛实属正常,他能忍。

忍着,扛着,又往上走。

没多久,头更疼了。

不得不停下。

田一禾像是憋了很久,终于对自己说:"田排长,咱就走到这儿算了。即使咱爬上去把字描红,但一号达坂上风大雪也大,下次去一号达坂的人,见到的还是褪色的字。咱现在回去,就说已经描红了,谁会怀疑咱?"

又有风吹来,田一禾的额际一阵清凉,遂清醒过来,也为自己刚才的话吃惊。他一愣,生气地说:"不行!田一禾,你胡说八道什么?不要哆嗦,赶紧往上走。"田一禾为自己生气,语气陡然硬了很多。他一个人上来,只有自己监督自己。他的意志随时都会崩溃,随时都会为自己找理由转身下山,所以此时的他既是自己的战友,也是自己的敌人,而且敌友难分,像两只手一样争抢着要把他拉向一边。过些天汽车营的人上山来,可能也会面临两难选择,所以从现在开始,必须严格要求自己,不能让意志滑坡,不然习惯成自然,说不定在困难面前就败下了阵,当了可耻的偷懒者。

"田一禾,你只有一个选择,那就是走到界碑跟前去。"他狠狠地对自己说。

于是又上路。

田一禾不得不放慢脚步,他怕走快了出事,慢慢走,步子迈得稳当,就不会因为高山反应一头栽倒。

爬上一个山冈,就看见了高处的界碑。

人已经在一号达坂了。

田一禾目测了一下,大概再爬四百米就到了界碑跟前。但这四百米很陡峭,如果脚下打滑,会倒退好几步,要再爬这几步,得费很大力气。

"歇一会儿吧。"田一禾对自己说。这次不是命令,话音一落他就坐在了地上。歇了一会儿,田一禾扭头向下看,看不见多尔玛边防连,连大致位置也判断不出。他心里一阵欣喜,爬了这么长时间,苦是苦,累是累,看不见多尔玛边防连是好事,证明没有白费力气,终于接近了界碑。从下决心上一号达坂,到出了连队大门开始向上爬,他都没有意识到此行会如此艰难,低估了情况的后果是一路越走越难,他内心波动一次比一次激烈,好在他的意识还算清醒,在他快要崩溃的前一瞬,总是能够把自己从危险的想法中拽出,然后就又上路。

田一禾怕自己意志消沉,便又给自己下命令:"田一禾,让你歇一会儿,是为了养精蓄锐,然后一鼓作气爬上去。"

下了命令,田一禾心里踏实了,脸上却有为难之色。在这么高海拔的地方哪怕怎么歇,都不能一鼓作气爬上去。但是自己给自己下命令的意思再明白不过,歇一会儿后无论如何都要爬上去。

田一禾为自己刚才想打退堂鼓后悔,都爬过了老鸦口,然后又爬了这么远,怎么就产生了想回去的念头呢?从达坂上往下走,虽不比从下往上爬,但同样不轻松,与其那样,不如再受点苦受点累,爬到界碑跟前去。

田一禾又想起马静,她笑起来很好看,双腮上会出现酒窝。他和马静还没有确定恋爱关系时,仅仅以同学关系通信,他在一次通信中问马静,你的两个酒窝还在吗?马静回信说,只要人在,酒窝就在。就是马静的这句话,让他爱上了马静,在回信中向马静表白了爱意。

想着这些,田一禾觉得不再缺氧,呼吸舒畅了很多。其实是歇息时间长了,便以为不缺氧,呼吸也舒畅了。田一禾反应过来后笑了一下,对自己说:"上吧。"说完,他站起身,望了一眼达坂顶部的界碑。界碑是熟悉的,但已看不清上面的"中国"二字。

他缓了缓,头还是疼,但他忍着忍着便好像不疼了。

他又抬头望一眼界碑,还是看不清上面的字。于是,他又给自己下命令:"田一禾,你爬得太慢了,得加快步子。"

但一个声音回答他:"不能快,快了会有麻烦。"

是田一禾自己回答了自己。

田一禾想说什么,却忍住没有说。就这样折腾着,其实没有停。田一禾不知不觉又向上爬出很远。他觉得把刚才说话的那个自己扔在了身后面。好在这次是理智在提醒他,不必责怪自己,于是他低下头继续往上爬。只有爬上去,才能看到界碑上的"中国"二字,此次任务的目的就在于此。

风还在刮,不大,声音却很响。田一禾以为一号达坂与别的地方不一样,风也就不一样。但是风的声响太大了,以至于让他的耳朵都嗡嗡轰鸣。他用手指捅了捅耳朵,才反应过来,不是风的声响太大,而是他因为高山反应导致了耳鸣。头一直在疼,他能忍,那么耳鸣也就得忍,除了忍没有别的办法。

他慢慢爬。

慢慢爬。

爬。

界碑越来越近,还是看不清上面的"中国"二字。

继续爬。

这时候不能急,也不能快,脚步快了呼吸就困难,很快就会迈不开脚步。只能一步一步爬,让脚步和呼吸保持一致。

田一禾深谙高原规律,便慢慢爬。

阳光从达坂上照下来,他身上有了一层亮色,也有了暖意。

在这么高的地方,只有阳光能给人温暖。

很快又不行了,虽然在慢慢爬,时间一长,便觉得头上裹着坚硬的东西,而且越来越紧,像是要把脑袋夹碎。

他本能地去摸了摸头,一阵麻木的感觉。

是缺氧导致头疼,产生了幻觉。

田一禾想休息一下,一想到休息过后更难动身,便咬咬牙继续往上爬。

突然,田一禾觉得周围静了下来,只有隐隐约约的声音在耳边响。起初,他以为是缺氧引起了严重的高山反应,后来又好像是马静的声音,而且感觉马静就在他身边,贴着他的耳朵在说什么。他一阵恍惚,以为自己下山见到了马静,和她在一起。他想听马静说话,便侧耳聆听,马静的声音隐隐约约,他好像听清了,又好像听不清。他晃了一下头,这次听清了,一个声音对他说:"田排长,你慢一点!"

不是马静的声音,是田一禾在对自己说话。那声音很小,说完最后一个字,声音就弱了下去。

田一禾遂反应过来,高山反应导致自己耳鸣,出现了视听混乱。他回过头,才发现自己已经走出很远。他没有停,又往上爬,终于看到了界碑上的"中国"二字。

风吹雨淋,"中国"二字已褪去红色。

田一禾气喘吁吁地对自己说:"田排长,你已经看见界碑了,它好好地立在那儿,上面的字还是红色的,像新描红的一样,咱们是不是走到这儿就可以了?"

田一禾愣了一下,没有说话。

他之所以对自己又说出打退堂鼓的话,是因为他实在走不动了。他有一种不好的预感,他再迈出一步,就会一头栽倒。

头疼,像针扎一样。

耳鸣,像是有什么机器在耳朵里轰鸣。

呼吸短促,像是吸进去的空气被什么一拳就击打了出来。

田一禾用哀求的口吻对自己说:"田排长,头太疼……"田一禾虽然没有把话说完,但眼中流露出的神情,把要说的意思都流露了出来——爬不动了。

难受归难受,田一禾还是知道不能打退堂鼓,否则没有脸面回多尔玛见战友。

更没脸面见马静。

想到马静,田一禾又有了劲。他瞪一眼脚边的影子,就像瞪自己。然后,田一禾对自己说:"离界碑一百米,与离一千米是一样的,都是没有到达。"

之后,田一禾不再说话。

他想,如果此时马静在身边,她一定会鼓励他爬上去,所以他要做出边防军人该有的样子,让马静满意。他想,以后马静一定会问起山上的事,他不能因为偷懒,到时候吞吞吐吐说不出话。

田一禾在心里用劲,向界碑爬去。他感觉马静在看着他,就笑了。其实他记忆中只有马静上高三时微笑的样子,但他依然很高兴,脚步也有了力量。

田一禾紧爬几步,一抬头,看见界碑就在眼前。

终于到了。

田一禾腿一阵软,一屁股坐下,大口喘气。他又想起多尔玛的"昆仑卫士"那四个字,至此他才明白,真正的"昆仑卫士"精神,就像自己这一路爬上来,在意志快要崩溃时,在心里鼓劲,靠着意志一步一步挪,直到看见界碑上的"中国"二字,才敢说自己是"昆仑卫士"。哦,自己不能说自己是"昆仑卫士"。别人会笑话吗?不,扛住了常人难以想象的艰难,不是真正的"昆仑卫士"又是什么?不过这样的话自己对自己说说,有助于鼓励自己,在别人面前是不能说的。

休息了一会儿,田一禾从背包中拿出红色颜料和笔,蘸上颜料,一下一下地描界碑上的"中国"二字。很快,那两个字显出了红色,亮晶晶的很好看。描完了,他收起颜料和笔,心里踏实了。

有风刮了过来,田一禾大口呼吸。喝了几口风,胸还是沉闷,呼吸还是短促,头还是疼。田一禾知道,高山反应太厉害,加之又太累,人就会这样难受。

休息一会儿,然后慢慢下吧。

阳光明亮,照得界碑上的"中国"二字闪出光芒。田一禾看着红烁烁的两个字,心里默念:"亲爱的马静,我完成了描红'中国'二字的任务。"想着马静,他好像感觉不到高山反应了,真好啊,与马静相爱会获得力量。

田一禾起身向远处看,这是巡逻期间必不可少的观察。昆仑山向远处逶迤而去,只剩下模模糊糊的影子,但是晶莹的雪山却颇为清晰,像是昆仑山戴着一顶白色头冠。边界在昆仑山上,边境线其实就是边界,只有军人经常在边境线上巡逻,其他人从来都不会涉足。他已经当排长三年了,来年调整到副连一职后,很有可能到边防连任副连长。这样一来就苦了马静,要么马静从兰州来零公里的供给分部,要么他下山,从叶城坐夜班车到乌鲁木齐,再从乌鲁木齐坐火车到兰州。马静来,大概需要七天,而他回去至少需要十天。守卫昆仑山的军人都是这样,与亲人一年只能相聚一次。

田一禾默默在心里说,马静啊,对不起,与高原军人谈恋爱,要比与别人谈恋爱付出更多;与高原军人结婚,要比与别人结婚牺牲更多。

这时,田一禾恍惚又听见马静在耳边说话,而且还把温热的呼吸喷到了他耳朵上。虽然他知道又是高山反应导致的幻听,但还是一阵欣慰,在这种时候能幻听到马静的声音,感受到她的呼吸,是一种难得的幸福。

田一禾低声说:"亲爱的马静,谢谢你,在这时陪着我。"

又有风刮过来,田一禾身上一阵舒服,脑子里也有了清凉的感觉。

风中,似乎又传来马静的声音。田一禾笑了,说了一声:"亲爱的马静……"

风没有停。

田一禾这次不对他说话了,而是对风说:"风啊,谢谢你了,幸亏这儿有风,氧气多。"

刚说了这么一句,又气喘吁吁。田一禾便在心里对自己说:"不要说话了,保持安静,好好缓一缓。"

不说话,田一禾虽面色从容,心里却不平静,上来已被折腾成这样,下去时怎么办,会不会因为体力透支,会更难?

肯定的。

田一禾决定下山。

突然,田一禾看见什么东西晃着,要从他脚下飘走,很快却又飘了回来。他定了定神细看,才发现是自己坐不稳,影子在东摇西晃。很显然,他已没有力气站起。他便又坐着,对自己说:"田排长,实在不行就坐着再休息一下,过一会儿下去。"

天上飘过云朵,巨大的阴影将田一禾裹了进去。田一禾一愣,该不会变天吧?达坂上的天气有异于别处,变天后如果下大雪,下去会更困难。

这样一想,田一禾紧张起来。

田一禾又看了一眼界碑,决定下达坂。以后在昆仑山上,还会遇到这么艰难的事,但有了这样的经历,海拔再高也不怕。什么是"昆仑卫士"?并不仅仅是坚强和无畏,还应该是在最苦最累的时候,能咬牙挺住,能用力扛起。咬紧牙关扛住,就会让边界坚如磐石,永不可破。

少顷,田一禾站起身,看着界碑说:"在界碑边上栽一棵树,该多好啊!"其实,这么高的地方不可能长树,如果界碑边有一棵树,只能是想象的场景。

田一禾刚说完,风中似乎又传来马静的声音。他笑了,但风好像旋转着刮了起来,马静的声音也倏然消失。他一愣,这是怎么啦?还没有捋出头绪,他便觉得昆仑山也旋转起来,然后他一头栽倒,从界碑旁翻滚了下去。

田一禾听见自己在惊叫,他想抓住什么,伸出的手好像抓住了什么,又好像什么也没有抓住。高山反应让他昏厥,仅存的意识无法判断出发生了什么,更无法自救。

田一禾觉得自己变轻了,在翻滚中被什么撞碰了一下,火辣辣的反而好受了一些。他便伸手抓住那个撞碰自己的东西,用力抓住,一拽把自己拽到了平坦的地方。他站起,只觉得头疼欲裂,一片黑色遮住了眼睛,他伸出的手随即落空。那片黑色很快就消失了,但他仍然什么也看不见。马静……田一禾一声惊叫,跌倒下去。

田一禾像一片树叶,坠下了达坂。

第二章：下山的人

4

零公里。

李小兵盯着路碑上的这三个字，看了很久。路碑是水泥铸就的，已有些老旧，但零公里三个字却很耀眼，一眼就可分辨出来。昨晚下过雨，路碑被冲刷得像是刚洗过一样。不可思议的是，路碑基座下面积有一摊水，像一只眼睛似的盯着李小兵。李小兵有些不自然，想张嘴吼出一两句什么，但转念一想这里没有一个兵，他吼给谁听呢？

李小兵是汽车营长，身高一米八五，人称大个子营长。他平时在队伍前讲话，嗓门大，声音粗，胆小的战士会发抖。

李小兵的弟弟李大军也在汽车营当兵，他在三天前就应该下山，但直到今天也没有消息，李小兵等了两天，到了今天再也无法镇定，便来零公里等弟弟。车队下山要经过零公里，他在这里等便不会落空。

李小兵和弟弟李大军的名字，经常被战士们私底下议论，他们说"军"比"兵"大多了，营长应该叫李大军，弟弟应该叫李小兵,营长家的事情怎么是反的？李小兵听到议论只是笑了笑,战士们看见他笑得轻松,也跟着笑了笑。

　　李大军这次下山后,将复员回河南老家。李小兵这三年不仅没有探一次亲,也没能让李大军回去,父亲写信骂了他好几次,骂挨得多了,他就想,干脆让李大军复员回去,省去探亲的麻烦。但是今天早上,汽车营接到藏北军分区的电话通知:昆仑山上的一个边防连缺少人手,让汽车营调整出一百个人,补充上去执行冬天的巡逻和守防任务。李小兵接到命令后心中一紧,汽车营凑不够一百个人,弟弟和其他老兵复员的事,恐怕得延迟。

　　要评"昆仑卫士"的消息,李小兵在前几天也听说了,他很是高兴。在平时,因为昆仑山遥远而偏僻,没有多少人关注昆仑山,更不会有多少人关注昆仑山上的军人,现在要评"昆仑卫士"了,他心里热了,汽车营常年在昆仑山上奔波,而且有那么多的好兵,怎么会评不上"昆仑卫士"呢？所以他心里踏实,心想只管等着拿荣誉即可。但今天早上传来的一个消息,却让李小兵犹如从盛夏跌入了寒冬——山上的一个车队遇上暴风雪,一名汽车兵被冻掉了脚指头。李小兵的心一下子收紧了,像是被什么压得喘不过气。是什么会产生如此大的压力？很快,他明白与评"昆仑卫士"的事有关,如果是汽车营的战士被冻掉脚指头,那就是通常所说的出了事,汽车营的人还能被评上"昆仑卫士"吗？评"昆仑卫士"是优中选优,出了事的部队怎么能竞争得过那些硬邦邦的部队？

　　这样一想,他心凉了。

　　更让他心凉的是,还有一股强烈的预感,那个战士该不是弟弟李大军吧？不过山上的人在电话中说得很详细,那名汽车兵只是被冻掉了脚指头,生命并无大碍。他在电话中问那个战士是哪个部队的,名字叫什么,电话中却只剩一阵忙音。他无奈地挂了电话,暴风雪能把人的脚指头冻掉,刮断电话线还不是一眨眼的事情。他的预感越来越不好,弟弟这次随车队上山,下山日期已超出三天,他担心被冻掉脚指头的战士是弟弟。弟弟也是汽车营的兵,他出了事,同样会影响汽车营评"昆仑卫士"。这样一想,他张开手想抓住什么,但又徒劳地松开,软软地垂了下去。

李小兵不能肯定,既然有可能是李大军,那么也有可能是别人。不过他不能这样私心,哪一个战士不是父亲的儿子,不是哥哥的弟弟?自己不希望弟弟遭遇厄运,难道让别的战士去替换吗?愧疚压着他,他打消了顾虑。

有人从零公里经过,看见李小兵望着路碑出神,不解地看了他几眼,他便转过身站在路边。

李小兵希望全营的人都平安下山,然后再上山执行任务。昆仑山上所有的边防连,说起来都是让人头疼的地方,他曾在好多个边防连住过,因为缺氧,他在晚上没有合眼,至今对头疼胸闷的情景记忆犹新。现在,上面把命令下给了汽车营,再苦再累,也要去完成。

李小兵当兵十六年,上山下山多少趟,早已数不清。他的军衔是少校,职务是营长,也是老汽车兵。如今的他虽然不用亲自开车,却要带领车队上山。一位汽车兵只管一辆车,而带队的李小兵要管几十辆车。一路上,他一会儿看着前面,一会儿从倒车镜中看着后面,眼睛都不眨一下,好像眼睛一眨就会出事。汽车兵都说,只要营长带队,一路都会平安。那是李小兵眼睛一眨不眨换来的,他的眼睛盯得累,睁得疼,从来都不敢闭上休息。只有下山到了离汽车营一百多公里的柏油路上,他才能放松下来,眼睛一闭就睡了过去。一个多小时后车队进了营区,他会准时醒来,第一个下车,指挥战士们检查车辆。他眼睛里的血丝,比任何一个战士眼睛里的都多。这么艰苦,难道评不上"昆仑卫士"吗?

哦,这个事不是自己说了算的,甚至不能开口提及,否则会引起误会。唯一能做的就是把所有艰辛都扛住,无畏惧地上山,然后平安下山,人和车都不出事。

现在,李小兵眼前没有军车,只有零公里路牌。

李小兵看着零公里三个字,眼睛忍不住眨了一下。这一眨就再也忍不住,眼睛像是刹车失效的汽车一样,不停地眨起来。他用力一忍,眼睛反而眨得更快,像是眼睛已经不是他的。不一会儿,他就累得打了一个哈欠。待哈欠落下,一股柔软的感觉在周身游动,像是要把他拉入舒适的下坠之中。他知道那是一种极为难得的下坠,每次下山入睡前的感觉就是这样。

李小兵想一屁股坐下,靠着零公里路碑睡一觉。弟弟李大军的影子,在他模糊的视线里闪了一下,转瞬就不见了。他一激灵清醒过来,发软的双腿立刻硬了,也直了。

李小兵站稳,又看着"零公里"那三个字。

弟弟的影子再次闪现,李小兵揉了一下眼睛,弟弟的影子又不见了,眼睛也不再眨动。他想起弟弟入伍第一天,看见零公里路碑就跑过去要抚摸一下,结果一跟头摔倒在地。他当时一愣,零公里是新藏公路开始的地方,弟弟在这儿摔倒,让他隐隐不安。他本来不想让弟弟当兵,昆仑山的苦他一个人吃,不想让家里再来一个人,父亲却一定要让弟弟当兵,他执拗不过只好听从,在弟弟新兵训练结束后,他把弟弟调到汽车营,变成了他手下的兵。

一晃过去了两年多。

这两年多他一直怕弟弟出事,昆仑山上的汽车兵,不出事便罢,一出事便很要命。比如车坠崖、高山反应致死、肺水肿、心脏病突发、脑出血、冻伤、动物侵袭、雪崩、洪水、寒流、冻死、迷路、饿死和渴死,等等,一不留神就会变成一个坟茔。

李小兵在路边走来走去,不好的预感越来越强烈。他以为自己还未清醒,便摇了摇头,意欲把不好的预感压下去。偏偏眼前又浮现出弟弟的影子,还是急于去抚摸路碑,要一头栽倒的情景。李小兵一阵颤抖,弟弟在零公里一头栽倒,预示着此次上山会遇到麻烦。他一愣,伸出手去抚摸路碑,像是要把栽倒的弟弟拽住,但那是恍惚的幻觉,他的手随即落空。

一阵风吹来,李小兵清醒过来。

心乱了。

今天这是怎么啦?

李小兵觉得自己像是被一只手牵着,不知不觉从营区出来,又不知不觉走到了零公里路碑跟前。现在他才明白,原来是弟弟一头栽倒的一幕在折磨着他,他本能地就走到了这里。

到了这里又能怎样,能把幻觉中的影子一把拽住,不让那一幕发生吗?

不能。

李小兵提醒自己,你是营长,不能这样失态,否则还怎么带兵?

风刮了过来,李小兵转身迎着风,身上一阵凉意。

不远处是一片小树林,风不大,却晃动了一下,好像有一个影子要闪出来,却又缩了回去。那是一片白杨树林,李小兵曾带着战士们忙了一周栽下那些树苗,然后浇水,平整根部的土,三年后长成了现在的样子。凭经验,他断定这么小的风不会让小树林晃动,难道是因为恍惚,又生出了幻觉?他想过去看看,又觉得过去看的话,自己就被恍惚和幻觉牵着,又会失态。

李小兵仍然迎着风,身上一阵凉意,却镇定不下来。他终于明白,自己还在担心弟弟。他既希望弟弟尽快回来,又担心从车上抬下来的是弟弟。如果真是那样,汽车营评"昆仑卫士"的事不但无望,他还得背负巨大阴影,带着弟弟的骨灰盒返回河南老家。他能想象得到,一米八五的他进门后弯着腰,低着头,一下子会矮很多。父亲让他直起腰说话,他吞吞吐吐把弟弟的情况告知父亲,从头至尾仍然直不起腰。

风更大了,李小兵觉得有什么在拽他,要把他拽到黑洞中,他脚下一滑,就落了下去。那个黑洞深不见底,他既无法挣扎向上,又不能落到底部,只能像风中的树叶一样浮沉。

一个激灵,李小兵又清醒过来。风很大,他身子一歪,差一点像风中的树叶一样飘浮起来。他苦笑了一下,一个讲话时让战士发抖的营长,今天居然变得像风中的树叶,如果让战士们知道,不知会议论出什么?

李小兵决定回营区等弟弟,如果弟弟真的被冻掉了脚指头,不管在营区还是在这里,他都得面对。

面对,就是接受。

李小兵刚转过身,看见一团影子又在那片小树林边闪了一下。他愣了一下,又恍惚,又出现了幻觉。他看见那个影子径直向他闪了过来。

是弟弟李大军。

恍惚的幻觉转瞬消失。李小兵清醒过来,弟弟能像影子一样闪动,说明他的脚指头没有被冻掉。

到了跟前,李大军笑了一下,算是给李小兵打了招呼,也算是叫了一声哥。

李小兵放心了,但还是怒斥一声:"你躲在树林里干什么?"

李大军咬了咬嘴唇:"当年来这里当兵,就想抚摸一下零公里路碑,但三年了都没有顾得上抚摸一次,我这三年忙了个啥吗!现在要复员走了,就想抚摸一下零公里路碑,但是你一直站在这儿,我怕你不同意,所以就躲着,等你走了再出来。"

李小兵不接弟弟的话,而是直接问:"什么时候下山的?"

"刚下来。"

"被冻掉脚指头的战士是谁?"

"不是我们营的人。"

"是哪个部队的?"

"是另一个汽车团的人。"

李小兵放心了,只要他营里的战士不出事,他就不用担责任,等到"昆仑卫士"开评,汽车营一定会被评上。但他作为老汽车兵,还是为那个被冻掉脚指头的战士难过,也为奔波在昆仑山上的汽车兵感慨,这些汽车兵从零公里出发,一路历经达坂、悬崖、冰河、峡谷、风雪、乱滩和泥沙。行进途中的一日三餐,要自己动手做,很多时候只有土豆、萝卜、白菜三大样,唯一的调味品是军用罐头,但那样的饭(基本上都是面条)却越吃越香,多年后他才明白,因为条件有限,那种香是且吃且珍惜的心理反应。新藏线上海拔最高的地方六千多米,汽车兵经常被缺氧和高原反应折磨,到达清水河后个个满眼血丝,满脸脱皮,嘴唇破裂。有几句经常被人提及的老话:"死人沟里睡过觉,班公湖里洗过澡。""天上无飞鸟,地上不长草;风吹石头跑,四季穿棉袄。""库地达坂险,犹似鬼门关。麻扎达坂尖,陡升五千三。黑卡达坂旋,九十九道弯。界山达坂弯,伸手可摸天。"汽车兵经常用这几句调侃自己,但说着说着脸色就变了,有的战士还会掉泪。但他们会把眼泪抹去,不会让别人看见。

李大军看着李小兵,一脸茫然。在李小兵手下当兵,李大军一直觉得李小兵不是哥哥,只是营长。

李小兵问李大军:"那个战士是如何被冻掉脚指头的?"

李大军说:"是这样的,那位战士离开车队去提水,突然就下起了大雪,那雪下得太大了,不一会儿又刮起大风,就变成了暴风雪。他起初还提着水桶,心想无论如何要把水提回去,让大家喝上热水。后来发现情况不对,他往前走一步,风一刮就往后退两步,于是他就把水桶扔了,赶紧往车队的方向走。但是暴风已经让他迷路了,他以为向着车队的方向在走,其实却越走越远,最后就彻底迷失了方向。他慌了,大声喊叫班长,风大雪也大,把他的声音淹没了。他又喊叫排长的名字,风仍然大,雪也仍然大,把他的喊叫压得传不出去。他明白喊叫无望,便向着他认为是车队的方向走去。到了一个石缝边,他一脚踩下去被卡住了脚,死活拔不出来。他挣扎了很长时间,实在没办法了,就解下腰间的钥匙去磨石缝,心想把石缝磨损一点,就能把脚拔出来。但是一不小心钥匙却掉了下去,他绝望了,一屁股坐在石头边又哭又叫。后来叫不出声,也哭不出眼泪,就坐在那儿等人去救他。战士们找了一夜,终于在天亮时找到了他,把他送到三十里营房医疗站,但是他的脚已经被冻坏了,不得不截掉脚指头。"

李小兵唏嘘不已,从弟弟的讲述中,他能想象出那是什么情景。

李大军说:"这件事已经在山上传遍了,下山时,连里的人都下意识地看自己的脚,都为自己的脚指头还在而欣慰。"

李小兵本能地去看李大军的脚。

李大军注意到了李小兵的反应,本能地把脚动了动,笑了一下。

李小兵也笑了一下,然后对李大军说:"以后上山注意,不要一个人出去,即便是出去,也要注意天气,一旦发现不对劲就赶紧归队。"

李大军点头。

"回去吧。"李小兵说着,转过了身。这时候的他既是哥,又是营长,他说什么,弟弟听从便是。

李大军却站着不动。

"站着干什么,上了一趟山,傻了吗?"李小兵生气了,但转念想起,上一趟山就变傻了的事情确实发生过,有一位汽车兵上了一趟山,下山后总说有人在他耳朵边说话,大家都诧异,他身边没有人,为什么他觉得有人在他耳朵边说话呢?后来才知道他在山上没有适应缺氧,下山后出现了幻听。这样一想,营长的影子在他身上退了下去,他又变成了哥,"好不容易下山了,回去好好休息。"

李大军的脸憋得通红,鼓了鼓劲才说:"哥,我想抚摸一下零公里路碑。"

李小兵觉得自己的眼睛又眨了一下,他以为眼睛会不停地眨巴,却只眨了一下就安静了下来。

不知什么时候,风已经停息。

李小兵的心也安静了下来。

李大军把憋了好久的想法说出后,等着李小兵的话。

李小兵想,弟弟要复员走了,就让他抚摸一下零公里路碑吧,如果连这么一件事都满足不了他,自己就不是哥哥,只是营长了。不,即便只是营长,也不能这样无情。于是,他对李大军说:"去吧。"

李大军高兴地叫一声,飞奔向零公里路碑。

风突然刮了起来。

李小兵看见弟弟变成一团影子,从地上浮起来,向路碑飘了过去。风在刮,呼呼的声音传过来,间或还夹杂着弟弟的声音。他的眼睛又眨了几下,视野变得模糊起来。他一愣,用手揉了一下眼睛,弟弟身上的影子不见了,又变成了敦实的小伙子。他向弟弟喊出一声:"慢一点,刚从缺氧的山上下来,不要剧烈运动。"

李大军应了一声。

李小兵看见弟弟又变成一团影子,飘到零公里路碑跟前,落了过去。

风中好像传来一个声音。

李小兵扑过去,一把抱起李大军。李大军脸色苍白:"哥,我的脚疼。"

李小兵脱下李大军的鞋子,只见弟弟的双脚发青。他问李大军:"咋弄成了这样?"

李大军一脸茫然:"没咋弄,不知道……"

"一直没有感觉吗?"

"没有。"

"冻了没有?"

"冻了。"

"冻了多长时间?"

"一个晚上。"

"不知冷暖的东西,冻了一个晚上都不知道吗?"

"知道,但是没有顾上。"

"顾了啥?"

李大军犹豫了一下说:"哥,有一个不好的消息,我本来打算回营里后给你说,但是我怕我说晚了你骂我,所以现在告诉你。"

"有什么事,你赶紧说。"

"排长田一禾死了。"

"什么?田一禾死了!怎么回事?"李小兵叫了一声,前半句还是很大的声音,但后半句陡然小了下去。出了这样的事,"昆仑卫士"没指望了!

李大军把田一禾去一号达坂执行任务,不幸坠下悬崖摔死的事如实告知李小兵。然后又说:"哥,你刚才问我一晚上都顾了啥?我一晚上都守着田一禾排长,他的头摔烂了,我一直用毛巾按着,不想让他的血流出来。到了三十里营房医疗站,他的血已流了一大摊,我们就只好把他的遗体放在医疗站,然后下山。"

李小兵的手一松,李大军的双脚掉了下去,叫出一声:"疼"。李小兵扶弟弟站起,要背弟弟回去。弟弟的脚指头还能感觉到疼,应该不会有麻烦。

李大军却着急地说:"哥,等一下,还没有摸零公里路碑。"

李小兵吼了一句:"不摸了,回。"

一周后,李大军的脚痊愈了,走路却一瘸一拐,要两个月才能恢复正常。他不时扭头往昆仑山方向张望,好像昆仑山上有什么在死死拽着他。

5

阳光照在车身上,泛出明亮的光芒。因为是军车,所以全身都是绿色。这样的车,停着像站立的军人,跑起来又像军人在奔跑。如果是全连的车出动,便前后一条线,到了目的地停成一排,又如整齐列队的军队。有人说,军车在这些军人手里,如同指哪打哪的冲锋战士,一身刚烈之气。

李大军是主驾驶员。

汽车营有一个规矩,主驾驶员负责的车,谁也不能动。也就是说,像李大军这样的主驾驶员,是有地位的汽车兵。汽车兵的地位,比其他兵的地位要高,一个汽车兵开几年车,驾驶技术会过硬,尤其是昆仑山上的汽车老兵,更是技高一筹,李大军便是这样的汽车老兵。

这一趟上山前,李小兵对李大军说,这是你最后一次上山,下山后就复员回河南老家。汽车营转志愿兵的名额少,李小兵不想让李大军和大家争名额,便决定让李大军复员回老家去开出租车。藏北军分区汽车营的老兵,唯一的出路就是转志愿兵,但转志愿兵的名额少,大多数人当兵七八年仍然是战士。他们压抑、焦灼和沉重的神情,让见过他们的人记忆深刻。李小兵对此十分清楚,他知道李大军哪怕在汽车营当兵七八年,也不一定能转志愿兵,所以趁早复员回去成家立业,免得耽误年龄。

要评"昆仑卫士"的事,李大军也听说了,但是他要复员离开部队,便不在评选范围。他看见前面的雪峰在阳光中闪着光,今天到明天,或者今年到明年,雪峰将一如既往闪光,永不改变。如果自己不复员,一定能被评上"昆仑卫士"。不过,评不上也没有关系,在昆仑山当兵一场,在心里便是永远的荣誉。

汽车驶过一个山脚,那雪峰被遮蔽消失。李大军凄然一笑,复员的事已不可改变,就不要多想"昆仑卫士"的事了。自己得不了,其他战友可以得,大家都是昆仑军人,这本身就是荣誉。

一路上,李大军把车开得很慢。尽管慢,但远处的雪山逼过来,一转弯就被甩到身后。这一带海拔不高,道路都顺着山势在延续。如果海拔升高,汽车行驶半天都仍像在山下。

李大军想着心事,车便越开越慢。他一激灵警醒过来,遂提醒自己:"李班长,你要掉队了……"这样自言自语,是汽车兵在行车中因为寂寞,就自己对自己说话,时间长了便养成的习惯。而他把自己叫班长,也与部队的习惯有关。在部队上,新兵都把老兵叫班长,哪怕老兵不是班长也这样叫。李大军是一班的班长,大家自然都叫他班长,他在行车寂寞时也这样叫,没有人听见,不怕别人笑话。

李大军把提醒自己的话说了出来,他听到了,却没有应声。

车一直在慢行。

李大军有些不舒服,便又对自己说:"李班长,要不你休息一会儿?"

车内只有他一个人,他不应声,便不再有说话的声音,于是便默默往前开车。车外的荒野是苍黄色,雪山是晶莹的白色,两种颜色交织在一起,让看的人心情复杂。

车晃了一下,李大军这才发觉自己的车掉队了。本来他的车在最后一个,一掉队便跟不上车队。他加大油门,车速快起来,不一会儿就追上了车队。前面的车打了一声喇叭,意思是看见了他的车,李大军也打喇叭回应一声。李大军知道,带队的连长肖凡在前面的那辆车里,从后视镜中看见他的车跟了上来,应该是放心了。

下了库地达坂,肖凡看了一眼李大军,然后对排长说着什么,李大军不用猜也知道,连长一定在问刚才车速的事情。排长说了什么,他没有听见,但他听见了连长的话:李班长这是最后一次上昆仑山,最后一次去阿里,属于他的汽车兵生涯就要结束,他受不了,所以他要开慢一点,让自己的心还在路上。

李大军一阵难受,又一阵欣慰。"让自己的心还在路上",连长理解他,替他说出了心里话。

李大军给水杯加满水,喝了一口便上车出发。行驶不远,他感觉车身晃了一下,方向盘随之一颤,行驶方向偏了一点。他抓住方向盘,车又稳稳地向前行驶。对他来说,这点意外不算什么,他用习惯动作即可处理。

但是车身又晃了一下。

李大军叫了一声,双手抓紧方向盘,好在车身再未晃动,他悬着的心在最后终于放松下来。

车队进了营区,一趟任务顺利完成。

李大军洗了把脸,便上床躺下。又一趟任务顺利完成了,但对他而言却是最后一次,他的心情很复杂。当兵走的时候是农民的儿子,在汽车营当兵三年,回去还是农民的儿子。这样想着,他心里一阵难受,眼泪流了出来。他擦去眼泪,躺了一会儿,困意慢慢袭上身,身体犹如陷入了柔软的旋涡,他慢慢睡了过去。汽车兵每次下山,都要这样大睡一场。

李大军睡了三个多小时,醒来后发现班里的人都出去了,从窗户上透进的光束,像刀子似的刺到他脸上,他的眼睛一阵生疼,便起身下了床。要复员走了,他想起还没有抚摸一下零公里路碑,这三年不停地上山下山,居然没有实现这个愿望。这样一想,他出了汽车营,一路恍恍惚惚,不知不觉就到了零公里路碑前,没有希望获得"昆仑卫士"称号,却能实现抚摸零公里路碑的愿望,他满足了。没想到,在零公里路碑前却发现脚被冻坏了,而且哥哥像是早已预料到他会出事一样等在那儿,哥哥发现他的脚被冻坏,便背起他往医院跑。在半路上,一位维吾尔族老乡用马车送他们,半开玩笑说,在山下干事费力气,在山上干事费脚啊!李大军扑哧笑了一下,李小兵却笑不出来。李大军明白了,出了田一禾牺牲、自己的脚被冻坏这些事,哥哥作为汽车营的营长,为评不上"昆仑卫士"在发愁。他向军医询问情况,才知道当时在山上没有感觉,下山后气温升高,氧气充足,他的脚就有了麻烦。出院后,他什么也干不成,他觉得自己走路很正常,但战友们看他的眼神怪怪的,好像他变成了另一个人。他天天在班里待着,时间长了难免心烦意乱。他听说汽车营要出一百个人,一算汽车营没有这么多人,便吃了一惊,哥哥在这件事上该怎么办?

李大军觉得有什么堵在心上,喝了一口水还是难受。在这样的紧要关头,如果自己不复员,就可以为那一百人凑个数,但是自己已经被列入了复员名单,他觉得脸上有凉意,一摸才发现是泪水。他喃喃自语:"李大军,你不能哭。"他抹去泪水,出了门。

吃晚饭时,李大军没有见到李小兵,他知道哥哥一定为凑不够一百个人的事发愁。有人告诉李大军,所有复员的人在明天统一体检,然后休整半个月,该复员就复员。至于不复员的人在半个月后的事,则无人提及一句,但大家都明白,他们在半个月后会上山执行任务。

李大军端着碗的手抖了一下,这个消息让他觉得自己与汽车营没有了关系。不,是自己的军旅生涯结束了。

吃完晚饭,天很快就黑了。

李大军觉得,堵在心上的东西还没有散去。脚冻坏的事,复员的事,像两块石头压在他心上。他想出去走走,却又想起他的车曾莫名晃了两次,便觉得应该先去看一下车,作为汽车兵,哪怕车有一点小毛病,也应该立即解决,尤其是自己很快就要复员离开,不能把隐患留下,否则就不能为自己的军旅生涯画上句号。

李大军想着心事,等反应过来,发现自己并没有检查汽车,而是已经坐在驾驶室里,把车开出了车场。

李大军一阵恍惚,自己什么时候上了车,而且腿脚也不再一瘸一拐,很利索地启动车开出了车场?刚才他一直在想复员的事,居然不知不觉把车开出了车场。一个老汽车兵,居然出了这样的事,真是不应该。他慢慢往前开着车,心想在前面的路口掉头,然后开回车场。但那个路口却因为修路掉不了头,他只好把车开出营区。

一出营区,李大军便不想开车返回。以后再也没有机会开军车,那就开最后一次。他一阵欣喜,常年在昆仑山上开车,会让人和车有感应,哪怕腿脚不便,也能像以往一样开车。

车慢慢往前行驶,三年当汽车兵的往事,一件接一件涌上心头,而且一件比一件清晰。李大军想,以后就只剩下回忆了,昆仑山、阿里、新藏公路,或许会一次次在梦中出现,梦醒之后恐怕会很失落。他想着这些,又走神了,等再次清醒过来,发现车已开出很远。

走神后,居然还稳稳地开着车,只有在昆仑山上开过车的人会这样。

前面有一个巨大的隆起物,虽然是黑夜,李大军也能看出那是昆仑山。每次上路后行之不远,就会看见它,这座山早已装在了他心里。

不知为什么,他踩下油门,车速快了起来。

天黑着,即便开到达坂下面,也上不去,李大军却想开到达坂下面,直到不能再开,在那儿再停车。

很快,就到了库地达坂下面。不能再开了,否则就上了昆仑山。

李大军刚一下车,一股冷风裹住了他。他没有想到达坂下面会这么冷,至少比零公里冷十度。昆仑山就是这样,海拔越高,温度会越低,所以上山的汽车兵都带着军大衣,感觉冷就穿上,一穿上就再也不会脱下。下山后,直到感到热才会脱掉,心情也会好起来。现在,这样的寒冷让李大军恍惚觉得还在山上,本能地想去取军大衣,但是一愣又回过了神,车上没有军大衣,忍着吧。

李大军爬到引擎盖上坐下,望着黑暗中的昆仑山。夜很黑,他只能看到一个黑乎乎的轮廓。他心里有昆仑山,此时他能在心里看见。昆仑山是一座雄壮的山,李大军每次走近它,望着那些向天际延伸出去的褐色山峰,便陷入无所适从的惶恐中。这座山像是突然从地上一跃而起,人还没有反应过来,就已经悬在了天上。

李大军记得,有一次他看见山上的积雪,展开了另一种风景,那积雪似乎在向下压着这座狂妄的山,要阻止它离开大地母亲的怀抱。山坡上呈现出一条隐隐约约的痕迹,那是羊群踩出的一条路,羊在上面走来走去,像飘动的白云。牧羊人也同样像白云,经年累月飘动在这条小路上。

还有一次,李大军望昆仑山望累了,目光顺着山势向下,看见凹陷在沙丘深处的村落,周围有白杨树围裹,像一块绿色丝绸。狂妄的昆仑山和恣肆的沙漠被村落冷落在一边,村落像是一位矜持的少女,对一切都不屑一顾。时间长了,这位少女眼里便只有自己,好像别的什么都不存在。在这样的地方,人又会如何呢?李大军细看之下,发现住在披着那块绿色丝绸的村子里面的人们十分安静,那些沙砾随大风向村子涌来,被密集的白杨阻挡在外面,寸步不能入村。而沙砾在每天的风中依然起伏,每一次风起都像马匹一样疾驰,但最终仍一一失败,那些堆积在村子周围的沙丘,被白杨树撞翻后一动不动。人住在这样的村庄里,是平静、安全、舒适的,每天的生活都受到这群绿色战士的保护。

去年的十月份,李大军开车在昆仑山执行运输任务,汽车营的一辆车抛锚,像是连喘息声也发不出的动物,一动不动趴卧在那里。车抛锚在昆仑山无人救援,只能自己解决。李大军取出自己的备用配件,让那辆车的司机换上后向前开去。但很快他便遇到了麻烦,他的车也坏了,不巧的是也需要更换给了那辆车的配件。他拦住一辆车,让副驾驶员下山取配件,他则留下来看车。然而祸不单行,第二天库地达坂发生塌方,塌陷的上山道路像是被什么一口咬断,没有一辆车能够通过。独自看车的李大军不知库地达坂已塌方,等了两天不见动静,仅有的干粮也很快就吃完了。李大军想寻觅到高原人家,走出几公里发现了一个湖。他返回车上取了一把铁锹,用其对准水中的鱼铲下去,倒也能把鱼铲为两截。他收集柴火和牛粪点火,一边烤鱼一边取暖。那湖中的鱼肉质粗糙,烤熟后难以咀嚼下咽,但为了活下去,他还是吃了一顿又一顿。好在那湖中的鱼不少,倒也能让他每天吃上鱼肉。他就那样坚持了十多天,风餐露宿导致他全身浮肿,没有力气走路。他绝望了,遂在烟盒上写下遗书,请求哥哥李小兵把父母二老照顾好,大家不要为他在昆仑山上的遭遇难过。他熬到第十五天,那名副驾驶员终于带着救援战友找到了他。此时的他形同野人,已没有力气站起,亦说不出一句话。他在昆仑山上多次遇到过那样的险情,有一次他和战友们驾车经过西藏和新疆交界的界山达坂,前几天的一场大雪堵死了路,他们必须铲雪开路才能通过。界山达坂的海拔6700米,人一动不动都会因为缺氧而高山反应,用铁锹铲雪则更加难受。但李大军和战友不畏艰难,他们搬来石头放在车轮后面,防止滑车造成事故,然后挖雪开路,一点一点往前移动,一天下来只前行了两公里,而且人还得忍受寒冷、饥饿和高山反应。到了晚上则不敢睡觉,因为在海拔那么高的地方,一旦睡过去极有可能再也醒不过来。饿了,他们就用雪水煮干粮吃,困得实在受不了,便吃野山椒刺激自己提神。但干粮很快就吃光了,正在一筹莫展之际,李大军突然看见一只狼咬死了一只黄羊,他开车冲过去吓走了狼,把那只黄羊拉回来,炖煮后饱餐了一顿肉食。之后,他们又一步步开路向前,就那样艰难持续了三天三夜,终于翻过界山达坂,开上了平坦道路。

  李大军望着黑乎乎的昆仑山,想着心事。在多尔玛边防连时,他看见山崖上有"昆仑卫士"四个字,那一刻,他觉得那四个字像火焰,烤得他很温暖。多尔玛边防连的一位排长告诉他,当年的连长在山崖上写那四个字时,前面三个字都很顺利,到后面的那个"士"字,写最下面那一横时,连长从上面掉了下来。虽然摔得不重,但连长不让任何人再上去,那个"士"字便变成了"十"字,看上去怪怪的。几位老兵商量,那个"士"字不能少一横,否则昆仑军人用生命换来的精神,就变了意思。当晚,选一位身手好的战士,从山顶用绳子把他吊下去,补上了"士"字的那一横。第二天,连长因为他们擅自作主批评了他们,但他们却笑了,最后连长也笑了。之后每隔一年,他们便用红漆把那四个字刷一遍,然后全连对着那四个字敬礼。有一位战士说,那四个字是多尔玛边防连的荣誉,连长说那是昆仑军人的精神,属于所有的昆仑军人。还有一件事,有一位包工头拉了一车物资去清水河,途经多尔玛时陷入泥淖,战士们帮他把车拖出,他说在昆仑山这样的地方,如果没有边防连的战士帮忙,他就没有办法把车从泥淖中弄出来。他要给战士们送蔬菜表示感谢,战士们婉言谢绝。他不解,在昆仑山上吃蔬菜很困难,战士们为什么会拒绝呢?少顷后他明白,军人是不会拿人东西的,哪怕是用于答谢的蔬菜。他看见山崖上的"昆仑卫士"四个字,走过去举手敬了一个礼。

……

李大军望了一晚上昆仑山,想了一夜心事。

天亮后,李大军准备开车回去。转身的一瞬,李大军感觉昆仑山一下子远了。他愣了一下,自己的军旅生涯在这个早晨,随着疏远的昆仑山,就这样结束了。他想停留一下,但又理智地转过了身,复员的事已经定了,他必须利利索索地走,免得给别人留下磨磨叽叽的印象。

李大军刚上车,前面有一辆车疾驰了过来。天刚刚亮,加之库地达坂险峻,一般没有这么早就过库地达坂开到这儿的车。从它的行驶速度看,一定是出了什么事,要去请求救援。他停住伸向车钥匙的手,打开车门下了车。

那辆车近了,是军车。驾驶员看了一眼李大军的车牌号,着急地问:"班长,你是藏北军分区汽车营的?"

李大军从对方的车牌号上看出,是与汽车营相邻的汽车团的车。他问:"你这么早就在路上,有急事吗?"

那驾驶员说:"有,急得很。"

李大军问:"什么事,这么急?"

那驾驶员抹了一把脸上的汗水说:"我们的一辆车挂在达坂上了,恐怕一动就会掉下达坂。谁都不敢动它,我要赶回团里,请团领导想办法。"

李大军明白了,那驾驶员说的车挂在达坂上,是指车前轮已经悬在了达坂外面,如果往后退,必须一次成功,否则车身一簸就会掉下去,那驾驶员说谁也不敢动,原因就在这儿。但问题是,库地达坂上的路边都是碎石和沙土,车挂在达坂上本身就有重压,时间长了会下陷,掉下去会是一瞬间的事。这样一想,李大军问那驾驶员:"车挂在达坂上多长时间了?"

那驾驶员说:"三个多小时了。"

李大军对那驾驶员说:"五个小时是碎石和沙土承受的极限,再加上达坂上起雾泛潮,碎石和沙土会松散和变软,情况很紧急,你赶到团里叫上牵引车,一去一回到库地达坂,至少需要半天,恐怕来不及。"

那驾驶员慌了:"那怎么办?"

李大军说:"你带我上去,我想办法把那辆车开上来。"

那驾驶员仍有些慌:"班长,你有把握?"

李大军说:"我有百分之五十的把握,到现场看情况,应该能再加百分之二三十的把握。"

那驾驶员不慌了:"那就有百分之七八十的把握,咱们赶紧上去试试。"

李大军没有再说话,哪里是试试,必须一脚把油门踩到底,成功把车退回到路上。

那驾驶员要开他的车,李大军拦住了那驾驶员。李大军想再开一次自己的车,上了库地达坂就等于上了昆仑山,在复员之前有这个机会,他心动了,心一动就控制不了自己,一转身就上了车。那驾驶员跟着李大军上了车,车子启动,轰鸣一声向库地达坂开去。

开着车,一点也感觉不到腿脚有碍,李大军心里一阵欣喜,在昆仑山上开车,能治病呢。

不一会儿,又上了库地达坂。

昆仑山又在前方,又近了。

李大军想起多尔玛的"昆仑卫士"四个字,如果还能上一次山,在那四个字底下照张相,该多好!可惜再也上不了山,连一张照片的愿望也无法实现。

到了挂在达坂上的车跟前,李大军吃了一惊。如果这辆车没有及时刹住,再往前一冲,就会掠起一道烟尘直坠下去,变成一堆废铁。他仔细观察,发现两只前轮胎的着地面积比较乐观,只要加足马力后退,能退回到路上。但那是一瞬间的事,如果后退受阻就会有麻烦。不,不是麻烦,而是车毁人亡。这辆车的另一位驾驶员看见来了一辆车,先是高兴地叫了一声,然后看见李大军从车上下来,又忍不住叫了一声。他听说过李大军,便看着李大军不说话,在等李大军拿主意。他已经被吓坏了,反倒希望李大军开不上来,那样的话至少不会有危险。

那位去求救的驾驶员问李大军:"能行吗?"

李大军说:"能开上来。"

没有理由,也没有原因,只有这四个字。

李大军是老汽车兵,有多少次去阿里,别人把车开到悬崖边不敢动,是他对众人高叫一声"后事你们看着办",便只身钻进驾驶室。也怪,每次已悬挂在悬崖边的车,都被他顺利开了上来。

这次也一样。

李大军轻轻进入驾驶室,启动了车。他感觉车身颤了一下,这是危险信号,车身震颤必将向下产生压力,前轮胎会因为重压下沉,坠下达坂是一瞬间的事情。李大军自然不会放过这一信号,他挂上倒挡,猛踩下油门。车身又颤了一下,这次的颤动比刚才更明显,传出的震感像一只手,推了李大军一下。这是最关键的一瞬,车震颤后会先向上,然后会因为引力转而向下,那时前轮胎因为受力,会加大对崖边的压力。李大军不会错过这关键的一瞬,他狠踩油门,车身在后轮胎的牵引下,向后退去。

远处的雪峰,在朝阳的映照下,把一丝亮光反射到李大军脸上。

李大军双手紧握方向盘,仍用力踩着油门。

汽车又是一颤,但明显在后退,间或还传出尖利的声响。李大军感觉到了熟悉的倒车动感,以他的经验,只要再加力,车就会退到路上。但是,汽车发出一声沉闷的声响,却突然熄火了。车身又是一颤,不动了。虽然两个前轮胎并未压垮崖边的碎石和沙土,但是车仍然在颤动,每颤一下,李大军便心里一紧,害怕车会坠落下去。

好在颤动越来越轻,慢慢停了下来。

"李班长,你赶快下来吧。"车外面的两位驾驶员,喊声里含着哭腔。

李大军慢慢开了车门,跳了下来。

汽车又是一颤。

李大军坐在地上喘着粗气,他仍然为刚才的情景心悸,刚才的一瞬间,汽车非上即下,他非生即死,但是汽车仍停在原地,他是安全的,汽车也暂时无忧。

那两名驾驶员不知道该怎么办,无奈地看着李大军。

突然,汽车前轮胎下的碎石"哗"的一声,向达坂下滑落。

车身又颤了一下。

李大军站起,对那两位驾驶员说:"拉,用我的车。"那辆车开不上来，只有把两辆车用钢丝绳连接，用他的车把那辆车拉上来，这是唯一的办法。

很快一切就绪。

李大军启动车，从慢到快，钢丝绳拉直绷紧，那辆车却纹丝不动。李大军知道这时候要慢慢拉，让那辆车一点一点受力，才能被拉动。如果用力太猛，极有可能把钢丝绳拉断，还会让那辆车受到震动，又会出现坠下悬崖的危险。

终于，那辆车一点点动了。

李大军加大油门，汽车发出"呜"的一声响，向前移动了。

他成功了。

车外的两位驾驶员叫了起来，他们也为李大军的这个办法叫好。

李大军仍然保持匀速，一点一点地拉动那辆车。

突然，他的车又发出"呜"的一声响，车身剧烈颤抖了一下。他的车从来没有出现过这种情况，而且从颤抖程度上看，可能发动机出了问题。他想起昨天下山时他的车也颤抖过一次，好在后来很正常，直至进入营区也没有异常反应。他本来是进入车场检查车况的，不料因为走神，居然把车开出了营区，后来又因为被复员前的复杂情绪搅扰，忘了再去检查车况。现在，车又颤抖了一下，作为经验丰富的老驾驶员，他断定他的车出了问题，应该立即停下检修。但是，此时他的车连着另一辆车，如果停止，那辆车就会倒退，就会再次滑向危险的达坂下面。

雪峰反射出的亮光，又照到了李大军脸上。

李大军一咬牙，把油门向下踩去，汽车发出"呜"的一声响。汽车加油后发出这样的声响是正常的，李大军有心理准备。但是紧接着车身便颤抖起来，像是有什么塞进了发动机中，让汽车的运转受到了阻碍。

李大军心一颤,但他一咬牙仍紧踩油门,不让汽车停下。汽车颤抖着向前挪动,那辆车被拉了上来。

那两名驾驶员欢呼起来。

李大军一脸汗水。刚才太紧张,他一直屏着呼吸,现在停了下来,人和车都安全了,汗就出来了,脚也似乎隐隐痛了一下。他顾不上脚疼,下车检查了一下车,脸色变了,车的情况比脚疼更严重,但车的情况他不说,脚疼他能忍受,遂示意那两名驾驶员开车下山。

一路无事,顺利到了零公里。

吃过早饭,汽车营的复员老兵集中起来,去部队医院体检。老兵们在昨天晚上都没有睡觉,早早地收拾好东西,坐到了天亮。到了出发的时间,没有吹哨子,老兵们主动站好队,向连队敬了一个礼。留在连队的战士们望着他们的背影,举手向他们挥别。

李大军对肖凡说:"连长,我的车出了问题,能不能让我多留一天,我把车修好,然后赶过去和复员老兵们会合?"

肖凡说:"你的车由连队来修,你就放心走吧。再说了,老兵们是统一去体检,谁也不能私自行动。你是班长,还请你支持连队工作。"

李大军点点头,叹了口气。

走出连队不远,一位老兵对李大军说:"李班长,刚才发生了一件事,有一辆车轰的一声散架了,报废了。"

李大军眼睛里有了泪水。

那位老兵以为李大军不知道是谁的车,便说:"李班长,是你的车,这一趟上昆仑山,你的车被累死了。"

李大军说不出话,泪水冲涌而下。

6

入冬后的第一场雪,在一夜间落了下来。昨天还是雨,下着下着像是谁在天空中泼了一层墨水,天就彻底阴了下来。天麻麻黑时听不到雨声,大家以为雨停了,出去一看惊得叫起来,这雨怎么变成了雪,正密密匝匝从天空中落下来,像是要把大地砸出坑。

评"昆仑卫士"的事已提上日程,因为汽车营常年跑昆仑山,所以也在征求评选意见的范围内。李小兵写了一份材料,陈述了评"昆仑卫士"的种种好处,但在权衡利弊时却犹豫了,对于出事的部队,该不该在评选范围内?如果被列入评选范围,这个称号将有失水准;如果不在评选范围,那么汽车营就没有任何希望。他拿着笔的手在颤抖,几次想落笔,却不知该写什么。田一禾的事,让整个新疆部队都震惊,还有何颜面去评"昆仑卫士"?这样想着,他发现自己已经在意见栏里写了一行字:出事的部队,不在评选范围内。他一惊,笔掉在桌子上。

"昆仑卫士"好是好,但与汽车营没有关系了。

这件事很快就过去了,很快上级下达了命令,让汽车营派车上山,把停放在三十里营房医疗站的田一禾遗体,拉到山下开追悼会,然后在叶城火化。李小兵听到消息后想,这样的事只有他亲自开车去做,换了别人他不放心。

营部院子里的那棵树上还残留有树叶,被雪一压就落了下来。院子里积了一层薄雪,那些金黄色的叶子落在雪上面,像张望着什么的眼睛。

李小兵看着那几片叶子,心想树叶落了,一棵树也就进入了冬眠,但汽车营必须派出一辆车上山。他想,他之所以要亲自开车上山,并不是不放心别人的技术,而是为了尊重田一禾。田一禾上山时,李小兵为他们送行,现在田一禾只能躺着下山,就由他去把田一禾的遗体接回来。

又起风了,地上的积雪被刮起,像是又下雪了。待雪落下,那些树叶便被淹没,院子里一片洁白素净。

李小兵无意一瞥间,看见李大军在笑。李小兵心里一紧,弟弟这一批复员的兵体验完返回连队后,都争着抢着为连队干活,但人人都觉得李大军的脚被冻坏了,最多也就帮炊事班洗洗菜,或者去喂猪,再或者干脆在床上躺着,也不会有人说什么。复员老兵哪怕躺上十多天,也不会有人说什么,毕竟在昆仑山上奉献了三年,这三年抵得上别人的十年。李大军却受到了刺激,他总觉得自己的伤脚像一个尾巴,无论他想做什么,都横过来摆在面前,提醒他身有不便,什么也干不了。李小兵也为此为难,作为营长,他希望弟弟像正常复员老兵一样,为自己的军旅生涯画上圆满的句号,但是李大军走路一瘸一拐,确实不太方便。现在,他猜得出李大军一定在想,如果跟他再上一次山,就干了一件体面的事,心里也就不再委屈。

但是他的脚能行吗?李小兵为弟弟担忧,一块鸡肉在嘴里,咀嚼不出滋味。

李小兵匆匆吃完饭,便去检查车辆。此次上山只有一辆车,等于是自己送自己上去,自己送自己下来。李小兵习惯在出发前检查汽车,只有仔细看过后才放心。他选出一辆车仔细检查,不错,保养得很好,没有任何问题。他准备回去,刚一转身发现李大军站在身后。他问李大军:"你来干什么?"

车场没有别人,李大军叫了一声哥。

李小兵没有应声,他身上落了一层雪,他用手把雪拍打掉,看着李大军不说话。

李大军又叫了一声营长。

李小兵应了一声,又问李大军:"你来干什么?"

李大军说:"你去三十里营房,带上我吧?"

李小兵反问:"你去干什么?"

李大军说:"你出了饭堂后,大家都在议论,我在这十天能干什么?是在炊事班做饭,还是去种菜,最不济也能喂猪。这样的议论就像巴掌一样,从炊事班到种菜,再到喂猪,把我一巴掌又一巴掌,扇到了最没用的地方。我伤心,就跟了过来。我是弟,你是哥,你今天给我一句话,我还能不能开车,还能不能上山,免得我心里不踏实?"

李小兵有些生气,但不能对李大军发火。他不能答应弟弟,无论战士们对弟弟有怎样的议论,毕竟弟弟的脚被冻坏过,上山还是不放心。于是,他用脚踩了踩地上的雪,对李大军说:"都下雪了,这次上山不是小事,你就不要凑热闹了。"说完,他觉得身上轻了,好像先前有石头压在身上,现在掉了下去。

李大军还想争取,李小兵一瞪眼,李大军一脸委屈,转身走了。

雪下得很大,李大军很快被淹没在了迷蒙之中。

李小兵在车场待了一会儿,才回到营部。他申请去三十里营房接人的报告,上级批下来了,但李小兵拿着报告的手却抖了一下,山上的海拔高,风雪大,气温低,此次上去会顺利吗?李小兵在这件事上心里有数,不能让李大军上山,就十天时间,咬咬牙就让他顺利复员回家。

天很快就黑了。

李小兵倒了一杯茶,却没有开灯,只是独自坐着,任黑暗慢慢淹没自己。如果这时候有人进来,会以为营部没有人。正这样想着,外面有人喊报告,李小兵起身开灯,打开了门。

是李大军,身上有一层雪。

李大军刚要开口说话,李小兵却说:"把身上的雪弄干净。"

李大军笑笑,拍打掉身上的雪。

"你又来干什么?"李小兵的声音带着怒意,说真的,他很矛盾,如果弟弟上山,他和弟弟的面子就不会掉地上(河南老家说法);如果弟弟不上山,他则心里踏实。

怎么办呢?

李小兵咬咬牙,准备在弟弟开口的一瞬,就拒绝弟弟的请求。那一刻,他只是营长,而不是哥哥。

没想到李大军却问:"哥,你黑坐着干什么?"

李小兵便知道李大军一直在注意他,便问:"你盯着我干什么?"

李大军说:"我没有盯着你,只是路过营部,看见你的房子里黑着,就知道你黑坐着,就想提醒你早点休息,明天一大早还要上山呢!"

李小兵看了一眼李大军,李大军没有说出让他担心的话,他坦然了。

李大军走了,李小兵关灯,脱衣上了床。明天又要上昆仑山,但愿一切顺利。

后半夜,李小兵梦见他牵着弟弟的手在山坡上走,弟弟走不动,他便用力拽弟弟,不料弟弟的手从他手中滑落,倒在了雪地上。他又去抓弟弟的手,弟弟却向山下滑去。他看见弟弟张着嘴在喊叫,他们近在咫尺,他却听不清弟弟在喊什么。不但听不清弟弟的喊叫,还抓不住弟弟,眼看着弟弟一直向下滑去,把山坡搅出一团灰尘。他想追下山坡去拉弟弟,却迈不开双脚。他以为自己的脚和腿坏了,便低头去看,并没有异样。他便又用力去迈双脚,终于走出一步。他赶紧往山坡下追去,却已经不见了弟弟。

他着急地喊,喉咙里像是堵了一团东西,他越急便越喊不出,间或还一阵疼痛。他不管了,先抓住弟弟再说。但是山坡上已经没有了弟弟的影子,他着急地向山下滚去,心想到了山底一定能找到弟弟。人在山坡上向下翻滚不费力,但是他却滚不下去,好像那山坡不是陡立向下,而是在他面前竖成了一面墙。他一急,觉得眼睛一阵疼痛,连睁开也很困难。他用手揉着眼睛,想让眼睛缓过来。慢慢地,他感觉到了亮光,心中一喜,我的眼睛还好着哩,没有被雪光刺坏。他试着慢慢睁开眼睛,看见了窗户,人也清醒过来。哦,原来是做梦了。幸好是一场梦,否则就失去了弟弟。他起床,慢慢穿好衣服。虽然天已经亮了,但还不到起床的时候,战士们都还在熟睡。他打开门,却看见李大军和另一位战士站在院子里,虽然只有两个人,却站成整齐的一队。李大军对他说:"营长,今天的路程长,早一点出发,早一点翻过库地达坂。"

李小兵还在想着梦里的事,李大军的话让他一愣,遂被拉回现实。弟弟真的要跟他上山,他哪怕再担心,也已无法改变。不过他又想,让其他人上山也会遇到危险,作为营长,他要考虑所有人的安危,而不仅仅只限于弟弟一人。这样一想,他心里踏实了。

吃过早饭,三个人出发。

李大军对李小兵说:"哥,我来开吧?"

李小兵一愣,心想最后一次了,就让李大军开吧,便点了点头。

第一天,一辆车紧走慢走,翻过库地达坂后天就黑了。山下在下雪,达坂上却不见一片雪花,看来入冬后的第一场雪只下在了山下,而山上的雪,不知什么时候才能落下。

第二天一大早出发,在傍晚到达三十里营房。西边的夕阳还闪着金光,雪山像是被镀上了一层金箔,一会儿黄灿灿,一会儿又变得雪白。

三十里营房没有下雪,至于前面下不下雪,他们并不会向前,无关紧要。

李大军提着水桶,向河边走去。车在高原上容易开锅(水箱不散热导致沸腾),所以需把车和人要用的水备足,第二天一早就可以上路。

李小兵想叫住李大军,却把话咽了回去。弟弟虽然脚不利索,但是如果现在叫住他,就等于偏护了他。这个头不能开,以后还有不可预测的危险,如果自己处处偏护他,另一位战士会怎么看?再说了,自己作为营长,应该把所有战士都当作弟弟,至于自己的亲弟弟,反而应该放在别人之后,不可优先考虑。

李大军提着水桶慢慢走远。

李小兵的心悬了起来,好像弟弟只要离开他的视线,就再也不会回来。他又想起那个梦,它仍然那么清晰,好像还没有结束,他和弟弟还在一场灾难之中。他叫了一声:"大军……"他的声音很小,只有他能听见。

李大军走下河堤,不见了身影。

李小兵的头一阵眩晕,三十里营房的海拔不到三千米,不应该是高山反应,为什么如此头晕?他摇摇头,才好受了一些。人在高原上不能有心事,否则就会情绪消沉,再加上高山反应,很有可能会一头栽倒。这一路上,他一直在想着"昆仑卫士"的事,心情变得越来越复杂,如果没有"昆仑卫士"这个事,汽车营倒也平静,但有了这个事,常年在昆仑山上奔波的汽车营,怎么能评不上"昆仑卫士"呢?但偏偏在节骨眼上出了事,他一路都难受,在海拔并不高的地方也会有高山反应。李小兵提醒自己要振作起来,你是营长。这一提醒心里就有了力量,头也不再眩晕。这是高原军人常用的办法,从战士到营长,这个办法屡试不爽,该用的时候自然会用。

头不晕了,李小兵看了看远处的雪山,天色已经暗了下来,积雪上面的亮光在迅速变暗,过不了多久就会被裹入黑暗之中。

李小兵吩咐那位战士:"可以做饭了。"

早一点做饭,早一点吃完,早一点休息,这是高原军人经常说的三个"早一点",在这三个"早一点"背后,暗藏着人对自然环境的把握,这是人的生存智慧。天黑了,人不可在荒野中走动,如果迷路,所有的山都是一样的山,所有的荒野都是一样的荒野,很有可能选错方向而走失。所以,天黑了人就躺下,不但省力气,而且也不会有高山反应。至于要干的事情,放到明天去干。

那位战士一阵忙乎,菜切好了,面条也拿出来了,却突然停了。

李大军还没有回来,没有水。

李小兵的心悬了起来。按说,弟弟应该提水回来了,但是他留下背影的河堤上,什么也没有。河堤下面就是河流,他把水桶放入河中盛满水,提起就可以返回。这个过程最多需要几分钟,但过去了这么长时间,他连头都没有冒出来,一定是出了事。真该死,自己刚才晕晕忽忽,以至于过去了这么长时间,都没有反应过来。

李小兵大喊一声:"去找人。"

那位战士便和他一起往河堤边跑,但毕竟是海拔近三千米的地方,没跑几步就慢下来,不停地粗喘。

李小兵没有停,仍在往前跑。

突然起风了。

风刮得很大,地上的沙尘被刮起,天色暗了下来。三十里营房的风刮得昏天暗日,让雪山变得模糊,让荒野好像在起起伏伏。其实荒野并没有起伏,只是大风像掀起的波浪,让荒野也有了起伏动荡之感。

李小兵一边跑,一边叫着弟弟的名字。

李小兵想起三十里营房曾经有一名女护士,在沙丘后面解手,突然刮来的大风让她迷失了方向,她以为是向着三十里营房在跑,结果却越跑越远,最后在旋风中窒息而亡。三十里营房的军人在大风停息后找到了她,她双手向前伸着,在生命的最后时刻,凝固了一个想抓住什么的姿势。

李小兵一阵恐惧,担心那样的事也发生在弟弟身上。

风更大了,天地之间一片模糊,河堤不见了。

河堤不见了,弟弟也就不见了。李小兵生出一个不好的预感。

李小兵不相信大风会把河堤刮走,便加快了脚步。风太大,他虽然很用力,大风却阻挡着他,他仍然跑不动。他又叫了一声弟弟的名字,用力往前跑,不料脚下一滑,便摔倒了。他想爬起来继续往前跑,双手却无力撑起自己。他一咬牙便往前爬,跑不动却能爬动,他不放弃。

李小兵一边爬一边想,弟弟的脚不利索,大风刮起时,他哪怕想跑也跑不起来,只能找个避风的地方趴伏下去,那样的话他就会安全。

风仍然刮得很大。

弟弟,你坚持住,哥来救你。

风一大,河堤好像不见了;风一小,河堤好像又出现了。不管风大还是风小,河堤都在前方,李小兵只要向前爬,就不会错。李小兵心里一阵欣喜,河堤近了,弟弟也就近了。

突然,李小兵看见一个模糊的东西向他移动过来。

是弟弟。

他用力往前爬,要一把抓住弟弟,再也不松开。

李小兵又想起那个梦,他在梦中抓不住弟弟,腿脚也不管用,追不到弟弟跟前去。难道那个梦是暗示?他不敢往下想,只是用力往前爬。

那个移动的东西近了,似乎向李小兵扑了过来。李小兵一阵欣喜,是弟弟,他也在大风中爬着,要爬到我这个哥跟前,我们只要手抓住手,就再也不会有危险。

那个移动的东西更近了,李小兵急于要看清弟弟怎么样了。风更大了,那个东西一下子就扑到了他身上。他觉得有什么砸在了头上,风在一瞬间好像停了,连风声也消失了。他觉得自己能够站起,便用手撑着地要站起。一用力,他浑身一阵灼热,紧接着又一软,就什么也不知道了。

李小兵醒过来后,发现自己躺在三十里营房医疗站的病床上。他问守在一旁的战士:"我怎么了?"

那位战士说:"营长,你被大风中的一块石头砸伤了。"

李小兵的头一阵疼痛,他顾不了什么,忙问:"我弟弟呢?"

那位战士一下子哭出了声:"营长,你弟弟没事,他只是被大风刮到了河里,这会儿也在病房里躺着呢。你放心,我们给他房间里生了炉子,很暖和。"

李小兵一声叹息,想爬起来去看看弟弟。

那位战士说:"营长,医生说你不能动,你还得躺五个小时才能下床。"

李小兵不听,就想去看看弟弟。

他一用力没有爬起,晕了过去。

7

好像是昆仑山压了下来,达坂、冰雪和石头,都在向下滚落。昆仑山是大山,如果连这样的山都会倾塌,不知这个世界还会发生什么?昆仑山之所以成为高不可攀的高原之峰,是因为几亿年前地壳运动,当时的海洋被挤压而起变成了青藏高原。变成青藏高原后屹立了多少年,难道现在要塌陷了吗?不,不会的,昆仑山也有身体,那么多年早已长得无比坚厚,怎么说塌陷就塌陷了呢?这样一想,像是刮过了一阵风,昆仑山变得模模糊糊,不再向下倾塌。李小兵一阵欣喜,心里也就轻松了,一轻松便清醒过来。

李小兵在昏睡中出现了幻觉。他扭过头向昆仑山方向望,这么一座具有王者风范的山,会有什么变化呢? 他笑了一下,遂提醒自己已经清醒,不要胡思乱想。

"营长,有件事我要对你说。"李大军走进病房,想对李小兵叫哥,但最终还是叫了一声营长。

李小兵看见李大军完好无损,便放心了,但是李大军如此郑重,一定有事。于是便对李大军说:"有什么事,你就说。"

李大军说:"这几年在昆仑山上跑上跑下,每次都在三十里营房停歇,一来二去就认识了一个姑娘,后来就和她谈上了对象。她去年在三十里营房开了一个饭馆,一直经营到了现在,生意还可以。"

李小兵很吃惊:"你为什么不早一点告诉我,害得我什么也不知道。"

李大军强作镇静地一笑说:"你是我哥,但也是营长,我担心别人议论这个事,所以没有一个人知道这件事。"

李小兵叹息一声,他是营长,在他手下当兵的弟弟便不得不如此谨慎,不过李大军马上就要复员了,以后不会有什么议论。一想到复员,他就又想到了李大军的去处,便问李大军:"你复员以后是回河南老家开出租车,还是上三十里营房开饭馆?"

李小兵说:"这个事……以后再说,眼下最重要的是,我送你从三十里营房下山。"

李小兵很诧异:"你的脚……能行吗?"

李大军说:"你成了这个样子,只有我开车送你下山最保险,你知道我的技术,难道你还不放心?"

李小兵知道李大军的驾驶技术过硬,一路绝对不会出现差错,但他还是不放心李大军的脚,于是他对李大军说:"部队会安排人送我下山,你不用操心。"

李大军说:"我已经决定了,虽然你是营长,但也是我哥,你现在成了这个样子,你得听我的。"

话说到这个分上,李小兵还能说什么呢?

三天后,李小兵的头上又换了一次药,可以下山了。出发时,李大军晚来了一小时,李小兵以为李大军对象的饭馆里有事,便劝他不要下山了,毕竟经营饭馆是大事。李大军一笑说:"没事。对象本来要和我一起下山,但是早上却变卦了,怕路上吃苦,不想下山了,害得我耽误了时间。"说完便上车,熟练地启动车,一切都很熟练。

李小兵不好细问,便上了车。

开车不久,李大军却憋不住,呼吸不自然地说:"哥,这个事我一直没有给你说,我准备复员后不回老家,就上山在三十里营房开饭馆,生意应该会不错。"

李小兵一阵恍惚,他天天忙汽车营的事,对弟弟关心不够,以至于弟弟都谈了对象,而且把复员后的生活都计划好了,自己居然一点也不知道。他掩饰着尴尬说:"那你复员后就上山好好开你的饭馆,我以后上山下山,就有吃饭的地方了。"

李大军想说什么,但最终没有开口。

汽车出了三十里营房,向山下驶去。李大军一脸凝重,好像仍然是汽车营的兵。他在这条路上跑了几十趟,哪个地方有弯,哪个地方有坡,早已烂熟于心。他把车开得很稳,李小兵坐在副驾驶位置上,一点也不觉得晃。

汽车转过一个弯,李小兵从后视镜中看见,三十里营房一晃就不见了。李小兵觉得这一趟上三十里营房,算是白来了,部队还得再派人上山来拉田一禾的遗体。昆仑山上的军人,时刻都面临防不胜防的死亡。有一位老兵,好不容易熬到下山,但就在下山的前一天晚上,却因为感冒引起肺水肿,一夜间丧失了性命。别人可以选择,唯独军人无法选择,到了昆仑山上,坚守也罢,忍耐也罢,他们都长久沉默,从来都不说什么。他又想到弟弟,不该让弟弟上山,之前的预感那么不好,但他觉得弟弟虽然是亲弟弟,但在汽车营首先是一名战士,而且是他手下的战士,所以他必须一碗水端平,像对待所有战士一样对待弟弟。就那样上了山,然后就发生了大风中的事情。这样想着,他觉得脸上有异样的感觉,用手一抹是眼泪。

汽车已行驶出很远。

李大军一边开车,一边喃喃自语:"再也不来三十里营房了……"

李小兵心里一阵难受。唉,弟弟因为年轻,加之不懂得防护,便在这样的夜晚被冻坏了脚,这次又差一点出事。一想到弟弟他就后悔,一则不应该让弟弟上山,二则不应该轻视那场风,昆仑山上的风有多厉害,他是清楚的,但在那一刻为什么就同意弟弟去提水呢?事后他想过多次,唯一的理由是,弟弟马上要复员,他希望弟弟在提水这样的小事上,也仍然像一个兵。那样做是对还是不对呢?他觉得对,又觉得不对,到了最后便没有了答案。

他又想,弟弟不打算回去,在三十里营房开几年饭馆挣上了钱,过几年就不瘸不拐了,倒也好给父亲交代。

没有办法,李小兵只能这样想。

汽车很快开上一个达坂,李大军放慢了车速。李小兵有些疑感,以李大军的技术大可不必这样,一脚油门踩下去就会开上去。但李大军的脚不利索,他不好意思提要求。

达坂不高,汽车爬得很慢,驾驶室里的气氛有些沉闷,人就有些着急。终于,李小兵忍不住了:"大军,为什么开这么慢?"

李大军不说话。

李小兵又问:"是怕颠着我吗?"

李大军说:"是。"但又马上说,"不是……"

是与不是,都无须再问。李小兵为田一禾的事一阵伤心,本来上山是来接田一禾的遗体的,却是自己被这样送下了山,田一禾的遗体,只能由部队另行安排人和车拉下山。一股复杂的感觉涌入心里,李小兵的眼睛湿了。

李大军发现李小兵在哭,便安慰他:"营长,你不要为田一禾的事伤心。"

李小兵擦去了眼泪。

汽车终于爬上了达坂,开始向下行驶。李大军仍把车开得很慢,好像下达坂和上达坂一样艰难。车上达坂,发出沉闷的声响实属正常,听起来也不奇怪。但下达坂控制车速,发出的声响便颇为沉闷,像是心上堵了什么,听得人难受。

李大军发现了李小兵的不自然,但仍然把车开得很慢,好像车一快就会失去控制。

李小兵想,在昆仑山开车的人,一向开车谨慎,除了对生的珍惜,也有对死亡的恐惧。但是这是一辆空车,仅在驾驶室里有两人,李大军在担心什么?

达坂顶上有雪,汽车向下行驶,达坂顶上的雪越来越远,也越来越模糊。汽车终于下到了达坂底部,后视镜中便再也看不见雪了。

李小兵问李大军:"你怕冷吗?"

李大军想回答是，但犹豫了一下说："不是，我不怕冷，是汽车怕冷。"

李小兵知道，"汽车怕冷"这句话，只有昆仑山上的汽车兵能听懂，山上海拔高，气温低，尤其到了冬天，早上发不动车是常事。所以，汽车兵在野外露宿，宁可把被子蒙在汽车的发动机上，自己也不盖。他们常常说，汽车在晚上被冻"死"了，人的命也就没了。这话不假，汽车发动不了抛锚在荒野里，人不是被饿死渴死，就是被狼吃掉。昆仑山上的狼觅食极难，见了人会拼命往上扑，到最后不是它们被累死，就是人被它们咬死。但现在不存在这些情况，从三十里营房下山，海拔会越来越低，空气会越来越充足，人的心情也会越来越好。为什么李大军仍然如此谨慎小心，如履薄冰？唯一的可能，就是李大军在昆仑山开车习惯了，不到叶城把车停下，便不会放松。

李大军看出李小兵在想什么，便不说话，直至看见李小兵神情放松了，才对李小兵说："汽车不怕冷。"

李小兵脑子里关于汽车怕冷的概念根深蒂固，听李大军这么一说，便问："既然汽车不怕冷，你担心什么？"

"我担心汽车里的……被冻坏……"李大军欲言又止。

李小兵觉得李大军有心事，但又不好问，便沉默了。

汽车下了达坂，驶上了平路。

李小兵忍了忍，还是问李大军："你到底有什么心事，能不能给我说说？"

李大军说："还是到了零公里再说吧。"

汽车仍然行驶得很慢。

整整一天，汽车都行驶得很慢。

李小兵已经习惯了车速，有时候睡一会儿，李大军便把车开得更慢，像是怕颠疼了他。他醒来明白了李大军的良苦用心，便一笑,李大军也一笑,遂加快车速。其实只是稍微加快了一点,车不晃也不颠。

天慢慢黑了下来,经过麻扎达坂下面的一家饭馆,李大军将车开进饭馆院里,招呼李小兵:"营长,老地方,老规矩。"说着一笑,转身对小饭馆里面喊叫,"老板,两个过油肉拌面。"

汽车营每每上山下山,都在这里住宿吃饭,李小兵自然忘不了这个老规矩。他一笑,随李大军进了饭馆。

吃过饭,天就黑了。

李大军去检查车了,饭馆里没有别的食客,显得格外清静。李小兵走出饭馆,看见李大军点了一支蜡烛,插在了车后厢的缝隙里。他便走过去问李大军:"你这是干什么?"

李大军说:"没什么,车上多余的蜡烛,不用的话浪费了。"

李小兵觉得李大军的举止怪异,但不好细问,便劝李大军回去早点休息,李大军应了一声,二人便进入饭馆旁边的旅馆睡了。

半夜,李小兵恍惚听见李大军起床出去了,他本想起来去看看,但是头一阵疼,便躺着没动。他想,可能那蜡烛燃尽了,李大军要去换一根,或者李大军怕蜡烛倒了,是去扶了一把。李大军为什么要点蜡烛呢?他想不出答案,头一疼,又模模糊糊睡去。

第二天一大早便出发了,翻过库地达坂,到了普萨。这里离零公里只有六十多公里,汽车营的兵在这一段路上会把车开得飞快,以期待早一点回去,吃一顿好的,洗一个热水澡,然后倒头就睡。但李大军却仍然把车开得很慢,好像不忍心把这一段路走完。

李小兵想,李大军是最后一次在这条路上开车,他要尽量慢下来,让自己在这条路上多开一会儿车。

李大军为了活跃气氛,便没话找话对李小兵说:"营长,听说要评'昆仑卫士'了,咱们汽车营的人有没有希望?"

李小兵说:"评'昆仑卫士'是好事,尤其对咱们汽车营的人来说更是莫大的荣誉。但是汽车营出了田一禾这样的事,你说还能评上吗?"

车身颤了一下,是李大军有些吃惊,方向盘偏了一下。但他是老汽车兵,很快就稳住了方向盘。

迎面有阳光照过来,但很快又被什么遮掩,消失得无影无踪。

李大军只顾开车,李小兵也不说话,汽车虽然开得慢,但声音显得很大,像是一头钢铁巨兽在缓慢爬行。

慢慢就接近了零公里。汽车营的烟囱和围墙,都已经看得清清楚楚。汽车再过一个桥,十几分钟就能开到供给分部大门口。

突然,汽车颠了一下,然后失去控制,歪斜着冲到了路基下。

李小兵的头撞到车玻璃上,一阵眩晕后昏了过去。在昏过去的一瞬,李大军的影子在他眼前闪了一下,好像对着他喊叫什么。他想起李大军去抚摸零公里路碑时,也是这样的神情。尤其是去提水时消失的一瞬,又模模糊糊浮现在了李小兵眼前。他想阻止弟弟去提水,因为那样一去就会有危险,但是弟弟还在喊叫,他一急,便彻底昏了过去。

李小兵醒过来后,发现李大军抱着他,正在用军用水壶往他嘴里喂水。他喝了一口水,身上也有了力气。汽车陷进了路基下的沙子里,只有叫汽车营的车来拖了。于是他对李大军说:"咱们只有走回去了。"

李大军说:"没问题,咱们能走回去,但是还有一件事要办。"

"什么事?"李小兵问李大军。

李大军说:"田一禾的遗体在车上。"

"什么?"李小兵吃惊不小。

李大军一下子哭出了声："营长,我把田一禾的遗体拉下山了,他一路上一直和我们在一起。"

　　李小兵慢慢挪向车厢。不是他走不动,而是他的脚步很沉重,每挪一步都很艰难。田一禾一直与他离得这么近,一场悲怆的死亡,像石头一样压在他身上。因为他受伤了,便委托战士先把田一禾埋在三十里营房,待他日后再上来迁坟。但是他没有想到,李大军却悄悄把田一禾的遗体装在了车上,李大军一路把车开得这么慢,是为了不让田一禾的遗体受颠簸。还有李大军在麻扎点蜡烛,原来是为了给田一禾守灵。李大军之所以这样做,是因为他的哥哥是营长,只有这样做才算称职。李小兵心想,我这个当哥哥的,因为受伤却什么也做不了。唉,在昆仑山上当兵的人,人人都有一本苦难账,谁又能算得清?

　　李大军打开车厢遮布,田一禾的遗体躺在车厢里,看上去像是睡着了。

　　李小兵想爬上车厢,把田一禾背走,但是他的头一阵疼痛,跌倒在地上。

　　李大军把李小兵扶起,然后说:"我来吧。"说完,上车将田一禾的遗体背下来,没有对李小兵说什么,便向供给分部走去。

　　李小兵跟在李大军身后,供给分部近了,零公里也近了,但田一禾已永远看不见。

　　第二天,李大军接到了调往另一部队的命令。

　　要走了,李小兵去送李大军。李大军对李小兵说:"通知下来了,我们这一批兵明天就正式复员离开汽车营。"

　　李小兵很诧异,便问:"怎么这么快?"

　　李大军苦笑一下,没有说什么。

　　李小兵问李大军:"你准备上三十里营房吗?"

　　李大军说:"不去了,这辈子都不去了。"

李小兵很诧异,便问:"为什么?"

　　李大军苦笑一下说:"送你下山时,对象提出分手,三十里营房已没有什么让我牵挂的了。至于去哪里,现在还没有想好,过了这个冬天再说吧。不过你放心,我现在一瘸一拐这个样子,绝对不能回老家去,不然咱们的老父亲受不了。"说完,就转身走了。他走路一瘸一拐,看上去有些不方便。他知道自己的腿脚不便,便掩饰了一下,看上去又和正常人一模一样。

　　李小兵一阵难受,对着李大军的背影说:"大军,我帮你在供给分部附近开个饭馆,或者在供给分部附近开出租车。"

　　"不急。"李大军背对着李小兵挥挥手,径直走了。

第三章：遥远的约会

8

马静到达供给分部后,觉得这里不像部队,而像家属院。

马静一眼看过去,这个部队大院里女人多,兵却很少。远远地有几个穿绿军装的人,她以为是兵,走到跟前发现还是女人。她打听后才知道,昆仑山上条件艰苦,藏北军分区成家的军人,便都把家安在供给分部,他们上山后,家中便只有家属,所以供给分部的女人便多。这些家属们喜欢穿军装,把丈夫多余军装上的肩章和领花摘下,就穿在了身上。至于兵少,是因为过冬的兵都不下山,而汽车兵最后一次从山上下来后,大多数人都回家探亲了,大院里便见不到几个穿绿军装的兵。

马静感叹,田一禾当兵的地方,真是艰苦!

马静还不知道田一禾出了事。田一禾在快下山时给马静发过一封电报,马静接到电报后,就从兰州出发了。相隔越远,思念便越激烈,一有想法便再也按捺不住,心就飞了。心飞了,人就跟着心走,哪怕再远也不怕。马静不知道,她乘坐的火车上,有常年分居两地的军人和家属,像她一样不是来就是去,在奔赴一场场遥远的相聚。有一位昆仑山上的军人两年没有回去,好不容易回去了,却因为在山上被强烈的紫外线照射,加之又掉发秃了顶,去火车站接他的妻子和女儿,但她们却没有认出他,他走到妻女身边叫她们,她们以为他是陌生人,对他置之不理。他一阵难过,只好报上自己的名字,妻女才反应过来,三人随即抱在一起,又悲又喜。田一禾有一次想在信中提及这件事,想了想觉得会把马静吓坏,遂一字未提。马静出发后,一路幻想着爱情的甜蜜情景,所以不会想到昆仑山上的艰苦,更不会想到田一禾会有危险。火车奔驰得很快,她的心比火车还快,早已飞到了零公里旁边的供给分部。

马静出发后不久,田一禾就在山上出事了。当时的马静在路上,无法与田一禾取得联系,不知道发生了什么。好在田一禾接到要在多尔玛边防连停留几天的通知后,托人带话给战友李鹏程,委托他照顾马静,他完成任务后马上下山。李鹏程应诺,一定照顾好马静。

马静快到时,供给分部主任和政委觉得她一路劳苦而来,恐怕受不了打击,所以让她先休息一天,明天再告诉她田一禾牺牲的消息。稳住马静的任务落在了李鹏程身上,他在负责接待马静的同时,还要严防消息传到马静耳中,务必让马静先休息一晚上,明天由供给分部主任和政委亲自向马静告知实情。这样的事曾发生过好几次,有一位汽车兵在山上出了事,供给分部通知他家人来部队处理后事,结果那汽车兵的父亲悲伤过度,在半路犯了心脏病,到乌鲁木齐住进了医院。因此,之后再遇到这样的事,他们都先隐瞒实情,等家人到了再告知实情。次数多了,阿里汽车营军人的家属,都怕接到让他们到部队的通知,接到那样的通知,就知道孩子在部队出事了,只能一边流泪一边出门,一路都湿着眼睛。新疆太遥远,从新疆之外的任何一个地方前往新疆,长则四五天,短则两三天,才只是到了乌鲁木齐,要去北疆还得一天,而去南疆又得两三天。人常说,不到新疆不知中国之大,不到南疆不知新疆之大,只有到过乌鲁木齐又到过南疆的人,才会对此有最真切的感受。

马静从兰州到乌鲁木齐,坐了两天一夜火车,买上去叶城的夜班车(二十四小时由两位司机轮流开)票后,才知道从乌鲁木齐到叶城,又是两天一夜。真远啊!田一禾在一次通信中引用了一位新疆诗人的诗:"为了爱情,博格达不嫌远。"她为了爱情也不嫌远,但漫长的旅程仍让她焦灼,到了乌鲁木齐,她看了一眼耸立在这座城市一隅的博格达雪峰,她觉得它像一顶洁白的王冠,戴在山之上,反射着肃穆圣洁之光。怪不得诗人会那样写呢,站在乌鲁木齐街上一抬头就能看见博格达雪峰,要上去却不是易事,但是既然诗人那样写,就一定有人上去过,以后如果有机会,和田一禾一起去一趟博格达雪峰。这样想着,她心里好受多了,在乌鲁木齐的一家宾馆睡了一晚,第二天一大早就上了开往叶城的夜班车。

到了叶城,马静出了车站,看见一位军人匆匆向她走来。是田一禾吗?她是奔着田一禾来的,来接她的人,除了田一禾还会有谁呢?突然刮过来一阵风,让马静皱起了眉头。她一路奔波而来已被折腾得疲惫不堪,加之风刮得这么大,她便站在那里等田一禾过来。风很快掠起灰尘,呛得马静一阵咳嗽。向她走来的田一禾突然不见了,难道看错了,刚才的那个人不是田一禾?马静揉了一下眼睛,哦,田一禾还在,刚才有几人路过,堵住了他的身影。待那人走近,她才看清不是田一禾。虽然她和田一禾自从高中毕业后再未见过面,但是来人的个头和体型,与她记忆中的田一禾完全不同。也就五六年时间,田一禾不会变化这么大,来人不是田一禾。

马静更不想动了。

来人刚到车站就刮起大风,而且灰尘久久不散。马静想,他远远看见我,一定会判断出我就是马静,他并不急于走过来,是因为灰尘太大,担心如果说话,灰尘会钻进我嘴里,所以等着灰尘散了再和我说话。风还在刮,灰尘便不散,马静用手捂着嘴,来人在她眼里变得模糊起来,甚至周围的人都只是轮廓。

马静想对来人打个招呼,如果他带车来了,就赶紧上车吧!她刚要开口,却发现来人头一扭转身而去。马静一阵懊丧,来人不是来接我的,她用手扇了扇灰尘,又捋了一下头发,要把头发捋干净。在这样的地方这样做没有用,她刚捋了一下,风又把灰尘掠起,她也变得模糊起来。风很大,灰尘一层又一层被掠起,周围的一切好像在,又好像已被什么吞噬。马静一惊,仔细一看才发现那人为了避灰尘,躲到了一棵树下,那树的后面有一堵墙,风小一些,灰尘也薄一些。马静正疑惑间,那人却走过来对马静说:"我叫李鹏程,替田一禾来接你。车停在外面,咱们出去才能上车。"

马静问李鹏程:"田一禾为什么没有来?"

李鹏程说:"田一禾临时接到任务还没有下山,你在供给分部等一两天。"这几句话他已经在心里练习了好几遍,此时说出,虽然心有悸痛,但语调还算正常,马静听后倒也平静。但那棵树上却落下一层枯叶,全都落在了马静头上。树叶本应该在入秋后落尽,不知为何却残留到了现在,一下子就落到了马静头上?马静又变得模糊起来,像是只要她一来,又是风又是灰尘又是落叶,要把她吓回去。李鹏程赶紧伸手帮马静把那树叶弄下去,领着她向外走去。

到了供给分部,不知详情的马静想上山去找田一禾,都跑了这么远的路,哪怕再跑两天一夜,她也不在乎。田一禾曾在信中说,他们汽车兵之所以驻扎在山下,是为了方便运送物资,其实他们一年有半年时间在昆仑山上。马静很想看看昆仑山,而且她觉得上山去与田一禾会合,然后和他一起下山,等于把他从山上接了下来,多浪漫。

李鹏程听了马静的想法后,面露难色不说话。他很快意识到这样会让马静起疑心,便打算把上山不易告知马静,一则可分散马静的注意力,二则也让马静了解一下山上的情况。他还没有开口,却看见马静头发上留有一片小树叶,他突然觉得马静又变得模糊起来。奇怪,没有刮风也没有起灰尘,为什么又会这样?一愣之后又看到了完好无损的马静,他遂断定是自己的视线出了短暂性问题。他揉了一下眼睛,却不知该帮马静把那片树叶取下,还是提醒马静,让她自己动手?空气中好像有沉重的东西压了下来,他有些胸闷,他知道不是高山反应,叶城的海拔低,不会让人出现高山反应。但沉重的感觉还在向下压,他的头开始疼了,腿也发软。他深呼吸一下,眼前的马静还是那么模糊。他想,马静是不是也被这沉重的感觉压着?很快,他看见马静头上有什么在动,那片树叶像是被一只看不见的手翻动了一下,就掉了下来。马静没有反应,那片树叶落到她脚边,归入寂静的时间。

李鹏程愣怔不已,自己的眼睛出问题了吗,为何总是一看见马静就变得模糊?

马静看见李鹏程发愣,长久不说话,便问:"我想上山去,行不行?"

李鹏程醒过了神,赶紧告诉马静:"太远了,你去不了。"供给分部主任和政委千叮咛万嘱咐,今天先把马静稳住,等到明天告诉她田一禾的事,如此这般怎么能考虑让她上山呢?所以,他只能以太远为由,让马静打消念头。

马静不知道此时的李鹏程心里翻江倒海,便问:"有多远?"

李鹏程说:"一千多公里。"

马静说:"一千多公里不算啥,无非在路上多费一些时间。"

李鹏程说:"这一千多公里,可不是平常的一千多公里。"

马静问:"为什么?"

李鹏程说:"这一千多公里,一路上不是雪山就是冰河,而且风餐露宿,你一个人根本上不去。"

马静不甘心,又问:"有别的办法吗?"

李鹏程心里一抽,但脸上没有暴露出什么:"只能在供给分部等。"

马静便只好等。

李鹏程安排马静在招待所住了下来。马静是中午到供给分部的,李鹏程一直陪着马静说话,说累了,没话再说了,就带马静出去走走。汽车营虽然习惯上叫阿里分区汽车营,却因为军分区远在阿里首府清水河,所以划归给供给分部管理。供给分部也叫藏北军分区供给分部,负责藏北军分区的后勤保障,把汽车营划归到这里,合情合理。供给分部有一个特点,人员变化大,昨天住在这里的人,也许今天就离开了。人常说铁打的营盘流水的兵,这句话在供给分部或许应该改一改,说成是铁打的供给分部流水的家属。马静是第一次来,自然没有人认识她,李鹏程倒也不怕会走漏风声。供给分部是一个不大的院子,他们二人很快把能看的都看了,便坐在路边的椅子上说话。马静问李鹏程:"你有对象吗?"

李鹏程脸色就沉了:"你来的前一天,我刚把对象送走。"

马静有些惋惜:"如果她多待一天,我就能见到她。"

李鹏程面露难堪之色:"她一天都不愿意待了……"

马静不好再问什么,她猜得出,李鹏程的对象在离开时提出了分手。她想安慰李鹏程,却不知该说什么,便就那样默默坐着。

阳光很明亮,不一会儿便照得她身上一阵暖意。她抬头往头顶的树上望去,那上面有一个鸟巢,一只鸟儿落下后,另一只鸟儿跟着也落了进去。她想,那应该是恋爱中的两只鸟儿,一只在哪儿,另一只必然会跟随其后。这样一想,她便为自己感叹,她千里迢迢从兰州来到供给分部,连一只鸟儿也不如。但她又提醒自己,鸟儿也有不在一起的时候,它们能一起回到这个巢中,也许等待和盼望了很长时间。她安慰自己,耐心等几天,田一禾就从山上下来了,那时候的她和他,就是两只自由快乐的鸟儿,可以天天待在一起,待在属于她和他的爱巢中……马静想象到了某种具体的场景,脸红了。马静担心李鹏程会发现她的内心反应,便低下头去。过了一会儿,她无意一扭头,发现李鹏程在呆呆地看着她,眼睛里有不自然的神情。她便起身对李鹏程说:"回去吧。"

李鹏程说:"我送你回去。"

马静没有说什么,李鹏程便跟在她身后向招待所走去。到了招待所门口,马静愣了一下,李鹏程感觉到了什么,便停住脚步,却没有要返回的意思。马静只好没话找话:"在昆仑山上当兵的人,都不好找对象吧?"

李鹏程说:"不好找。"

马静又说:"有对象的人,都是怎样找上的?"

李鹏程的眉头皱了一下说:"只能靠碰,碰到了就拼命地追。"说完不好意思地笑了笑。

马静想起收到田一禾突然表白的那封信时,她被吓了一大跳,当时田一禾在她的印象中,还是高中时的样子,她对他的其他一无所知,所以她觉得田一禾很唐突,但不知道为什么,她却像被一只手紧紧抓住了一样,心里就有了田一禾,她不知道田一禾的具体情况,于是就想象,时间长了连想象也变得特别美好。现在听李鹏程这样一说,她就理解了田一禾,在昆仑山连女性都见不到,找对象确实是难事,而一旦把一位姑娘锁定为追求目标,难免会冲动。她想问问李鹏程女朋友的事,又觉得人家刚分手,她问的话等于揭开人家的伤口,便把到了嘴边的话咽了下去。

李鹏程发现马静的神情有异样,便说:"其实在昆仑山上当兵,找对象难并不可怕,可怕的是经常会有生命危险。"

马静一惊,忙问:"有什么生命危险?"

李鹏程马上意识到,他的话已经超出谈论找女朋友的范围,而且马静接下来一定会问,田一禾在山上会遇到什么危险,为什么别人都下山了,唯独田一禾没有下来,是不是出了什么事?如果马静追问到底,田一禾已经死亡的事,就会被她问出来。于是,他把话题一转说:"那样的事很多,以后我慢慢告诉你。"为了把马静的注意力引向别处,他又说,"山上的军人普遍大龄未婚,有的人四十多了还没有对象,就拿我来说,今年都三十岁了,才谈了个女朋友,没想到很快又回归到了没有对象的队伍中……你长得太像她了,我第一眼看到你时,还以为是她回心转意,回来找我了。"

李鹏程最后的话,又让马静一惊,不知该说什么了。她看见马路边有几棵干枯的花枝,上面残留着枯萎后变黑的花蕾。她想,这几棵花在夏天一定盛开得很艳丽,也许田一禾从这儿走过时看过几眼,他看过这几朵花最美的时候。这样一想,她笑了一下,向李鹏程道一声别,准备进门。李鹏程突然在马静身后说:"你长得很像她。"

马静一愣,知道李鹏程说的"她"是他的对象,这句话像电流钻进她心里,她一阵紧张,赶紧进了屋子。她和田一禾用通信方式谈恋爱至今,没什么经验,所以她被李鹏程的话吓坏了,他这样说是什么意思?她心里有很奇怪的感觉,只想赶紧离开。她进屋关上门后,才舒了口气。也许李鹏程刚才说那句话并无他意,她只是长得像他的对象而已,加之他还没有走出失恋的阴影,一冲动就说出了那句话,不必太在意。

下午,李鹏程没有来。

马静觉得有风突然刮过来,一下子就将她裹了进去,但那场风很快又刮走了,她只是内心惊悸,并未遭受什么。她隐隐约约感觉到,这里的人有些奇怪,李鹏程那样看人很不礼貌,也不该那样说话。她想,田一禾不会也是这样吧?如果是,她这一趟就白跑了。她害怕事情真的变成那样,便不再去想。她想起刚到叶城时刮过的那场风,还有被风掠起的灰尘,那么吓人,让现在待在房间里的她,觉得又有风刮了过来。刚才,她差一点要走到窗口去看外面的风,好在很快清醒了过来,才知道老天爷并没有刮风。马静心想,如果我在这里时间长了,也会变得不正常吗?这样一想,她理解了李鹏程,心里也好受了一些。

马静觉得孤独,却只能一个人待着。她倒希望李鹏程来看她,和她说说话,但是她知道李鹏程不会来了,她不知道李鹏程心里想什么,但李鹏程一定知道她心里的想法,作为田一禾最好的战友,受田一禾之托照顾她,李鹏程应该会把握好事情的分寸。这样一想,她安静下来。

时间过得很慢,只有孤独和寂寞。

马静内心安静下来,她往昆仑山方向看,看一会儿,时间也就过去了。马静觉得田一禾在山上一定很辛苦,缺氧、寒冷、吃不上蔬菜、紫外线强烈、看不上电视……相比起来,自己在山下要好得多,有什么可伤感呢?这样一想,她不再孤独,心想她的心与田一禾的心在一起。她向着昆仑山方向念叨,田一禾,你在下雪天要多穿衣服,不要冻着;天晴了,你要出去走走,晒一晒太阳。她隐隐感到田一禾也在对她说话,于是在出门时念叨一句,田一禾,我要出去转转,去的地方都是你熟悉的,我走一走,也就替你走了。回来进屋,她又念叨一句,田一禾,我今天看到的都是你看到过的,我看一看,也是替你看了。

时间长了,马静便感叹,田一禾啊,我们谈恋爱,是通信恋爱;我来看你,也只能幻想我们在一起。这样的恋爱方式,在别的地方根本见不到。一切都因为昆仑山,它太高,人爬不上去,因此很多事情都会被改变。

这样想着,马静又是一愣,咱们虽然恋爱了,却还没有见面,但尽管如此,我们的事情不会被改变。

屋子里很静,炉子里的煤在燃烧,间或发出"呼呼"的声响。因为无事可干,马静便把炉子烧得很热,屋子里很暖和,有时候会让她出汗。

田一禾在山上会不会也是这样?马静断定也是这样,山上的条件虽然艰苦,但是保障很到位,在这样的天气一定有足够的煤取暖。

马静只能想象出大概,比如田一禾在执行什么任务,是艰苦还是轻松?他待的地方海拔高不高,氧气是否充足?她想象不出具体的境况,便心里没底,只能暗自希望田一禾平安,只要平安,哪怕吃再大的苦,受再大的累,但人还在,就一切都在。

这样一想又让马静一愣,她暗自责怪自己,马静,你不能胡思乱想,在这儿耐心等待,过几天田一禾就下来了。下来了会怎么样,她心里产生了一个想法,一见面就给田一禾一个大大的拥抱。她记得一部电影中的一个镜头,好像是王祖贤扮演的女主角,扑向男人用手勾住对方脖子,用双腿夹住对方的腰。那一刻的女人性感至极,也美丽至极,尤其从背影看上去,让马静觉得女人都会爱上她。这个想法让马静内心一阵骚动,很快身上就躁热了。她内心的某个隐秘的门被打开了,好像有一个小动物窜来窜去,她想把它按下去,却反而变得更激烈,让她一阵眩晕。如果田一禾下山后,提出要和我住在一起,该怎么办?她没有谈过恋爱,从兰州一路而来未曾想过这个事,现在想想本来是为了解决问题,但她却想到了更具体的细节,只觉得一股热流在身体里涌起,她的脸一下就红了,呼吸也变得不自然。她咬了一下嘴唇,好像刚才的想法被她说了出来,被好多人听得清清楚楚。她起身擦掉脸上的汗水,一口气喝掉整整一杯水,才平静下来。

她有些羞怯,但又觉得幸福。

有车进了供给分部院子,她便从窗户往外看,期待是田一禾坐车下了山。车上下来的人中没有田一禾,她失望了。她看着那几个人提着行李,各自向不同的地方走去。有一个小伙子,看上去二十多岁,朝马静住的这边看了一眼,她产生了幻觉,好像田一禾在他们里面,马上就要向她走过来。那小伙子却只是随意看了一眼,就去了别处。马静失望了,随即也清醒过来。她看着那小伙子,心想他如果有女朋友的话,一定是去看她了,他们分开多长时间,半年还是一年?听李鹏程说,他们上山最短半年,最长两年,至于一年则比比皆是。那么这个小伙子最少有半年没见女朋友,他看上去要急于回去,他的女朋友也一定在急切等待着他。马静这样想着,不由得叹息了一声,唉,她不知道那小伙子有没有女朋友,她把他当成了田一禾,把自己当成了他的女朋友。

房间里很安静,时间长了,马静待不住,便走出供给分部,往库地方向走去。李鹏程的话并没有打消她想上山的想法,加之一个人待得太郁闷,她更想上山。她知道没有人徒步翻越库地达坂,她走不了多远就得回来,但是她想走走,如果田一禾刚好在这个时候下山,就能看见沿着马路行走的她,那样的见面该有多好。但是她又不能肯定事情这么巧,她只想走走,走到哪算哪,然后就回来。

身后好像传来一个声音：别走远了，早点回来。她听出是李鹏程的声音，回过头，身后却没有人。

没有人，那声音是从哪儿传来的？

难道是自己听错了？

或者是李鹏程觉得不方便，说完便迅速离开了，但是再快也不会话音刚落，连影子也不见了吧？

马静只能认为是自己出现了幻觉，把风听成了李鹏程的声音。她苦笑一下，一个人在招待所待得太久，都不正常了。她又想起山上的战士，他们常年待在孤独和寂寞的环境中，又该如何忍受？边防总得有人守，山上总得有人待，他们一年又一年地待在那儿，不知道山下的世界是怎样的，山下的人亦不知他们过着怎样的日子。也许，只有他们的亲人了解他们。亲人……亲人……她重复念叨着这两个字，停住了脚步。以后，她会成为田一禾的妻子，会成为他的亲人，也会成为最了解他山上生活的人。田一禾在信中对昆仑山所提不多，所以她从兰州出发时也不清楚昆仑山，更不知道田一禾在山上是什么样子。现在知道了，她心里有复杂的滋味，但是她不怨田一禾，只是想，以后在一起生活，她要多担待一些，不要让田一禾分心。

想着这些，马静不知不觉已走出很远。

前面就是库地达坂，马静看见达坂顶的积雪闪着光，像是无数刀子在闪动。积雪下面，是那条像盘龙一样的路，那就是延伸向昆仑山的"新藏公路"。其实，马静出了供给分部，一脚踏上的就是新藏公路，但从来没有人像她这样走向库地达坂，只有汽车营的车会开上去，但没驶出多远，便是人烟消弭的大戈壁，孤寂却又宽敞。过一会儿，大戈壁慢慢向上隆起，就看见无数座山峰连绵成了一座大山，在天空下逶迤成一片，昆仑山就这样一点一点袒露出来。马静想，田一禾就是坐着汽车营的车，上了库地达坂,去了昆仑山。

　　天有些昏暗,马静觉得凄冷,但这种凄冷很快就消失了,有两辆汽车从她身经过,发疯似的往公路深处驰去,很快就出了油黑发亮的柏油路,冲进了戈壁中的沙子路。在褐黄苍凉的戈壁上,柏油路一断,一条沙路就出现了。沙路才是大戈壁真正的脚掌,加之沙子散发出的气味,让人觉得沙路有隐隐向前迈动的感觉。这条沙路延伸到库地达坂上,盘旋回绕而去。马静看见那两辆车在库地达坂上慢了下来,像是终于领略到了昆仑山的厉害。她有点眩晕,觉得那两辆车被一根细发垂吊着,一不小心就会掉落进达坂。好在那两辆车爬了一个多小时,慢慢到了达坂顶,然后一晃不见了。马静看着积雪的达坂,感到透过来一阵阵寒气,袭她魂魄……

　　马静转身往回走,想起中午时,李鹏程对她说过一件事。有一次汽车营上山送完冬菜回来,走到库地达坂半山腰,山突然坍塌,怪得很,李鹏程的前后全都落了石头,堵得死死的,就他的车好好的。他一下子就愣了,进不能进,退不能退。前后的战友都停下来帮他,但谁都不敢动车,山上还在落着细土和石头,万一启动马达,也许会把山坡上松散的石头震下来。他们无可奈何,在旁边傻坐了半天,等到山坡上没有再落下石头,大家才开始把车子前后的石头和沙土挖掉。挖完之后,小心翼翼地启动车向前开动。最后一辆车刚通过,就听到山上一声巨响,一块比汽车大好几倍的石头落下来,路当即被砸断。当时的情景很吓人,一条路露出一个大口子,像恐怖电影里食人兽的大嘴。那块石头一直滚到沟底,后来修路的人听说了它干的坏事,用十公斤炸药把它炸碎后铺了路基。其实,这样的事在昆仑山上有很多。人家说,库地达坂是昆仑山的门户,你只要翻过库地,就等于被关在了里面,一切听天由命。

马静感叹一声,哦,门户,田一禾自从上了达坂,就进入了昆仑山的大门。她细看库地达坂,它真像一块门板,毫无表情地耸立着,沉重而又冷酷,傲慢而又孤独。

一阵寒气袭来,马静觉得有一只大手将什么推了过来,还夹裹着要将她淹没的气息。她想,自己日思夜想的田一禾,就在她身后,那是早已关上了门的昆仑山。

心情不好,马静便转身返回。

进入供给分部,她看见不远处有一个人,好像是李鹏程,那人也看见了她,犹犹豫豫转身去了别处。马静的心情变得更为复杂,李鹏程为什么躲着我呢？她想起出供给分部大门时,身后曾传来李鹏程的声音,她当时以为是自己出现了幻觉,后来冷静下来,便断定说那句话的一定是李鹏程,因为李鹏程在中午说她像他的女朋友时,她的反应让他意识到他冒犯了她,便不好意思再见她,更不好意思和她说话,所以在她出了供给分部大门后,在她身后说了一句叮咛她的话,然后迅速躲了起来。李鹏程是长年摸爬滚打的军人,动作有多快,马静无法想象。现在,又出现了躲躲闪闪的事,马静肯定那人就是李鹏程,她的心情更为复杂,便不再多想。

回招待所的路上,她一直觉得李鹏程就在身后,她没有回头,极力保持着自然步态回到了房间。她不能回头,否则该与李鹏程说什么呢？再说了,既然李鹏程有意不露面,她突然回头与他正面相对,会让他尴尬。

马静没有停留,径直返回招待所。

9

马静身边有很多人,像风一样一闪,就跑出很远。他们跑到远处,和树木混淆成模糊的影子。他们为什么奔跑?他们难道不知道奔跑到最后,就变得非人非树,犹如陷入大雾中无力自拔吗?马静好像知道答案,又好像不知道。后来,和树木混淆于一体的人,还有模糊的影子,都一一消失了。太阳出来后,明亮的阳光刺过来,让马静的头眩晕,眼睛也一阵生疼。她很难受,便用手去揉眼睛,一揉就醒了过来。

天黑后,马静发起高烧,然后昏睡过去,做起了混乱无序的梦。

清醒后,马静仍被高烧折磨了一番,她觉得浑身发烫,好像有火在身上烧。她起床洗了脸,好受了一些。她靠着枕头半躺在床上,心想田一禾在山上会不会发烧? 如果他发烧了,会因为山上缺氧,恐怕在短时间内难以好起来。她希望田一禾不要生病,连感冒都不要得,在几天后原模原样下山来。这样一想,她叹了口气,与田一禾用通信方式谈了两年恋爱,她心里的田一禾还是上高中时的样子,高个子,清瘦,嘴唇上有细微的胡须。现在的他,该不会是大胡子吧?不会!她今天在供给分部看见,所有的军人都不留胡子,看上去很精神,田一禾也应该不会例外。

马静笑了一下,这两年只顾着通信,怎么就没有让田一禾寄一张照片给我呢?

夜慢慢深了,马静觉得冷,便放好枕头,钻进被窝躺下。她没有睡意,不知为什么眼皮却越来越沉重,似乎有两只手向下压着,她眼光迷蒙,看见一个影子在窗户上闪了一下,很快就不见了。她想看清楚那影子是什么,但是那两只看不见的手又向下压了压,她模模糊糊地看见是田一禾的影子,从窗户移到门口,然后就进来了。

马静想看清田一禾,那影子往她跟前凑了凑,她便看清田一禾还是上高中时的样子。

马静问田一禾："你什么时候下山的？"

田一禾说："你很快就会知道我下山的消息。"

马静一愣："你还没有下山，为什么你的影子在我跟前？"

田一禾的影子晃了一下。

马静急了："你为什么只有影子，而且还会说话？"

田一禾的影子只是晃，不出声。

马静急得叫了一声。

田一禾说："我的影子是自由的，再加上它也急着想见你，就到了你跟前。"

马静想起身，把田一禾的影子看个究竟。

田一禾却用手势拦住她："你好好休息，我很快就会下山，我们很快就能见面。"说完，田一禾的影子一闪，就不见了。

马静大叫："一禾，你不要走。"

那影子一晃，停在原地。

马静还是不清醒："我跑这么远，好不容易到了供给分部，你都不让我看看你，不陪我说几句话吗？"

那影子又一晃："我委托李鹏程照顾你，他一定会把你照顾好。"说完，便不见了。

马静伸出手要去抓住那影子，她伸出的是真实的手，但那影子是虚幻的影子，她抓不住。

马静的手尚未落下，又一个影子飘进来，慢慢移动到了她跟前。马静以为田一禾的影子又回来了，便又要伸手去抓，但那影子却迅速躲开，房子里静了下来。过了一会儿，那影子犹豫着往马静跟前凑了凑，但还是保持着距离，然后说："马静，你病了吗？"

马静听出是李鹏程的声音。

是李鹏程来了。

马静看不清李鹏程的具体相貌,好像李鹏程面对着她,又好像背对着她。她想努力看清,却只有一个影子。

"是鹏程大哥吗?"马静问。

"是我。"那影子回答。

其实马静从声音便知道,进来的是李鹏程。她又问:"你明明人就在供给分部,为什么出现在我面前的也是影子?"

那影子说:"我不是影子,我就是李鹏程本人。"

马静仍看不清李鹏程的具体相貌:"我看不清你,只看见一个影子。我这是怎么啦,眼睛出了问题吗?"

那影子说:"你太累了,不要再说话,好好休息。"

听对方这样一说,一阵困意骤然袭来,马静挣扎了几下,觉得先前压着她的那两只手,更猛烈地向下压来,便沉沉睡去。

马静醒来时,发现自己躺在军队医院里,军医告诉她,是李鹏程发现她发高烧昏迷,把她背到了医院,已经输了五个小时的液。窗户上透进一束光,刺得她的眼睛不舒服,她便转过身,想着昨晚与田一禾的"见面",才知道自己当时因为高烧,迷迷糊糊产生了幻觉。不过她对幻觉中的情景记忆犹新,田一禾说他很快就要下山,她很高兴,终于可以和他见面了,她一着急甚至想马上出院。

李鹏程送来了饭,却没有进病房,而是委托护士送到了马静跟前。

马静一愣,想起她昨晚清醒时,看见窗前闪过一个影子,当时她曾冒出一个念头,那是李鹏程,心里还产生过复杂的滋味,她后来就高烧昏迷了,不知道李鹏程什么时候发现她高烧,把她背到了军队医院。她想,等自己好了后,去找李鹏程说说,但是说什么呢?她心里犹如堵塞着乱麻,捋不出头绪。

第二天,马静的高烧退了。她回到招待所,供给分部的主任和政委来到她面前,将田一禾牺牲在昆仑山上的事情,如实告知了她。马静哭喊着跌坐在床上,半天起不来。她万万没有想到,自己那么远从兰州来叶城,最终是这样的结果。她想起昨天晚上发高烧时,田一禾的影子曾到过她跟前,对她说他很快就会下山,原来一切在冥冥之中已经发生,田一禾在几天前就已经死了,但他在死亡前惦记着她,所以他的魂魄便化作影子,来看了她一回。她当时想不了这么多,现在意识清醒,遂明白并没有田一禾的影子,而是因为她对田一禾思念心切,加之又发高烧,产生了幻觉。

马静好不容易才知道,田一禾从界碑旁坠下一号达坂,等边防连的人找到他时,已经僵硬了。有一个细节是判断田一禾死因的重要线索,他的鼻孔中有血,让人无法断定他当时是先暴命而亡,还是掉到达坂底下摔死的。马静的脑子里出现了清晰的场面,那么惨,让她禁不住发抖。虽然她知道那一幕早已因为一场风,或者一场雪,消失得干干净净。在山上的情况就是那样,在山下却变成一块石头,从此压在马静心上,不知过多长时间才能卸下。

大家都担心马静的身体,但马静却没有哭,也没有说话,只是在那儿坐着。这一切都不真实,从田一禾和她通信谈恋爱开始,就不真实,但她和田一禾已经开始,一步步走到了现在。也许,不真实的开始,注定会有不真实的结局。

后来,马静哭了。不是那种撕心裂肺的哭,而是一声不响,默默流泪的哭。如果没有描红界碑上的字的命令,田一禾就不会去多尔玛,不去多尔玛就不会去一号达坂,不去一号达坂就不会出事。这么简单的一连串事情,在任何一个环节略有偏差,田一禾就不会死。但是谁又能把握或者改变这一切呢?好像死神暗中注视着田一禾,田一禾毫无知觉,便一步步走到了生命尽头。她不为自己哭,而是为田一禾哭,他这么年轻,却那样死了,马静内心痛苦,同时也很复杂。

从医院返回供给分部,马静觉得那一路沉闷而漫长,她在昨天还幻想过,从县城到供给分部不足十公里,以后她可以和田一禾手拉手,从县城走回供给分部,或者从供给分部去县城,一路上会说很多话。

现在,这一切都变成了幻影。

车子进入供给分部院子,又把马静送到了招待所的房间门口。马静觉得很陌生,好像自己从未来过这里。一切都变了,昨天的她还在盼望着田一禾,心里是满的。现在,她已没有了田一禾,心里空了。

又是一个无眠之夜,马静没有发烧,也没有出现幻觉,一整晚都很清醒。事情变了,变得很彻底,一下子让马静什么也没有了。什么也没有了,人就沉到最低处,只剩下自己,石头落下来得自己扛,洪水涌过来得自己泅渡。

第二天,供给分部为田一禾举行葬礼仪式,不知从哪里找到了田一禾的一张照片,马静看了看,田一禾已没有一点高中时的样子,因为常年缺氧,加之又被强烈紫外线照射,整个人看上去很沧桑。马静抱着田一禾的相框,站在哀乐中泪流满面。当领导介绍她是田一禾的女朋友时,她浑身发软,眼前一黑便倒了下去。旁边的一个人及时扶住她,她缓过神扭头一看,是李鹏程。李鹏程扶她站稳,没有与她对视,把头扭到了一边。

田一禾的几位兰州籍战友安慰马静,马静向昆仑山方向看了一眼,突然号啕大哭:"我和田一禾谈了一场恋爱,连面都没有见,连手都没有拉过一次……"

大家劝马静节哀顺变,多保重。

马静突然想对李鹏程说几句话,她在众人之中寻找李鹏程,却不见他的身影。有一人告诉马静,李鹏程的女友来供给分部大闹了一场,李鹏程赶过去处理,可能一时半会儿回不来。

马静没有说什么,转身返回招待所。

10

葬礼仪式结束后,李鹏程来看马静。马静问李鹏程将女友的事处理得怎么样了?李鹏程却避而不谈,好像事情难以启齿。马静又问一遍,李鹏程憋了好一会儿,才对马静说:"有一件事,你迟早会知道,所以我现在不得不告诉你。"

马静见李鹏程如此严肃,便说:"你不要为难,有什么事就说吧。"

李鹏程咬咬牙,好像在心里下了很大决心:"我这个女朋友,其实最先看上的是田一禾,田一禾心里有你,就介绍给了我,虽然我和她确定了恋爱关系,但是我们的感情不深,说分手就分手了。"

马静很吃惊:"这是什么时候的事?"她想知道,这件事是在田一禾向她写信表白之前,还是之后?

李鹏程的回答让马静放下了心,这件事发生在田一禾向她写信表白之前,而且是那女孩追的田一禾。当时,女孩随单位慰问团到田一禾所在的边防连慰问,不料一夜大雪封死了下山的路,她在边防连待了一周,就看上了田一禾,田一禾很为难,让我帮他去开导那女孩,一来二往那女孩又看上了我,她的脾气有点大,我不想和她谈恋爱,但是她死活不放手,我也就无奈地和她相处。田一禾牺牲后,她的情绪波动很大,我这才知道她最爱的还是田一禾。她无端胡闹,我们之间本来就感情不深,她这样一闹就变淡了。她听说你来了供给分部,非要来看看是什么样的你，会让田一禾神魂颠倒。我认为在这种时候提这样的话题不妥，便劝她不要胡闹,这一劝反而使她大发脾气,在供给分部大闹了一场。供给分部主任和政委很恼火,命令我把这样的事处理好,不可再给本来已经乱成一锅粥的供给分部添乱。起初我很后悔和那样一个女孩谈了一场恋爱,后来又觉得为田一禾避免了很多麻烦,倒也值得。尤其是田一禾已经牺牲了,想想我曾经为他做过一些事,也就心安了。

马静没想到会发生这么多的事情,田一禾牺牲了,留在他身后的事,居然像昆仑山的风雪路一样,仍在无声延续。

路过汽车二连大门口,李鹏程以为马静会进去看看,田一禾的床铺、日用品和衣物都还在,马静看上一眼,以后在心里就会有念想。

马静却没有进去。

她看了一眼二连大门,眼泪就下来了。如果说,田一禾的牺牲之事像坍塌的山,那么看到田一禾的遗物,就犹如山坍塌后变成碎片,会重重地砸在她身上。她咬咬牙对李鹏程摇摇头,便转身而去。

李鹏程便陪着马静往招待所走去,一边走一边对马静说:"部队上要评'昆仑卫士',虽然田一禾不在了,但他是为了完成任务牺牲的,应该追记评上'昆仑卫士'。"

马静不知道什么是"昆仑卫士",她还没有从失去田一禾的悲痛中走出,加之对军队不甚了解,所以对追记荣誉什么的,一时弄不清楚,也不好说什么。

李鹏程又说:"我会向上级反映这个情况,为田一禾争取这个荣誉。"

马静的情绪平静了很多,便问李鹏程:"什么是'昆仑卫士'?"

李鹏程说:"'昆仑卫士'是上级部门为鼓励在部队做出贡献的人,有突出成绩的人,而设的一个称号。但是名额不多,评选有一定的难度,再加上汽车营又出了事,所以希望不大。"

马静不知道详细情况,便问李鹏程:"汽车营出了什么事?"

李鹏程犹豫了一下,还是说:"田一禾就是汽车营的人,他死了,就等于是汽车营出事了。"

马静明白了。

李鹏程说:"不过事是汽车营的,但毕竟人已经死了,追记一个'昆仑卫士'是应该的。"

马静不懂部队的事,一会儿能明白李鹏程的话,一会儿又不明白。李鹏程又给马静说了部队的三等功和二等功,并把"昆仑卫士"与三等功和二等功做了比较,最后认为"昆仑卫士"是称号,比三等功和二等功有用。

马静便问李鹏程:"你说的'有用'指的是什么?"

李鹏程说:"可以评烈士,家属也可以在当地享受优待政策。"

家属?马静愣了一下,我算田一禾的家属吗?我们虽然确定了恋爱关系,但是还没有结婚,就不能算家属。那么,田一禾被评上"昆仑卫士"后,她把证书带回去,只能交给田一禾的父母。田一禾家在兰州的什么地方,她一无所知,可能要费一番周折才能打听得到。这样想着,马静又一阵难受,觉得自己和田一禾这件事,就像不知不觉迈出一只脚,既踩不下去,也收不回来,就这样尴尬地僵在这儿。

马静又想,如果为田一禾带一个"昆仑卫士"证书回去,也是一种补偿,自己这一趟算是没有白跑。照李鹏程的话说,田一禾应该能被追记"昆仑卫士",这不过分,部队应该给田一禾一个荣誉。

到了招待所门口，李鹏程停下，目送马静进了门才转身离去。其实马静想邀请李鹏程进她房间坐坐，再聊聊他女朋友的事。她同情那个女孩，如果可以的话她愿意和那女孩聊聊，她作为田一禾的女友，为田一禾的死痛苦，而那女孩在内心的隐秘角落，装着田一禾的影子，在悄悄爱着田一禾。田一禾牺牲后，那女孩很痛苦，却说不出口，哭不出声，便失去理智大闹。都是女人，马静能理解那女孩，她和那女孩聊聊，会打消那女孩的顾虑。李鹏程好像觉察到她要做什么，说要先走，一转身就走了。马静直至进入房间仍有些恍惚，不知道自己在什么地方，在干什么。稍待清醒后，田一禾已经牺牲的事实，像石头一样又压在了她身上，她感觉到脸上有冰凉感，一摸才发现是泪水。她心里一阵难受，索性放声痛哭，哭声犹如暴风骤雨，让房间似乎都在颤抖。

　　憋了这么久，马静崩溃了。

　　先前的几天，田一禾的牺牲，是猝不及防的打击，让她在一瞬间失去了他。现在，好多事情已风平浪静，她才发现自己犹如陷入了冰窟，不论摸向哪里，都冰凉沁骨，心生绝望。发生在一瞬间的死亡之事，让死者永远丧生，而与死者相关的人，则要承受长久折磨，不知何时才能走出心理阴影。

　　马静哭了一会儿，声音哑了。

　　她心里仍然悲伤，忍不住还是哭，肩头一耸一耸，像一个人要努力站起，最终仍软软地塌了下去。

　　后来，她的肩头不再耸动，甚至连隐隐的蠕动也没有，像是在刚才的痛哭中已用尽了力气。

　　马静哭累了，趴着就睡着了。到了半夜，因为双手被身体压得发麻，她醒了过来。她起身活动了几下手臂，才舒服了一些，却没有了睡意，她愣愣地坐着，又想田一禾。这几天，她从汽车二连的战士嘴里了解到一些信息，然后经过拼接和想象，组合成一个完整的事件：当时,田一禾替连长肖凡去了一号达坂,一路吃尽苦头,到了界碑跟前已经身心疲惫,但他坚持把界碑上的"中国"二字描红后,才准备下达坂。但他在那一刻因为高山反应导致昏厥,一头栽倒坠下了达坂。等战士们找到他时,他已头破血流,没有了呼吸⋯⋯这样的事在昆仑山上有很多,发生在别人身上,听到的人心里一酸陡生无奈,而发生在自己身上,便会感觉到什么是天翻地覆,地动山摇。马静虽然知道多想已于事无补,但她还是忍不住去想,好像田一禾的死是一根绳索,并不会一下子从她身上抽离,而是一点一点才能松开,然后才会消失。

马静的眼泪禁不住又流了下来。

这时,门外响起一个声音,像人的脚步声,又像呼吸声,更像风从暗夜中缓缓而起,刮到门上便旋出一串声响,最后又发出几丝颤音。

马静以为那声音一下就会消失,不料很快却变成一个女人的声音:"马静妹妹,你睡了吗？"

马静一惊,忙问:"你是哪位？"

门外的声音大了一倍:"我叫李静。太巧了,咱们的名字中都有一个静字。关于我,想必李鹏程已经告诉你了吧？"

马静于是知道,门外的李静,就是喜欢过田一禾的那女孩。

李静隔着门说:"我对田一禾的感情之事就不说了,我今天想对你说,爱上昆仑山上的军人容易,但是与他们成家就难了,你看供给分部的军嫂,哪一个脸上是笑着的？她们心里都苦,而且是那种说不出口的苦。"

马静"嗯"了一声,让李静进来说话。

李静说:"咱们还是不见面为好,就这样隔着门说说话就挺好的。"

马静无奈,只好"嗯"了一声。

李静说:"李鹏程对我有误解,并不是我还暗恋着田一禾,当时田一禾明确态度后,我就死心了。后来与李鹏程谈恋爱,我发现常年跑昆仑山的汽车兵,每天都命悬一线,说出事就出事,我劝李鹏程转业,哪怕在叶城县联系个单位,也比常年跑昆仑山强百倍。但是他死活不干,好像离开昆仑山活不成似的。我们之间的矛盾,就那样越来越深,到最后我忍无可忍,就跟他吵闹,给他留下了我脾气不好的印象。我不明白,汽车兵常年跑昆仑山有什么好?无非就是两三年从排长升副连长,再过两三年从副连长升连长,就那么一直干下去,最多干个团级就到头了。但是在这中间的一二十年,命大才能熬出头,命不大随时都会变成昆仑山上的一座坟。"

马静觉得李静在说田一禾,便一声叹息。

李静听到了马静的叹息声,随之也叹息一声说:"嫁了昆仑山的军人,就等于让自己赌命,丈夫平安从昆仑山下来,就赌赢了一次,下不来就赌输了,一次输得干干净净。"

马静听出来了,李静说的是汽车兵。她想对李静说些什么,但李静的话太缜密,思考也很深刻,她一时半会儿搭不上话。

李静见马静不说话,意识到自己的话刺激到了马静,便说:"马静妹妹,今天我说多了!好了,再说一句就不说了。咱们以后千万不要再找昆仑山上的军人,他们身上背着一座山,咱们爱不起,也嫁不起。"说完,门外响起一连串脚步声,李静走了。

马静默默坐在床上,不知该如何。李静的话不无道理,但听起来让人心情沉重,也许对的道理和对的话,不管是说还是听,都让人沉重。

马静一扭头,发现窗户上泛白,天快亮了。

第二天,马静昏睡了一天。昨天晚上先是痛哭,后又与李静隔门对话,弄得她很疲惫,到了今天便打不起精神,索性倒头大睡。睡着了，就暂时脱离了现实，不悲伤，不难受，像树叶在无序的梦境中起落沉浮。

睡醒了，天又黑了。

马静想，如果田一禾能被追记"昆仑卫士"，她就在供给分部等；如果没有希望，就过两天返回，以后可能一辈子都不会来这里。

简单吃了一点东西，她想躺下，但理智告诉她如果早睡，要么失眠，要么半夜醒来，睁着眼到天亮的滋味不好受，还是熬一熬，困了再睡。

夜完全黑了，马静觉得黑暗像巨大的暗流，一经涌动过来便淹没了她，她哪怕动一下，或者脸上有什么表情，浓厚的黑暗都不会有任何动静。黑暗大得无边，也足以装下所有没有答案的事情。

少顷，外面响起敲门声。马静以为是李静，便问了一声。

没想到外面传来一个男人的声音："是我，李鹏程。"

马静起身下床，要开门请李鹏程进来说话，不料李鹏程在外面说："我就不进去了，隔着门也能说话。"

马静心里一阵难受，都出了田一禾这么大的事，大家为什么要隔着门说话呢？说老实话，她需要安慰，当然她也想安慰别人，她发现但凡与昆仑山有牵扯的人，身上大多都背负着沉重的事，都同样需要安慰。但是，大家都不愿意把自己的事说给别人听，哪怕再苦，只要装在心里，就好像被藏了起来，不会让日子变得沉重。现在，李鹏程就是这样，他对马静说话时只说一半，但另一半却很快就会被马静知道，他倒没有一点愧疚，好像与昆仑山有关的人，就是这样的活法。

马静不说话，李鹏程在外面憋了好一会儿，终于鼓起勇气说："马静，咱们昨天说的给田一禾争取'昆仑卫士'的事，恐怕会有变化。"

马静一惊:"会有什么变化?"

李鹏程说:"虽然还没有开始评'昆仑卫士',但是现在的很多事,会影响到最终的评审。"

马静不明白李鹏程的意思:"你的意思是……"

李鹏程说:"我今天给藏北军分区写一份材料,在写到田一禾牺牲的事时,因为要上报,所以要有一个事件结论。我们商量了半天,最后供给分部主任和政委一致认为,田一禾当时是自作主张,替代肖凡去了一号达坂,属于违反纪律,所以田一禾的事被认定为事故,既不能立功,也不能评烈士。至于能否被追记为'昆仑卫士',这个认定一旦确立,便不会有任何希望。"

马静的呼吸紧促起来:"田一禾都死了,为什么还要有这样一个定论?"

李鹏程说:"部队都是这样,凡事都要查起因和结果,如果不在纪律容许范围内,是要担责任的。"

马静很吃惊:"田一禾都死了,难道还要担责任?"

李鹏程说:"倒不用担责任,但是事情的定论却少不了。"

马静还是无法平静:"违反纪律的这个定论,还有办法改变吗?比如念在田一禾是考虑到肖凡身体不好,避免肖凡上去出意外,才去了一号达坂这样的原因,就不要让他的灵魂再受委屈了。"马静很冲动,她原以为田一禾的灵魂会被耀眼的光芒照彻,没想到这样一折腾,不但光芒全无,反而要背负事故的责任。也许田一禾在另一个世界已长眠安息,对此毫无知觉,但活着的人,尤其是与他有瓜葛的人,又怎能把这样的事扛起?

李鹏程说:"事故一说,是大家研究的,我虽然也不忍心给田一禾这样一个结果,但理智告诉我,这是从事实中得出的结果,谁也不能改变。"

马静眼里一酸,泪水差一点冲涌出来。如果说田一禾还有什么被她抓在手里,她倒是希望能把它放大,让另一个世界的田一禾欣慰,也让自己心安。但是现在经由李鹏程的这番话,她觉得一切都从指缝间滑走了,她想用力把手握紧,却发现一切都已经不存在,她的手空了,心也空了。

李鹏程说:"有些事让人难以接受,但是规定是死的,没有任何办法改变。我今天来就是给你说这个事情,让你心里有数,不要再抱任何希望,免得到时候失落。"

马静应了一句什么,前半句有音,后半句连她自己也听不清。

李鹏程走了,他的脚步声忽重忽轻,像是被什么一把抓起,又一把摔在地上。

11

身后的大门一下子就关死了,虽然没有声响,马静却在心里听出了那声脆响。她要走了,那声脆响是在为她送行,这一送就再也不会回来。这样想着,她回头看了一眼,却发现供给分部的大门洞开,两边的哨兵肃穆站立,大门根本没有关上。田一禾不在了,是我在心里把大门关死了!马静擦去泪水,转身上路。

马静决定返回兰州。

从叶城到乌鲁木齐需要坐"夜班车",两位司机轮流开,白天黑夜都跑,用两天两夜才能到达。然后在乌鲁木齐休息一天,坐两天两夜的火车到达兰州。算起来,从叶城到兰州最快也要一周。

不料,当天去乌鲁木齐的车票却已经卖完。

马静央求售票的维吾尔族姑娘:"能不能想个办法,给我买一张站票？"

漂亮的维吾尔族姑娘一笑："乌鲁木齐太远了，夜班车要跑两天两夜，一个人一个铺躺着都难受，你能从叶城站到乌鲁木齐？"

马静以为能争取到站票，便说："能，我能从叶城站到乌鲁木齐。"

维吾尔族姑娘又一笑："你能，我不能。"

马静不明白维吾尔族姑娘的意思。

维吾尔族姑娘给马静解释："我的意思是，你虽然能从叶城站到乌鲁木齐，但是夜班车没有站票，你让我给你弄一张站票，用什么办法弄？"

说了半天，还是没有票，没有票就上不了车，上不了车就去不了乌鲁木齐。马静无可奈何地说："那我买明天的票。"

维吾尔族姑娘还是笑着对他说："明天的票也没有了。"

马静急了："为什么？"

维吾尔族姑娘说："一般都是前一天买第二天的票，今天已经把明天的票卖完了。"

马静更急了："那怎么办？"

维吾尔族姑娘说："你只有明天早一点来，买后天的票。"

没有办法了，马静闷闷不乐地出了客运站。

两天后，马静终于买了一张去乌鲁木齐的车票。车票仅为一张纸，很轻，马静却觉得重，手一松就掉了。掉落的车票仍然是一张很轻的纸，飘着幻影落到马静脚边。马静弯腰把车票捡起，仍然觉得重。车票怎么会重呢，是自己的心情沉重，就有了这样的感觉。

捏着车票，马静一阵伤心。如果田一禾不出事，他和她会在供给分部至少待十天，如果领导批准，他和她或许能一起回兰州,但田一禾却倒在了昆仑山上,她的爱情戛然而止。田一禾没了,我的心空了,空得连一张车票都装不进去。她向四处看了看,售票厅里都是陌生人,不陌生才怪呢,自己来这里不到十天,怎么会认识这里的人。她是奔着田一禾来的,田一禾应该是她在这里认识并熟知的第一个人,现在,田一禾与她阴阳两隔,其他人与她便像被一场大雪阻隔,变成了再也不会认识的人。

马静往外走,旁边好像有人,又好像没有人。她的心空了,一切都好像存在,又好像不存在。

田一禾……马静默默念着田一禾的名字,眼泪就流了下来。

马静想起昨天有人说,田一禾的尸体火化后,将安葬在叶城的烈士陵园。她想,安葬在烈士陵园,田一禾就是烈士。他是在执行任务时死的,而且死在那么残酷的地方,怎么能评不上烈士呢?她问供给分部的人,田一禾评烈士的事,没问题吧?那人想了想,没有给马静答案。马静以为那人也不了解评烈士的事,便没有往心里去。现在,马静突然觉得自己不能走,她只有安葬了田一禾,才能离开。

马静去退票,售票员问她退票原因。

马静说不出话。

售票员看了几眼马静,不再问,给马静退了票。

走出车站,强烈的阳光迎面照过来,马静觉得刺眼,便低下头往前走,走了几步却停住,我这是去哪儿呢?回供给分部会伤心,她不想回去。她想起发烧时出现了田一禾的影子,那是她这次来,与田一禾唯一的一次对话。不,不是对话,而是她混乱意识中的幻觉。她不想回供给分部的那个招待所,回去好像离田一禾更近了,实际上却更远了。不面对残酷现实,她好歹还有念想,而面对现实,她的心会碎,会什么也留不下。

不去供给分部又能去哪儿呢?

马静想了想,觉得还是留在叶城县城,一个人待着,去烈士陵园也方便。做出这个决定,她才知道自己要给田一禾选一个墓地。留下来,能做的也就是这件事,做了这件事,算是为田一禾尽了力。她听说藏北军分区有很多这样的事,丈夫上山时活蹦乱跳,安慰妻子在家好好待着,只要守防任务一完成,他就下山。到了下山的日子,妻子却等来丈夫死在山上的消息。

　　想着这些,马静恍恍惚惚,在县城中心看见一家宾馆,她不想再走了,便住了下来。

　　第二天,马静去了烈士陵园。她逐一看烈士陵园里的墓碑,看着看着就哭了。牺牲的都是军人,墓碑上都有文字,把他们牺牲的原因介绍得清清楚楚。马静默默看,大多是二十出头的小伙子,真可惜。他们大多牺牲于上山运输和巡逻中的雪崩、泥石流、车祸、缺氧和疾病。里面有一位女兵,应该是军队医院的一位医生或护士,在上山途中去解手,达坂上的一块石头早不掉晚不掉,偏偏在她刚蹲下的一刻掉了下来,那女兵猝不及防,当即被砸身亡。马静看了一下那女兵的死亡时间,当时才 25 岁,便心里一阵难过,她同情那位女兵,如果她活着,现在一定是妻子和母亲,那样该多好啊!除了有碑文记录的,大多只写了高山反应导致死亡,具体是什么原因,只能靠猜。她想,田一禾是因为高山反应导致昏厥,掉下达坂摔死的,要在他的墓碑上写清楚。

　　马静看了一上午,军人死亡的悲痛记录,像洪水一样在她面前起起伏伏,她一会儿觉得自己被淹没进去,一阵阵悲怆让她几近于窒息。好不容易挣扎出来,却因为又看到与田一禾相似的牺牲者,就又被悲怆的洪流淹没。她想转身离开,却挪动不了脚步。看看吧,以后田一禾也会像这些战士一样,寂寞地躺在这里,有人来看看,算是一种安慰。

　　马静又看了一下午,一天过去了。

马静往外走时，才发现太阳已经落下，最后的夕阳把远处的雪山照亮，泛着一层金黄的光。马静觉得奇怪，雪山是白色的，却在夕阳中变成了金黄色，像是夕阳洒下了金黄色的流苏，让雪山也变了颜色。不，不是雪山变成了金黄色，而是夕阳的光彩是金黄色的，照到雪山上，雪山就变成了金黄色。这样一想，她才想起那是昆仑山，田一禾在夕阳的金黄色中走动过，他一定也是一身金黄。但是现在田一禾不在了，以后想起昆仑山，就是一个让人伤心的地方。

夕阳越来越浓，昆仑山被金黄色裹了进去。

马静走到陵园门口，有些疑惑，她早上进来时，陵园怎么没有门卫呢？原因只有一个，陵园里埋的都是烈士，鲜有人来打扰。就在她这样想的时候，从门卫房走出一位老大爷，远远地问马静："丫头，你是干啥的？"

马静为自己贸然进入陵园有些不好意思，说："我……我进来看看。"

大爷问："看啥哩？"

马静说："我进来看看烈士们的墓。"

大爷问："看了吗？"

马静："看了。"

大爷说："看出了名堂吗？"

马静鼻子一酸，这里面会有什么名堂呢？她只能把大爷说的"名堂"理解成对烈士们的了解。一想到田一禾的亲人都在兰州，以后很少有人来看田一禾，马静的眼泪就下来了。

大爷说："埋在这里的好多都二十来岁，都是娃娃。"

马静听得出来，大爷的话与兰州话一样，把小伙子叫娃娃。田一禾回到兰州去，他的父母一定会习惯性地叫他娃娃，但是田一禾不在了，以后连叫一声娃娃的机会也没有了。

大爷问:"你有什么亲人埋在这里面吗?"

马静本来已经止住了眼泪,被大爷这样一问,眼泪又下来了。但她不想让大爷看到她哭了,就转过身走了。

身后,传来大爷的一声叹息。他常年守在这里,怎么能不明白,除了在重大节日,或者单位统一组织,来这里的只有祭奠亲人的人。

马静在街上吃了一盘拌面,回到宾馆,她呆呆地坐了一会儿,天就黑了。昨晚没有睡好,今天又在陵园里走来走去一天,腿脚有些酸,她想早一点睡觉。躺下后,她想,明天向供给分部领导请求,由她去把田一禾的骨灰取来放入墓穴。那将是她与田一禾最亲密,也是最后一次接触。但在那一刻,她与他已经阴阳两隔,永不可再见面。

马静的眼泪流了下来。

宾馆的枕头很软,马静靠着枕头,泪水直流。泪水流多了,眼睛就模糊了,屋子里变得朦朦胧胧,好像她正处于陌生的世界。她揉了一下眼睛,视线清晰起来,屋子里却仍然模糊。她这才发现没有开灯,于是起床打开灯,屋子里倏然变得明亮。她回到床上又靠着枕头半躺着,呆呆地望着墙上的一幅摄影作品。画面内容是边防军人在昆仑山上巡逻,山坡上是厚厚的积雪,而且很陡,五位军人正弯着腰,向山冈上爬行。马静看了一会儿,突然产生一个强烈的感觉,画面里有一位军人是田一禾,是他和战友在巡逻。这个念头一产生,她躺不住了,遂起身去近看。画面里的人都是背影,她无法断定哪一个是田一禾。她呆呆地看着,泪水又流了出来。泪水让她的眼睛模糊,画面里的人随之也模糊起来,好像他们从她的视野里走远,很快就消失了。

马静擦去泪水,回到床上躺下,准备睡觉。

这时,响起了敲门声。马静问:"谁?"

外面的人回答:"是我,李鹏程。"

马静一愣,看来李鹏程知道了她的行踪。但不知为什么,她不想开门,便问:"你有事吗?"

李鹏程在外面说:"你不用开门,我有几句话,就在门外给你说。"

马静"哦"了一声。

李鹏程说:"供给分部计划后天下午在烈士陵园安葬田一禾,我知道你没有走,所以来告诉你一声。"

马静说:"知道了,谢谢你。"她想起身去开门,让李鹏程进来坐坐,却犹豫了一下没有动。

李鹏程说:"你明天去烈士陵园给田一禾选个墓地,你选好后告诉我,我报告给供给分部领导。"

马静又"哦"了一声,她担心李鹏程听不见,便又应了一声。

李鹏程也在门外应了一声:"你早点休息,我走了。"

马静"嗯"了一声,门外的脚步声远去,不知李鹏程听到没有。她这次从兰州来新疆,没有见到田一禾,接触最多的是李鹏程,李鹏程做事细致认真,有些事该当面说,他会给你说得清清楚楚;有些事不好当面说,他会委婉告诉你,让你明白后却不难堪。他做事也很有分寸,譬如她几次在供给分部走动,乃至于一个人往库地方向走,他都远远躲在后面,不让她发现他,却一直关注着她,如果有什么事,他一定会立即出现。他是一个好小伙子,但因为失神地看过她,后又说她长得与他刚分手的女朋友很像,她羞涩难当,便有意避开,她和他就那样拉开了距离。她有些后悔,也许自己与李鹏程刚分手的女朋友很像,李鹏程失神地看她,后又忍俊不禁那样说,是人之常态,大可不必计较。等处理完了田一禾的后事,她要给李鹏程道歉,他也失恋了,她要好好安慰一下他。这样一想,她为刚才没有让李鹏程进门聊聊而后悔,他女朋友来供给分部大闹了一场,他一定焦头烂额。她应该慰问一下他,作为女性在这样的事情上来安慰他,一定会起作用。但是李鹏程已经走了,只有等明天再说。

一阵倦意袭上身,马静起身整理被子,目光无意一瞥,又看到了那幅摄影作品。她仍然觉得那里面有一个人是田一禾,但到底哪个是他,她断定不了,于是叹息一声便躺下睡了。

第二天,马静一大早就去了烈士陵园,门卫大爷不在,她觉得自己昨天径直进了陵园不妥,便站在门口等。陵园里栽了不少树,虽然在这个季节树叶落尽,一派萧条,但马静能想象出陵园在春天时的样子,那时所有的树都发芽,长出绿色叶子,会让陵园显出生机。到了夏天,便一派生机盎然。那时候,躺在坟墓中的逝者,可能也会心情愉悦。逝者已故,只求安息。活着的人就应该告慰逝者,从某种程度上而言,告慰逝者,也会让活着的人心安。

马静等了一个多小时,大爷来了。马静向大爷打招呼:"大爷您好,我今天还得到陵园里面去一趟,您看行不行?"

大爷问:"你有什么事吗?"

马静如实把田一禾在山上出事,明天将要安葬他,她今天要在陵园里为他选一个好一点的位置,让他入土为安的想法,一一告诉了大爷。

大爷问马静:"你为什么不把他的骨灰带回老家去呢?"

马静说:"不了。"

大爷有些不解:"是因为路远吗?"

马静说:"不是。"

大爷更加不解:"那是因为什么?"

马静说:"埋在这个陵园里面的,都是在昆仑山当过兵的人。田一禾也是他们中的一员,就让他和他们在一起吧。"

大爷一声感叹:"你是一个好丫头……"

马静说："大爷，给您添麻烦了。"

大爷说："没有添麻烦，你进去吧。"

马静向大爷道谢后，慢慢进入陵园。她恍惚听见大爷在她身后叹息了几声，而且还夹杂着哭腔，她知道大爷是在为她叹息，她却没有办法回去劝一下大爷，因为她不想再提田一禾死亡的事，于是咬咬牙进了陵园。

在陵园里面转了一圈，马静为田一禾选了一个理想的墓地。这个地方有一棵树，太阳一出来就能照到，是一个光线充足之地。她听人说过，昆仑山上很少能见到绿色，有的地方甚至长年寸草不生。有一位营长从叶城费尽周折带了两盆花上山，没过几天就蔫了。空气稀薄，氧气不足，紫外线照射强，即便是养在室内的花，也不易存活。马静想让田一禾背靠一棵树，躺在太阳光照最好的地方安眠。选中了一个好地方，她好受了一些，遂在心里默默祈祷，田一禾，我以后在清明节会给你烧纸。

一只鸟儿飞来，落在树上鸣叫了一声。鸟儿的叫声清脆亮丽，很好听。

马静把鸟叫声听成了田一禾的回应。

那只鸟叫过一声后，飞走了。

马静看着鸟儿飞走，心里默默念叨，田一禾，明天，我就把你埋葬在这里，你好好安眠。这个地方不错，有一棵树，只要有鸟儿飞过来，就会落在树上鸣叫，你听到了就不会寂寞。鸟儿一定通人性，它刚才看见我为你选中了这个地方，已经叫过了一次，以后一定会经常来为你鸣叫。

大树旁边有两个墓碑，马静仔细看过后，在心里对田一禾说，一禾啊，你的旁边有两个战友，一个是张万钧，是甘肃人，咱们的老乡；另一个是车道光，陕西人，离咱们也不远。他们二人都是汽车兵，常年在昆仑山上跑车，经历过的都是昆仑山上的事，你们一定能说到一起,你们以后就多聊聊,免得寂寞。

　　她看见张万钧和车道光的墓碑上有照片,便从口袋里掏出田一禾的照片,在心里对田一禾说,一禾啊,我会把你的照片嵌到墓碑上,以后每天的太阳出来了,你能看见;月亮出来了,你也能看见。刮风了,下雨了,下雪了,你都能感觉到,也能看到。如果你想我了,就朝东往兰州方向看,一定能看到我。我也会朝西往新疆方向看,我们的目光会碰在一起。

　　那只鸟儿又飞了过来,在马静头顶鸣叫了一声。

　　马静想,这只鸟儿是替田一禾来告诉她,她说的话,田一禾都听到了。她抬起头,看见那只鸟儿是波斑鸠,身上的羽纹很好看。她已经憋了好几天,现在再也憋不住了,便对着在空中盘旋飞翔的鸟儿说:"请你给田一禾带个话,我一定会好好活下去。"

　　鸟儿鸣叫了一声。

　　马静觉得鸟儿听懂了她的话。

　　远远地,马静又听见了门卫大爷的叹息,依然夹杂着哭腔。她有些疑惑,难道门卫大爷是一个易于伤感的人,听她讲了田一禾的事,便忍不住叹息和哭泣?她后悔了,不应该把田一禾的事告诉门卫大爷,他年龄大了,不应该让他如此伤感。

　　马静决定回去,晚上李鹏程还会来,她会把选中的坟墓位置告诉李鹏程。今晚一定要请李鹏程进屋坐坐,他为了田一禾的事操了很多心,如果还隔着门说话,会很别扭。她记得李鹏程说过他的眼睛不舒服,好几次要看的人明明在眼前,却突然变得模糊起来,需要揉几下才能恢复。马静在当时问,眼睛的问题和上山有关吗?李鹏程说应该和上山无关,但也不好说,上山留下的后遗症,短时间不会暴露,时间长了不痛不痒就成了病,高血压、心脏病、肝硬化、肺水肿,等等,都是在山上待得久了的人经常会遇到的。李鹏程经常在山上,当时眼睛没事,下山过一阵子就出了问题。眼睛是很脆弱的器官，不容出任何问题。马静决定今晚见了李鹏程，劝他去医院检查治疗，千万别耽误了眼睛。

走到陵园门口，马静听见门卫大爷在哭，门口站着几个人，也在流泪。气氛突然变得沉闷起来，马静意识到出了什么事，否则门卫大爷不会这样哭，也不会有人站在门口，一脸悲伤的样子。马静问其中一人："怎么啦？"

那人说："大爷家出事了。"

马静忙问："出了什么事？"

那人说："大爷的儿子出了车祸。"

马静问："什么时候的事？"

那人说："昨天晚上的事。"

马静暗自感叹，门卫大爷是好人，却偏偏遇上这样的事，真是让人伤心。她本想进去安慰一下门卫大爷，但又随意问了一下那人："大爷的儿子是干什么的？"

那人说："当兵的。"

马静又问："在哪个部队？"

那人说："在供给分部。"

马静一愣，又问："门卫大爷的儿子叫什么？"

那人说："叫李鹏程。"

马静一惊，眼泪就下来了。怎么会是李鹏程呢？昨天晚上他还去找她了，给她带去了安葬田一禾的消息，仅仅过了一个晚上，他就出事了，事情怎么就这样呢？她问那人："李鹏程是怎么出车祸的？"

那人说："昨天晚上，李鹏程去了一趟县城，回来的路上被一辆车撞了，送到医院已经没气了。"

马静的头"嗡"的一声响，眼泪落了下来。

那人说："李鹏程的眼睛不好，从县城回来的路上，从对面开来一辆车,他以为已经开过去了,便着急过马路,结果被迎面撞倒。出了这样的事,部队上还得查他去县城干什么?是请假了还是私自外出,这些对这次事故定性很关键。"

马静咬咬牙,这件事的唯一知情者是她,她来做证。

那人叹息一声,走了。

马静一阵心酸,昨天晚上,李鹏程去了她住的宾馆,与她隔着门说过一番话后,就返回了,不料在半路却出了事。他是因为她出的事,她已经为田一禾颇为伤心,现在又加上李鹏程的死,她觉得有什么压在她身上,让她双腿发软,几乎要跌坐在地上。

安慰门卫大爷的人,陆陆续续都走了。

马静抹去泪水,进入门卫房。她觉得有什么压在了身上,很沉重,她每走一步都吃力。本来,她与李鹏程之间没有瓜葛,但现在有了,李鹏程因为她的事死了,她站在大爷面前,要担负该担负的责任。门卫大爷还在哭,马静用手替他擦去泪水,说:"大爷,对不起,李鹏程是因为我遇到了车祸,对不起……"

门卫大爷很是诧异:"丫头,你在说什么?"

马静扶门卫大爷坐下,把昨晚的事一一告知门卫大爷。

说完,马静觉得自己又陷入一个眩晕的深渊,田一禾死后,她有过这种挣扎,现在又遇到同样的事,她觉得再也不能承受了,心里一酸便一阵啜泣。

门卫大爷反而又安慰了一番马静,等马静平静下来后,他对马静说:"照你这么说,我儿子是死于公干?"

马静不知道该如何回答。

门卫大爷苦笑一下:"只要是这样,我儿子就不是私自外出,他的名声就正了,死也死得光明磊落。"

马静说:"大爷,李鹏程是死于公干,应该被评为烈士,更应该被追记'昆仑卫士'。"

门卫大爷说:"人都没了,什么都不重要了。"

马静心里一阵难受,田一禾的死,她以前只是痛苦,并没有往别处想,现在有了李鹏程作对比,他觉得田一禾好像就站在她面前,如果她拉他一把,他就会在人世留下些什么,如果不拉他,他被风一吹就会烟消云散。但是,她觉得有很沉重的东西压着她,她无力伸出手去。

门卫大爷抹了一把泪,转身进入里间,然后是一阵叹息。

马静哭着说:"我去供给分部给李鹏程做证。"

门卫大爷在屋内咳嗽几声,稍待平静后说:"不用了,供给分部领导会做出公平正确的决定。"

马静想说什么,却开不了口。

门房内的咳嗽声持续不断,还夹杂着几声哀号。大爷这样的咳嗽和哀号,不是身体原因,而是内心悲伤,像一群要急于蹿出体腔的顽兽,一旦到了喉咙间便变成号啕,在双眼中变成泪水。失去儿子的门卫大爷,已无力控制这些顽兽,它们上蹿下跳,他便东摇西摆,悲痛欲绝。

马静想进去安慰大爷,让他喝杯水缓缓,但她看见里间门口一闪,出现了一团模糊的东西。她预感到不祥,便用手去揉眼睛,才发现自己眼中有泪水。她又揉了一下眼睛,那团模糊的东西变得清晰起来,是门卫大爷,他好像要过来安慰马静,但咳嗽声让他迈不开脚步,身体伴着咳嗽一抽一抽的,像随时会断的线。他倚在门口望着马静,嘴唇翕动着像是说出了什么,又好像什么也没有说。

一只鸟儿叫了一声,声音像是被突然划了一刀,甩出一丝颤音,然后就消失了。

马静擦去泪水,突然对门卫大爷说:"大爷,把李鹏程埋在陵园里的那棵树前,那个地方光照好,太阳一出来就能照到。"

门卫大爷沉默了。

马静问:"大爷,有什么不妥吗?"

门卫大爷说:"我知道那个地方光照好,太阳一出来就能照到。"

马静说:"那您还犹豫什么?"

门卫大爷说:"你对那个地方这么熟悉,恐怕你已经为你的男朋友选好了那个地方吧?"

马静一阵心酸,却说:"我没有选,只是看了看那个地方。"

门卫大爷说:"一眼看中的地方,就装在心里了。况且你是为你的男朋友专门看的,选的,怎么能让给我儿子呢?"

马静说:"李鹏程的死与我有关,也就与田一禾有关,应该把那个地方让给他。"

门卫大爷说:"我儿子能不能埋在那个地方,得供给分部领导说了算。"

马静说:"我去找供给分部领导。"

门卫大爷说:"丫头,你不要去找供给分部领导,我儿子埋在什么地方都行。"

马静摇摇头,走了。到了供给分部,马静刚见到主任,主任说得知她没有离去,正要派人去找她,但因为李鹏程的事,一时没有顾过来。按照计划,供给分部将为田一禾举行一个追悼会,然后把他的骨灰埋到烈士陵园里。至于埋葬的地点,则由马静亲自选择。

马静却问主任:"李鹏程能不能被埋在烈士陵园?"

主任有些不解,处理田一禾的后事是头等大事,马静为什么却一心操李鹏程的后事呢?

马静看出了主任的疑惑,便把昨天晚上的事告知了主任。

主任没有想到事情竟是这样。不过,这样一来李鹏程的事就有了好转,先前被认为是私自外出的事,就变成了公事。

马静说:"李鹏程受田一禾委托,一直在关心我,如果不是因为我,他就不会去县城,不去县城就不会出车祸。看在这个分上,能不能把他埋在烈士陵园?"

主任说:"咱们这个陵园之所以被叫作烈士陵园,是因为人们敬仰牺牲的军人,所以就叫了烈士陵园,实际上埋在里面的,并不是都被评为烈士的军人,为了完成任务牺牲的军人,都可以埋在里面。"

马静又问主任:"陵园里有一个地方光照好,太阳一出来就能照到,能不能把李鹏程埋在那个地方?"

主任说出了与门卫大爷一样的话:"我们都知道那个地方光照好,太阳一出来就能照到。看你对那个地方这么熟悉,恐怕你已经为你田一禾选中了那个地方吧?"

马静说:"田一禾的事我能做主,把那个地方让一让,给李鹏程吧!"

主任的眼睛红了,转过身去揉眼睛。

马静出了供给分部,向县城走去。一只鸟飞过来,在马静头顶盘旋。她想起为田一禾选好墓地时,也有一只鸟飞过。她抬头看那只鸟,它飞过几圈后,身影一滑飞走了。

这次,那只鸟没有鸣叫。

第四章：领命上山

12

藏北军分区的正式命令下来了，汽车营上山的一百个人，在一个月后出发。

几乎在刚接到命令的那一刻，一场雪落了下来。这场雪下得有些奇怪，好像汽车营的大门口有一个吹风机，把外面的雪吹进来，在门口积了一层。雪不是从天上落下来吗，为什么却从大门往里面涌？一位战士气咻咻地说："汽车营的路被堵死了……"大家都用责怨的目光瞪他，他吓得不敢再出声。

上山命令引起的波动，很快就冲淡了那场雪，以至于第二天雪霁，大家也没多大的反应。

接到命令后，教导员丁山东心中一紧，汽车营没有这么多人，怎么办？前几天，藏北军分区政治部一纸命令，将李小兵调往另一个部队，汽车营便只剩下丁山东一个营级干部。此时的汽车营，一大半人都回老家探亲了，剩下的人，加上修理连和各连的炊事班，勉勉强强也就一百人，如果全都上山，汽车营就空了。这只是一瞬间的自问，很快他便感叹一声，没有这么多人也得想办法,上山的任务不可改变,不想办法能推给谁?

丁山东也听说了评"昆仑卫士"的事,他对这件事的看法与别人不一样,别人认为汽车营出了事就会全军覆没,他却认为应该逐个对待,那些表现突出的汽车兵,应该以个人名义去评选。这样想着,丁山东的目光落在了上山命令上,命令是一页红头文件,他一阵恍惚,居然看成是"昆仑卫士"通知,那上面的汽车营几个字,已作为集体被评上了"昆仑卫士"。他拿起那页纸,很快又清醒过来,上山命令犹如一盆水,泼灭了他的兴奋。"昆仑卫士"还没有评,摆在他面前急需解决的是凑够一百人上山。

看来,剩下的人都得上山。

上山的命令,让丁山东觉得今年会被拉长,汽车营将忘记季节,忘记自己,把一个任务从今年延续到明年。他从窗户向外看去,雪已经停了,几位战士用铁锹把大门口的雪铲了出去,出出进进营部的人不少,必须把大门口收拾利索。一连的大门口前几天堆了垃圾,丁山东把一连的连长训了一顿,一连当天大扫除,环境面貌焕然一新。快入冬了,可不能一副松松垮垮的样子。不过,今年要在山上过冬,目前还不知道在哪个边防连,海拔是高还是低,风是大还是小。不管怎样,都要把卫生做好,不能因为环境不好就有所迁就。丁山东甚至想,在山上过一个冬天,到了明年春暖花开时,也许就要公布"昆仑卫士",那时候汽车营一来迎来下山的日子,二来捧回"昆仑卫士"证书,就是双喜临门。

高兴归高兴,幻想归幻想,但现实仍然摆在丁山东面前。丁山东的身体不好,心想要上山过冬,那就得去医院看一下,如果哪个地方不好,提前诊治一下,以防在山上出现不测。不料一检查大吃一惊,他的心脏很不好,不宜到缺氧的高海拔地区去。他捏着检验单,手不停地抖,似乎捏的是一块炭火。怎么办,自己不带队上山,谁去?手抖了几下,他把手握成拳头,检验单就变成了纸团。他把手一甩,纸团落进旁边的垃圾桶。但他不敢马虎,又从垃圾桶中把检验单拣出,办了住院手续。

住院后,丁山东躺不住,总觉得有两只手在拉扯他。一只手从上山的事中伸来,要让他尽快去凑人。另一只手则被他的病情推动,直挺挺地伸到他面前。他一急,对医生说:"能不能把药一次给我,我带回去吃。"

医生问丁山东:"你把药带到什么地方去吃?"

丁山东说:"我要上昆仑山,带上去吃。"

医生摇头。

丁山东急了:"不就是药吗,在哪吃不是吃?"

医生先摇头,后又说:"不只是吃药的事情。"

丁山东更急了:"那还有什么?"

医生说:"你不仅需要吃药,还要输液。"

输液只能在医院,丁山东的希望落空了。他的身体一直都很好,三十多岁的人,跑"五公里越野"常是第一名。这些年,他除了上山,每天都跑一个"五公里越野",再累都不气喘。但有一次却头一晕,眼前一黑就倒在了地上,醒来已经躺在了医院里。即使是那样,心脏并没有问题,之后也没有在意。

这次,心脏问题已很严重,只能在医院输液。

心脏病是慢性病,从此他会成为医院的常客。

医院里的一切都很有规律,医生巡完诊,护士让患者吃完药,然后输上液,病房里就安静下来。因为患者少,丁山东一人住一个病房,护士离去时关上门的一瞬,他觉得一切都被隔断。心脏病像一只威风凛凛的巨兽,让他不得不屈服严峻的现实,知道不能再像以前一样不在乎了。这时候,他又觉得有两只手在拉扯他,昆仑山上的任务在等着他,有一只手在拽他,要把他拽到山上去;而他的心脏却不好,有另一只手在拽他,要把他拽到离昆仑山远一点地方,最好一步也不上昆仑山去。

两只看不见的手,在他心里打架。

是上山,还是留在山下？

上山,可为评"昆仑卫士"创造条件。汽车营出了死人的事,不干出几件像样的工作,恐怕在供给分部,乃至整个藏北军分区会垫底。丁山东这时候接管汽车营,等于接了一个烫手山芋。虽然有"昆仑卫士"的诱惑,更有昆仑军人的优厚条件,让汽车营随时都可以振作起来,但毕竟犹如是在悬崖边跳舞,跳好了会让人叹羡,跳不好会一头坠落下去。他变得聒噪,觉得有很多人在看他,有很多声音传到了他耳朵里。他想看出个究竟,才发现自己走神了,病房里除了他之外没有别人,更没有什么声音。哦,那两只手打架打得太厉害,让他不由得胡思乱想,以至于出现了幻觉。他打开窗户想透透气,一股冷风灌进来,让他一阵寒战,他避开风头让风往屋子里吹,以便改变房子里的沉闷。在昆仑山上,哪怕天再冷风再硬,大家每天都要开一会儿窗,让风加快空气流速,让氧气充足一些。现在在山下,他依然习惯这样做。昆仑山让军人养成了独特的生活习惯,走到哪里都改变不了。

过了一会儿,屋子里有了寒意。丁山东这才意识到这不是在昆仑山,通一会儿风就可以了,没有必要长时间开窗。他准备关上窗户,却发现窗口闪出一团影子,像是有什么要扑进来。

丁山东定睛一看,是窗户前面的树在摆动,划出了模糊的影子。

起风了。

昆仑山上也刮风,但山上的风与山下的风不一样,山上的风一年四季都刮,战士们从未体验过不刮风的日子,被风刮着,时间长了也就习惯了。而山下的风,开春时持续刮十几天或一个月,一下雪则会停止,风停了就是雪的世界。

丁山东把窗户关好,风的声音,树摆动出的影子,便被关在了外面。

风是雪的前兆,刮这么大的风,看来一场雪就要落下来了。丁山东想,这是入冬的第二场雪,可能会下得很大,弄不好会阻碍汽车营上山。他必须尽快出院,尽快把上山的准备工作做完,以便在下大雪前上山。

外面的风小了。

丁山东知道,风刮起来断断续续,有时候会停几天,人们以为风停了,冷不丁又会刮起来。风刮一天停一天,前一天晃出亮色,第二天又甩出暗色。到了最后,天空像是被撑破的大口袋,漏下白花花的雪片。

丁山东坐不住了,想马上出院。他找到医生说明出院的理由。医生在昨天刚劝过他,没想到过了一夜,丁山东又提出要求,看来这个教导员是铁了心要出院,但是医院有规定,他不能答应丁山东的请求。

丁山东急了:"你的这个不答应,我也不答应。"

医生愣了一下,才明白了丁山东的意思,难缠的患者他见多了,所以他一笑说:"这件事,你做不了主。"

医生把情况反映到供给分部,供给分部主任很快就到了病房里。丁山东向主任求情,希望主任给他说说好话,让他早一点出院。末了又补上一句:"快下雪了,汽车营必须在下雪前上山,不然大雪一下起来,上山就困难了,弄不好得等到明年春天才能动身。"

丁山东以为他的理由很充足,不料主任马上压过来一句话:"必须?什么必须?我问你,你是什么职务?"

丁山东知道主任在后面有话等着他,但还是老老实实回答:"报告首长,本人丁山东,是汽车营的教导员。"

主任面露怒色:"教导员?你还知道自己是教导员!我看你连一个新兵都不如。"最后这句话,像沉重的拳头砸了过来,丁山东只觉得一阵眩晕,好像他在这一刻间从教导员变成了新兵。不,照主任的话说,自己连新兵都不如。他憋得脸通红,咬了咬牙蹦出一句话,"主任,快下雪了,汽车营必须在下雪前上山。"

主任脸上的怒色厚成一层:"必须?你为什么总是以你为主,不断地强调必须?我告诉你,你是站在领导面前说话,却一口一个必须,好像是你在命令领导。"

丁山东再也说不出话。

主任压了压怒火,然后说:"既然你知道自己是教导员?而且喜欢一口一个必须,那我现在就告诉你,你进了医院的门,就必须听医生的。还有,哪怕只穿一天军装,也必须听领导的。"

丁山东说出的"必须",这次压在了他身上。

主任接着说:"现在我告诉你,你必须要做好一件事,必须配合医生好好治病。"主任急了,一连说了两个"必须"。

丁山东又说不出话了。

供给分部主任的话就是命令,丁山东找不出推脱的理由。

主任担心丁山东不放心上山的事,又对丁山东说:"你要这样想,上山的事是很重要,但是你的身体要跟得上,身体跟不上这不是胡闹吗?再说了,你也要为自己负责,为你家里人负责。如果你上山后出了事,对得起你的老婆孩子吗?"

丁山东说:"我已经给家里人做通了工作,心脏病就是慢性病,平时多注意就是了,家里人在这个事情上不会有问题。再说快下雪了,汽车营在下雪前上山,才能完成上级下达的任务。"他这次很清醒,没有说"连队必须在下雪前上山"。

主任看丁山东的态度好多了,也就有了劝说的耐心。他说:"下不下雪,是老天爷的事,谁也说不准。但上山的事,我们可以掌握，如果到了上山的时候，医生认为你的身体还是不行，我们可以协调另外一位教导员带队上山。"

领导把话说死了，丁山东再也找不出争取的理由，便沉默了。

沉默就是服从命令。

主任走了，丁山东坐在病床上，感觉心里的那两只手又在打架。上山还是不上山，他又处在两难之中。照主任的意思，他已没有任何机会，只能服从命令。

天色暗了下来。

这一天，丁山东在艰难之中挣扎，一会儿有希望，一会儿又跌入失望的深渊，他觉得时间过得很慢，亦体会到了人处在抉择之中的艰难。

外面很安静，没有风，也不见摇摆的树影。这两天的风，像是为了给丁山东传递一个信息，近期要刮风，刮过风后就会下雪。丁山东之所以着急出院，就是从这两天的风推算出接下来的天气变化，才去找医生要求出院，不料却引来了供给分部主任，这让他的想法化为泡影。

丁山东走到窗前，看见远处的天际已裹上黛色，过不了多久天就黑了。黑夜里更容易起风，如果今天晚上刮风就好了。至此，丁山东才发现自己还没死心，盼望着大风赶紧刮，把天刮得阴下来，然后就会下一场大雪。只要大雪下起来，上山的任务就变得紧迫，他就有了上山的理由。

但是，外面很安静，丝毫没有要刮风的迹象。

病房里更安静，丁山东都能听到自己的呼吸。他倒了一杯水，喝了一口仍不能平静，便举起杯子一口喝干，默默把杯子放在桌子上。

没有办法，只能听从医生的话。

丁山东躺下，希望能够入睡。他在现实中屡屡失败，所以希望在睡梦中放松。梦是自由的，也许他在梦中能够上山，体验一番带队执行任务的感觉。

但他却睡不着。

一点困意也没有。

病房里静得出奇，丁山东的呼吸越来越粗重，像是有什么在身体里憋了很久，在用力往外挤。如果他受不了吼一声，那往外挤的东西一下子就出来了。他再也躺不住，便起身坐在椅子上，让自己安静下来。

丁山东的呼吸变得轻缓从容，病房里又安静下来。其实丁山东不喜欢这种安静，他总觉得这种安静会让他下坠，掉入一个再也爬不出的深渊。但是如果他在病房里都待不下去，就再也没有地方可待。

丁山东觉得寂静在慢慢扩大，要变成一个巨大的壳，然后把他装进去。但这时候却传来一个声音，无比清晰地灌入他耳朵里。寂静之中的任何声响，都会像锐利的尖刺，一下子刺痛人的神经。尤其是一个人已无法忍受寂静时，传来的声音一定会吸引他，让他为之动心。

那个声音是从隔壁病房里传来的："我明天就上山了，谢谢你治好了我的病，让我又能回到昆仑山。"

接着传来另一个声音："上山后多注意身体，明年下来体检身体。"是给丁山东治病的那位医生的声音。

丁山东听到"又能回到昆仑山"这句话，心里一动，是什么人在这个季节也要上山，与我们的任务有关吗？

过了一会儿，外面传来脚步声，丁山东知道那位医生走了。他动心了，决定去隔壁病房看看，聊聊天，一来把事情弄清楚，二来也好打发时间。敲开隔壁病房，丁山东看见一位穿着洗得发白,但没有肩章和领花的军装的老人。不用问,他是一位老兵,虽然离开部队多年,但仍然喜欢穿军装,而且身上有军人的气质。丁山东觉得老人眼熟,仔细一看便认出来了,是人称"昆仑不老松"的吴一德。

吴一德像是认识丁山东,又像是不认识。他对丁山东笑了笑,示意丁山东坐。

丁山东便坐下,问吴一德:"您老人家身体好吗?"

吴一德又笑了笑:"老了,身体不行了,总是犯病,一趟一趟地下山,下山就进医院。刚才医生对我说,以后我每年必须下山一次,把身体体检一下。"

李一兵想起来了,眼前的这位老人从十几岁开始,在昆仑山的一个兵站一直待到现在,已经快八十岁了,把一辈子都交给了昆仑山。说起来,吴一德与昆仑山上有名的三十里营房有关,一生悲欢都与这个地方有关。三十里营房自古皆为兵站,亦是一个军事重地。新中国成立前,有一支国民党军队驻守,与当地百姓时有摩擦。一日,一对男女成婚,军队长官用枪逼迫,意欲侵犯新娘。新娘不从,一声枪响后新娘的弟弟毙命。是夜,人们愤怒放火,让那支军队葬身火海。随后,举村迁徙去雪山后面避仇。不久,又一支国民党军队到达,却屯垦种田、牧牛羊,不损坏村民宅屋,并时常传出话语:先前的军队有错,他们将严谨纪律,与百姓保持和睦,希望村民返回。其时已入冬,山中有声者为北风,无声者为落雪,村民忍受不了,加之相信了那军队,遂一一返回。于是和平相处,友好相待。后来在一天夜里,那军队却突然屠村,男女老少皆被杀戮,而后被烧成焦物。那军队后来被遗忘,靠种地自给自足,多年无人问津。再后来人民解放军上了昆仑山,他们因不知外界变化,以为解放军是他们军队派出的换防分队,遂对着解放军感叹:什么时候换了军装,也不通知我们一声?他们同时还问,贪污了他们军饷的连长,上级处理了没有?那些国民党军人都是被抓壮丁当了兵的,他们被解放后,或遣散回家,或加入人民解放军。有一人却不回,留在三十里营房兵站,为过往军人烧火做饭数十载。

那人就是丁山东眼前的吴一德。

丁山东与吴一德闲聊,说到吴一德的经历,吴一德不说话,只是低头听着,好像丁山东说的不是他,而是一个他不认识,与他不相干的人。其实,他的事在昆仑山人人皆知,吴一德听到丁山东夸奖他便不好意思,抬起头看一眼丁山东,又低下头去。

丁山东又与吴一德聊到了进藏先遣连,吴一德的眼睛一下子亮了。他问丁山东:"你怎么对先遣连的事知道得这么多?"

丁山东说:"我爷爷也是先遣连中的一员,我小时候听他讲过很多先遣连的事。"

吴一德问:"你爷爷叫什么名字?"

丁山东说:"丁大程。"

吴一德吃了一惊:"你是丁大程的孙子?丁老哥他还好吗?"

丁山东听到吴一德把他爷爷叫老哥,便知道吴一德与爷爷认识,这件事太意外,以至于让他不敢相信。他便问吴一德:"吴班长您认识我爷爷?"

一直沉默不语的吴一德兴奋起来:"不光是认识,而且是兄弟。当时我们那一批国民党兵被解放后,我愿意加入到人民解放军中,并请求留在昆仑山。你爷爷是当时的团政治处主任,是他给我办的手续。他们先遣连在三十里营房停留了几天,因为要去解放阿里,就匆匆走了。你爷爷走的时候,与我约好下山时,我们在三十里营房见面,但他一去再也没有回来,我们也就一直没有见上面。"

丁山东说:"我爷爷下山时,是从阿里到拉萨,然后从青藏线那边去了青海,所以你们没有见上面。"

吴一德"哦"了一声,不再说话。一个数十年的等待,在这一刻终于有了结果,他先是释然,继而又陷入难适的惶惑。

丁山东觉得不能再叫吴班长了,便改口说:"吴大爷,我爷爷爽约了,我替他给您道歉。"

吴一德一笑说:"没事,谢谢你告诉我这个结果,我这么大年龄了,知道了结果也就没有遗憾了。"

丁山东问吴一德:"吴大爷,您这么大年龄了,不上昆仑山不行吗?"

吴一德说:"在昆仑山一辈子了,对别的地方不习惯,所以明天出院就上山。"

丁山东又问:"吴大爷,您一辈子都没有想过成家吗?"

吴一德说:"能不想吗?但是我在昆仑山待了一辈子,连个见女人的机会都没有,跟谁认识,跟谁结婚去?"

丁山东不好再说什么。

外面好像刮风了,但只传出细微的声响,很快又安静下来。

沉默了一会儿,吴一德对丁山东说:"这次是我最后一次上昆仑山,上去后就不下来了,以后死了就埋在山上。"

丁山东不知该说什么,在昆仑山上待久了的人,活着时属于昆仑山,死了也要成为昆仑山的一部分。对于吴一德来说,更是这样。

丁山东又与吴一德聊了一些别的,就告辞了。出门后,他觉得吴一德在看着他,那是一双看了几十年昆仑山的眼睛,从明天起又将回到山上,又将凝视昆仑山。

第二天,吴一德出院走了。

丁山东在焦虑中度过了一天。

丁山东以为很了解吴一德,不料医生来看他时告诉他一件事后,他才知道吴一德的经历,像昆仑山的雪峰一样又远又高。医生说,有一年,兵站领导把一位怀孕的军人家属带到吴一德面前,让他送那女人下山。当时的交通工具只有骆驼,兵站领导交给吴一德两峰骆驼,让那女人乘坐其中一峰,另一峰驮她的衣物和路上所需的食品。吴一德牵着一峰骆驼在前,那女人骑着另一峰在后,就那样上路了,白天,吴一德不说话,只有驼铃在响;晚上,骆驼也走累了,便卧下休息。那女人怕冷,便背靠骆驼坐着,一则避风,二则借骆驼体温让自己暖和一些。吴一德还是不说话,挨过一夜,天亮了又上路。就那样从昆仑山下山,走了十多天,直到把那女人送到了叶城,两个人一句话也没有说。过了十几年,一位妇女带着一位小姑娘来兵站,向吴一德谢恩,但吴一德认不出那女人是谁,对满怀热情的她更是无动于衷。那妇女说,吴大哥,你难道想不起来了吗?我当时怀着孕,如果不是你牵着两峰骆驼送我下山,不知道我在昆仑山能不能活下去,更不知道会把女儿生在哪里?吴一德想起了十几年前的那件事,但是因为他在当时没有看一眼那女人,所以他一脸茫然,好像那件事只是女人的讲述,他并未亲身经历。那位妇女的丈夫后来在昆仑山上不幸命殁,这位妇女说,我要跟昆仑山斗一斗,一个丈夫在昆仑山上殁了,我要让昆仑山还我一个丈夫,吴大哥救过我们母女的命,他又还在昆仑山上,我要让他当我的丈夫。吴一德一听她的话就跑了,之后再也没有和那妇女见面。再后来那妇女老了,让她的女儿在昆仑山上当了兵,并把一只驼铃送给了吴一德。吴一德在兵站的那个屋子里,经常把那只驼铃拿出来抚摸一番,神情颇为复杂。别人问他为什么送上门的女人都不要,他不说话,避开众人的目光躲进了屋子里。

丁山东心中的那两只手又开始打架了,一只要把他拽回昆仑山,另一只要拽他留在原地。要把他拽回昆仑山的那只手,只会给他带来高寒、缺氧和痛苦。而要拽他留在原地的那只手,虽然会让他享受充足的氧气,不会再经受高山反应折磨,但是离开昆仑山,他去干什么?他找不出答案。

丁山东又在焦虑中度过了几天。

医生又告诉丁山东:"我知道吴一德一件事,是大家都不知道的。他当年被国民党强行拉壮丁入伍,走时家中有妻子,但昆仑山气候恶寒,冻坏了他的生殖器,他无颜回去见妻子,便在昆仑山躲了一辈子。这就是他一直不下山,不成家的原因。"

丁山东唏嘘不已。

医生说:"昆仑山太高太大,任何一个人到了昆仑山,就与昆仑山分不开了,昆仑山会影响他一辈子。"

丁山东心里的那两只手,一只被另一只压了下去。是让他去昆仑山的那只,压住了让拽他留在山下的那只。

第二天,丁山东出了院,找到供给分部主任说:"我还是要上山,除非你撤了我的职。"

主任说:"你这身体,还是不要上山了。我前几天在医院已经给你说了,你身体的事,还得你回去和家里人有个商量。你家里人的意见很重要,你要把这个事情处理好。"

丁山东却摇头。

主任急了:"你说话,不要总是摇头。"

丁山东这才开口说:"我不放心山上的事,还是让我上去吧。至于家人意见的事,我已经给家里人做通了工作,请领导放心吧。"

主任说:"你这个犟驴。"

丁山东面无表情,却说了一句很逗的话:"你这句话已经说过十次了。"

主任说:"你这个犟驴,已经在我跟前犟了十次了。"

丁山东仍然面不改色："这次是最后一次。"

主任这次笑了："算了吧，你如果说话算数，就不是犟驴了。"

说说笑笑，丁山东上山的事情就定了。

丁山东暗自唏嘘，其实他压根儿没有给家里人做工作，他不知道，妻子欧阳婷婷在这件事上，会不会同意？

13

几天后，汽车营传开一个消息，丁山东的妻子欧阳婷婷想丁山东了，要丁山东赶快回家。

汽车营一时炸了锅。

丁山东很生气，吼出一句："我老婆是有素质的人，不可能说这样的话。"话音落下，似乎在地上旋出几丝颤音。

丁山东的家就在供给分部，但他却一个多月没有回去。起初，欧阳婷婷打电话问他哪天能回家吃饭，他说过几天。后来欧阳婷婷又问哪天回家，他还是说过几天。再后来欧阳婷婷不再问了，他也没有顾得上给欧阳婷婷打电话。丁山东在琢磨如何凑够那一百人，人还没有凑够，这个传言却给他泼了一盆凉水——虽然是军人，也不能只顾部队，你还有老婆呢，你忙得顾不上想老婆，老婆会想你的！他相信欧阳婷婷不会说那样的话，并这么快地传遍汽车营。丁山东用拳头砸了一下桌子，茶杯盖子跳动着发出一串脆响，然后复归平静。这个传言犹如巨大的漩涡，把丁山东和欧阳婷婷都裹了进去。他不知道汇成这个巨大漩涡的洪水，是从什么地方而来的，很显然它们像是长了眼睛一样，死死盯着他和欧阳婷婷，以至于等他发现时，事情已经不是泼一盆凉水，而是当头一棒就将他打晕了。他赶紧打电话回去，没有人接听。他准备骑自行车回去看看，但是汽车营的两个连回到了营地，他便不得不又留下来听他们的汇报。这是今年最后一次上山,按照往年惯例,完成这次任务后,大部分人将回家探亲。汽车营的兵经常在嘴上挂着"春夏秋"三个字,这三个字代表这三个季节里,上山的道路不受风雪干扰,是汽车营拉运物资的黄金季节。入冬后冰天雪地,就不能再上山了,所以汽车兵都利用冬天探亲,只有少数人留在营里过冬。今年不一样了,已经探亲走了的人,不可能叫回来,而尚未动身和刚刚下山的人,又得上山。藏北军分区给大家明确,上山完成今年冬天的任务后,把耽误大家的假期并到明年,一次全部休完。

战士们虽然听见丁山东斩钉截铁地说,欧阳婷婷不可能说这样的话,但是丁山东的语气,还有表情,都表明他很生气。那么,可能欧阳婷婷真的说了,只不过丁山东是教导员,不好当着战士的面承认。

丁山东的吼声落下后,院子里的白杨树簌簌飘下树叶,被风一吹落进一摊水中,像小船一样漂着。丁山东又吼出一句:"谁弄一地的水,赶紧给我收拾干净。"

那摊水很快被收拾干净。

虽然同在供给分部大院里,丁山东与妻子欧阳婷婷却有一个多月没有见面,这件事,在汽车营人人皆知。一个月前下山后,丁山东已请好假,打算带欧阳婷婷和女儿去山东探家,但因为要处理田一禾的后事,便耽误了几天。当时,欧阳婷婷对丁山东说:"田一禾的后事,部队会安排专人处理,咱们还是回山东去吧。"

丁山东说:"我听到一个消息,军分区让汽车营凑一百个人上山,我这时候走了,怎么能行?"

欧阳婷婷说:"你的假都已经批了,不应该在一百个人里面。再说咱们都五年没有回去了,部队应该从别的地方协调一个带队领导。"

丁山东一愣说："昆仑山上的事情,谁能在事先预估到结果?你看看康西瓦烈士陵园,里面躺着那么多牺牲的军人,如果有人在事先预估到结果,他们能牺牲吗?再说,如果没有他们的牺牲,咱们国家的边防还在吗?"

欧阳婷婷还是坚持要走。

丁山东说服不了欧阳婷婷,便只能沉默。

现在,欧阳婷婷到底说没说那句话,大家不再议论。如果因为工作被教导员吼几句,倒也说得过去,如果在这样的事情上惹教导员生气,那就太没脸色了。于是,大家都躲着丁山东,好像一接近他就是逼迫,会逼着他承认他老婆欧阳婷婷真的说过那句话。

天气有了凉意,树叶迅速发黄,风一吹便落下一层。因为凑不够一百个人,丁山东还不能回家去看欧阳婷婷,甚至不能问她是否真的说了那句话,但是这个消息让他很生气,也许是欧阳婷婷对女儿说了一句想爸爸的话,被好事的人听见,就传成了这样。

又有树叶从白杨树上落下,被风吹得晃出一团幻影。

丁山东烦了,叫来几名战士:"你们几个,把树上的黄叶子弄干净,免得落个不停,总是扫院子。"

那几名战士用棍子把树枝敲打一番,叶子都落了下来,被装入麻袋拎出了汽车营。

丁山东知道他们要把树叶送给附近的维吾尔族老乡,这些树叶可被老乡用于烧火。那几名战士出了营区后,一只鸟儿飞过来要落到白杨树上,不知为什么盘旋了几圈,却鸣叫一声飞走了。战士们因为刚下山,这会儿都在休息,营区不见走动的人,也没有声响。丁山东也觉出有困意,但他却不想休息。欧阳婷婷一直都很支持他,新婚第二天,他就因为执行任务离开了欧阳婷婷,欧阳婷婷也没有半句怨言。半年后任务提前完成,他比预定日期早三天下山,欧阳婷婷还以为他开小差跑回来了,说我等你三天没问题,你是军人,如果你开小差偷跑回来,那就是耻辱,连我也不答应。欧阳婷婷通情达理,怎么会说那样被人笑话的话呢?不,绝对不会。丁山东对欧阳婷婷有信心,更对婚姻放心。这样一想,他放心了,困意也袭上了身。

丁山东躺下,却睡不着。

丁山东虽然一个多月没有顾上回家,但每隔两三天要打一个电话回去,问问女儿的学习情况,也问问家里的事,欧阳婷婷知道部队有纪律,从不问丁山东的事。今天早上,欧阳婷婷给他打来电话说,能不能和她去一趟叶城的部队医院。他觉得奇怪,欧阳婷婷去医院干什么?他很快便想起,还没有将自己心脏有问题的事告诉欧阳婷婷,便一下子紧张起来,如果欧阳婷婷知道他心脏有问题还要上山,一定会阻挡他,但多年夫妻,她一定知道阻挡不了他,便要去医院问清楚,找到理由来要挟他打消上山的念头。

丁山东一惊,心想事情麻烦了。如果欧阳婷婷阻止不了他,会怎么办?可能会以离婚要挟他,只要欧阳婷婷把离婚二字说出口,就没有了退路,不得不与他离婚。傻婷婷呀,你说什么气话都可以,偏偏离婚二字会像吹气一样,嘴一张就说了出来。那么多人都在看着,这两个字一说出来就会落地生根,长成一棵藏不住、砍不掉、更搬不动的畸形大树,用巨大的阴影把你淹没。

丁山东躺不住了,一骨碌爬起,这时门外响起值班排长伊布拉音·都来提的"报告"声,他让伊布拉音·都来提进来,这个维吾尔族小伙子是刚分配来的排长,肩扛少尉军衔,显得更加英俊。他问伊布拉音·都来提有什么事,伊布拉音·都来提说:"教导员,嫂子来了。"

丁山东见伊布拉音·都来提身后没人,便问:"她人呢?"

伊布拉音·都来提说:"嫂子在营门口,她说不能影响你的工作,叫你出去说。"

丁山东便赶紧出门,急忙走向营区门口,他心里忐忑不安,那个传言已经不重要了,重要的是欧阳婷婷这一来,不仅仅是她一个人,还有一个麻烦和她一起来了,那就是她极有可能会闹离婚。如果欧阳婷婷闹离婚的事传出去,事情就会像脱轨的火车,不论是倾翻还是扭曲,都已不在她和他的掌控范围内。这样想着,他的脚步一会儿快,又一会儿慢。快是想急于把事情处理好,慢是觉得已经于事无补,犹豫着不想往前走。

但他还是走到了欧阳婷婷跟前。

欧阳婷婷站在一棵树下,一脸不高兴。看来事情正向不好的方向发展,只是欧阳婷婷还不知道,她随意说出的那句话,已经传遍了汽车营,她更不知道那句气话的尾巴很长,一摇或者一甩,就会带出一长串麻烦。但是丁山东不能责怪欧阳婷婷,欧阳婷婷可以说气话,他不能,所以他强撑出笑脸问欧阳婷婷:"你从叶城回来了?"

欧阳婷婷看了一眼丁山东:"回来了。"

"什么时候回来的?"

"刚回来。"

"传言是怎么回事?"

"怎么回事?还是你说吧,你能说得清楚。"

"我……"

"你做了什么,不清楚吗?"

丁山东知道自己应该说什么,但是他开不了口。他想让欧阳婷婷开口,便去看欧阳婷婷,欧阳婷婷却不与他对视,似乎一对视她就得让步,一让步就只有顺着丁山东,哪怕他心脏再不好也要上山。

丁山东转过身，不再说话。说什么呢？万一他只说出一句，欧阳婷婷来一句"什么也不要说了，离婚吧"，不就把他堵进了死胡同吗？

天已经黑了，月光照在那棵树上，使树枝显得冷硬粗糙，像是正在经受着磨难。

欧阳婷婷走到丁山东跟前，瞪着眼看丁山东，丁山东一副若无其事的样子，她就又生气了："你居然这么多天不回家，我有急事找你，都急死了，不得不到营里来找你。"

丁山东看了一眼欧阳婷婷，犹豫了一下没有开口。欧阳婷婷第一次听到丁山东的名字时说，你又不是山东人，为什么叫这么个名字？丁山东说，他的名字是父亲起的，他出生时父亲没有多想，给他起了"山东"一名。后来山东长大，谁也没觉得这个名字不好，更没想过要改名。欧阳婷婷心想，名字归名字，但丁山东这个人机灵靠谱，跟他结婚应该会很幸福。但她想错了，丁山东在婚后第二天就上山执行任务了，而且一走半年才回来。她是在他回来后才知道，他是主动申请上山的，领导说他刚刚结婚就不要上山了，但他还是执意上了山。欧阳婷婷气得发抖，难道我这个刚结婚的新娘子不称职，一点都不吸引他吗？两个人吵了一架，丁山东才说出原因，连长的心脏不好，如果让连长上山，恐怕上得去下不来，他的身体好，所以就替连长上了山。他那样一说，欧阳婷婷理解了他。后来又有一次，丁山东带车队在山上跑了一个多月，欧阳婷婷起初是天天盼他早一点下山，后来见盼望无果，加之心里总是产生不好的预感，便天天祈祷，她不知道祈祷有没有用，但一想到丁山东带着车队从神山冈仁波齐底下经过，便心中一动，觉得神会保佑丁山东，她的祈祷也一定会有用，于是便天天祈祷，心也随即安静下来。但是丁山东下山后居然不回家，她备了一桌菜,左等右等不见人,就去车场找丁山东,别人都休息了,当连长的他居然躺在一辆车下面,在研究车轴出问题的原因。她气不打一处来,大叫一声车重要还是家重要?丁山东不好意思地从车底下爬出,用手去擦脸上的汗,他不知道手上有油,顿时就变成了花脸。她气得一笑,拉着他去洗脸,气也就消了。这么多年,丁山东一直是这样,人是这个家的人,却总是神龙见首不见尾,让欧阳婷婷独自承受了很多孤独和无奈。昨天中午在楼下,她问女儿想爸爸了吗?没料到女儿却反问她,你想了吗?她心中一动说想了,不料这句话被一位多事的女人听见了,嘴一撇说四五岁的小姑娘知道什么,还不是自己想男人了呗。于是便迅速传开欧阳婷婷想丁山东了,让丁山东赶紧回家一趟。

原来是这样,丁山东虽然有些尴尬,但是欧阳婷婷没有提出离婚,他心安了。不过他还是不放心欧阳婷婷去医院的事,便试探着问欧阳婷婷:"你去医院有什么事吗?"

欧阳婷婷反问丁山东:"我前几天在电话中给你说过,我要去烈士陵园扫墓。"

丁山东说:"对,你确实说过要去烈士陵园扫墓,去了吗?"

欧阳婷婷说:"去了。"

丁山东问:"用了多长时间?"

欧阳婷婷说:"一个小时。"

"那今天去医院干什么了呢?"憋了好一会儿,丁山东终于问出了这句话。他很紧张,既想知道答案,又希望没有答案,那样的话就不会发生他担心的事。

欧阳婷婷说:"有一件事……"

"什么事?"

"我昨天从烈士陵园出来后,遇到了一件事,所以今天就又出门了。"

"发生了什么事？"

"昨天我遇到一位维吾尔族老乡，他家有紧急的事。"

"什么事？"

"他家的儿媳妇要生孩子，可是家里没有男人。"

"生孩子这事，你也帮不上忙，去叫医生呀！"

"去叫了医生。"

"这就对了嘛！"

"可是医生来了后。却说有麻烦。"

"什么麻烦？"

"医生说他没有办法接生。"

"那怎么办？如果不是在医院，是不能私自接生。"

"那位医生建议把产妇送到乡医院去，可是那老乡家没有人。"

"你送呀！"

"我送了，刚开始是用马车拉着送的，不料在半路马车散架了，没办法修，我们就用树枝做了一个简易担架，把产妇抬到了乡医院。"

"这件事做得好，军嫂嘛，遇到这样的事要有担当，不能不管。"

欧阳婷婷说："我在当时想回来叫你帮忙，但是那位产妇疼得呼天喊地，我一看时间来不及，就擅自做主去送人。我想，你一定会同意我那样做的。"

丁山东微微一皱眉头，欧阳婷婷把他该说的话抢先说了，他还能说什么？不过他不生气，欧阳婷婷做得对，应该表扬她才对。

欧阳婷婷却说："我又不是你手下的兵，你不用表扬我，我也做了错事。"

"做错了什么事？"丁山东一愣。

欧阳婷婷不好意思开口,犹犹豫豫地看着丁山东。

丁山东对欧阳婷婷说:"犹豫什么?说吧。"

欧阳婷婷面露难色,又犹豫起来。

丁山东用眼神示意欧阳婷婷,但说无妨。

欧阳婷婷这才说:"我回来时,碰到了汽车营的志愿兵(即专业士官)丁一龙的妻子宁卉玲,她说军分区边防营的一位副连长和丁一龙是同年入伍的老乡,他对象从陕西汉中来新疆要和他结婚,但是那位副连长在昆仑山上下不来,没有人帮他对象收拾房子,宁卉玲本来想去帮忙,但是她一个女人能有什么力气。那位副连长的对象生气了,说那位副连长在阿里当兵,连结婚都下不了山,便打算返回陕西,这婚不结了。我一听便决定帮宁卉玲去收拾房子,但是我过去后却听到一个消息,供给分部没有多余的房子。没办法,我只好返回。刚下楼,宁卉玲追了下来,她说丁一龙已经干够了十一年志愿兵,还有一年就要转业,反正到时候要退房,不如现在把房子让给那位副连长,可挽留他的对象留下来,成全一桩婚事。于是我就帮宁卉玲搬家了,他们家看起来简陋,但搬起来还是费事,用了一下午才搬完。"

丁山东问:"宁卉玲把家搬到哪去了?"

欧阳婷婷说:"招待所旁边有一间平房,她搬到了那里。"她犹豫了一下,还是补充一句,"那个房子小不说,还破,有两个地方漏风,我帮宁卉玲堵了堵,算是勉强能住。"

欧阳婷婷走后,丁山东沉默了,丁一龙这两天就下山了,一回来看到家变成那样,会是什么心情?他喊来伊布拉音·都来提说:"给你一个任务,明天去给宁卉玲修房子,一天不够就两天,两天不够就三天,直到修好为止。"

"是。"伊布拉音·都来提应了一声,事情全部说完了,他准备回去。走到门口,又转身回来对丁山东说,"教导员,我听到一个消息,说汽车营上山的一百人,在一个月后上山,但是咱们营没有一百人,怎么办?"

丁山东皱起了眉头。

伊布拉音·都来提试探着说:"教导员,有几个人正准备探家,要不要把他们留下?"

丁山东的眉头拧了起来,他可以改变探亲的计划,但不忍心让那几个人改变行程,他们探亲回去,与亲人一起过春节该是多么美好,而换作去昆仑山,要经受孤独、寂寞和艰辛,简直一个天上一个地下。算了,让他们回去探亲吧,上山人数我再想办法。

伊布拉音·都来提走了。丁山东想出去走走,但这时熄灯号响了。熄灯后,任何人都不准随意走动,丁山东打消了念头。

丁山东默默念叨一句,脱衣上床躺下。欧阳婷婷并不知道他心脏不好的事,他心里一阵欣慰。他想起那个传言,仅仅半天时间,这个传言就消失得干干净净,好像原本没有人提过一样。欧阳婷婷……想我了……丁山东觉得有一种毛茸茸的触感,自心里浸向全身,让他有了异样的体验。

明天回家一趟吧!

睡意蒙眬间,他心里冒出这个甜蜜的念头。

14

一只大手落下来,一把就抓住了丁山东。那只手很大很烫,仅仅抓着他就让他觉出一股灼热感。我这是在哪里,这只手为什么要把我抓住?丁山东想挣脱那只手,心里刚有了想法,那只手就松开了他。不是他挣脱了那只手,而是那只手放弃了他。这是一只要干什么的手?丁山东搞不清楚,只觉得被松开后很舒服,一股清凉感自头部浸遍全身,让他昏昏欲睡。他想好好睡一觉,但这样一想反而没有了睡意,一睁眼就看见满屋子的光亮。周围的人见他醒了过来,都松了口气。丁山东于是明白,他因为发烧昏睡了一天一夜,在这个黄昏好不容易才清醒过来。

他记得在发烧之前,他列出了上山的名单,却少一个人。他一着急,便觉呼吸紧促,浑身燥热。他知道自己的心脏不好,但不至于如此反常,一下子就好像置身于火炉之中。现在醒了过来,他得知仅仅是发烧,并且没有人发现丁山东的心脏有问题,便放心了。

第二天,丁山东去部队医院看了一下,心脏还是不好,尤其是这次发烧导致昏厥,多少与心脏有关系。这是很不好的征兆,这只是在海拔一千多米的山下,至于高海拔的山上,他的心脏会越来越不好。医生对丁山东千叮咛万嘱咐,不要把身体不当事,回去按时吃药。丁山东便提着一袋药从医院出来,叫了一辆维吾尔族老乡的马车就上路了。从叶城到汽车营不足十公里,马蹄清脆,在路面上传出一连串好听的声响。路两边的杨树虽然都落尽了叶子,但枝干却清晰细长,在半空密布出一派好看的景象。一场雪过后天就冷了,间或还刮起"呜呜"的寒风,让行人都行色匆匆,不愿在寒风里多待。赶马车的维吾尔族老乡头戴毡帽,穿着袷袢大衣,看上去并不冷,所以马车行驶得并不快。

丁山东有点冷,便对老乡说:"能不能把马车赶得快一点。"

老乡说:"如果是马,就可以快,但是马车快不了,只能这样跑。"

丁山东不好再催,便靠在马车上看天空的云朵。看着看着想起昆仑山上的云,昆仑山上的云与山下的云朵不一样,站在任何一个地方都看得清楚。有时候太寂寞,就看云朵,一看就是很长时间。山上的云朵离山很近,有时候就在山冈上,像是与山冈在交谈。细看之下,就会发现云朵既厚实又细腻,既轻盈又凝重。有时候，一阵风就让云不见了，有时候一天都不动，像是长在山冈上。其实云朵离山冈很远，只是因为昆仑山太高，就感觉人和山，山和天，一直在一起。现在看着山下的云朵，觉得天空很空旷，云朵很遥远。在山下看昆仑山，觉得它也很遥远，云朵离山更遥远，不注意看甚至发现不了。相比之下，还是山上的云朵更好，让人始终觉得和云在一起。

"丁山东，看来你想昆仑山了。"丁山东对自己喃喃自语。

说完，丁山东又自己回答自己一句："在昆仑山上当兵的人，在山上时都盼望着下山，下山了又怀念昆仑山，想着上昆仑山。"他一回答自己，好像他不是丁山东，而是另一个人。

"丁山东，看来你想回昆仑山？"丁山东继续对自己说话。

然后，他又自己问自己："营里上山的名额少一个人，教导员急得像热锅上的蚂蚁，你能坐视不管吗？"上山的名额少一个人，这件事像石头一样压在他身上，所以他又把自己置换成另一个人，想用自问自答的方式找到答案。

没有答案。

少一个人，而且是汽车营的一个军人，谁也没办法替补。

"丁山东，你的心脏不是小事，现在你最要紧的是养病，至于上山的事你就想都不要想了，你身体是这样的情况，上去是走着上去，下来恐怕会被抬下来。"丁山东继续对自己说话，不过这样一问，他却无法回答自己。至此，他才明白自己的心还在山上，尤其是部队要评"昆仑卫士"了，汽车营上山去执行一个冬天的任务，就会多一份资格。但心脏病是压在他身上的石头，他卸不下来，那怎么办？尤其是把能上山的人都动员上山了，还是少一个人。先前他软磨硬泡让供给分部主任同意了他上山，不料心脏病却死死地拦住了他，让他不得不犹豫。

赶马车的维吾尔族老乡见丁山东不喃喃自语了，便问："解放军,你刚才在悄悄说什么呢?"

丁山东醒过神,一笑说没有说什么。

马车的蹄声变得更清脆,像是谁喊了一句,又回答了一声。

很快就到了供给分部。

丁山东从马车上下来,给维吾尔族老乡付了钱。老乡问丁山东:"你还回叶城吗?如果回的话,我在这儿等你。"

丁山东一愣,回还是不回,他拿不定主意。如果回,那他就是去医院住院;如果不回,那就要上昆仑山。但他很难在短时间里做出决定,一时不知该如何回答维吾尔族老乡。

维吾尔族老乡问他:"你有什么事吗?"

丁山东没有回答维吾尔族老乡,却在心里想,我有什么事吗?本来我这会儿应该躺在病床上治疗,为什么却要回来呢?回来,就是上昆仑山,除此之外还有什么事呢?

维吾尔族老乡在等丁山东回话,丁山东一急,便对维吾尔族老乡说:"你先回吧,我不回叶城了。"说完,他转身向供给分部走去,边走边自问,丁山东,你下决心要上昆仑山了吗?

你不管自己的身体了吗?

欧阳婷婷和女儿怎么办?

你这一改主意,怎么向她们交代?

丁山东无法回答自己。

不知不觉,丁山东的脚步踏入供给分部大门。哨兵给他敬礼,他才反应过来,进了供给分部大门,就不能变主意,这一趟上昆仑山的一百个人中,一定会有他的名字。

丁山东没有想到,欧阳婷婷很快就知道了他心脏病的事,坚决不同意他上山。

丁山东刚回到家,欧阳婷婷一看见丁山东,就气呼呼地一挥手说:"丁山东,你赶紧往医院走,去好好治病,其他的事都不是事。"

丁山东想对欧阳婷婷说,我还没有决定上昆仑山,但一看欧阳婷婷这个态度,好像他一下子在欧阳婷婷面前变矮了。在昆仑山上时,经常会有被山压得直不起腰,喘不过气的感觉。不论你是多大的军官,多老的兵,都不能人压人。昆仑山上人少,每天都因为缺氧和高山反应难受,谁也不忍心给别人制造痛苦。所以,丁山东不理解欧阳婷婷为什么这样说话,一着急便喊出一句:"还差一个人才够一百个人,我是汽车营的教导员,不上山去怎么给上面交代?"

欧阳婷婷被问住了。

丁山东也为自己的话吃惊,他原本还没有想好要上昆仑山,怎么一张嘴就说要上去呢?话一出口就不能改变,因为在昆仑山上当兵的人,没有话一出口就反悔的。况且,在欧阳婷婷跟前说出这样的话,无异于就是表态。

欧阳婷婷看着丁山东问:"丁山东,你上山,暂且不说你老婆和女儿怎么办,可是你的心脏是什么情况,你不知道吗?"

这一刻的丁山东,犹如正在山坡上打滑,如果脚下站不稳就会一头坠入坡底。而欧阳婷婷的话,好像一把抓住了他,要把他拽入另一个地方去。他感觉此时拽他的就是欧阳婷婷的手,很有力,一拽住就再也不会松开。

欧阳婷婷见丁山东不言语,便又说:"这次上山少一个人,你不好开口,我去找供给分部领导说明情况。"

丁山东相信欧阳婷婷说得出,就一定能做得到,那样的话上山少一个人的难题,就变成了压在供给分部领导背上的石头。

"家属最好不要出面参与汽车营的事,那样的话我会很没面子。至于我上不上山,还有时间,让我考虑考虑再说吧。"丁山东装出若无其事的样子,连哄带推把欧阳婷婷送出了门。

丁山东想去连队看看,又觉得大家都在准备上山的事,他上山还是不上山,连主意都拿不定,回去干什么呢?于是,他转身向供给分部大门走去,出了供给分部大门,就只有去叶城,去叶城就只有去医院住院。

不去。

好像欧阳婷婷的手在拽着他,要让他转身去医院。但是他轻轻一用力就挣脱了欧阳婷婷的手,挣脱后再也没有人阻拦他,他一转身,又进了供给分部大门。

丁山东向汽车营的车场看了一眼,有十辆车已蒙上帆布,呈一字形停放得整整齐齐。以他的经验,这是已经准备就绪,随时可以出发的车。如果按一辆车坐十个人,这十辆车刚好送一百人上山。他记得营里有三个人准备近期探家,看来他们放弃了假期。他是教导员,他们是战士,在这种时候应该由他代替他们。他的脚步迈不动了,便站住愣愣地看着车场里的车,好像只要那十辆车从车场开出,就会把他抛弃,他作为一名汽车兵,就与汽车无缘了。

但是欧阳婷婷的手,好像仍紧紧拽着他。

丁山东一犹豫,便犹如真的被拽动,向供给分部大门走去。他想起欧阳婷婷的笑脸,很亲切,很可爱,好像欧阳婷婷一直对着他在笑,只是因为他太忙,一直到现在才被触动。他不再犹豫,自己的心脏自己清楚,还是先把病治好,至于上山的任务,赶不上今年的,明年还有嘛!只是这样就可惜了,到明年评"昆仑卫士"时就少了竞争理由,恐怕只有给别人鼓掌祝贺的份了。没关系,明年评不上"昆仑卫士",后年还要评,到时候再申报不迟。

丁山东的脚步快了起来。

远远地,一位女人向丁山东走来。近了,叫了一声丁山东的名字。丁山东认出,是原营长李小兵的妻子李亚兰,便叫了一声嫂子。李亚兰问丁山东："你不是要回山东探亲吗？怎么没有走，是不是你作为教导员，必须要上昆仑山？"

丁山东三年没有回家探亲的事，在供给分部人人皆知。现在，丁山东被李亚兰这样一问，不知该如何回答。看来，人人都觉得只要他返回供给分部，就应该上昆仑山，如果不上昆仑山，你回来干什么呢？

丁山东的脚步又迈不动了。

李亚兰见丁山东不说话，便又问："你见到你老婆欧阳婷婷了吗？"

丁山东如实回答："见到了。"

李亚兰说："我听说你跟李小兵一样，已经十几天没有回家了。"说着，就流下了眼泪。

丁山东的眼泪也差一点涌出。是啊，要凑够一百个人上山，偏偏田一禾和李鹏程又出了事，他身上犹如压着大石头，怎么能顾得上回家呢？汽车营有一个不成文的规定，干部的家属不可去营里，从营长、教导员到排长，再到志愿兵，都一直坚守这一规矩。这也是李小兵和丁山东十多天，甚至一个月不回家的原因。丁山东安慰李亚兰："过几天我会回家的，但是这些天确实抽不开身……"为避开话题，他问李亚兰，"小兵营长在新部队挺好的吧？"

李亚兰说："他呀，还是和以前一样，十多天甚至一个月都不回家。"

丁山东不知道该说什么好。

李亚兰说："他不回家也可以，我已经习惯了。但是我着急的是，有一件事想和他商量，却见不上他。"说着，又流下了眼泪。

丁山东了解李亚兰，她是一个有主见，遇事沉稳的人，如果不是发生了事，她不会这样着急。于是，他问李亚兰："嫂子如果着急的话,我能不能帮忙带话?"

李亚兰说:"那就只能麻烦你了,我确实没有办法了。李大军出了脚冻坏的事后,李小兵的父亲一听到消息就病倒了。我担心李小兵知道后会乱了方寸,就没有给他说。今天老家发来电报,李小兵的父亲报了病危,估计凶多吉少。我很着急,如果不把这件事告诉李小兵,万一他父亲有个什么不测,我怎么给他交代?"

丁山东没想到李小兵家发生了一连串事情,立即说:"嫂子,我这就去找小兵。"

李亚兰好像反悔了,想要阻止丁山东,但丁山东已转身走了,她叹息一声,抹去眼泪向家走去。

丁山东找到李小兵,将他老家发生的事情如实相告。李小兵一愣:"是我家属让你来传话的?"

丁山东说:"嫂子都快急疯了,但是她不能来见你,是我主动帮她来传话的。"

李小兵掏出一支烟,点了两次都没有点着,烟掉在了地上。他看了一眼地上的烟,想捡起,但犹豫了一下没捡。

丁山东对李小兵说:"李营长,你赶快回老家去看看吧。"

李小兵没有说话,又掏出一支烟,这次点着了,但只抽了一口就被呛得咳嗽起来,咳着咳着就流出了眼泪。他想用咳嗽掩饰眼泪,但丁山东分明看见他的眼泪在哗哗地流。

丁山东又劝李小兵回老家去看看。

李小兵用不解的目光看了一眼丁山东:"我知道汽车营要凑够一百人的事,像石头一样压在你身上,我去的部队在冬天比较清闲,我去打个报告,把我也算一个,和你们一起上山"。说话,他又抽了一口烟,又被呛得咳嗽。

丁山东明白了,李小兵的意思是汽车营凑不够上山的一百人,本来就人少,如果他回了老家,人就会更少,怎么能行?丁山东一阵难受,又一阵惭愧,再也无法劝李小兵。他看见李小兵又流出了眼泪,便觉得在这种时候,李小兵想哭却因为有他在场,只能硬憋着,那就让李小兵一个人待着,忍不住就哭一场吧。丁山东没有说什么,默默转身出了门。

刚出门,丁山东听见屋内一声号啕,然后就使劲把后面的哭声压了下去。

丁山东又一阵难受,也流下了眼泪。

第二天,丁山东在营部桌前打开花名册,开始挑选上山人员。丁山东先是挑选身体好,素质高的战士,只选出八十八人。他一咬牙放开挑选,选出九十六人。这九十六是没有探家,留守在汽车营的全部人员。

怎么办,从探家的人中选出四个人,发电报让他们提前归队?

不忍心,丁山东遂打消念头。

外面的风大了,有雪花被刮到窗玻璃上,掠出一团幻影。丁山东头疼,便放下花名册,走到窗前往外面看。又下雪了,而且比先前的雪大了很多,加之风又大,便被刮了过来,像是要扑进屋中来。丁山东想,如果大雪真的扑入屋内,落到自己身上,他就会一身白。落到身上的雪会融化,但落到心上的雪,该怎样承受?

丁山东为四个人的名额一筹莫展。

偏偏在这时候,藏北军分区来电话,催丁山东上报一百人的名单。丁山东虽然心里吃紧,但还是表态一小时后上报。他放下电话,在纸上想写出他印象深刻的四个战士的名字,那样就能凑够上山的一百个人。笔落下去,写的是丁山东。他用细密的线条把丁山东三个字划掉,再写,还是丁山东三个字。

笔掉在了桌上。

又有飞雪落到窗户上,弥漫出一团暗影,屋子里暗了下来。

以往雪停后,丁山东都会出去走走,享受一下晴天的快乐,但现在他没有心情,便不想出去。汽车营在昆仑山上时,下的雪是山上的雪,与山下的雪不一样,也不会影响到什么。但是这次不一样,雪停了,汽车营的一百个人就得动身上山。

窗户变得更加幽暗,像是有一块黑布在涌动,要把屋子遮得严严实实。

丁山东想,毕竟是入冬的第一场雪,一下起来就像是要把什么一口吞没。

这时候,门外有人喊"报告",丁山东应过一声后进来了三位战士,他们已经到了乌鲁木齐,听说营里上山的人员不够,就回来了。李小兵的眼睛有些酸,他揉了一下眼睛,拿起笔写下他们三人的名字。然后,他让通信员通知炊事班,晚饭加大盘鸡、羊肉和牛肉三个菜,大家好好吃一顿,明天一早检修车辆,做好上山准备。这场雪下得不是时候,必须把车检修好,才可以放心上路。

开饭前,丁山东宣布了一百个人的名字。

风已经停了,所有人都很安静。

念了九十九个人,到第一百个人的名字时,丁山东的声音颤了一下,然后他咳嗽了一声,所有人都一片唏嘘。丁山东的心脏不好,不应该上山,那一片唏嘘就是这个意思。但是丁山东很快就念出了自己的名字,于是丁山东便在上山的名额之中。

密集的大雪陡然落了下来。

丁山东宣布完,所有人进入饭堂吃饭。

几天后,丁山东带着九十九个人,上了昆仑山。用了三天时间,汽车营的一百人,到达了藏北军分区所在地清水河。

所有人都在想,会不会把我们分配到多尔玛边防连?

那里是田一禾牺牲的地方。

不久,命令明确了,他们果然被分配到了多尔玛边防连。军分区领导说,多尔玛本来就是边防连,让汽车营二连的连长肖凡带队去就可以了,丁山东则留在军分区机关,另有任务需要他去完成。丁山东知道,军分区领导已经知道他的心脏有问题,所以要把他留在军分区机关。他一阵恍惚,觉得自己走完了九十九步,最后一步却因为上级另有规划,不得不让他把伸出的脚收回来,踏上别的方向。

军令如山,一切都得服从。丁山东是老兵,自然知道这些道理。

老兵丁一龙将丁山东送到军分区机关后,就一个人返回了。很快,十辆车拉着九十九个人,向多尔玛边防连开去。

第五章：山崖上的光芒

15

多尔玛边防连背后的山崖上，有"昆仑卫士"四个字。排长伊布拉音·都来提第一眼看见那四个字时，它们裹在一片红光中，一晃好像要涌到他面前，转瞬却还在原来的位置。伊布拉音·都来提揉了一下眼睛，遂看清"昆仑卫士"四个字本身很红，哪怕是没有阳光的阴天，也能发出强烈的红光。

伊布拉音·都来提一阵激动，这四个字不仅有颜色，好像还有呼吸，远远地和人对接上，让人心情澎湃。

伊布拉音·都来提是维吾尔族人，从军校毕业后分配到汽车营，已经当了两年排长。

汽车营的兵到了多尔玛边防连，因为原多尔玛边防连的连长和指导员都外出培训了，肖凡便任了连长，卞成刚任了副连长，其他几位汽车营的排长，又相继任了边防连的排长，伊布拉音·都来提任了一排的排长。肖凡对伊布拉音·都来提说，一排长很重要，如果连队领导不在，一排长就要肩负全连重任。

伊布拉音·都来提一下子觉得，肩上压上了很重的东西。

那十辆汽车闲了下来，一字形停在连队外面的空地上，像一排整齐的队伍。战士们走过汽车时会说，方向盘啊，我们暂时就不摸你了，现在我们要操枪弄炮，戍边守防。

在昆仑山上，多尔玛不怎么出名，但"昆仑卫士"四个字却人人皆知。这么多年了，这四个字已经替代了多尔玛，和这四个字有关的故事，也早已烂熟于心，如果有人突然提到多尔玛，人们却一脸懵懂，要仔细问问才知道是什么地方。

伊布拉音·都来提盯着山崖上的"昆仑卫士"四个字，看了很久。这四个字前不久刚刷过新漆，远远地就传来肃穆之感。多尔玛边防连的战士们，每天都习惯看几眼这四个字，好像只要这四个字在，他们的依靠就在。据说这四个字在山崖上已有十多年，每批兵服役三年，前后有四五批兵，来了就看着这四个字在这里生活。这里的生活，说白了就是熬，熬缺氧和高山反应，习惯了就能待得住，心态也会平和。心态对这里的人很重要，它能让人把很多事情都想通，比如别人都不愿意到这里来，边防连的人就来了，来了就要有来了的样子，否则哪里谈得上军人使命，更别说保家卫国的责任？

在这十多年，前后走了四五批兵，他们在这里度过三年时间，平时都盼望着早一点复员，但是复员的那天却舍不得走。问及原因，他们说离开多尔玛去别的地方，虽然生活条件会好很多，但看不见"昆仑卫士"这四个字，会迷失方向。真正离开的时候，他们会在这四个字下面排列成队，然后敬礼。举行了这个仪式，他们就把这四个字装在了心里。心里装下这四个字，一辈子都有用。

伊布拉音·都来提听人说，最初准备在山崖上涂的字，并不是"昆仑卫士"，而是"昆仑精神"。有一位排长说昆仑精神好是好，但是它说的是方向，而且不能具体到人，要不改成昆仑卫士，让人一看这四个字就会想到人,而具体的人不就是我们嘛!没有一个人反对,一致认为"昆仑卫士"四个字属于昆仑军人,除了他们再无他人可以使用,于是山崖上很快就有了这四个红色大字。十几年过去了,山崖岿然不动,这四个字一直都在。

伊布拉音·都来提没有再揉眼睛,径直进了院子。战士们都在训练,虽然海拔高,但军事训练不可少,因为他们上山来是为了守防,没有过硬的军事素质,又怎能完成任务。说起来,汽车营在平时基本上没有军事训练,他们训练的是汽车技术,现在一下子转了行,很多人拿枪的姿势不对,站立和运动的动作也不规范。伊布拉音·都来提笑笑,纠正几位战士的动作。他想,还有时间训练,大家一定都会合格。

进了房间,伊布拉音·都来提一阵头痛。刚才一直在走动,加之缺氧,头就开始疼了。多尔玛是海拔最高的边防连,人在这里经常高山反应,尤其是剧烈运动后,会不停地粗喘,头也会剧烈疼痛。昆仑山上的边防连,要么海拔高,走几步头疼胸闷,气喘吁吁;要么海拔并不高,不缺氧也不高山反应,但是水质却有问题,饮用时间长了会掉头发,掉牙齿,还导致阳痿。海拔高和高山反应,战士们无可奈何地忍,从表情上就可看出,水质不好让人掉头发、掉牙齿和导致阳痿,却得在心里忍。昆仑军人在里里外外忍受的,都是常人难以理解的,有多少酸甜苦辣,只有他们清楚。

伊布拉音·都来提喝了一杯水,感觉好受了一些。这时他想起了田一禾,便一阵恍惚,觉得田一禾并没有牺牲,在这里等待着大家把他带回。伊布拉音·都来提心里一痛,遂清醒过来,知道再也看不到田一禾了,以后想起田一禾,只能默默怀念。

伊布拉音·都来提很后悔,当时田一禾出门时,他是清醒的,知道田一禾要去干什么,他决定陪田一禾去,不料起身时却一阵眩晕,人软软地塌了下去。田一禾从他身边经过,他想叫田一禾一声,却张不开嘴,后来终于张开了嘴,又发不出声音,田一禾就那样从他身边走了过去。后来他便昏睡过去,醒来后知道田一禾去了一号达坂,到了下午传来消息,田一禾从一号达坂上掉下来摔死了。他很后悔,如果当时他能够爬起来,就会与田一禾一起上达坂,就会和田一禾一直走在一起,田一禾栽倒后就能被他一把抓住,田一禾就不会坠落到达坂下面。出事的当晚,他们跌跌撞撞到达坂底下,看见田一禾被摔得浑身是血,一摸鼻孔已经断了气。他和李小平、邓东兴抬着田一禾的遗体,下达坂回到了多尔玛,第二天一大早就运着田一禾的遗体下山了。他没有想到整整一夜,营长李小兵的弟弟李大军都用毛巾按着田一禾遗体的伤口,把自己的脚给冻坏了。没过多久,营长要上山到三十里营房拉田一禾的遗体下去,本来他准备陪营长去,不料妻子却突然对他说,她已经病了一个多月,腿越来越软,走路都很困难。他听后心中一惊,便陪着妻子去医院。这样一折腾,营长李小兵已经把上山人选换成了他的弟弟李大军,不料营长受了伤,李大军也差一点被淹死在河中。如果是他陪营长上山,是他去提水,一定不会出事。都是因为他,才让营长受了伤。

  伊布拉音·都来提一阵难受,忍不住要掉泪。

  不能让战友们看见自己掉泪,他于是悄悄走到多尔玛一侧的山冈上,看着对面山崖上的"昆仑卫士"四个字,想着田一禾摔死的惨状,忍不住就哭了。他觉得这四个字像昆仑山一样大,想要把这四个字扛住,不知要付出多少牺牲。这样一想就觉得自己不能哭,那么多扛这四个字的人死了,残了,病了,都没有哭,而自己如此幸运地活到了今天,应该把那四个字扛得更好。他也听说部队要评"昆仑卫士"称号了,所以他那四个字扛好,就有希望评上"昆仑卫士",到那时就是莫大的荣誉。

  回到连队,电话响了。伊布拉音·都来提听出是军分区政治部打来的,但因为线路不好,只听出"昆仑卫士"四个字,然后就断线了。伊布拉音·都来提在值班日志上做了记录:军分区政治部来电,因线路问题只听出"昆仑卫士"四字,其他不详。然后,伊布拉音·都来提把笔记本拿给连长肖凡,肖凡也猜不出军分区政治部来电的意思,便猜测上级部门已开始评"昆仑卫士"了,因为汽车营是最具评选资格的部队,所以来电通知汽车营,可以准备申报材料了。

是不是太乐观了?

有人在一旁冷不丁说出一句话。

大家脸上便浮出窘迫,刚才的喜悦之色犹如一个踉跄,一下子就滑进了窘迫的深洞。大家都知道,汽车营出了死人的事,怎么会有资格评"昆仑卫士"呢?但是大家又觉得,虽然汽车营不能以集体评"昆仑卫士",但还有这么多的优秀个人,很有资格参加评选。于是便又猜测,军分区政治部的电话,要通知的就是这个意思。

还是不能肯定。

还会有怎样的可能?能猜测出的,都被一一否定。有些猜测不好意思说出来,比如汽车营上山下山太频繁,应该特殊照顾评上"昆仑卫士",但这样的话说不出口,也就罢了。

桌上的电话再也没有响起,像一个丧失说话能力,变成哑巴的人,只是悄无声息地趴在那儿。也许军分区政治部在不停地拨打电话,但是线路出了问题,电流在某个地方像是从穿行的隧道滑出,坠入了风雪山谷。从多尔玛到藏北军分区路途遥远,但军分区一定会派机务连的人检修线路,最多两三天就通了,上级到底要说与"昆仑卫士"有关的什么话,到时候会清清楚楚。

那就等,但是也不排除线路会自动恢复,说不定电话丁零一声就响了。这些年,这部电话一直都时好时坏,有时候一两月不响,大家都以为它坏了,但突然有一天它就响了,会带来意想不到的消息。于是大家都知道,不是电话坏了,就是没有需要电话通知的事。那么,如果现在有事要通知,它就迟早会响,必须派人守电话,一响就接听,把事情听得清清楚楚,然后去执行。

这个任务落在了伊布拉音·都来提身上。

伊布拉音·都来提坐在电话机前,盯着电话机看。电话机有些老旧,在别的地方恐怕已被淘汰,但军用电话是专机专线,就还被用着。他伸手抚摸了一下机身,一股光滑感浸开,让他有了几分欣慰。先前评"昆仑卫士"的事只是传言,今天的这个电话,犹如把种种传言都打捞出来,将没用的放置一边,只剩下有用的,也是最关键的,让大家一下子看得明明白白,知道接下来该干什么,不该干什么。

所以,守电话无比重要。

伊布拉音·都来提准备好了纸和笔,一旦接通电话,就详细记录上级通知。

汽车营的人到多尔玛已有三天,本来上山一路很辛苦,加之多尔玛的海拔这么高,每个人都疲惫不堪,三天都缓不过劲来。伊布拉音·都来提带一个班在边防连四周只走一圈,却用了三个小时。那三个小时,就像背着沉重的东西,一步一停,气喘吁吁。更要命的是,头很疼,感觉迎面吹来的风里面,还有呼吸的空气里,都有看不见的刀子,一扎就扎到最难受的地方,让人痛不欲生。本来他们对多尔玛的海拔有心理准备,而且已有多次高海拔的经历,心想能扛住,但是没想到多尔玛的海拔犹如洪水猛兽,一下子就把他们压垮了。他们这才知道,在这里拼命,就像只能扛100斤,却还有200斤的东西在等着他们,扛得动还是扛不动,都得扛。扛了三天,所有人都没有了力气,说话也声气幽幽,好像前半句属于人,能把它说出来,而后半句则属于一个说不清的东西,被它一口吞掉后就没有了声息。所以这三天,是前所未有的被折磨的三天,人人都已筋疲力尽。

伊布拉音·都来提也是如此。

守电话是轻松活,不走也不动,人会好受得多。但是坐着坐着就困了,先是眼前的电话机变得模糊起来,然后是屋内的光线暗下来,像是要把人拉进幽暗的世界。伊布拉音·都来提没有忘记任务,在心里挣扎了一下,感觉眼睛上像是压了东西,一塌下来就会舒展成一种甜蜜,在柔软的睡意里滑行。这次的睡意来势汹涌,像是先前所有的难受都像绳索,在紧紧绑扎着他,但在这一刻被突然抽走,让他在柔软和舒适中缓缓下沉,然后进入美好梦境。

疲惫到了极点,一下子就睡了过去。

睡踏实了,就容易做梦。伊布拉音·都来提梦见多尔玛边防连修建了氧气房,人待在里面与山下一模一样,再也不缺氧,不高山反应。给高原边防部队修建氧气房的事,已经传了好几年,高原官兵天天盼,渴望能住到氧气房中去,现在终于实现了。多尔玛边防连有四座平房,外加一个餐厅和炊事班,都一一接上氧气变成了氧气房。战士们纷纷对伊布拉音·都来提说,伊布拉音排长,到我们班里坐坐吧,他便进去坐,和大家聊一些无关紧要的事。梦是无序的世界,太过平静便无法持续下去,一定会在扭结和错乱中延伸到另一件事中。不知伊布拉音·都来提和战士们聊到了哪里,就听得外面有人喊他,他起身应了一声,出门向院子里走去。梦在这时戛然而止,一阵剧烈的声响像石头一样砸了过来,伊布拉音·都来提在甜蜜睡眠中自由舒展的身体,被突然响起的声响砸得一阵痛,然后就醒了过来。

外面刮风了,窗户被刮得发出剧烈声响。

伊布拉音·都来提以为是电话响了,稍待清醒才发现不是。

他起身揉揉眼睛,又揉揉腰,清醒了过来。短暂睡眠并没有让他迷失,而是像在附近游走了一番,便及时止住脚步返回了。

他看了一眼电话,它仍然像有气无力趴着的人,永远都不打算爬起来。哦,如果它响起铃声,就等于爬了起来,把声音传递给人。那时候的电话,能把遥远的人和事拉近,能把在原地一动不动的你拉远。所以说电话很重要,在边防连这样的地方,电话就是与外界联系的唯一工具。

再也没有了睡意,伊布拉音·都来提便想,电话中只说了"昆仑卫士",是什么意思呢?他有好几种猜测,它们像与他对话的小精灵,一个挤一个,但都爬不到他跟前。争执一番后,有一个终于把同伴挤到一边,蹿到伊布拉音·都来提眼前大叫一声,要评"昆仑卫士"了。其实没有精灵,是伊布拉音·都来提在心里比较一番后,认为就是要评"昆仑卫士"了,否则军分区政治部的人打电话过来干什么呢?这样一想,他心里的那个精灵又活跃起来,并说出一连串话:要评"昆仑卫士"了,上面让汽车营摸摸底,把符合条件的人报上去。然后,又列举出一长串名字,列举完笑笑就不见了。伊布拉音·都来提发现自己又走神了,一想到要评"昆仑卫士"了,他就像抓住了一根光滑的绳子,一直捋下去,就捋出了很多他能想到,或者他想要的结果,如果再捋下去,还会捋出颁奖场面。哦,不可胡思乱想,这个事情是八字还不见一撇,不能因为想当然而让别人看笑话。

冷静下来,便觉得刚才的幻想,只是一种愿望。

外面一直在刮风,窗户像是承受不了大风,要飞过来砸在伊布拉音·都来提身上。伊布拉音·都来提下意识地往安全的地方挪了挪,哪怕窗户真的飞过来,也不会砸到他。他往窗外看,没有树也没有草,风刮得再大也只是声音,不见什么被刮得乱飞。到多尔玛三天了,风刮了三天,刮着刮着就好像小了下去,其实风并没有小,只是人听得麻木了,风大风小,风在或者不在,都已习惯。

又一阵风猛烈刮过来,窗户颤了几下,然后发出一连串脆响。伊布拉音·都来提一愣,不对啊,窗户为什么会发出这样的脆响?哦,是电话响了,它的铃声与外面的风声混合在一起,几乎要被风声淹没,但是它终归与风声不一样,还是像刀子一样穿过风声,独自绽放出了自己的风景。

伊布拉音·都来提颤着手拿起电话,喂了一声。

电话还是军分区政治部打来的,对方告知伊布拉音·都来提,因为有紧急事情要通知多尔玛,所以派出机务连的人沿着电话线杆子一路检查,找到线路问题处理完毕后,终于把电话打到了多尔玛。

伊布拉音·都来提拿起笔后对对方说:"首长请通知,我已做好记录的准备。"心里的小精灵好像又蹿了一下,让他感觉到美好的预感。

对方说:"可能你们已经听说了部队要评'昆仑卫士'的事,说起这个事,还与你们多尔玛边防连有关。当时研究时,一直找不到合适的名称,最后一位将军想起多尔玛边防连背后的山崖上,有'昆仑卫士'四个字,马上拍板用'昆仑卫士'作为称号的名称。"

伊布拉音·都来提对此事烂熟于心,便说:"首长,有这个事,多尔玛边防连的人都知道。"

对方说:"现在'昆仑卫士'已作为荣誉称号,就是一件很严肃的事,领导们讨论研究后决定,多尔玛边防连背后的'昆仑卫士'四个字,就不要再留了。我今天代表政治部打这个电话的意思,是通知你们把山崖上的'昆仑卫士'四个字去掉,以后那四个字就专属于称号了。"

伊布拉音·都来提的脑袋里轰的一声响,好像那个精灵变成石头,砸进了他心里。

对方见伊布拉音·都来提没有反应,喂了一声后问:"你在听吗?电话线不会有问题吧?"

伊布拉音·都来提忙说:"在听。"

对方问:"把山崖上的'昆仑卫士'四个字去掉,你们需要多长时间?"

伊布拉音·都来提一愣说:"三天。"

"三天够吗?"

"够了……"

"好的,三天后政治部领导去检查,这之前你们有什么事,随时汇报。"

"好的。"

挂了电话,伊布拉音·都来提才想起没有问对方,什么时候开始评"昆仑卫士"?他有一种强烈的预感,把山崖上的"昆仑卫士"四个字去掉,多尔玛边防连就与"昆仑卫士"无关了,至于汽车营能否以集体名义被评上,还有那么多优秀个人,能否以个人名义被评上,答案似乎已摆在面前。上级之所以要把山崖上的"昆仑卫士"四个字去掉,是因为那四个字在以后属于所有昆仑军人,而不是属于多尔玛边防连。如果评完"昆仑卫士",那四个字还在多尔玛边防连,会让人觉得"昆仑卫士"只属于多尔玛,会让人产生误解。

伊布拉音·都来提把电话内容仔细记录,交给了连长肖凡。

以后,多尔玛没有"昆仑卫士"四个字了,他感觉自己眼中有眼泪,擦了几下,发现脸上并没有泪水。这种想哭却哭不出来的滋味,真是让人难受。

出了连队大门, 伊布拉音·都来提又扭头去看对面山崖,那上面的"昆仑卫士"四个字,在夕阳中闪着光芒,看一眼就舒服。他想,昆仑山上的军人,都是像他们这样看着这四个字,像他们这样巡逻,但别人可以被评上"昆仑卫士",唯独他们汽车营因为出了事,注定会与"昆仑卫士"擦肩而过。他本来想去仔细看看"昆仑卫士"四个字,但他的脚步一下子沉了,好像前面已被大雾笼罩,去与不去都无路可走。

风终于停了,天黑了下来。

16

黑色能把红色遮掩掉吗?黑色像一只大手,正缓缓把夜晚铺开,然后又把角角落落都填满。这只大手要让一切都属于它,直到连它自己都被遮掩,才会安静下来。这时候大抵是万物寂静,夜已经深了。山崖上面的"昆仑卫士"四个字,也已被夜色淹没,再也看不出它红彤彤的浓烈色彩。其实夜是一点点黑下来的,那四个字先是变暗,然后就慢慢不见了。那只黑色大手能把一座山崖、甚至昆仑山都一把握住,四个字又何尝不在它的把握之中。有一只鸟儿叫了一声,看不到它的身影,不知道它在山崖之上,还是在山崖之下,或者就在那四个字跟前,它在白天看习惯了那四个字,而此时却一个字也看不见,便叫了一声,浓厚的夜色压下来,它承受不了,便沉默不语。

伊布拉音·都来提也想看见那四个字。

什么也看不见。

能多留一天就多留一天,让战友们再看看,直到把这四个字装进心里,以后想了就往心里看,也许看见心里的这四个字,与看山崖上的四个字是一样的。

明天早一点起床,最好是天不亮就起来,看着山崖上的"昆仑卫士"四个字,在晨光中一点一点清晰,然后被阳光一照,又显出红彤彤的赤烈之色。多尔玛的一天又开始了,那四个字还在,所以这一天与以往的任何一天没什么两样。

原来,看上去平静而安宁的日子,却蕴藏着如此真切的滋味。

但是这种真切一旦被打破,大家才会知道失去的是什么,尤其是把"昆仑卫士"四个字从多尔玛抹掉,就好像把战士身上的荣耀取下,从此让他们空空如也,不知身在何处。

伊布拉音·都来提一夜无眠。

第二天却起晚了,睁开眼一看天已大亮。看不到山崖上的"昆仑卫士"四个字,从幽暗到清晰,从清晰到赤红的过程了。伊布拉音·都来提向肖凡汇报抹掉那四个字的想法——让战士们从一侧爬到崖顶,然后用绳子垂掉下来,就可以把崖壁上的四个字抹掉。字是用红漆刷上去的,用汽油反复擦就可以去掉。当初刷这四个字时人人精神振奋,现在要把它们抹掉,心里不好受。

电话在这时响了。

伊布拉音·都来提一阵恍惚,该不会军分区政治部改变了主意,不用抹掉那四个字了?电话铃声一阵紧似一阵,伊布拉音·都来提心里乱窜的想法,被铃声一碰就软软地瘫下去,转眼就无影无踪。他不敢耽误,便拿起电话喂了一声,电话中传来急切的喊叫:"快来救我们……"

有人在半路上出事了。常年跑昆仑山的军人都有一个习惯,上路时带一副攀爬电线杆的脚镫,还有一个步话机。在路上遇到解决不了的困难,就爬上电线杆把步话机接上电线,向沿途的部队打电话求救。因为是直线直拨,所以接通的是最近的兵站或边防连。多尔玛离出事者不远,所以电话便打到了多尔玛。伊布拉音·都来提不敢马虎,马上问对方:"你们在什么位置?"

对方说："在小孜达坂上。"

伊布拉音·都来提头皮一阵发麻，小孜达坂海拔 5100 多米，车过那里只想尽快通过，人过那里一步也不停留。虽然小孜达坂离多尔玛只有二十多公里，但是那里很陡峭，无论是开车上去还是下来，都并非易事。这样的事对于别的军人来说难如登天，对汽车兵来说却易如反掌，就是一脚油门的事。心里不紧张了，伊布拉音·都来提随即问："你们几个人？"

"两个人。"

"多长时间没吃饭了？"

"早上从军分区出发得早，就没吃东西，现在饿得前胸贴后背了。"

"车出了什么问题？"

"轮胎爆了。"

"小孜达坂上的天气怎么样？"

"天晴着，天气还可以。"

"好，你们不要动，在原地等我们。"

放下电话，伊布拉音·都来提准备了干粮和方便面，又加一个热水保温瓶，以便到了那二人跟前，让他们先吃一顿热饭。然后又准备了备胎和军大衣，就带领丁一龙开车出发了。丁一龙是服役十一年的老志愿兵，驾驶技术过硬，干救援是最佳人选。

雪山迎面射过来一束光，刺得人睁不开眼，汽车似乎也颤了一下。一上路，走阿里高原的感觉，就像老朋友见面了似的，这种快感如此迅速地布满了全身心。伊布拉音·都来提小心开着车，向小孜达坂方向驶去。车速有些快，像一个着急的人，跑出第一步就飞了起来。丁一龙想提醒伊布拉音·都来提放慢速度，但是一想到被困在小孜达坂上的人，就没有说话。

转过一个弯，汽车便开始向上爬。

这里是老孜达坂。

所谓达坂的老与小,实际上是新与旧的对比。老孜达坂因为海拔稍低一些,所以好走和被人们熟悉,在人们心中是旧的感觉,就被叫了老孜达坂,而小孜达坂因为难走,除非不得已便很少有人走,在人们心中是陌生的感觉,就被叫了小孜达坂。伊布拉音·都来提开车从老孜达坂上走过多次,很熟悉路况,所以并不发愁。他发愁的是小孜达坂,那里的路太陡,很难上去,上去了又很难下来。现在,有人困在了那里,再难也要开上去把他们救下来。

想着心事,不知不觉就翻过了老孜达坂。

小孜达坂就在眼前,它虽然名字中有一个小字,其实它比老孜达坂还高,望一眼就心生畏惧。伊布拉音·都来提见多了这样的地方,所以一脚油门踩下去,就又开始向上爬了。有风从车窗中吹进来,浸出一股凉意。其实风不大,因为海拔太高,他便觉得风刮得很大。伊布拉音·都来提一恍惚,便觉得风一下子就刮得大了起来,然后外边就下起了大雪。在昆仑山上,风和雪是双子星,有风便必然有雪,有雪则少不了刮风。但是他很快又清醒过来,向前面仔细看了看,天气没什么变化,应该不会下雪。

汽车继续向前。

不远处就是小孜达坂顶部,到了那里就可以下去了。但是等待救援的人在哪里呢?该不会在达坂半中腰吧?那样的话恐怕很难把车停住,更别说帮助他们修车,让他们吃东西了。伊布拉音·都来提心里紧张,一到小孜达坂顶部便向下看,希望能看见那辆被困的车。很快,他便看见一团黑乎乎的东西,正向达坂下面滚去,后面跟着掠起的灰尘。那灰尘越滚越大,像是要变成一只大手,一把将整个达坂揪住,然后向下甩去。

"完、完了!被困的车已经翻下了达坂。"丁一龙一声惊叫,然后颤着声,一个字一个字地说出了一句话。

伊布拉音·都来提因为集中精力在开车,没说什么。

好像有风刮了过来,车身隐隐颤了一下。但是阳光明媚,远处的雪峰晶莹洁白,不会让人去想不好的事情。所以车身隐隐颤了一下,可能是被小石头颠了一下车胎。伊布拉音·都来提这样想着,把车停在达坂顶部,去看向达坂底部翻滚的那团灰尘。那团灰尘已经很大,如果一辆车被裹在里面,是看不出形状的。

"完了,被困的车已经翻下了达坂。"伊布拉音·都来提像丁一龙一样,惊叫着说出同样的话。

风好像大了,并隐约传出沉闷的声音。丁一龙没有反应,伊布拉音·都来提抬头往四周看,没有什么被风刮起。他一愣,刚才的那声音是从哪里来的?

"我们在这儿,我们在这儿……"还是刚才的声音,像是被什么拨动了一下,就由闷响变成了人的声音。在达坂顶部一侧,一辆吉普车趴在那儿,像是再也没有力气爬起。喊出声音的是县武装部政委,因为风大,他的声音变得很小,但毕竟是人的声音,前半句听不清,到了后半句,就听得很清楚。

政委从分区开完会,一大早就往回赶,到了老孜达坂下面,心里有不好的预感,但是别无选择,就把吉普车开了上来。快到顶部了,车却陷进沙土中。政委和驾驶员脱下衣服,一趟一趟揽沙子垫车,一点一点往上开,心想只要到了达坂顶部,就可以一口气下到札达沟,然后在多尔玛边防连吃中午饭。不料很快车胎又瘪了,他们二人轮流给车胎打气,不料却把车胎打爆了,他们只好打电话向多尔玛求救。

伊布拉音·都来提让丁一龙给政委和驾驶员泡方便面,让他们先吃热东西暖暖身体,他则给吉普车换了轮胎。政委和驾驶员吃完方便面,伊布拉音·都来提问他们:"先歇一歇,咱们再下山？"

政委说："不歇了,这地方多一分钟都不能待,走！"

那就走。

两辆车顺着来路,向达坂下面开去。风更大了,好像隐隐有鸟儿在叫,车里的人都不再相信真的有鸟叫,小孩达坂太高,哪怕是风声,或者别的什么声音,都会变成鸟叫声。其实不是所有声音都会变得像鸟叫,而是人的耳朵在高海拔的地方,会因为幻听而把所有声音都听成鸟叫。就让虚幻的鸟叫声留在小孩达坂上吧,该走的人,尽快下达坂。

但是身后的鸟叫声响成了一片,好像有一大群鸟儿落了下来。不,不会有一大群鸟儿,一定是风刮得更大了,但稀薄的空气像紧箍把呼呼的风声死死箍住,就变成了像鸟叫一样的声音。其实像鸟叫一样的声音也不难听,尤其是在让人头疼胸闷的小孩达坂上,有声音总比没声音强,如果连一点声音都没有,那就是地狱一样的世界。

汽车要下达坂了,伊布拉音·都来提忍不住回头看了一眼。身后的声音太大了,他在昆仑山上跑了这么多年,都没有听到过这么大,又这么怪异的声音。他只回头看了一眼,便惊得一脚踩死了刹车,短短几分钟时间,达坂顶部已经变了天,浓黑的乌云像是要砸下来一样,在地上投下巨大的阴影。还有那巨大的声响,并不是人幻听出的鸟叫,而就是大风发出的,呼呼呼的像是要扑过来吃人。

伊布拉音·都来提和丁一龙同时惊呼:"要下大雪了。"

政委的车在前面,也发现了身后的变天情况,便对突然停住车的伊布拉音·都来提按响喇叭,意思是这样的大风大雪,就是昆仑山杀人的刀子,咱们赶紧走。

伊布拉音·都来提不敢怠慢,便开车向达坂下面驶去。隐隐地,汽车似乎被什么拍打了一下,发出沉闷的声响。这次不用回头看,一定是大风扑了过来,好在汽车开得快,落下的大风没有拍打到什么,空空地落在了地上。

一口气把车开到达坂底下,他们才松了口气。这一路是被大风追赶下来的,伊布拉音·都来提始终觉得大风会拍到车身上,然后扬起一团灰尘,向达坂下面滚去。但他没有慌乱,只是微微把油门踩下,汽车的速度便快了不少。汽车快,大风也快,刚到达坂底下,就呼的一声扑了下来,车身一颤,然后一团模糊,什么也看不见。伊布拉音·都来提以为大风挟裹的是灰尘,少顷后才发现有雪,那雪在大风中狂跳乱舞,闪出一团团幻影。昆仑山上有一句话:山上要变天,短短一瞬间。刚才如果慢几分钟,就会被困在达坂顶上,也许是一两天,或者很多天,那时候人会变成冰雕,汽车会变成冰疙瘩。

现在已经到了达坂底下,刮再大的风,下再大的雪也不怕,赶紧往回走吧。

没走多远,风雪还是跟了上来,很快超出汽车跑到了前面,汽车只能在风雪中跑了。雪是从天上落下来的,这些小精灵在天空中胡闹一番,把天空折腾得不像样子,才慌里慌张落了下来。

伊布拉音·都来提稳住车,缓缓向前行驶。

行进一个多小时,走了十多公里,至少还有七八公里等着他们。

伊布拉音·都来提向前面望,一号达坂清晰地耸立在蓝天下,就连突兀刺出的岩石也清清楚楚。看来一号达坂没有下雪,那么一号达坂下面的多尔玛边防连,也一定是晴天。仅仅隔了七八公里,便是完全不同的两重天,这就是昆仑山的秉性,没有任何规律,就像你一转身,要么轻轻抚摸你,要么狠狠给你一拳。

突然,伊布拉音·都来提看见一团红光,在飘飞的大雪幻影中闪了一下,等到大雪幻影落下,便清晰地出现在他视野中。

是"昆仑卫士"那四个字。

伊布拉音·都来提紧盯着那四个字,对丁一龙说:"快看……"

丁一龙喘着粗气回答:"看见了,是'昆仑卫士'那四个字。"

伊布拉音·都来提说:"这四个字好清楚啊!"

丁一龙似乎有些激动,沉思了片刻说:"大雪淹没不了它们。"

伊布拉音·都来提问丁一龙:"因为它们是红色的吗?"

丁一龙点头。

雪越下越大,伊布拉音·都来提和丁一龙一直盯着那四个字,汽车便像是驶入了固定轨道,不偏不倚,向着多尔玛驶去。

天色越来越暗,远处的山只剩下大致的轮廓,近处的荒滩则像是被拉长,变成了永远都走不完的路。伊布拉音·都来提咬着牙驾车,汽车发出沉闷的声响,转瞬便驶出很远。伊布拉音·都来提知道,这时候虽然看不清路,但他知道到达多尔玛最多还有五公里,顺利的话半小时就够用了。

伊布拉音·都来提本能地踩下油门,车速快了起来。车窗外弥漫起了雪雾,是车轮碾过积雪,又将其带起,便飘出这样的雪雾。平时的雪,从天上落下,在地上静静地积成一层,从不会这样上下翻飞,更不会甩出如此罕见的癫狂之态。看着前面的"昆仑卫士"四个字,便觉得这样的雪雾是应着那四个字,在吹奏一曲行进之曲。

伊布拉音·都来提说:"不仅仅因为它们是红色的,最重要的是它们被写对了地方。"

丁一龙有些不解:"在多尔玛这样的地方,把'昆仑卫士'四个字写在任何一个地方,人人都能看清楚。"

很快,丁一龙发现自己说错了。

因为怕汽车打滑歪向路边,伊布拉音·都来提不得不放慢速度。速度一慢,路好像就更长了。其实路还是那么长,是人慌了,就觉得短短的路也很难走完。更要命的是雪越下越大,很快就在路上积了厚厚一层,车速就慢了下来。

如果雪再大一些,车就不得不停下来。这时候的"昆仑卫士"四个字,也不能让车速快起来。它们只是四个字,是给人看的,但不会给人指路,尤其不能让大风大雪中的汽车提速。

伊布拉音·都来提却一直盯着那四个字在看,看着看着,脸上就有了欣慰的神情。他扭头看了一眼面带疑惑的丁一龙说:"因为它们被写对了地方,所以才在这时候出现。"

丁一龙明白了:"它们能给我们指路吗?"

伊布拉音·都来提说:"能。"

丁一龙激动起来:"那就朝着那四个字开车,它们被写对了地方,我们便不会走错路。"

伊布拉音·都来提没有再说什么,两眼看着"昆仑卫士"四个字,缓缓开车前行。

汽车行之不远,不得不慢下来。雪太厚,如果再这样向前,汽车会熄火,很快就会被大雪覆盖成一个雪堆。但是慢车比快车更难开,开快车是靠着惯性往前跑,只要路好就不会有麻烦,而开慢车则要把握好速度,而且要观察周围环境,因为这时候的车像是被众多无形的手抓着,稍不留神就会被一把拎起,扔进再也爬不出的深渊。

突然,丁一龙惊叫起来:"伊布拉音排长,快看,多尔玛边防连到了。"

还有七八百米,就是多尔玛边防连。刚才,伊布拉音·都来提一直盯着山崖上的那四个字,并没有注意周围的变化,没想到汽车刚转过一个弯,就到了多尔玛边防连。

汽车行至边防连大门口,伊布拉音·都来提抬头去看"昆仑卫士"那四个字,它们显得更高,更加红艳,即使大雪纷飞,也把一股热流送下来,注到他心里。

17

天很快就黑了。

风仍然在肆虐,把地上的积雪刮起,旋飞几下又落下。这是孤独难耐的时刻,风和雪似乎不愿就这样把白天放过,更不愿就这样轻易进入黑夜,所以要把纠缠不清的闹剧持续下去。

伊布拉音·都来提很疲惫,但躺下后却睡不着。这一趟去小孩达坂,一路都好像有什么在后面追着,会一把将汽车掀翻在地。高山反应也很厉害,好像有一只拳头在不停地捶着脑袋,到边防连下了车,人差一点就瘫在地上。吃完晚饭,伊布拉音·都来提就躺下了,睡意好不容易从什么地方爬过来,先在眼皮上压出沉重感,后又钻入身体,让他觉得一张柔软的大网裹住了他,然后让他进入甜蜜的梦境。

这时却突然传来一个声音,像刀子一样把黑夜划破,然后就漏出了杂七杂八的余音。那余音像是雪霰在地上滑行,忽高忽低,忽大忽小,把寂静的夜晚撞出一丝痛感。

是什么?

谁也不知道。

是昆仑山的野兽,在大雪中转了一天,没有找到吃的,便不得不接近边防连找吃的来了?

谁也不能肯定。

伊布拉音·都来提爬起来,想拿枪,但又改变了主意。哪怕是野兽,也不至于用得上枪,这么多人还吓唬不走它?如果不是野兽,而是山上的石头塌落,或者发生了雪崩,就更用不上枪了。再说,多尔玛离边界线这么近,又怎能开枪?这都是常识,但高山反应把人弄得像溺水一样,冒出头就清醒,沉下去则糊涂。

出了门,外面没有一个人。伊布拉音·都来提有些纳闷,刚才的声音那么大,连里的人都没有听见吗?或者说,他们都因为高山反应,哪怕有千军万马般的声音,也听不出任何动静?不过在这样的夜晚,寂静似乎是一层巨大外壳,人被裹进去便昏昏欲睡,外面有什么动静,听不见也是常理。

无意一瞥,伊布拉音·都来提看见了山崖上的"昆仑卫士"四个字。雪夜好像潜藏着一股暗光,如果有人走动,便死死按捺住不动;如果寂静无声,那一股暗光便慢慢游移出来,找到能让它们发挥能量的地方,进行一场黑夜中的秘密舞蹈。

"昆仑卫士"四个字,就是它们的目标。

伊布拉音·都来提看见"昆仑卫士"四个字,先是被黑暗遮蔽得严严实实,但在一瞬间,像是有一只手悄悄摸上去,把黑暗的鳞片一一揭掉,就让那四个字露出了红色。然后,就像夜色变成了流苏,慢慢流下山崖,那四个字清清楚楚展露在了山崖上。黑夜中的这四个字,与白天迥然不同。白天的它们如同毅然伫立的哨兵,守在哪里,哪里便不容你接近一步。而黑夜里的这四个字,则如同沉静的守望者,在默默看着白天走过的路,也看着时间中的事物更迭。

会不会也在看着自己?

伊布拉音·都来提觉得这四个字已在山崖上十多年,一定预感到了自己的命运变化,或者也已经知道经由它们,引发了一连串有关荣誉的事。因为"昆仑卫士"荣誉太大,必须要让它高耸,所以与它有关的叫法,包括山崖上的四个字,都要服从荣誉所需,不能只属于多尔玛。明天,这四个字将被涂抹掉,从此"昆仑卫士"这个叫法，会走到更远的地方，属于更多的人，让他们身罩光环，骄傲自豪。不能忘记，这四个字是从这里出发的，这里是它们成长的摇篮，也是它们的故乡。

给这四个字敬个礼，就算是最后的告别。伊布拉音·都来提心里这样想着，却发现自己已经站在山崖底下。哦，心里有了想法，双脚就已经动了，人的意念和动作惊人的一致。此时的"昆仑卫士"四个字，无比清晰挂在山崖上。大概它们也知道了自己的命运，便在黑夜亮起来，清晰起来，让更多的人看见它们。

其实没有更多的人，只有伊布拉音·都来提一人站在山崖下。

一个人就一个人吧，给"昆仑卫士"四个字敬礼，述说内心的话，倒也方便自在。

但是伊布拉音·都来提估计错了，此时的山崖下面并非他一个人，而是还有一个人。就在他举起手准备向"昆仑卫士"四个字敬礼时，旁边的雪堆里突然传出沉闷的声音。那声音传出得很突然，像是话已到了嘴边，但一直紧紧用牙咬着，到了现在再也咬不住，一松口就吐了出来——"救命！"

伊布拉音·都来提一惊，手落了下来。

雪堆模模糊糊，虽然传出了人的声音，还是看不见人。是人被埋在了雪堆里，还是人在雪堆之外？空气这么稀薄，无论从哪个方向传出的声音，都让人觉得是从雪堆里传出的。但是靠猜测解决不了问题，那就走近去看看。伊布拉音·都来提径直走到雪堆跟前，喊了一声："谁在哪里？"他的声音懵懵的，一出口就好像被风雪吞没了。但还是有人听见了，雪堆旁边蜷着一团黑乎乎的东西，像是被他的话一把抓住，就要爬起来。毕竟在雪地趴了这么长时间，而且都快要变成雪堆了，怎么能说爬就爬起来呢？只听得那团黑乎乎的东西，发出奇怪的声响，就又倒了下去。伊布拉音·都来提跑过去摸索着抓住一只手,一拉一抱,就让那团黑乎乎的东西站了起来。

是一个人。

没有穿军装,看不出是什么身份。伊布拉音·都来提把自己的军大衣脱下,要给那人穿上,那人却连连摇手拒绝。伊布拉音·都来提有些不解:"你不冷吗?"

那人缓过来了,用手拍打着身上的雪说:"狗日的,你、你又逃了一命。"语气间充满惊恐,又庆幸的样子。

伊布拉音·都来提明白,此人的惊恐,是因为大雪和高山反应,在一瞬间就倒在了地上;庆幸的则是自己没有窒息,刚好伊布拉音·都来提及时出现了,才没有被冻死。伊布拉音·都来提怕他出意外,还是把军大衣披在他身上,然后问他:"你是谁,从哪里来的?"

那人重复了一遍伊布拉音·都来提的话:"你是谁,从哪里来的?"不给伊布拉音·都来提答案。

伊布拉音·都来提便不问了,心想此人被冻坏了,还是把他带到连队,让他烤火,给他吃一些热饭,让他缓过来再说。于是便对那人说:"这里天寒地冻的,你不要在这里待了,你跟我走,去烤火,吃热饭,先把身体缓过来。"

那人便跟着伊布拉音·都来提往连队走。

伊布拉音·都来提心想,这人挺正常嘛!能不正常吗?在雪地里趴了那么长时间,差一点被冻死,现在听到有火烤,有饭吃,没有心不动的道理。

到了班里,战士们把炉子生旺,很快又弄来吃的,那人顾不上洗手洗脸,端起碗就吃。伊布拉音·都来提这才看清那人的穿着很时髦,是新款式和布料精致的衣服,只不过被雪和泥巴浸湿,弄得像是有人把一桶垃圾倒在了他身上。他意识到了伊布拉音·都来提目光中的疑惑,便使劲抖了抖身体,像是要把身上的污物抖落干净。其实没有那么大的雪堆,只是战士们平时把垃圾都倒在那里,慢慢就堆得像一座山,再加上大雪一下,就变得像一个大雪堆。那人倒在雪堆上那么长时间,身体把积雪压融化了,然后就又压在了垃圾上,垃圾的脏污就沾在了他身上。

  过了一会儿,那人缓过神,才明白了伊布拉音·都来提刚才问话的意思,才给了伊布拉音·都来提答案:"你刚才问我是谁,从哪里来的?我现在告诉你,我以前是多尔玛边防连的兵,在这里待了三年,这四个字就是我写的。当时,好几个人把我从山崖上吊下来,我在半空中飘来飘去,要么笔伸不到崖壁上,要么会写歪,不得不擦掉重写。后来我们连长想了一个办法,让人在我脚上绑了一根绳子,需要向左就在下面向左拉我,需要向右就又往右拉,我才顺利写完了这四个大字。从山崖上下来,我已累得无力站稳,再加上高山反应,我觉得瞌睡像巨大的深渊一样,要一口将我吞噬。我与自己的睡意狠命掐架,最后把它掐断了,才慢慢回到了连队。从此,连队背后的山崖上就有了'昆仑卫士'四个字,大家早上出操时看,上午训练时看,下午巡逻时也看,看着看着就看进了心里。有一位战士说,把'昆仑卫士'四个字看在眼里,人就会充实和振奋,因为我们在这里找到了自己的精神;把这四个字看进心里,它们就会变成人的筋骨,变成人的力量。十多年了,多尔玛的战士就这样过来了,'昆仑卫士'四个字早已成为他们的凝望、呼吸和倾听。但是前几天我听说,要把'昆仑卫士'四个字抹掉,作为当年亲手写下这四个字的人,我坐不住了,就上了昆仑山,看能不能劝劝部队领导,把这四个字留下。到了清水河,我听说部队要评'昆仑卫士',为了让这一荣誉体现出权威,所以决定把多尔玛的这四个字涂抹掉。我已经离开部队十年了,留不留这四个字与我已没有关系,我只是珍惜它们能留在我心里,给我内心注入的力量的这种感觉。这么多年,我是靠着心里的这四个字活下来的。但是我很清楚,这四个字无论如何是留不住了,它们没有了,我的心恐怕就会空掉。这样一想便一阵心痛,就一头栽倒在清水河街头。我的心脏不好,晕倒是很危险的事。好在被好心人送到医院,得到了及时救治,才逃了一命。我决定来多尔玛弥补一个遗憾,十多年前没有条件,居然连一张照片也没有拍,这次来一定要站在这四个字下面,拍几张照片。不料刚到多尔玛,高山反应就把我击倒了,我一头栽倒在一个雪堆上。在倒下的那一刻,我好像看见'昆仑卫士'四个字还在山崖上,又好像不在。那四个字到底还在不在呢?我一定要看清楚,哪怕看清楚后就死也值得。就是凭着这么一口气,我一直撑着,有时候好像快要断气了,心想一定要看清那四个字还在不在山崖上,就又喘上一口气。因为心有不甘,一直挺到了伊布拉音排长出现,才把我从鬼门关上一把拉了回来。"

那人的话里,一会儿有闪光的星星,一会儿又有翻滚的乌云。是光芒,让人振奋;是乌云,又让人不屈地挣扎。一切便都与那四个字有关,只要"昆仑卫士"四个字在心里,哪怕遇上再大的困难,都一定会挺过去。

不早了,大家让那人洗澡,然后就休息了。

伊布拉音·都来提这才感到疲惫,而且比吃完饭刚躺下那会儿更累。能不累吗?本来海拔就高,又是这样一番折腾,浑身早已没有了力气。没有力气的身体好像不属于自己,他刚躺下,心想刚才在外面那么一会儿,身上就落了厚厚一层,看来外面的雪下得挺大的。如果明天还是这么大的雪,恐怕很难完成涂抹掉那四个字的任务。这样想着,他觉得自己躺不住了,要起身到山崖上去,连夜把那四个字涂抹掉。他好像能起来,又好像起不来,加之头一阵痛,身体就软了下去,然后就酣睡了过去。

太累了,伊布拉音·都来提入睡后没有做梦。

并不是没有梦的睡眠就不会受干扰,伊布拉音·都来提睡得正香,却被一个声音弄醒了。那个声音很小,却像是盯紧了他,呼的一声飞到了他的耳边。就响了一下,伊布拉音·都来提便听出与先前那人在雪堆上发出的声音一模一样。也许是因为熟悉,才没有被风声刮走,没有被大雪压低,扰醒了酣睡的伊布拉音·都来提。伊布拉音·都来提有些愣怔,不会是那个人又出去了吧?他起身向旁边床铺一看,那人不见了,床上空空如也。他赶紧穿衣下床,出门去找那人。昆仑山上的人都知道,到了晚上,尤其是风雪之夜,便不会有人走动,因为那样容易迷路,更容易被冻死。还有狼,在晚上活动频繁,遇上人会发疯似的扑过来。那人在多尔玛待过三年,应该清楚这些情况,为什么还独自出去?伊布拉音·都来提疑惑着往前走,他有一个强烈的感觉,那人会去山崖下。虽然没有任何理由,但是这个感觉一经在内心产生,便像是用力拽了他一把,他就向连队后面的山崖走去。

大概已经到了半夜,地上的雪又厚了,一脚落下去,像是被踩疼了似的发出簌簌响。雪厚,就得用力走,否则会越来越慢,最后就走不动了。伊布拉音·都来提迈出第一步,就被一个东西碰了一下,差一点摔倒。那个东西也被碰出反应,接连响了两声。是刚才扰醒伊布拉音·都来提的那个声音,他听了第一声,就觉得很像,听了第二声马上断定就是那个声音。伊布拉音·都来提弯腰下去,一眼看出是那个人,他又是一头栽倒在地,头扎进了积雪中,像是再也没有力气让自己爬出。他跑出来干什么呢?伊布拉音·都来提来不及捋出答案,赶紧把那人扶起,搯他的人中,在背上轻轻拍,那人慢慢醒了过来。

伊布拉音·都来提扶那人回去的路上,忍不住问他:"深更半夜的,你跑出来干什么?"

那人苦笑一下,不好意思说什么。

伊布拉音·都来提又问:"你是想看什么吧?"

那人点点头,然后说:"前面我栽倒在雪堆上时,好像看见了山崖上的那四个字,又好像没有看见,所以我躺不住,就出来想看个究竟。尽管下这么大的雪,又是这么黑的夜,但这次我看清楚了,那四个字与十多年前一模一样。我一阵激动,这一趟总算没有白来,这四个字在黑夜里都如此清楚,到了明天会变得更加清晰,到时候我好好看看,把它们装在心里,一辈子就够用了。我看好了准备回去,没想到高山反应又把我放倒了,而且一下子就昏了过去。幸亏伊布拉音排长发现情况不对,及时赶出来又救了我一次,让我又逃过一命。"

脚下的雪好像不那么厚了,走起来也不再吃力。

很快就到了连队大门口。

因为天黑前扫过一次雪,所以地上的雪不厚。

进了屋,伊布拉音·都来提安顿那人躺下,那人却睡不着:"你说我这一天两三次一头栽倒,在鬼门关打转转,是不是命?"

伊布拉音·都来提说:"不是命。"

那人问:"那是什么?"

是什么,伊布拉音·都来提也说不清楚。

没有话,睡意就来了,二人很快都睡去。

第二天早上,伊布拉音·都来提睁开眼,对面床铺上又空了。他一惊,莫非那人又出事了?这时,他看见桌上放着一部照相机,下面压着一张纸条。伊布拉音·都来提拿起纸条,只见上面写着:我把我和那四个字的合影胶卷,已取出带走,相机里装有新胶卷,留给你们用。

伊布拉音·都来提扭过头从窗户里看见,山崖上的"昆仑卫士"四个字,在晨光里熠熠生辉,闪着一片光芒。

18

积雪也会变成红色吗?一夜大雪,把多尔玛边防连周围还有一号达坂,以及达坂下面的荒滩都涂成了白色。好一场大雪,趁着悄无声息的黑夜,在天地间肆虐了一番,到天亮才把巨大身躯散落在角角落落,不再有任何动静。但是太阳一出来,就照亮了"昆仑卫士"那四个字,它们反射出的红光,像是要把地上的积雪一把揪住,随着那片红光幸福地舞动。

战士们先是为红色积雪惊讶,后又为"昆仑卫士"那四个字而震惊,它们在平时没有这么红,只有雪霁之后的朝阳,才能把它们照出如此艳红的强光,让边防连周围弥漫着一股肃穆的感觉。

但是,"昆仑卫士"这四个字,很快就要被抹掉。

以后就没有了雪霁后的红光,边防连的人靠什么提神?

没有了"昆仑卫士"四个字,以后边防连的人看什么呢?

看不到这四个字,边防连的人心里就空了。

心里空了,还能在这里待得住吗?

把这四个字留在多尔玛,该多好。但是上级已经下了命令,伊布拉音·都来提也保证三天内完成任务,这四个字无论如何是留不住了。

这四个字,以后将属于更多的人。

所以,不能把它们只留在多尔玛,那样的话,它们的作用会很小。伊布拉音·都来提在先前曾听人说,"昆仑卫士"四个字是光芒,装在心里也能发光,哪怕你背对着它,它也能照得你眩晕。而多尔玛在低处支撑这束光芒,这么多年,它支撑的那束光芒越发明亮,它便越是默不出声。光芒需要上升,而支撑需要下沉,沉得越低便越稳固,便越能让那束光芒上升得更高。

　　说来说去,最后还是落在了现实上,已经第二天了,必须把这四个字抹掉。早上,全连人都阴沉着脸,一顿早饭吃了好长时间。吃完饭就得往连队后面的山崖走去,就得把这四个字亲手抹掉。不情愿干的事,却是那么有力,一扯就能把他们拽过去,没有一点挣扎的余地。他们下意识地想拖延时间,以便让这四个字多留一会儿,让所有战士都好好看看这四个字,把它们记在心里,以后想看时就从心里找。

　　虽然磨磨蹭蹭,早饭还是吃完了。

　　今天还是伊布拉音·都来提值班,他把战士们集中起来,讲解了军分区政治部的通知,然后提出明确要求,尽快把这四个字抹掉。他没有流露出对这四个字的不舍,甚至连那一点留恋,都被他死死压到了心底。不是他无情,而是这件事容不得他犹豫,如果上级要求战士们爬上山崖,他一声令下,他们就会在短时间内蹿至顶端。但是现在却是攀登内心的山崖,不动一步,不说一句话,在心里把这四个字先摘下,然后把部队更高的要求挂上去,心里就不会空。

　　战士们见伊布拉音·都来提的态度如此果断,便都不说什么,默默向连队后面的山崖走去。

　　雪停了,风却没有停,像疯狂的弹奏者一样,呼呼地吹向战士们,也吹向他们脚下的积雪。但这是徒劳的举动,除了刮起一层幻影外,再无别的动静。今天早上,雪慢慢停了,但是大风却把雪沫子掠得乱飞,让人以为雪还没有停。天黑后,战士们听见房子上有窸窸窣窣的声音,心想有雪霰子在滑动。这是大雪过后的另一场躁动,哪怕只剩下细小的雪霰子,也要折腾一番。一夜过去终于没有了折磨的力气,便像泄气似的消失了。经过折腾后的雪地,反而变得像被修饰过一样,不但晶莹润泽,而且还弥漫着一股洁净的气息。

大风也刮着山崖上的"昆仑卫士"四个字,而且像是用了很大力气,把山崖刮出沉闷的声响,但是那四个字是涂上去的,与山崖一样在风中岿然不动。

到了山崖底下,伊布拉音·都来提下了命令:上。必须先从一侧上到山崖顶部,然后把绳子绑在腰部,既当安全带,又把人垂吊下去,才可以在那四个字跟前作业。这样的事在巡逻中经常会碰到,为了把观察点位弄清楚,有时候就得把人从山下吊下去,观察完毕后再把人拉上来。现在,战士们已把一切准备就绪,就等着伊布拉音·都来提下命令动工。

伊布拉音·都来提下了命令,但不是下给战士们,而是下给自己的:"你们都不要动,我去。"

风"呼"的一声又大了,山崖岩石上的积雪,"哗"的一声落下来,在地上犹如开出了一朵白色的花。

给自己下命令,便会按照自己的想法去做。伊布拉音·都来提上到山崖顶部后,虽然有些喘,头也剧烈疼痛,但还是把绳子绑好,一咬牙就垂吊了下去。旁边的两名战士惊叫一声,伊布拉音排长,你慢一点。伊布拉音·都来提知道他们二人在说话,但听到的却不是人的声音,而是沉闷的响声。昨天在小孩达坂上的经历,就像刚刚与他告别还没有走远的人,所以他对这种沉闷的声音很熟悉,也没有因为那声音耽误下滑,很快就下到了山崖半中腰。

头又一阵痛。

风再大,也不至于把人的头击痛。是因为缺氧,头皮像是被揪了起来,然后又猛地松开,就把一阵剧痛塞进了脑袋里,让人头昏脑涨,眼前闪出一连串黑点。

风刮过去,又刮过来。

眼前的那一串黑点,被风一吹便迅速变大,像鸟儿一样乱撞,撞到山崖上被弹回来,密密麻麻一大片,要把眼睛填满。眼睛于是便一阵疼,和头部的痛一模一样。风没有停,那一串黑点向下落,落到山崖的岩石上,就不再动了。伊布拉音·都来提清醒了一些,才知道眼前的那一串黑点,是头痛导致的幻觉,而现在并不是那黑点落到了岩石上,而是他的脚已经在岩石上稳稳站住,不再东摇西晃。

上面的战士又喊出沉闷的声音,伊布拉音·都来提听不清,便摆摆手,表明自己安全。

休息了一会儿,头痛减轻了,风也好像小了。哦,风刮得并不大,是因为头痛,就产生了在刮大风的感觉。不管怎样,头痛减轻了,风小了,赶紧下去干活吧。

伊布拉音·都来提双脚离开岩石,觉得自己像一片树叶,轻飘飘地向那四个字靠近。刚才之所以高山反应得那么强烈,是因为爬上山崖后没有休息,加之从山崖吊下也需要力气,所以才头疼眼花得那么厉害。

很快就到了"昆"字跟前。

伊布拉音·都来提从背包中取出汽油桶和刷子,准备从"昆"字开始作业。但他不忍下手,这四个字在山崖上十几年了,今天却要在我手里消失,真是让人难为情。我这一刷子下去,多尔玛从此就没有了精神,不,精神还在,只不过从此就没有了映照的实物。没有了这四个字,多尔玛边防连人在以后会感到空虚,就好像戴了很多年的桂冠,一下子移到了别人头上,那是从未体验过的滋味,想想就让人难受。

再看一眼这四个字。

用这一眼,把这四个字记在心里。

仔细一看,"昆"字笔画不全,上面的一横,在山崖下往上看是有的，但这么近看便若有若无，好像被什么野物用舌头舔过。笔画全不全无所谓了，反正都要被抹掉。伊布拉音·都来提深呼吸一口气，用刷子蘸上汽油开始作业。因为是被吊在半空，所以他并不稳定，刚伸出刷子刷了一下，人就荡了起来。人荡起来，其实是身体不稳，但伊布拉音·都来提却觉得山崖在倾斜，那四个字一左一右，或一上一下，像是憋足了劲要找到逃脱的途径。连这四个字也不愿意啊！伊布拉音·都来提感叹着用手抓住绳子，身体遂平稳下来，不再动荡。那四个字尚未逃走，又老老实实回到了原来位置。

胳膊很沉，手也无力，伊布拉音·都来提还是把手臂伸了出去。顺着"昆"字笔画，一下一下涂抹。当时的人在山崖上写这四个字时，一定很吃力，现在要把它们涂掉，同样吃力。但是不能停，只有一口气涂抹完一个字，然后歇一会儿，再接着去涂抹下一个字。

山崖顶上的两位战士喊了句什么，伊布拉音·都来提听不清，索性便专心涂抹。字经过涂抹后需要半天时间才能褪色，所以伊布拉音·都来提涂抹完一个字后，就又去涂抹下一个字。他想，趁着头不痛胸不闷，一口气把这四个字都涂抹完，就可以轻轻松松地下去了。

那两位战士又喊了句什么。

伊布拉音·都来提好像听清了，又好像没有听清。

风突然又大了起来，那两位战士的喊叫声，又变成了沉闷的声音，而且因为风太大，似乎前一句像人的声音，后一句就不知道像什么了。伊布拉音·都来提心想，这么高的山崖，加之又处在风口，哪怕没有声音，也会被弄出声音，至于本来就有的声音，则又会变成别的声音。他上来是涂抹这四个字的，听见什么或听不见什么并不重要，重要的是顺利把这四个字涂抹掉，就可以给上级交差。

身体还算争气，没有再头痛，也没有再胸闷，伊布拉音·都来提一口气涂抹完了四个字。从这一刻起，多尔玛没有了"昆仑卫士"。不，此时此刻是与这四个字道别，真正的"昆仑卫士"荣誉在等着大家，很快就会有人获得这一荣誉。

那两位战士一直在喊叫，伊布拉音·都来提抬起头，看见他们在不停地挥手，好像要急于告诉他什么。他调整了一下姿势，避开风，还是听不清他们在喊叫什么。他们见喊叫无望，便用手指那四个字，意思是让他看。他一看之下吃了一惊，那四个字变得更红了，像是刚刚刷过红漆一样。他一愣，忙看手中的刷子和油桶，这才发现桶中是红漆，手上的刷子也是红色的。一团雪落在他头上，一股凉意自额头浸入脑中，他一下子清醒过来。想起来了，取东西时他已经出现高山反应了，当时看见一桶红漆，他本能地提起后想，如果不涂抹这四个字该多好，他就可以上去用红漆把那四个字刷写一遍，让它们闪闪发光。后来，他头痛一阵紧似一阵，胸部闷得像是有好几只小野兽在冲撞，但却一直冲撞不出来，便把他的胸腔撞得生疼。他揉了揉太阳穴，头痛并未减轻，便把刷子和油桶装入背包，背起来就出了门。之后一直头痛胸闷，没有发现拿错了东西，直至到了山崖上也没有发现，以至于用红漆把那四个字刷写了一遍。怪不得那两位战士一直在喊叫，原来他们早已发现他拿错了东西，干错了事。只怪山崖上的风太大，高山反应太厉害，他们那么急切的喊叫，在他听来是沉闷的声响，一错再错，就酿成了这样的结果。

本想怪风，风却一下子就小了。

不能怪风啊，风虽然会忽大忽小，但是不会大得让你把别人的声音听成沉闷的声响，或者别人那么大声喊，你却什么也听不清。只有一个原因，高山反应影响了人的听力和思维，虽然耳朵还在人身上,却不替人听;脑袋也还在人身上,同样不替人想,于是事情变成了这样。

那两位战士还在喊叫:"伊布拉音排长,搞错了,本来是要把这四个字涂抹掉的,现在你又用红漆刷写了一遍。"

这次听清了。

伊布拉音·都来提抬头看着他们,说不出话。

他们又向伊布拉音·都来提喊叫:"伊布拉音排长,你是舍不得把这四个字涂抹掉吧?也好,留下它们吧,你看它们多好看。"

好看是好看,却不容许再看,更不容许这四个字再存在。

风慢慢小下来,然后就停了。

这场风啊,它哪里是风,简直就像一场噩梦。不,噩梦还有无序和错乱的时候,而这场风一下子就让人脱离正道,顺着黑暗中的无形轨迹,鬼使神差般地把本来要抹掉的四个字,用红漆刷写了一遍。伊布拉音·都来提不知所措,如果别人说他是故意与上级对着干,他也哑口无言。那四个红彤彤的字,在别人眼里犹如美丽的风景,但在他眼里却是过错,是有悖于"昆仑卫士"精神,是无法改正和弥补的错误。

伊布拉音·都来提准备下去,换上汽油再上来,把刚刚焕然一新的四个字涂抹掉。这件事只能这样处理,但造成的不良影响,恐怕一时难以平静。整个昆仑山可能会议论,多尔玛边防连的一位排长,在接到涂抹掉"昆仑卫士"四个字的任务后,却把那四个字用红漆又刷写了一遍,是什么意思?他说是高山反应让他昏了头,才做了那样的事,谁能相信?

抓着绳子一点一点下滑,崖壁浸出一股凉意,让伊布拉音·都来提一激灵,思维清醒了很多。但是一股说不清的滋味涌上心头。

伊布拉音·都来提莫名松开了手,那绳子划出一条弧线,左右摆动着,像是要挣脱到自由的世界中去。

突然,他腰间的那根绳子发出一声脆响,然后就看见上面的一截飞掠而起,在空中甩出一团幻影,又落了下来。而伊布拉音·都来提已变得像一片树叶,轻飘飘地向下落去。山崖顶部的那两位战士,又在惊恐喊叫,但伊布拉音·都来提什么也听不见,只看见他们的嘴大张着,像是要让声音长出手,把伊布拉音·都来提一把抓住。

伊布拉音·都来提看着那两位战友,笑了。

一股清凉浸入脑中,带出从未体验过的清凉和舒爽。他的身体变轻,舒展成了云,又好像变成了风,要自由地飘,自在地刮。多么好啊,不再缺氧,不再胸闷,高山反应也不见了,多尔玛变成了世界上最舒服的地方。

最舒服的地方也分白天和黑夜,白天结束了就进入黑夜,黑夜结束了就又是白天。但伊布拉音·都来提一下子就从白天进入了黑夜,那一瞬间,阳光不见了,天空不见了,最后连光明也不见了,他陷入一个陌生世界。

不是黑夜,而是一个黝黑世界。伊布拉音·都来提的身体一再变轻,像一片树叶似的在飘,先是飘过多尔玛边防连,到了连队对面的荒滩上,但他还记得"昆仑卫士"那四个字,于是就回头去看,那四个字还在山崖上,红艳艳的非常好看。他不记得自己刚刚用红漆刷写过那四个字,便惊叹居然有这么艳丽的红,尤其在多尔玛边防连背后的山崖上,就更有意义了。他隐隐约约记得要评"昆仑卫士"了,便觉得多尔玛边防连当之无愧能被评上。他又想起一位战友曾说,可能多尔玛边防连评不上"昆仑卫士",他当时没有问原因,现在更是捋不出头绪。不过他想,多尔玛边防连能否评上"昆仑卫士"不重要,只要这四个字明晃晃地分布在山崖上,比什么奖杯和证书都管用。他准备随便走走,让自己放松一下。平时的每时每刻都缺氧,都会有高山反应,只有这会儿无比轻松,可以大口呼吸新鲜空气,大步走路。不想走了,还可以像树叶一样飘飞。很快,他就真的飘了起来,到了一个地方,人很多,在举行一个仪式。他飘过人们头顶,就看见主席台上的横幅上面有"昆仑卫士"四个字,于是明白"昆仑卫士"已经评好,在举行颁奖仪式。他记得好像有人告诉过他,第一批被评上的人里面有他,那么他是来领奖的。他一阵欣喜,被评上了"昆仑卫士",而且是像飞一样来领奖,真是太幸福了。一批人上去领了奖下来,又一批人上去,直到最后一批领完奖,都没有念到伊布拉音·都来提的名字。搞错了吗?不,这么大的事怎么会搞错呢?那就是我没有评上,怎么会领到奖呢?有一个人经过伊布拉音·都来提身边,悄悄对他说,你犯错误了,怎么会被评上"昆仑卫士"呢?他想知道自己犯了什么错误,但是那人已不见了影子,他得不到答案。我犯了什么错误?他便问周围的人,众人都摇头不知。他一急,想回到多尔玛去弄清楚,却再也不能飘飞了,双腿沉重得迈出一步都很难。一急,他听到有人在叫:"伊布拉音排长醒了!"他睁开眼,看见好几个人围在他身边,见他醒了都很高兴。

"我怎么啦?"他问。

"伊布拉音排长,你从山崖上掉到山腰了。"一位战士说。

伊布拉音·都来提把所有的事都想起来了,尤其是拿错红漆的事,一下子变得无比清晰,好像他与那件事无关,从头至尾都是外人。

连队要送伊布拉音·都来提到藏北军分区医疗所治疗,他愧疚不已:"我犯了错误,把本来要涂抹掉的四个字,又用红漆刷写了一遍……"他不知该用什么方式挽回事态。

一位战友说:"伊布拉音排长,你不用难过,我们已经替你弥补了过失,你就放心下山去住院吧。"

几个人扶着伊布拉音·都来提往汽车跟前走,他一抬头看见,山崖上的"昆仑卫士"那四个字不见了,取而代之的是一面新涂出的军旗。

第六章：巡逻路上

19

丁一龙接到通知，明天由他带一个班去野马滩巡逻。

丁一龙心里一紧，觉得肩上压上了什么。野马滩的海拔四千米，上次去巡逻时没走几步，就开始头疼胸闷，继而又出现高山反应，巡逻完回来，两三天都缓不过劲。丁一龙是服役十一年的老志愿兵，也是班长，任务自然就落在了他肩上。汽车营的兵平时只管开车，军事训练不多，现在到了边防连，要开始新的任务，多少有些紧张。

连队后面的山崖上，新涂出的那面军旗，在阳光中熠熠生辉。但是多尔玛的战士们习惯看"昆仑卫士"那四个字，从第一天到多尔玛就开始看，直到复员离开时敬一个礼，三年军旅生活圆满结束。现在没有了那四个字，就把它们装在心里，以后就在心里看，也是一样的。但就这一点来说，有的人能做到，有的人做不到。看来，多尔玛的战士们还需要时间，才能适应没有那四个字的生活。

第二天上午，丁一龙带着班里的七个人，向野马滩走去。野马滩从来没有马,不知为何叫了这样的名字。昆仑山有很多这样的地方,有一个地方的水明明是苦的,却叫"甜水海"。还有一个地方叫"三棵树",却一棵树也没有,也许以前有树,但那时的树是什么样子,没有人能想象出来。

丁一龙走在前面,身后是班里的七个人。因为缺氧,大家便慢慢地走,双脚踩动碎石,发出咔嗒咔嗒的声音。后来那声音便好像萦绕而起,飞到头部周围响动,让头部一阵阵剧痛。不是那声音响了起来,而是人因为缺氧而头疼胸闷,出现了幻觉。

高原上沉寂,加之紫外线强烈,人走不了多远就会受不了,于是大家便没事找事说话。走在最前面的李小平对丁一龙先开了口:"丁班长,你是干了十一年的老志愿兵,这次评'昆仑卫士',你一定会被评上。"大家在先前只是听说要评"昆仑卫士",并没有把这件事放在心上,"昆仑卫士"四个字被抹掉后,就把大家逼到了这件事跟前,接下来会发生什么事?多尔玛边防连的人,也就是汽车营的人,会不会被评上?比如丁一龙这么优秀的老兵,难道会评不上吗?一连串的疑问,像是忽明忽暗的萤火虫在飞,但终归还是没有答案,只是要评"昆仑卫士"的事,离大家越来越近,好像一把能抓住,又好像抓不住。

大家都觉得丁一龙能评上"昆仑卫士"。

丁一龙却摇头。

大家都不解,丁一龙立过二等功,三等功拿了五次,这样的成绩怎么还评不上"昆仑卫士"?但是丁一龙摇头摇得很坚决,他们便明白,汽车营出了死人的事,不光丁一龙,恐怕整个汽车营的人都与"昆仑卫士"无缘。这样的事不好议论,即使议论也议论不出结果,大家便不再提及。

沉闷了一会儿,丁一龙说:"昨天晚上我站哨时,有一只鸟儿在连队后面的山上叫了几声,你们听到了吗?"高原上的气氛沉闷,平时偶尔有鸟儿飞过,但不会停留于一处鸣叫,昨晚突然有了那鸟叫声,丁一龙当时觉得好听,现在依然记忆犹新。

李小平与丁一龙站的是同一班哨,他说:"我也听到了鸟叫,很好听。"

别的战士却都没有听到。

丁一龙觉得奇怪,那只鸟儿叫了那么长时间,而且那么好听,你们怎么没有听到呢?

李小平也觉得不应该听不到,但是别的战士都连连摇头,没听到就是没听到,不能违背事实说谎。这件事把一个夜晚分成了两半,一半裹住了听见鸟叫的丁一龙和李小平,裹在另一半里面的,是什么也没有听见的其他战士。夜晚肯定只有一个夜晚,即使被分成两半,最终也会合并成一个,合并成一个就会真相大白。不过没有结果也挺好,听到那么好听的鸟叫的人,是有福气的。没有听到的人也不用着急,说不定明天晚上就听到了。昆仑山这么寂寞,鸟儿也懂得要在有人的地方叫,让人们听到它们美妙的叫声,它们心里也舒服。

这时,通信员于公社追了上来,说连长肖凡让他来问,昨天晚上有一只鸟儿叫了,有谁听见了?

丁一龙回答:"我听见了。"

李小平跟着回答:"我也听见了。"

于公社说:"连长让我问你们,既然听见了,为什么不出去看看,或者给连长报告?"

丁一龙和李小平很吃惊,鸟叫是很平常的事情,连长为什么会如此重视呢?当时的鸟叫声并无特别之处,只是在寂静的夜晚突然响起,有些突兀而已。丁一龙记得他曾经向传来鸟叫声的地方看过,并没有什么动静,便没有在意。没想到那几声鸟叫并不是简单的声音,而是黑夜撕开的一个口子,让几只鸟儿悄悄探视了一下,然后缩回去酝酿一场阴谋。

夜晚过去,到了现在,就变成了一场事件。只是丁一龙和李小平都不知道,被黑夜酝酿而成的,是一场什么样的事件。

于公社说:"昨天晚上鸟叫的那个时间,是丁一龙和李小平在站哨。连长说,作为边防军人,任何时刻都不能放松警惕。昨天晚上的那只鸟儿之所以叫,是因为牧民的羊在晚上乱跑受到了惊吓,而我们边防连没有及时发现,让羊群接近了边界线,今天早上居然越界到了对方国,现在对方国的会晤站提出要会晤,而会晤要一层层上报,这件事大了。"

丁一龙和李小平愣住了,他们没想到事情会变成这样。那只鸟儿和一群羊,原本八竿子打不着,但是黑夜把它们分配在神秘棋盘上,悄悄移动,慢慢接近,然后就酿成了越界事件。如果换作是人,可能会紧张害怕,会警醒反悔,在任何一个环节都可能戛然而止。但是一只鸟儿和那群羊,不会判断事态,就被黑夜的神秘大手牵着,闹下了这么大的事端。

于公社问清了情况,要返回。

丁一龙问于公社:"这个事情会有什么结果?"

于公社说:"可能……会给你们,处分。"谁也不愿面对这样的结果,于公社的语气更是不自然,说完就走了。

巡逻队继续往前走,脚步变得沉重起来,尤其是丁一龙和李小平,每迈一步都很忐忑。前面的巡逻路难走,但在身后等待他们的是处分。李小平转过身去看身后的边防连,脸上的表情很复杂。早上出来时他还在想着"昆仑卫士"的事,他是干了十一年的志愿兵,还有一年就可以转业回甘肃老家,然后等待安排工作。他觉得开车在昆仑山上跑了十一年,足以换一个"昆仑卫士",在安排工作环节上会起作用。这样的幻想让他的心情很好,早餐还多吃了一个馒头。不料一上午还没有过去,昨晚的鸟叫就变得像石头,而他对"昆仑卫士"的幻想则变得像树叶,被轻轻一砸就落进了万丈深渊。没有希望了,不但评不上"昆仑卫士",还要背一个处分回去,哪个单位会接收?边防连在他眼里变得模糊了,不,边防连并没有变得模糊,是他的心空了,因此这个世界就模糊不清了。但是一转眼,又看到了山崖上的军旗,那片红色亮艳艳的,就好像有什么刚从手里滑落,一转眼又回来了。李小平眼睛一酸,差一点涌出眼泪。

李小平站住不走了。

大家都停下,愣愣地看李小平。李小平脸上凝固着痛苦,好像再往前走几步,那痛苦就会变成石头把他压倒。大家都看出来了,李小平的意思是出了这样的事,还巡逻什么呀,直接回去受处分算了。

丁一龙摇摇头,不行,巡逻比什么都重要,哪怕这次受多大的处分,也要把巡逻任务完成。受处分的事,就像背上压了石头,哪怕多沉重也得扛起。而巡逻则不可缺少,有很多人走了很多遍,轮到谁,都必须走到终点,哪怕你背上压着石头,都不能停,也不能改变方向。

大家也都这样想,心里的想法,很快就表露到了脸上。大家的目光像手一样,在拉李小平,他把脚边的一块小石头踢到一边,迎着大家的目光,又往前走。

丁一龙暗自叹息一声。

丁一龙是班长,哪怕内心翻江倒海,也不能流露出心事,否则就会乱了大家的心。巡逻必须走到巡逻点位,观察情况,做记录,然后沿边界线巡逻一趟返回。因为海拔高,走不了多远就会气喘吁吁,不得不停下歇息。有时候,鸟儿从他们头顶飞过,不论是鸣叫,还是缓慢滑翔,都会吸引他们的目光。他们盯着鸟儿看一会儿,鸟儿飞走了,他们继续巡逻。有一次,边防连的战士看着鸟儿在天空中变成了小黑点，便议论鸟儿在高原会不会有高山反应，有的战士认为会，有的战士认为不会，争论了一番，没有得到结果，反而弄得气喘和头疼。昆仑山上的很多事情，都没有答案，即使有答案也是人给出的，而人给出答案时，已被累得气喘吁吁，耳鸣胸闷。所以，他们并不喜欢议论事情，他们从一个点位走到另一个点位，简单而又吃力，沉默而又持重，这样就够了，至于要说什么，或者总结什么，已无关紧要。

今天，与以往任何一次巡逻一样，也是默默往前走。

丁一龙一直想着昨天晚上的事，是一只什么样的鸟儿，为羊群叫了一晚上？还有那群羊，受到了怎样的惊吓，慌乱跑了一夜，最后居然越界到了对方国？按说，羊群是有主人的，他的羊群都跑到边界线一带了，难道没有发现吗？唉，羊群啊羊群，你往什么地方跑不好，偏偏要跑到边界线一带？你们一迈四蹄就越界了，可我们就被害惨了，边防连的任务是守边，人或牲畜都不能越界，一旦越界就是大事，处理起来非常头疼。

这样一想，丁一龙便觉得这一趟巡逻不简单，到了点位，要把羊群越界考虑进去，看看它们是从什么地方越界的，如果发现了它们的越界痕迹，就要拍照，做好记录，然后尽快返回连队报告情况。

虽然处分在等着丁一龙和李小平，但责任是军人的力量，只要知道自己肩负着怎样的责任，脚步再沉也要迈出去，心事再多也要压下去。

丁一龙的脚步快了。

李小平感觉到了什么，也加快了脚步。其他战士跟在他们身后往前走，他们要去的点位，距离连队有十公里，用一上午才能到达，这样的距离在山下，最多两个小时就走到了，如果用跑五公里的速度，半小时就足够了。但是在昆仑山上不能跑，也不能快速走,否则就会出现人常说的"过犹不及"和"欲速则不达"。

翻过一个小山冈,大家都气喘,脸也憋得通红。

出现高山反应了。

高山反应这个事,如果你不快走或跑,它就不找你的麻烦。但是巡逻要走动,很快就觉得有一只大手捏住了喉咙,呼吸变得困难起来。人在这时候会本能地喘气,但一喘气反而坏事了,头一阵一阵地痛,身上很快就没有了力气。人在这时候就不想动,只想坐下。

丁一龙让大家休息一下,谁都不能与高山反应对着干,否则会因缺氧、头疼胸闷等症状一头栽倒,再也起不来。

李小平问丁一龙:"班长,上面会给我们二人什么样的处分?"

丁一龙暗自叹息:"不知道。"其实丁一龙心里清楚,这次羊群越界事件,因为他是昨晚带哨的班长,所以他的责任比李小平大,李小平最多背个处分,而他不但背处分,而且转业前入党的事,恐怕要泡汤了。这些,他开不了口,无法给李小平说。

休息了一会儿,继续往前走。

一位战士说:"今天早上咸菜吃多了,这么渴。"说着,举起水壶喝了一大口水。

大家受他影响,也纷纷喝水。

丁一龙想劝大家节约水,但是又有些不忍心,便没有说什么。在昆仑山上,人不能缺水,否则高山反应更厉害,弄不好还会有生命危险。下次巡逻前要提醒炊事班,在早上尽量多做一些清淡的饭菜,那样就可以避免在路上口渴。不过,出了羊群越界的事,还有没有下次巡逻的机会?也许,受处分后就再也没有资格巡逻了,在炊事班做几个月饭,就到了转业的时间。心里塞满了复杂情绪,丁一龙也口渴了,便喝了一大口水。口渴,忍着倒也能忍住,一旦喝了水,反而会越喝越渴。他又喝了一口,心想要转移大家的注意力,于是一咬牙下了命令:"出发。"

大家都下意识地摇了摇水壶,刚才喝得太快,水已经不多了。

丁一龙的水也只剩下半壶,他想,还有大半天路程呢,而且因为上午耗费体力太多,返回时才是最需要水的,所以要忍住,把水留在关键时刻喝。

一个多小时后,他们到达了点位。在中间,他们又喝了一次水。不仅仅因为早上吃了咸菜,还因为疲惫,必须得喝水。过了一会儿又想喝,丁一龙拦住大家,必须把水留到下午,否则大家回不去。

大家分开观察,点位上一切正常,那就做记录,然后巡逻一番,就可以回去。

巡逻不远,就发现了羊蹄印,忽隐忽现,在地上乱成一团。原来羊群就是从这个点位上越界的,虽然从羊蹄印上看不出羊群数量,但是羊群到了这儿已是不争的事实。

丁一龙心里一沉,地上的羊蹄印好像旋转着浮动起来,在他眼前闪出虚幻的光影。他以为羊蹄印会飘浮起来,像被风吹动的树叶一样,飘过边界线落到对方国境内,那样的话就真的越界了。他捏了几下额头,头脑清醒了过来,羊蹄印像是从那团幻影中落下,还在原来的位置。在昆仑山上,高山反应是一瞬间的事,头晕目眩和产生幻觉也是常事,只有熬过阵痛,眼前的幻觉才会慢慢消失。那时候,氧气仍然稀薄,但雪山仍在高处,河流仍在低处,并不会在人的幻觉中移位。

丁一龙决定让其他战士先返回,向连长报告羊群越界的地方,他和李小平留下,完成点位巡逻。那几名战士一脸疑惑,转身走了。丁一龙知道他们一定在想,他和李小平之所以要留下,是想晚一点回去,因为回去有处分在等着他们。

丁一龙没有这样想,其实他心里是踏实的。他和李小平沿着点位巡逻了一趟,没有发现异常。边界线的两侧都是山,不论是中国的还是对方国的,都好像没有明显的区别,白天是相望的山,晚上是相连的山。阳光和风在众山之间自由弥漫,让人觉得所谓边界,就是人类出于自我意识或国家意志,设立的一种对人的规定。人不可越边界半步,否则就是对对方国的冒犯。好在现在一切都很平静,没有人也没有牛羊接近边界线,丁一龙和李小平可以返回了。

半路上,李小平的情绪有些复杂,想对丁一龙说什么,又忍住没有说。羊的蹄子在羊身上,鸟儿的嘴在鸟儿身上,羊要跑鸟儿要叫,谁能管得了它们?它们本来就是普通鸟兽,但因为接近边界,就变成了危险的棋子,一步一步走向无可挽回的结局。但它们却不承担责任,需要承担责任的是边防军人。本来边防军人和它们也没有关系,发生了这样的事就有了关系,一种既脱离不了又承担不了责任的关系。丁一龙问李小平:"回去一定会被处分,你做好心理准备了吗?"

李小平说:"做好心理准备了,什么样的处分我都能接受。"话是这样说,但是他的语气还是不自然,这件事,哪怕你多么委屈,也得接受。

丁一龙说:"要接受,不然就没有担当。"

李小平听到"担当"二字,脸色变了,憋了半天,终于说:"刚才,我又发现了一只羊的蹄印,在点位的旁边。"

丁一龙生气了:"你刚才为什么不说?"

李小平支支吾吾:"我想,少报一只,咱们的处分就会轻一点……"

丁一龙怒不可遏:"你混蛋……"

两个人不再说话,默默往回走。脚下的石子被踩响,好像在说着什么。这是此刻唯一的声音,丁一龙和李小平好像听出了什么,又好像什么也没有听出。李小平刚才发现的那只跑过点位的羊,也一定踩响过地上的石子。那是午夜中的声响,响起时在边界线撞出一个事端,然后悄无声息地消失。但是它留下的蹄印,像不怀好意的大手一样拉了一把李小平,李小平意识到那是一场灾难,但他没有避开,一下子就被拽进了深渊。

丁一龙说:"你当兵都这么多年了,还是不过关。"

李小平一愣,想说什么又忍住了。他不想受处分,所以在那一刻,他企图从一个窄缝中钻过去,把过错扔在身后,让它永远和自己没有关系。但是怎么能扔得干干净净呢?一回头就会发现,一半进来了,另一边被卡在了外边,任何人一眼都能看得清清楚楚。

丁一龙又喃喃自语:"我没有带好你,我也不过关。"

李小平很后悔,作为军人,他不应该耍小心眼。他因为窘迫,习惯性地拿起水壶,拧开盖子便去喝,但嘴咂吧了几下,才反应过来没有水了。他窘迫地举着水壶,不好意思去看丁一龙,亦意识不到应该把水壶放下。

丁一龙把自己的水壶递给李小平,李小平像是忘记水已经不多了,举起喝了一大口。他这样,也许是因为太渴,也许是在遮掩尴尬。丁一龙想拦一下李小平,忍了忍没说什么。

喝完水,继续往前走。

也是往回走。

回去,处分在等着他们,丁一龙脸上浮着一层阴郁之色。李小平隐瞒了一只羊的蹄印,事情变得更加严重,如果说昨天晚上的鸟叫事件出于偶然,那么现在李小平这样做,就是故意犯错,这件事该怎么办?丁一龙和李小平都是今年要转业的志愿兵,没有出这样的事,他们二人都能够顺利到地方上安置工作,但是出了这样的事,事情会朝着什么方向发展,他们也不知道。

时间已到了下午,天气有些热,走了没多远,两个人都冒汗了。热,更容易让人口渴。李小平看了一眼丁一龙,丁一龙把水壶递给李小平,李小平喝了一口,把水壶递给丁一龙,丁一龙也喝了一口,感觉水壶轻了,心便沉了。

他们抬头看了一眼天上的太阳,刺眼,身上更热了。虽然已是深秋,但天气还是不冷,不冷就会热,尤其是下午三点是高原最热的时候,走不了几步就一脸汗水,腿也会发软,恨不得一屁股坐下。但是不能坐,坐下就不想起来了,不想起来就更不想走了。还有一种情况,坐下就起不来了,永远坐着,在最后变成一堆骨头。

"走吧。"丁一龙对李小平说,也好像是在对他自己说。身上没有了力气,就得用心里的力气,有时候心里的力气比身上的力气还管用。丁一龙又想起评"昆仑卫士"的事,山崖上的那四个字已被抹掉,应该快要评选了吧?但是出了鸟叫事件,他和李小平便没有了评选资格。

李小平也没有了力气,但丁一龙是班长,丁一龙不停,他便跟着丁一龙走。走了一会儿,翻过一个山冈,两个人满脸是汗。太阳光很强,像是有看不见的火在烤着他们。突然,李小平觉得自己的脑袋被什么劈开了,那看不见的火"呼"的一下蹿进去,撩出一股从未体验过的感觉。李小平想弄清楚,但已经没时间了,他浑身一软便一头栽倒。

丁一龙把李小平抱起,让他喝水。天太热,加之又太累,李小平虚脱了。但昆仑山上的虚脱与山下的不一样,会导致心脏衰竭,一命呜呼。这时候,喝水是最好的办法,一则可让人降温,二则可以促进血液循环,让人避免危险。昆仑山上的老兵在每晚睡觉前都喝一杯水,他们说不要小看那一杯水,有时候能救命。知道的人都懂,因为海拔高,人的血压在晚上容易发生异常,水是最好的防治方法。

李小平喝了一口水,还是起不来。

丁一龙便让李小平继续喝。又喝了几口,还是不行。丁一龙便让李小平喝了所有的水,才有力气站了起来。丁一龙扶着李小平往前走,李小平脚步沉重,丁一龙也举步维艰。但还得往前走,水已经没有了,多走一步就离连队近一步。

慢慢地,李小平好了起来。他的脚步轻了,扶他的丁一龙也就轻松了。

又往前走了一段路。

丁一龙想,两个小时后能到达连队。这两个小时,李小平不能口渴,他也不能口渴,只有这样才不会影响行程。没有水,他们便不去想水,也不管渴不渴。他们只是往前走,这种时候不能停,只能坚持走,只要走,希望就在,人就不会倒下。

但他们终于抵挡不住饥渴,二人走不动了。

没有水,怎么办?

丁一龙发觉李小平的身体软软的,看来又坚持不住了。丁一龙向四周张望,什么也没有,更别说水了。他扶住李小平,让李小平休息一会儿。只能这样休息,不能坐下,他怕坐下再也起不来。

休息了一会儿,李小平还是没有力气。

丁一龙叹息,今天恐怕会有麻烦。如果这时候喝几口水,人就会好受一些,人好受了就会有力气。但是水壶已经空了,哪怕把水壶口对准嘴巴,恐怕也没有一滴水。

到哪里去找水呢?

哪里都没有水。

突然,丁一龙想到了自己的尿。对呀,尿是此时唯一的液体,而且取之即用，用之即可对身体产生作用。但是尿一定难喝，能喝下去吗？管不了那么多，只要能救命，再难喝也得喝。

好像刮来了风，又好像很快刮向了别处。

丁一龙让李小平站稳，然后解开自己的裤子，拧开水壶盖子，一阵簌簌的声响便响起，手里的水壶随即就有了分量。他凄然地笑了一下，坚持把尿尿完。有没有人用过这个办法？如果有，一定也像自己和李小平一样，被逼到了这种地步，才会想到这个办法。

很快，水壶变沉了，丁一龙一摇，里面有响声。有了救命的稻草，但这根稻草让人畏怯，总是不愿抓住它。如果有别的办法，哪怕再难，也不会抓住这根稻草。这根稻草虽然能救命，却是把你逼到无路可走的地步，你才能伸出几近绝望的手，死死拽住再也不松开。

李小平明白了丁一龙的意思，脸上先是惊讶的神情，后又变得欣慰。有了丁一龙在前面，后面的李小平只管照葫芦画瓢，就那么几下便能解决问题。至此，不论是丁一龙，还是李小平，还没有喝下一口尿，还没有体验到尿有多难喝。

丁一龙举起水壶，闭上眼睛喝了一口。一股咸涩的味道在口腔里浸润，他知道应该咽下去，但却咽不下去。不但咽不下去，反而想吐。不能吐，如果吐了，就再也没有能喝的东西。再说了，我不吐，李小平也就不会吐，两个人就一起渡过了难关。这样想着，

丁一龙一咬牙把嘴里的东西咽了下去，然后把水壶递给李小平。

李小平却喝不下去。

"想不想要命了？"丁一龙呵斥一声。虽然他很难受，声音都涩涩的说不完整话，但他这样一呵斥，能把李小平的胆怯吓走，让李小平把尿喝下去。

李小平还是为难。

丁一龙打开李小平的水壶说:"你自己接,喝你自己的。"

李小平把尿慢慢尿进水壶,然后也像丁一龙一样举起水壶,闭上眼睛喝了下去。嘴里难受,胃里面也不舒服,但心里坦然,身体就放松了,身体放松就有了劲。

于是又往前走。

水壶背在身上,剩下的尿发出隐隐声响,像是在诉说刚才发生的事。丁一龙和李小平的嗓子都有些难受,被他们拼命压制的一个东西,像是随时要挣脱压制,冲出喉腔的黑暗世界,向着外面的光明一喷而出。不能让它得逞,否则就前功尽弃,人既干渴又恶心。

他们一口气走出很远。因为渴,丁一龙和李小平又喝了一次尿。尿喝完了,路也走得差不多了,终于看见了多尔玛后面的一号达坂。他们又往前走,很快就看见了多尔玛边防连。连队后面的山崖上,那面刚涂出的军旗,像是看着他们二人一步步返回。他们想起"昆仑卫士"那四个字,也想起快要评选的"昆仑卫士"荣誉,心情便复杂起来。出了羊群越界的事,还怎么可能会评上"昆仑卫士"呢?这样想着,腿就软了,近在眼前的边防连,好像又变远了。

连队的人发现了丁一龙和李小平,于公社和几名战士向他们跑了过来。

丁一龙和李小平没有了力气,软软地倒在了地上。

于公社和几名战士跑过来,扶起丁一龙和李小平往连队走。于公社说:"有个好消息要告诉你们。"

丁一龙和李小平脚步慢了,等待于公社把事情说出来。

于公社说:"昨天晚上越界的羊,不是咱们国家的,而是对方国的,今天上午会晤时弄清楚了这个事情,你们二人不会受处分了。"

丁一龙和李小平一阵轻松,脚步快了起来。

20

再也没有听到鸟叫,好像鸟儿都知道,只要它们一叫就会惹事,所以都飞离多尔玛而去。有时候地上的灰尘被风刮起,在半空起伏动荡,像是鸟儿在飞,但仔细一看却不是鸟儿,让人凄凄然感叹几声。后来的大风又发出类似于鸟叫的声音,像是有成群的鸟儿从山后飞了过来,但是大半天过去了,只听见叫声却没有鸟儿的影子。到了天黑时大风停了,那叫声也戛然而止,像是被夜色一口吞没了。

之后,就再也没有了动静。

丁一龙下山去探家了,一个月后才能回来。

李小平还有大半年服役期,要在连队待到年底才能下山。从野马滩巡逻完回到连队后,李小平没有提点位旁边那只羊蹄印的事,丁一龙用复杂的眼神看了一眼李小平,没有说什么。

虽然引起鸟叫的那群羊,像突然刮过来的风,一闪就不见了,但是丁一龙和李小平却很内疚,认为自己作为边防军人是失职的。边防上常常会因为一丁点火星,就引燃一场大火。至于那些细小的动静,最终都不会只是一阵风,或者一场雨,很有可能一转眼就会变成狂风暴雨,制造出地动山摇的事情。

那只羊蹄印的事,除丁一龙和李小平二人外,再也没有人知道。丁一龙走时,李小平去送丁一龙,丁一龙用复杂的眼神看了一眼李小平,就转身走了。李小平愣愣地看着丁一龙,直至丁一龙走远了,才意识到没有给丁一龙说道别的话。他转身往回走,双眼一酸差一点掉下眼泪。

之后很长时间,因为丁一龙走了,连队里再也没有人用复杂的眼神看李小平,李小平反而不习惯,经常躲在角落里叹息。那只羊蹄印的事,压在李小平心上,但他无法对别人说,常常一个人叹气,好像那只羊的蹄印变成了眼睛,在逼视着他,看他如何处理这件事。

有好几次,他梦见那只羊在边界线上跑来跑去,一会儿在中国,一会儿在对方国,不停地制造着越界事件。他跑过去拦它,它却跑远了,不一会儿又跑回来,在他面前咩咩地叫。这时候,丁一龙出现了,他一把抓住那只羊的耳朵,把它牵到李小平跟前说,你的羊,把它看好。

梦醒后,李小平喃喃自语:"我的羊……为什么是我的羊?"

它和我有关系吗?

如果有关系,到底是什么关系?

李小平找不到答案。

再熬大半年,我就转业了,一切就都过去了。李小平这样想着,把不安和愧疚压了下去。他经常想起丁一龙走的时候看他的眼神,那里面有很多话,虽然丁一龙一个字也没有说,但是他觉得丁一龙又全部说了,他听得明明白白。但是,他没有勇气把那只羊蹄印的事说出来,尤其是丁一龙也保持了沉默,他便像是有了依靠一样,更不说了。

好几个晚上,他总是梦见那只羊。他围着它转,他趁它不备便抓住了它。为防止它再次越界,他要把它带回边防连。他还要把羊越界这件事,给连长解释清楚。在白天,他一直在躲避,但是梦里却有了勇气。他紧紧抓着羊角,把它拽离边界线。这样就好了,它再也不会越界,他上次犯的错误,也将因为抓回这只羊而得到救赎。羊的力气不小,想从他的手中挣脱,他早有防备,死死拽着它,让它乖乖跟他走。羊慢慢地便老实了,不挣扎也不乱扭,被他牵着往边防连走去。但是他上当了,羊诱惑他放松警惕,然后突然挣脱他的手,又向边界线跑去。他急忙向羊追去,要一把将它抓住,一直到把它拽回连队。羊跑得很快,他亦追得快,一伸手就可以抓住羊的尾巴,但是他的目的是羊角,只有抓住羊角,羊才会老实。不远处就是边界线,他使劲往前追,羊好像看出了他的意图,四蹄陡然快了很多,很快就要接近边界线。羊只要到了边界线跟前,一迈四蹄就又越界了。他顾不了那么多,身子前倾向羊扑去。他想好了,哪怕抱也要先把羊抱住,以避免它越界。但是羊突然弓身向前一蹿,他前扑的身体落空了。他急得大喊,一喊便醒了过来。

梦醒了,他又回到了现实中。

梦里的力量只属于梦,在现实中,他仍然无法把那只羊蹄印的事说出去。即便是在黑夜,他也很警醒,要把那件事藏在心里,永远都不说出。

因为梦魇,他再也没有睡意,睁着双眼熬到了天亮。

在白天,他表情沉静,说话自然,谁也不知道他有心事。有时候,他向边界线方向眺望,想象那只羊越界后去了哪里?他希望它走失,永远不要出现在人们的视野里。那样的话,永远不会有人知道一只羊越界了,他也就永远不会有事。这样的想法让他愧疚,但他提醒自己要坚持住,只要熬到年底,一切都会过去。

但梦却不放过他,过不了几天,他就会梦见那只羊。它一如既往地在边界线两边窜来窜去,他去抓它,它总是躲开他。一人一羊绕来绕去,最后总是他抓羊的手落空,然后惊恐而醒。

我能熬到年底吗?他躺在黑暗中,常常这样问自己。

没有答案。

又做过一次与羊纠缠的梦之后,第二天就有一位牧民来到连队,打听他几个月前丢失的一只羊。

肖凡问那牧民："你的羊在几个月前就丢了，为什么现在才来打听？"

牧民说："几个月前丢了一只羊后，我心想边防连的解放军不会发现了我的羊不说，所以就先去别的地方寻找，直到我把所有的地方找了一遍又一遍，都没有影子，最后才找到你们这里。"

肖凡问那牧民："你最后才找到我们这里，这里也不一定有你的羊。"

牧民说："让我找找，行吗？"

肖凡同意了。

李小平在一旁很紧张，万一那只羊在连队周围留下蛛丝马迹，他隐瞒事实的事就会暴露。

好在那牧民并没有找出什么。羊蹄印经不起一场风，更经不起一场雨，一夜风雨就会让其消失得干干净净。都过去这么长时间了，谁也不知道下了多少场雨，刮了多少场风，那羊蹄印还怎么能留得住呢？羊蹄印恐怕早就不见了影子，但留下的阴影却一直都在，想躲的人便永远也躲不开。

肖凡对那牧民说："你再去别处找找吧。如果那只羊在连队周围出现过，我们一定会发现，只要发现它的蹄印，没有一个战士会隐瞒不报，因为我们是军人。"

一旁的李小平脸上一阵烫。

牧民向连队四周张望，一脸急切的样子。有几次，他的羊差一点丢了，仅凭地上的羊蹄印就找回来了。羊再能跑，也会在屁股后面留下一串蹄印，那蹄印会死死拽住它，不管多远都能把它拽回。拽回来，就知道它为什么跑，跑到了什么地方。这次也一样，牧民要顺着蹄印把那只羊拽回，把事情弄清楚。

肖凡说："你要相信我们，我们是军人，说没有看见你的羊，就一定没有看见。"

牧民说:"我相信你们,但是这个事情奇怪得很,让我都不敢相信我的眼睛。"

肖凡不解牧民的意思,便问:"此话怎讲?"

牧民说:"我放了二十多年的羊,羊蹄印从来都逃不过我的眼睛。"

肖凡因为疑惑,不知该说什么好。牧民的意思,他的羊一定是在这儿丢的,一定有人看见了他的羊。而且他还有一个意思,如果不是在这儿,他的羊就不会丢。

李小平的脸又是一阵烫,好像事情真相就隔着一层纸,风一吹,那层纸就会被刮走,他就会暴露出来。

牧民的目光无意间从李小平身上扫过,李小平一惊,脸上变了表情。牧民问李小平:"这位解放军,你有心事吗?"

李小平被这样一问,更紧张了,好像牧民已发现他心里隐藏着什么。但是他已经在不安中挣扎了好几个月,早已练出了不动声色的功夫,所以他外表上很平静,用调侃的口吻对牧民说:"我的心事多得很,你看出了多少?"

牧民一笑说:"你这么年轻,会有什么心事呢?"

大家都笑了。

李小平也笑了,心里轻松,脸上的神情也就自然了。

肖凡陪着牧民在连队周围转了一圈,没有发现什么。他很不解,又转了一圈,还是一无所获。肖凡不高兴了:"你非要在我们这儿找出什么吗?"

牧民直摇头:"不应该呀,它应该来过你们这儿。"他放牧多年,羊就是他眼睛,羊走到哪里他就看到哪里,而且从来都不会错。所以,他便这样说,他的话虽然不是石头,却很硬。

肖凡对牧民说起几个月前的那只鸟叫,以及当晚对方国的羊群越界的事。牧民一听睁圆了眼睛说:"对呀,几个月前的那只鸟叫,既然是因为对方国的羊群越界,那也可能是因为我的羊叫啊!"

肖凡让牧民继续分析:"我的羊一定是被那只鸟儿的叫声惊吓,跑到边界线上去了。"

肖凡说:"巡逻的战士没有发现边界线上有一只羊的蹄印。"

牧民说:"我去找找,一定能找到它的蹄印。"

肖凡叮嘱牧民:"在适当的地方停止,不能接近边界线,更不能越界。"

牧民应了一声,走了。

李小平的心收紧了,好像那牧民正走向事实,他几个月来极力隐藏的羞耻,很快就会一览无余地被揭露出来。他想向肖凡说出真相,但看到肖凡就想到了全连,如果他把事情真相说出,多尔玛边防连评"昆仑卫士"就会受影响,甚至会被一票否决。那样的话,自己就成了全连的罪人。李小平一阵懊悔,窟窿是碰不得的,你本以为把它的口子封死了,不料它却还有更多的口子,到最后就会顾此失彼,无法把控局面。

肖凡发现李小平脸色不对,便问李小平:"你怎么啦,在这儿站了一会儿也高原反应吗?"

李小平忙说:"不知道怎么啦,突然就头晕。"

肖凡让李小平回去休息,李小平转过身往回走,脚步一晃差一点摔倒。肖凡以为他高原反应得很厉害,便扶住他,他装出头晕的样子,慢慢走回班里。

肖凡扶李小平躺下,李小平的头不晕,却很疲惫。这几个月来,他一直在不安中挣扎,目的是为自己树立起一道遮掩羞耻的墙,但是当他把那道墙树立起来后,才发现它比他想象的更高大,也更坚厚。他为此欣喜,但又失落,那堵墙在遮掩他的时候,又变成了对他的禁锢,把他偶尔生发的良知压在黑暗中,一点也不敢见光。现在,随着这位牧民的到来,他觉得那堵墙要塌垮了。他已经没有了挣扎的力量,心里一阵惶恐,全身便无比的疲惫。他被自己折腾得没有了力气,只想闭眼睡过去。但是他又没有睡意,他知道一觉睡过去,等到醒来就是他的羞耻将被人人看见,到时候他怎么承受得了?他一阵懊悔,当时鬼迷心窍,一心想着隐瞒一只羊的蹄印,谁知道事情会发展到这一步,而且时间一长,想挽回也无能为力了。他觉得脸上有冰凉的感觉,一摸,才知道自己流泪了。他用手擦去泪水,头一阵晕。这次是真的头晕了,而且比任何一次都厉害,以至于他觉得房屋在旋转,从窗户里透进的光,像刀子一样刺痛了他的眼睛。他闭上眼睛,晕晕忽忽地睡了过去。

天很快黑了,李小平睡得很沉,没有醒来。

他做了一个梦,那只羊又在梦中出现了,却一动不动,就那样看着他。他已经被折磨得没有了力气,所以没有去抓那只羊,只是看着它,看它会往哪里走。那只羊也看着他,好像要看他干什么。他忍不住内心的酸楚,便对羊说,你已经害得我没有一点力气了,我哪里还有力气抓你,你爱干什么就干什么吧。羊没有反应,就那样看着他。他急了,又对羊说,你的主人来找你了,他是一个很厉害的牧民,他一定能找到你。羊眨了几下眼睛,好像认同他的话。他绝望了,牧民和羊之间如此默契,他再也遮掩不了自己,就等着无地自容吧。这样一想,他便不再看那只羊,事情已没有挽回的余地,这只羊也就与他没有了关系。但是他发现羊在流泪,泪水从双眼中涌出,在眼帘上湿成一片。他突然想起来了,这只羊已经死了,现在出现在他面前的,只是它的灵魂。羊的灵魂也会哭,看来羊的心里也有痛苦。他一阵后悔,是他害死了它,如果当时及时说出它的行踪,一定会被人们重视,一定会把它找回来。但是因为他的私心使然,把它推上了绝路,让它暴毙于荒野,或丧命于狼口。它很委屈,就在梦里来找他了。但它是羊,无法开口对他说话,所以一次又一次与他纠缠,因为是在梦里,因为是一人一羊,所以一直没有结果。现在,这只羊的死亡就是结果,他看得清清楚楚,他心痛,但是因为是在梦里,他仍然不知道该如何是好。又一阵心痛,他被痛醒了。梦告诉了他一切,他更加难受,脸上又有了冰凉的感觉。他知道自己又哭了,但没有去擦泪水。

肖凡进来,看见他醒了,叫他起来吃饭。吃饭的间隙,他才知道,现实在等着他醒来,要告诉他一个更让他痛苦的事实。原来,那位牧民在去边界线寻羊的半途,不小心迷失了方向,在翻越达坂掉下去摔断了腿。肖凡很后悔,如果派两名战士陪着那牧民去,也许不会出这样的事。

于公社说:"那位牧民的经验那么丰富,怎么会迷路呢?"

肖凡说:"人一天有三迷,任何一迷都能让人乱套。"

李小平在一旁听着,觉得连长在说那位牧民,也在说他。他当时就是因为心迷了,做出了让他后悔莫及的事情。

肖凡说:"那牧民的腿一断,那只羊到底是怎么回事,他也就不再关心了。"

于公社说:"如果我们发现那只羊的蹄印就好了,当时就可以判断出它的去向,也可以把它及时弄回来。"

肖凡说:"是啊,那样该多好。"

于公社问连长:"那只羊会去哪里呢?"

肖凡说:"那位牧民那么有经验,都判断不出它的去向,我们就更判断不出它的去向了。"

于公社又问肖凡:"会不会越界跑到对方国了呢?"

肖凡说:"不会,如果越界跑到对方国,对方国早就提出会晤了。"

于公社又问:"会不会被狼吃了?"

肖凡说:"如果被狼吃了,那位牧民会闻出味儿,会找到骨头渣子。他找了那么多地方,都没有一丁点那只羊的足迹,这个事情真是蹊跷。"

大家都感叹,那只羊为什么就没有留下蹄印呢?

有战士说:"是那只羊的蹄印太神秘,害死了那只羊。"

又有战士说:"是那只羊太神秘,害了那牧民。"

肖凡说:"一只羊的事小,没想到却使牧民摔断了腿,这件事真让人揪心。"

李小平心里一痛,很想对肖凡说出实情,但是在一瞬间,他又觉得自己好不容易树立的那堵墙,再次为他遮掩住了羞耻,这次的遮掩与以往不同,让他觉得轻松。只有他知道那只羊是怎么回事,但正如肖凡所说,那牧民的腿一断,就再也不关心那只羊了,从此以后他再也不用担惊受怕,让那件事烂在肚子里。

之后的几个月,李小平再也不去想那只羊,那只羊也没有再在他梦里出现过。李小平想,我不仅杀死了羊,还杀死了羊的灵魂。

李小平也经常想起那位牧民,心里一阵一阵地痛。他觉得自己不仅杀死了羊,还推着那位牧民往大雾中去,他原以为雾越大,就会把事实遮掩得越严实,不料大雾并不听从他的安排,又制造了一场阴谋。要想把一个阴谋握住,就得制造十个阴谋。李小平心里像是压着石头,不知该怎么办。

去给肖凡说出实情吗?

他没有勇气。

去给那位牧民说明实情吗?

事情到了这一步,他在自己给自己制造的大雾中已无法回头。再说了,因为他是连队的一员,说明实情,就不是他一个人的事情了，连长和全连人都会被牵扯进去，到时候就更不好办了。他想起遮掩了他好几个月的那堵墙，觉得不能没有那堵墙，否则很多事情就会塌垮。比如评"昆仑卫士"，没有羊蹄印的事，一定能评上，而一旦羊蹄印的事露馅，不但多尔玛评不上"昆仑卫士"，他也会成为罪人。

一天，李小平巡逻时经过那位牧民的家，进去看了看。那牧民是家里的唯一依靠，他的腿断了，家里没有人挣钱，生活成了问题。不仅如此，因为没有人放羊，家里的羊今天丢一只，明天跑一只，几个月下来只剩下了五只。女主人一咬牙把五只羊都卖掉，换回了能吃到入冬的粮食，但是入冬后怎么办，他们一筹莫展。李小平安慰了几句女主人，默默出门，默默走了。

回到多尔玛边防连，李小平接到通知，供给分部机关要调他去工作，这几天就下山去报到。

当天晚上，李小平做了一个梦，那只羊没有进入梦里，但那串羊蹄印却无比清晰地出现在了梦里，他不愿看见那串羊蹄印，他已经躲避了一年，现在要走了，躲一躲也就过去了。但是那串羊蹄印却追着他不放，他走到哪里，那串羊蹄印就在哪里出现，好像只要他的双脚踏在地上，只要他有影子，那串羊蹄印就会咬死他不放。他惊恐慌乱，从边界线往回跑，跑了一会儿，他以为甩掉了那串羊蹄印，但低头一看，还在。他垂头丧气地说，都这么长时间了，你就放过我吧！但是没有用，那串羊蹄印像钉在他脚边一样，始终都在。他很着急，也很恐惧，我要走了，难道你要跟着我回去吗？这时刮来一场风，不大，却很冷，他被冻得瑟瑟发抖。这一发抖，他醒了过来，发现自己没有盖被子，是被冻醒的。

第二天，连里会餐，为李小平送行。

大家在一起待了好几年，现在要分开了，便纷纷举杯喝酒，互道珍重。在昆仑山上这一别，可能再也不会见面，所以这一刻很揪心,几年的艰苦、忍耐、得失和无奈,都一一涌上心头,让老兵声音哽咽,新兵默默无语。于是,所有的话便都在酒杯中,说不出来就一杯又一杯地喝,不知不觉就喝多了。

李小平起初不喝,他总觉得那只羊,还有那串羊蹄印在他眼前晃动,好像与他之间的关系永远都不会结束,他走的时候,会尾随在他身后,不论他走到哪里,都会死死跟着他。所以,他的心情与别人不一样,酒也就喝不下。

后来,于公社过来给李小平敬酒,他喝了一杯。李小平没想到一杯酒下肚,心里居然舒服了很多。原来酒可以消愁,他一阵欣喜,别人敬他,他喝。他敬别人,也陪着喝。

李小平一杯一杯喝,不知不觉喝了不少。

那只羊和它的蹄印消失了。

酒让他体内灼热,那只羊和它的蹄印带来的是阴影,经常让他觉得冷,现在好了,他轻松了,觉得自己终于可以毫无牵挂地离开了。

肖凡来给李小平敬酒,李小平已经喝不下了,但连长敬的酒不能不喝,他端起杯子一饮而尽。

肖凡对李小平说:"你和丁一龙去巡逻时喝了自己的尿,真是让你们吃苦了。"

肖凡这样一说,那只羊和那串蹄印,一下子涌到了李小平眼前。他握着酒杯的手一抖,酒杯差一点掉。他握紧酒杯,突然想对肖凡说出实情,但肖凡拍了拍他的肩膀说:"咱们在昆仑山上当兵的人,在离开的时候,不论是好事,还是不好的事情,都要装一肚子,否则就在昆仑山上白待了。"

李小平到了嘴边的话,一犹豫咽了下去。

肖凡问李小平:"还有没有什么需要我帮你解决的?"

李小平说:"没有。"说完,他心里一阵难受。

肖凡要去给别的复员老兵敬酒,李小平突然叫了一声:"连长……"

肖凡回过头:"你有事要说吗?"

李小平憋了一点儿,说:"连长,我敬你一杯酒。"说完,没等连长过来碰杯,就举起杯子喝了。

肖凡也喝了,去了别处。

李小平觉得那杯酒很苦,也很辣,喝下后就醉了。

李小平一夜醉得不省人事,醒来已是第二天早晨,到了真正离开的时候。出了连队大门,李小平的双眼中涌出了泪水。不过这时候所有人眼中都有泪水,没有人注意到李小平有什么异常。

战友们送他们,其他人都回头挥手告别,只有李小平没有回头。大家都注意到了李小平的举止,但他没有回头,看不到他的表情,不知道他是怎样想的。

几天后的一个早晨,还不到起床时间,战士们突然被惊醒,待侧耳一听,外面传来模模糊糊的叫声。是什么,这么早就在外面叫?大家想起前不久的那只鸟叫,还有牧民至今也没有找到的那只羊,便想,莫不是那只羊越界东跑西跑,又跑了回来?他们想听听,借以判断出那叫声是羊发出的,还是别的动物。那叫声却再也没有响起,像是有一只手突然伸过来,就捂住了发出声音的嘴。为什么只模模糊糊叫了一声,又是什么及时制止住了那叫声?

战士们起床出门,看见李小平牵着一只羊,站在连队门口。

21

李小平走后不久,丁一龙上山回到了多尔玛边防连,也就听说了李小平的事。李小平把那只羊交给连队,连队转交给了那牧民的家人。李小平早就有了给那牧民赔羊的想法,但多尔玛买不到羊,他到乡上后买了一只羊,连夜送到连队,交接完后又返回乡上。直至踏上下山的路途,李小平才意识到自己真的要离开了。他想对着多尔玛边防连所在的方向敬一个军礼,却觉得右胳膊很沉重,没有力气举起。他的胳膊软软地垂下,眼泪落了下去。

丁一龙对肖凡说:"连长,我在这件事上有责任,当时是我带的队,而且李小平把事情如实告诉了我,但我没有向连长汇报。"

肖凡问:"你为什么没有汇报?"

丁一龙说:"当时还不知道是对方国的羊越界了,我和李小平都觉得会背处分,所以产生了隐瞒心理,觉得少报一个,处置就会轻一点。后来我们二人因为饥饿而头昏脑涨,回到连队就躺倒了。等到清醒过来,连里已经把情况上报了。我不知道李小平是怎么想的,我当时的想法是如果把那只羊蹄印的事隐瞒下去,连队在评'昆仑卫士'这件事上,就不会担责任,所以就没有说。我错了,给我怎样的处分,我都接受。"

肖凡很生气,他万万没有想到,一只羊的蹄印,居然隐藏着这么多的内幕。那位牧民的腿已经断了,那只羊也不可能再找到,一切都已无法挽回。因为这件事,肖凡也会受到影响,轻则外分,重则免职。

肖凡很快又向上级报了一次情况,处分很快下来了,肖凡被记过一次,丁一龙严重警告,至于工作则没有受影响,正常进行。

连里弥漫着一股消极的气氛,人人脸上都挂着不自然的神情。发生了这样的事。评"昆仑卫士"的事没有指望了,大家都很失落。这件事都怪丁一龙和李小平,本来已经起火了,他们二人不但不去扑灭,反而拿连队去捂,这一捂不但没捂住,反而让连队也引火上身,落了个声名扫地的结局。

肖凡在一天中午开饭前,做了一次动员。他说:"咱们守边防的人,哪怕吹过一阵风,飘过一片树叶,飞过一只鸟,都要小心观察,弄清楚它的去向,看到它的结果。但是我们却忽略了一只羊在边界线上的蹄印。不,不是忽略,而是隐瞒不报,导致这件事直到现在也没有结果。在这件事上,我首先要负责任,我平时没有把丁一龙和李小平教育好,才出了这样的事。"

队伍中的丁一龙垂着头,呼吸粗重,身体晃了几下。

那顿饭,丁一龙没有吃。事情真相暴露后,他觉得自己孤立无援,已站在了连队的对立面。不,也不是对立面,而是孤立成了一个人,再也没有脸面和战友们站在一起,再也没有资格是多尔玛的一员, 也不是汽车营的一员。再过几个月就下山回汽车营了,别人都会为这次换防而自豪,只有他抬不起头,从此在耻辱的旋涡中沉浮,不知什么时候才能解脱。

第二天,连里要派出一个巡逻队出去巡逻。这几个月,巡逻一直在持续。只要昆仑山在,只要边界在,边防军人的巡逻就会持续。

丁一龙提出让他带队,肖凡同意了。其实这次巡逻除了到达必须要到达的点位外,还有另一个任务,是去寻找那只羊的下落,哪怕它已经变成一堆骨头,或者在狼口之下只剩下皮毛,也一定要找到,因为只有那样才能确定它是否越界。

这是必须完成的任务,也是弥补过失的唯一办法。

丁一龙在起初担心肖凡不会让他去,但是现在看来,这一趟巡逻少了他不行,他也就放心了。

巡逻队很快就出发了。

必须要到达的点位,还是丁一龙和李小平去过的那个地方。丁一龙想起上次因为缺水喝了尿,便叮咛大家多带一些水。想起上次喝尿,丁一龙心里便越加复杂,在昆仑山这样的地方,连尿都喝了,却未必能被评上"昆仑卫士"。怪就怪他和李小平隐瞒了那串羊蹄印,把一件小事酿成了大错。李小平已经下山了,而丁一龙则陷入这个旋涡中心,似乎能挣扎出走,又似乎在迅速下坠。不管怎样,事情还没有结果,只要拿出真诚,就一定会水落石出。

上路后很快就走远了,没有人回头,因为这样的巡逻每个月有两三次,大家都已经习以为常。但丁一龙回头看了一眼,连队变小了,那几座房子甚至有些模糊。他转身继续往前走,连队在身后越来越远,也越来越模糊。

他们走的仍是通向边界线的路。上次走在这条路上时,羊群越界的事还没有结果,丁一龙心上像压着石头。现在,羊群越界的事有了结果,丁一龙心上仍然压着石头,而且比上次还沉重。他想,不能躲事情,你如果想躲过一件事,它反而会缠着你,让你无处躲藏,直到最后变成大石头,把你压垮。

丁一龙下意识地耸了耸肩,似乎要扛住什么,又似乎什么也扛不住。他向远处看了一眼,想判断边界线还有多远,但是太远了,什么也看不出来。"看不出来"是边防连战士的习惯用语,经常用于对巡逻远近的判断。丁一龙希望在半路能看到那只羊的踪迹,最远也要在边界线这边,如果在边界线那边,就是越界,麻烦就大了。不过,他不抱任何希望,时间已经过去了好几个月,那只羊怎么还能够在野外活着呢?即便是死了,也早已被别的动物吞吃得干干净净,不可能留下什么。但是还得继续找,哪怕这一趟空无所获,也要找上一遍,否则无法给上面上报情况。

丁一龙这样想着,脚步快了一些。

其实大家都走得不快,缺氧和高山反应在折磨着他们,走快了,痛苦就会加重,等于自己折磨自己。

丁一龙心急,很快与大家拉开了距离。

一位战士在丁一龙身后叫:"丁班长,你走这么快干什么,不怕高山反应吗？"他的声音有些颤，听得出仅仅说了这句话就开始气喘。

丁一龙放慢了脚步。

是啊，急什么呢？这么远的路，一时半会儿又到不了，走这么快，不一会儿就会被累得趴下。其实，丁一龙想尽快赶到边界线，如果有羊蹄印，就能判断出它是否越界；如果没有羊蹄印，也就没有了结果。事情虽然没有了结果，但他必须承担后果，因为李小平在当时看见羊蹄印了，这个事实不容改变。

丁一龙停下来等后面的人，他是班长，要注意维护次序，给大家带好头。

他无意间往远处一看，吃了一惊。天很晴朗，但不远处有灰蒙蒙的迷雾，在慢慢向这边移动。不会是沙尘暴吧？他盯着那迷雾细看，那层灰蒙蒙的形状，从远处看以为是迷雾，但到了跟前就变成了沙尘暴。他曾遇到过这样的情景，所以对此坚信不疑。

丁一龙越看越紧张。

战友们都跟了上来，也都看见了那灰蒙蒙的迷雾。一位战士疑惑地说："昆仑山上一年也就刮一次沙尘暴，怎么就让我们给遇上了？"

另一位战士也疑惑地说："往年都是六月刮沙尘暴，今年怎么提前了？"

丁一龙一阵迷茫，沙尘暴一刮，羊蹄印就更不好找了。本来羊蹄印的事就像被遮在雾中，倏忽一闪似乎要变得清晰，但风一吹雾一动就又模糊了。现在，则是比雾厉害百倍的沙尘暴，羊蹄印陷进去，不知会不会被吞噬，会不会彻底消失？

一位战士说："要不我们返回连队吧，沙尘暴一来，什么也看不见，巡逻也就没有意义了，而且还会有危险，等沙尘暴过了再出来巡逻也不迟。"以前有过这样的事，遇到沙尘暴，战士们就及时撤回,这位战士的提议不无道理。

大家都看着丁一龙,等他拿主意。丁一龙说:"你们先回,我在这儿等一会儿,如果沙尘暴不会刮到这边来,过一会儿我回去叫你们。"

大家劝丁一龙一起回。丁一龙决心已定,以班长的名义命令大家返回,大家便一脸疑惑,转身走了。

四周安静了下来。

丁一龙看了一眼脚边的影子,苦笑了一下说:"从现在开始,除了影子,再也没有什么能陪伴我了。"说完,他又看了一眼远处,那层灰蒙蒙的迷雾变得厚重了,刚才还能看见的山冈,已被遮蔽得不见了影子。而且它向这边弥漫的速度也加快了,好像刚才的它是一只蛰伏的豹子,现在要一跃而起,向这边猛扑过来。

丁一龙的脚步颤了一下。他要和沙尘暴赛跑,在它到达之前,先赶到边界线跟前去,哪怕只看一眼,也就知道了羊蹄印的去向。这样的跑无比重要,就像羊蹄印在前面飞,他在后面追,追上一把抓住,就扭转了局面,追不上抓不住,就只有认命。

丁一龙加快步子向前跑去。其实在昆仑山上不能快速奔跑,否则会因为缺氧和高山反应发生危险。丁一龙当然知道其中的利害,但他要跑,他觉得他能跑到边界线跟前去,至于沙尘暴,他也觉得能把它甩在身后。丁一龙边跑边看那道沙尘暴,它似乎在动,又似乎不动。他喃喃自语:"你最好不动,那样的话我就能跑到你的前面去。"说完,他又苦笑了一下,沙尘暴又没有耳朵,它能听见你说话吗?

他跑得太快,气喘得很厉害,不得不停下休息。

远处的沙尘暴似乎仍然不动。丁一龙又喃喃自语:"我已经甩开你一段距离了。"不过他觉得还是不要对沙尘暴说话,万一它听到了,或者感觉到了,一发脾气猛烈扑过来,自己刚才的奔跑就白费了。

歇了一会儿,丁一龙又往前跑。他边跑边想,自己刚才的想法都不对,沙尘暴一定在移动,只不过因为昆仑山太宽阔,自己感觉不到它的移动罢了。至于自己对它说的话,还有猜测它能否听见,纯粹是一个人在孤寂中的无聊反应。不能这样,要集中精力往前跑,不管沙尘暴来不来,都要跑到边界线跟前去。

心静下来了,就跑得从容了很多。

其实丁一龙一直在喘气,头也有些疼。但他能扛住,所以心里是轻松的。在昆仑山上,只要人的心里是轻松的,再大的苦也能吃,再难的事也能做。

丁一龙正跑着,突然脚下一滑摔倒。是一块石头绊了他一下,让他摔了一个跟头。他爬起来,解下水壶喝了一口水。喝完才发现,这个地方就是他和李小平喝过尿的地方。照这样说,他离边界线还很远,不知道有没有力气跑到边界线跟前去?他又喝了一口水,站起来往前走。刚才把腿摔疼了,他只能慢慢走。

那次,他在喝尿之前一直想向连长如实汇报,但喝过尿之后,他觉得身上加剧了重负,好像自己在昆仑山待了十几年,一下子会变得什么也没有。他想了很多,但那种感觉在他心里搅起的恐惧和惶惑,像洪水一样冲毁了他的挣扎。他揉了一下疼痛的额头,又努力把口腔中的咸涩味道吐出,就彻底没有了说出的勇气。回到连队得知是对方国的羊群越界后,他一下子释然了,觉得自己像泅渡的人,终于爬上了岸。于是,他就保持了沉默。

下山回到供给分部后,他才知道宁卉玲为了成全一位副连长的婚事,把房子让了出去,现在的家是一间平房。不过平房归平房,面积有四十多平方米,足以凑合住下去。他同意宁卉玲的选择,他到年底就满十二年转业了,到时候要把房子退给部队,而宁卉玲所作所为,无非提前几个月把房子退了而已。他给妻子宁卉玲说起在山上巡逻时喝尿的事,宁卉玲什么也没有说,只是用复杂的眼神看着他,然后就哭了。他知道妻子当时的心里,一定搅动着与他喝尿一样的恐惧和惶惑,她也在承认和隐瞒的旋涡中挣扎,但私心在最终像洪水一样冲毁了她的内心。在山下的几个月,宁卉玲一直躲避着不提这件事,以至于他们之间很少说话。宁卉玲比丁一龙更迫切,也更清楚丁一龙再熬一年就会转业,如果他出个什么意外,还能不能顺利下山,能不能回到她身边?比起丁一龙的忧愁,她更多的是害怕。临走的那天,她给丁一龙收拾衣服,手一抖,衣服便掉在了地上。那一刻,她的眼泪下来了。而丁一龙觉得被什么刺了一下,心就收紧了。上山的路上,丁一龙一路沉默,直到看到多尔玛边防连的那一刻,他才意识到自己是昆仑山的兵,应该把实情告知连长。但是他没有想到,事情已经昭然若揭,他没有了坦白的机会。回到班里,他提在手里的包掉了,那里面装着妻子给他准备的衣服,在山下曾经掉落到了地上,现在又掉了一次。丁一龙把包捡起,心里一阵酸。

　　现在在巡逻路上,丁一龙心里仍然一阵酸。不过他的脚步没有停,尤其是脚步一快,就把心里的那股酸压了下去。

　　突然,一阵巨响像一块石头一样砸了过来。丁一龙一愣,以为自己又摔倒了,那巨响并不是石头砸过来的声音,而是像自己摔倒后,把自己的身体摔出的声音。但是身上一点也不痛,自己并没有摔倒,那声音是从哪儿发出的呢?头晕和胸闷越来越强烈,丁一龙这才知道自己又高山反应了,所以才产生了这样的错觉。

　　光线一下子暗了下来,先是远处的雪山模糊了,接着脚下的沙子和石砾也变得朦朦胧胧,像是要飞升上天,又好像要陷入地底下去。不仅如此,像石头一样砸过来的声音,陡然大了起来,他的耳朵一阵生疼。

怎么啦？

丁一龙的头更晕，胸更闷。他想看清是怎么回事，最后的一丝光亮闪了一下，在迅猛旋转而来的黑暗中不见了。

巨大的黑暗像一张嘴，吞没了一切。

丁一龙明白了，沙尘暴来了。这个意识仅仅在脑子里一闪，他就觉得自己被什么一击，浑身先是一阵剧痛，然后又软弱无力，什么也不知道了。

沙尘暴像一只摇头摆尾的巨兽，在近处看不到它在动，但是在远处看，就会看见它在迅速移动。它看上去像一张大嘴，把所到之处一口吞没，然后又往前窜动。

丁一龙被卷到一个沟渠边，碰到一块石头停了下来，也醒了过来。眼前是黑暗，什么也看不见。先前像石头砸的声音，这时候变成了吼叫，好像有一个大嗓门贴着他的耳朵，不把他吼聋不罢休。

人在沙尘暴中，耳朵会被弄聋，眼睛会被弄瞎。最可怕的是，一不小心就会被裹入死亡深渊，再无生还机会。

虽然情况危急，但丁一龙的意识很清醒，他知道在沙尘暴中要待在一个地方，最好用衣服捂住头，以免沙子进入眼睛和鼻孔。他摸到一块石头，心中一喜，沙尘暴再厉害，也不至于把石头也吹走吧？他脱下上衣捂住头，然后抱着石头挨时间。

有沙子落在身上，一阵怵然感，但不痛。丁一龙一动不动，任凭沙尘暴弥漫，只要沙尘暴刮不走他，别的都不怕。但是很快就有一块石头砸在了他腿上，一阵钻心的痛。他忍不住叫了一声。但他只是低声叫，加之又用衣服捂着头，那叫声只在他嘴里呜噜了几声，并未传出。他苦笑了一下，这么大的沙尘暴，哪怕自己叫得再大声，又有什么用呢？除了他，沙尘暴中不会有人，更不会有人来救他。

沙子一直往身上落着,丁一龙想爬起来往外走,但只是这样想,手却不愿意松开石头。如果松开,随时会被沙尘暴刮走。丁一龙记得有一位战士遇上沙尘暴,他因为害怕,便拼命往前跑,结果却迷了路,被沙尘暴裹了进去,等到战友们找到他时,他满口沙子,几乎已经窒息。他被救下来后,只要听到沙尘暴三个字,浑身忍不住发抖。人抗不过沙尘暴,也躲不过沙尘暴,除了忍受,没有别的办法。

丁一龙深知此道理,所以他用手抓着石头,不敢松开。一旦松开,他就会变得比一根草还轻,任何一阵风都能把他吹走。

突然,丁一龙觉得身上重了。

是沙子在身上落了一层吗?

又一股沙尘暴刮来,丁一龙身上轻了。他一阵欣喜,沙尘暴能把沙子刮到自己身上,就同样能够刮走。但是又有一股沙尘暴刮了过来,他身上一下子被压上了什么,而且还一阵生疼。他一惊,沙尘暴能把石头刮得飘飞,自己可能被石头砸中了。他动了动腿,不疼,但很重。是多大的石头砸中了自己,居然如此沉重?他想伸手去摸摸,但是不敢松开石头。身上越来越沉,压得他喘不过气。他的头也疼起来,间或还夹杂着眩晕。他觉得自己好像在下陷,虽然他断定趴伏的地方很瓷实,但是好像裂开了一个无形的口子,他在一点一点陷入,要沉入巨大的黑暗中去。

他想抓紧石头,只要手不松开,就不会有事。但是他脑子里的意识越来越模糊,身体也越来越软,终于手一松,放开了那块石头。

蒙在头上的衣服飘飞而去。

他看见昏暗中有沙子在飞,飞着飞着,就幻化出了妻子宁卉玲的身影。卉玲……他叫了一声,妻子好像听见了他的叫声,回过头对着他笑了一下。他看出了妻子的意思,她用只有他们二人习惯的方式在问他,那只羊找到了吗?你一定要找到那只羊,不光对连队,也对你自己有一个交代。他想伸出手去拉住妻子,告诉她这么大的沙尘暴,是很危险的,你赶紧离开。

但是又一股沙尘暴刮来,妻子的微笑一闪便不见了。

他伸出的手软软地落下。

很快,他全身都软了。

最后,他仍然想弄明白,砸在身上的是怎样的一块石头,一点也不疼,却让他一下子就软成了这样,连叫一声妻子名字的力气也没有了。沙尘暴刮来刮去,闪出一团暗影,重重地裹过来,他便什么也不知道了。

第二天,沙尘暴停了。

连队的战士们找到了丁一龙的尸体。他紧紧抱着一副羊的尸骨,双手几乎抠进了骨头中。战士们用了很大力气,才把他的手指掰开。掰开后,他的手指头发出几声脆响,好像是他说了一句什么话。

大家想,丁一龙在沙尘暴中发现了那副羊的尸骨,并断定是那位牧民的那只羊,经过这么长时间,只剩下了一副尸骨。他一定很高兴,羊的尸骨在这儿,说明那只羊在当时并没有越界。

那一刻,他释然了。

然后,他在肆虐的沙尘暴中,紧紧抱着羊的尸骨,再也没有松开。

22

李小平下山后,看见"零公里"路边的那家拌面馆,便走了进去。昆仑山上的兵,上山或者下山,都要在这家饭馆吃一盘拌面。山上缺少蔬菜,长年只有土豆、萝卜和白菜老三样,很难做出可口的拌面,所以军人们在上山时吃一次拌面,直到几个月或一年后下山,才能又吃上一次。

饭馆里的光线有些昏暗,李小平揉了揉眼睛,适应了过来。但他发觉自己的手上有湿意,遂反应过来,他的眼睛在刚才又湿了。他又揉了一下眼睛,向靠窗的一个位置走去。他的眼睛又一阵湿,他这次没有去揉,只是用手去擦了擦,就坐下了。

今天早上,李小平听到了丁一龙死亡的消息。

李小平虽然不让自己哭,但眼睛却像储满了水的湖泊,一次又一次地往外涌,就把眼睛湿了。

窗户上透进的光,在餐桌上弥漫开一团光亮,好像要把暗影压下去,又好像要被暗影淹没。天气变化得快,窗户上的光很快就暗了,饭馆里也随即变得昏暗。服务员向李小平走来,模糊的暗影把他裹了进去,李小平恍惚把他看成是班长丁一龙,又好像是连长肖凡。待他走近,才发现是服务员。

服务员看了一眼李小平,问:"吃饭吗?"

李小平皱了皱眉头:"不吃饭来干什么?"

服务员也皱了一下眉头:"今天不营业。"说着一摊手,意思是让李小平看看,店里没有一个吃饭的人。

那就不吃了,李小平准备起身离去,却隐隐听见后堂有女人的哭声。这时,从后堂走来一人,看见李小平穿着一身军装,便问:"我是这个饭馆的老板,请问你有什么要求?"

李小平听见后堂的哭声仍在持续,便说:"既然你们不营业,我就不打扰了。"

饭馆老板扭头向后堂看了一眼,像是要掩饰什么似的苦笑一下,对李小平说:"既然来了,想吃什么就说吧,我们这儿什么都有。"

李小平想说要吃拌面,后面又传来哭声,便犹豫着没有开口。

饭馆老板急于掩饰从后面传来的哭声,便说:"说吧,不要客气。"

一直站在一旁的服务员有眼色,见老板对李小平如此客气,便把菜单递给李小平。

饭馆老板问李小平:"你是从昆仑山下来的吧?"

李小平点头称是。

后面的哭声好像一下子大了起来。

李小平问饭馆老板:"后面有人哭得很伤心,我在这儿吃饭,会不会不合适?"丁一龙的死亡之事,还像洪水一样拥挤在他心头,只要忍不住,就会排山倒海般地哭出来。所以,这会儿听到有人哭,他心里一阵难受,也想哭。

饭馆老板摇摇头,说:"不影响……"他还想说什么,但一时说不出来,便沉默了。

李小平对服务员说:"太暗了,能不能开一下灯?"

服务员说:"就你一个人,开灯太费电。"

饭馆老板扭头对服务员说:"把灯打开。"

服务员有些疑惑,还是打开了灯,然后指着菜单对李小平说:"吃什么?请在这上面点。"

饭馆老板去了后面,门打开时,后堂的哭声陡然大起来,门关上后,那哭声又小了下去。

李小平看见饭馆老板进门后,迅速关上了门,所以那哭声不是又小了下去,而是被关上的门隔断,只传出很小的声音。

李小平不好再看,也不好说什么,便拿过菜单点菜。他对别的菜不看,只看拌面那一栏。这是一家以拌面为主的饭馆,有西红柿炒鸡蛋拌面、蘑菇肉拌面、茄子肉拌面、羊肉皮芽子拌面、韭菜肉拌面、白菜肉拌面、土豆丝拌面、蒜薹拌面、豆角肉拌面、辣皮子拌面、过油肉拌面、辣子鸡拌面、毛芹肉拌面、辣子肉拌面、椒麻鸡拌面、大盘鸡拌面、酸菜拌面，等等，即使连续一周在这儿吃拌面，拌菜也不会重复。拌面，也就是新疆人常说的拉条子。如果细分的话，拉条子则应该专指抻出的面，不包括另外炒出要拌入拉条子的拌菜。如果把拌面都叫拉条子，那么就会让刀削拌面、手擀拌面、挂面拌面混淆不清。拉条子的做法多年不变，一直是把抻好的面煮熟盛入盘子，拌上菜就可以吃了。服务员上拉条子之前，便已上了拌菜。拌菜是用小碗装的，大多是满满的一碗，食客将拌菜倒在拉条子上，用筷子来回拌数次，菜汁浸入面中，就可以吃了。吃拌面须用盘子，否则会因为不易搅拌显得不方便。也有餐厅用碗盛拌面，但必须是那种敞口的大碗，使用舒适度与盘子别无二致。以前的新疆人吃拌面，有"大半斤"或"小半斤"之分。饭馆的拉条子每盘大约半斤，食客的饭量大就来一份"大半斤"，饭量小则来一份"小半斤"，二者仅在多少上有区别，拌菜始终都一样。食客根据口味喜好，可要求煮熟的拉条子过水或不过水，不过水者是"然窝子"面，吃然窝子面需要快速将拌菜拌入拉条子中，若慢了会使面黏在一起。新疆人将"黏"称之为"然"，黏在一起便说成是然在一起。然窝子面的优点是保持面的柔软，吃起来舒适。另一种用水过一下的拉条子则叫"过水面"，其特点是经凉水浸一下后变得劲道、柔滑和细腻，吃起来口感颇为舒爽。过水面的水很重要，有的人直接用自然生水，肠胃不好的人吃了会有麻烦，正宗的过面水是将水烧开放凉，然后过面便无碍。

　　李小平点了三份过油肉拌面。

　　服务员都有诧异："我们的拌面分量足，一个人点一份就可以了，如果面不够，可以免费加面。"

　　李小平知道在新疆吃拌面可以免费加面，此为从托克逊县延伸的传统。托克逊是去南疆的必经之地,南来北往者大多是开车的司机,为了让他们吃好后有精神跑长途,饭馆老板便为他们免费加面,久而久之在整个新疆形成加面的传统。但是他心意已决,便对服务员说:"就点三份,麻烦你们上吧。"

服务员一脸疑惑地去了后堂,他见过加面加三份的,没见过一个人一下要吃三份拌面,这个解放军真能吃。

后堂的哭声一直没有停。

饭馆老板从后堂出来,在李小平对面坐下,问李小平:"你点了三份一样的拌面?"

李小平点头称是。

饭馆老板说:"能理解,而且这样的事不少。有一个战士从昆仑山下来到零公里,让饭馆老板做三份拌面,老板说如果面不够可以免费加面,不必一次点三份。他说不是加不加面的问题,而是太想吃拌面了,哪怕一份只吃几口也要来三份。于是老板给他上了辣皮子肉、土豆丝和过油肉三份拌面,他逐一品尝,面露欣喜之色。"

李小平笑笑说:"这件事我听说过。"

饭馆老板脸上浮出吃惊的神色:"你听谁说的?"

李小平说:"这件事我听丁一龙说过,他是我的班长。"

后堂的哭声一下子又大了起来。

饭馆老板的神色陡然变了,他想说什么却忍住,回头向后面看了一眼,转身向那扇门走去。那门很快被他打开,又很快被他关上,里面的哭声在门打开和关上的短短时间里,像飞高的鸟儿,突然发出一声鸣叫后,又落了下去。

李小平不知道后堂的女人为何哭泣,便默默坐着等拌面上来。外面越加昏暗了,饭馆里虽然灯光明亮,但还是有些昏暗。那女人的哭声一直在持续,间或大起来,还夹杂着啜泣。但很快就又小下去,只传来低低的呜咽。李小平想,可能是饭馆老板在劝那女人,她被劝住了,哭声就小了,但过一会儿悲从中来,就又哭了起来。

拌面还没有上来,李小平想,后堂一定乱了套,可能顾不上给他做拌面。他想起身离开,又觉得饭馆老板是好人,不好意思就这样离开。于是他默默坐着等,哪怕后堂真的顾不上给他做拌面,老板一定会给他说一声,那时候再走,不伤情面。

过了一会儿,饭馆老板出来了。那门一开一合,没有再传出那女人的哭声。饭馆老板走到李小平跟前说:"拌面稍慢一点,麻烦你再等等。"

李小平点点头,示意饭馆老板坐。

饭馆老板坐下说:"前面说的那个一下子点了三份拌面的战士,就是我。"

李小平一愣:"你也当过兵?"

老板说:"当过,而且也在昆仑山上。"

李小平一笑,起身和老板握了一下手。他觉得很多事情一下子近了,又好像一下子远了。近了,是因为遇上了在昆仑山上当过兵的战友;远了,是因为很多事情已成为往事。

老板说:"在昆仑山上当兵的人,不管是上山,还是下山来吃拌面,我都很高兴。"

李小平说:"你这个饭馆,就是专门为昆仑山上当兵的人开的。"在这样的位置开饭馆,生意一定会受影响,但这位老板却一直坚持了下来,其目的不是为了挣钱,而是为了给上山下山的军人提供方便。

老板说:"我复员以后,先是在这个饭馆打工,后来就把这个饭馆盘了下来。你说对了,我就是为了让昆仑山上当兵的人来吃拌面。"

李小平有些好奇："你为什么这样做呢？"

老板说："有一年上昆仑山前，我和一位战友来这个饭馆吃拌面，吃完后相约，下山后一起来这个饭馆再吃一次拌面。但是他在昆仑山上因为感冒引起肺水肿，没有得到及时医治便死了，我下山一个人到这个饭馆要了两份拌面，一份是我的，一份是他的。但我难受得吃不下去，最后把两份拌面都剩在了桌上。"说完，他沉默了。

李小平不知道该说什么，这样的事在昆仑山上有很多，诉说者往往是亲身经历者，而聆听的人也常常犹如身临其境，听着听着眼泪就会下来，然后所有人都说不出话。

拌面终于端了上来。

李小平看见服务员端拌面上来时，那门是从里面打开的，等他出来，那门从里面关上了。李小平没有听到那女人的哭声，可能她在开门关门，没顾上哭。

三盘拌面摆在李小平面前，他却不动筷子。

饭馆老板说："吃吧。"

李小平却还是不动筷子。

饭馆老板的神情变得复杂起来："都等了这么长时间，你赶紧吃吧。"

李小平沉默了一会儿，低声说："我只吃一盘。"

饭馆老板看了一眼李小平，起身去拿了两双筷子，说："我明白你的意思了。"说着，把两双筷子递给李小平，让他摆放。

李小平给自己留了一盘拌面，把那两双筷子摆放在另外两盘拌面上。

饭馆老板又看了一眼李小平，问："这两盘拌面，是为死去的战友要的吧？"

李小平点头称是。

饭馆老板说:"那就为他们说点什么吧。"

李小平却说不出话,憋了半天才说:"第一个战友是田一禾,我们最好的排长。排长,你用通信的方式,和对象马静谈了两年恋爱,却连面也没有见上一次。如果那次不出事该多好啊,你就可以下山见到马静。但是你为了走到一号达坂跟前,付出了自己的生命。排长,你放心,一号达坂永远耸立在昆仑山上,以后会有很多人爬上去,把界碑上的'中国'二字描红,让它们永远鲜红。"说完,李小平已泣不成声。

饭馆老板的眼睛湿了,他揉了一下眼睛问李小平:"你要念叨的第二个战友是谁?"

李小平已经有了哭腔,他清了清嗓子说:"第二个战友是丁一龙,他是我的班长。班长,你在最后终于找到了那只羊,虽然它只剩下一具尸骨,但证明它没有越界。但你却为此付出了生命代价,在沙尘暴中死了。现在,我给你要了一盘拌面,我陪你一起吃,你吃饱了在另一个世界好生安息。"

饭馆老板的眼泪涌了出来。

李小平对饭馆老板说:"对不起,影响到你了。"

饭馆老板摇摇头,用手去擦眼泪。

李小平的眼泪也涌了出来,但他不去擦眼泪,而是拿起筷子吃了一口拌面,边吃边呜咽:"田一禾排长、丁一龙班长,我们一起吃这顿拌面。"

饭馆老板默默把两双筷子拿起,每盘拌面上插一双,然后对李小平说:"给去世的人祭奠饭菜,要把筷子插在上面,他们吃起来方便。"

李小平点头,眼泪落了下来。李小平很快吃完了拌面,因为一边吃一边在流泪,他没有吃出什么滋味。但这盘拌面必须得吃,因为他是陪着田一禾和丁一龙在吃,他吃完了,等于与田一禾、丁一龙一起吃了一顿拌面。

后堂又传来那女人的哭声。

李小平和饭馆老板虽然没有哭,但都在流泪。

饭馆老板用手去擦眼泪,对着其中一盘拌面说:"丁一龙,你有这么好的战友,你就在另一个世界安息吧。"

李小平问饭馆老板:"你认识丁一龙?"

饭馆老板说:"丁一龙是我儿子,我是他爸爸。"

李小平一愣,随即眼泪又涌了出来。不用问,一直在后堂哭的女人,是丁一龙的母亲。

后堂的哭声陡然大起来。

23

昆仑山的雪,不会落到山下,但昆仑山的风会刮到山下,把山上的事也带到山下。李小平到供给分部后,很快就得知,丁一龙的妻子宁卉玲还不知道丁一龙死亡的事,她只是为丁一龙还没有下山而着急,便去问丁一龙的战友,我们家丁一龙为什么没有下山,他接受了任务吗?不知道详情的人摇头。知道详情的人,不忍心把悲惨的消息说出,但他们的眼睛很快就湿了。

宁卉玲看见丁一龙最要好的一位战友,心想他一定知道丁一龙的情况,便去问那战友。她还没有走到那战友跟前,那战友用不自然的眼神看着她,她走得越近,那战友越不自然。最后,那战友借故去和别人说话,躲开了宁卉玲。

李小平想,我不能躲着宁卉玲,不能让她再在心里抱什么幻想,哪怕现实是沉重的大石头,最好让它落到地上,那样才不会让宁卉玲一直担心。

有人对李小平说,那战友应该把实情告知宁卉玲,而不应该借故躲开宁卉玲,他那样离去,宁卉玲便知道发生了什么。但宁卉玲一定不相信,也不愿接受丁一龙已经死了。她知道李小平已经下山,便在人群中寻找李小平,却连李小平的影子也没有。李小平没有成家,以往和丁一龙下山后,都要到丁一龙家吃顿饭,这次为什么一反常态,连面也不见?她在绝望的边缘挣扎,唯一的幻想是丁一龙去执行任务了,过几天才能下山。但是她知道部队都是统一行动,怎么会因为丁一龙想干什么,就让他单独行动呢?何况是下昆仑山,把一个人放在半路上,白天没吃没喝,晚上没有睡觉的地方,与白白送命有什么两样?再说了,但凡下昆仑山的人,家中的妻儿都在苦苦等待,谁不想早一点回家呢?

没有人为宁卉玲解惑。

迎接下山队伍的人群散了。

丁一龙那一批兵上昆仑山时,县上群众夹道欢送,锣鼓喧天,唯有为丈夫送行的军嫂们表情凝重,咬紧了嘴唇。换防车队远去,锣鼓声渐熄,军嫂们的脸上都是泪水。从此,她们就开始了漫长的等待。丈夫下山时,会从库地达坂方向回来。供给分部会在两三天前把消息告知家属们,她们早早地把家里收拾干净,准备好丈夫喜欢吃的东西,让丈夫一进门就好好吃一顿。到了丈夫下山到达供给分部的那天,她们早早地抱着孩子,站在供给分部大门外,向库地达坂方向眺望。有时候,车队会很快出现,她们盯着车队渐行渐近,眼里就有了泪水;有时候,车队会推迟到达时间,她们起初还显得坦然,后来就不自然了,双眼紧盯着库地达坂方向,把孩子越抱越紧,如果丈夫回不来,孩子就没有了爸爸,自己就没有了丈夫……她们不敢往下想,有眼泪不敢流,哪怕天黑了也等,一直等到车队出现。

在所有家属中,只有宁卉玲没有等到丈夫。

李小平不知道见了宁卉玲该说什么,尤其是因为他隐瞒了那只羊的蹄印,才导致丁一龙死亡这一点,更是无法开口。起初,他觉得自己对不起丁一龙,现在又觉得无法面对宁卉玲,便快快然向招待所走去。

明天,是去见宁卉玲,还是不见?是把实情说出,还是不说?两种境况让他犹如身陷湍急的河流,一会儿沉下去,觉得应该把实情告知宁卉玲;一会儿又浮上来松了口气,便产生懈怠心理,觉得这事躲一躲就过去了,免得面对宁卉玲悲痛的目光。

往回走时,李小平感觉宁卉玲就在他身后,他回头去看,却什么也没有。但他强烈感觉到,就在他回头的前一瞬,身后有一个影子一闪不见了。是宁卉玲吗?她一定想问问李小军,丁一龙是怎么出事的?也许她已经听说了丁一龙的事,即使没有听说,也能猜个八九不离十,但是她还是想从他这儿得到证实。

李小平心里一阵难受,他既希望宁卉玲来问他,又希望她不来。他是导致丁一龙死亡的人,亦是丁一龙死亡的见证者,只有他的讲述最可靠。但是他心里又涌出担忧,丁一龙的死是一块大石头,到时候砸下来,柔弱的宁卉玲能扛得住吗?还有,如果宁卉玲责怨他,他如何解释,如何承受?

走到招待所门口,李小平本能地又回头看了一眼,身后没有人,却看见了宁卉玲家的那幢楼。宁卉玲家本来住的是楼房,去年一位副连长准备结婚时,因为无房面临未婚妻要告吹,宁卉玲便将房子让出,搬进了这个平房,而且是最顶头的一户。这样的位置,如果宁卉玲在他身后便无处躲藏,他一眼就能看见她。他叹口气,算了,也许宁卉玲考虑到家里只有她一个女人,所以不会出来。

进屋后,李小平不想开灯,想一个人在黑暗中坐一坐,让自己安静下来。如果丁一龙没出事,明天就能回来。他想起平日里丁一龙什么事都抢着干,与他无关的事,也好像与他有关,不把事情干完便不罢休。唉,丁一龙还有一年就干满十二年转业,就会回到宁卉玲身边。照丁一龙的性格,在最后一年不干出一番事业,他不甘心。一只羊的蹄印,却影响了他,改变了他。这是对他一生的影响和改变,那只羊的蹄印像风一样,倏忽一闪跳进了悬崖,他想伸手去抓,没抓住,也就跟着跳了下去。

李小平不知道,丁一龙在上山的前一夜,梦见了那只羊。第二天宁卉玲问丁一龙,丁一龙才说一只羊有可能越界了,丁一龙在当时坚信那只羊没有越界,只不过在边界线附近乱跑,他上昆仑山后要把情况弄清楚。丁一龙走时心急火燎,好像耽误一刻,那只羊就会造成越界的事实。不知那只羊的事在后来弄清楚了没有,反正丁一龙没有写一封信回来,宁卉玲担心那只羊会影响到丁一龙,便一直在不安中等待,终于等到了他下山的日子,他却没有下山,她所有不好的预感,在一刻间似乎都变成了事实。

外面起风了,传来清晰的声响。

李小平以为宁卉玲来了,便准备给宁卉玲开门。事情是瞒不过去的,就不要让宁卉玲再受折磨了,把实情告诉她,让她看清悬在头顶的石头是什么样子,然后她就会在时间中慢慢接受,伤口也就会慢慢愈合。起身后,李小平才发现屋里的灯亮着。哦,刚才进门时,本想在黑暗中坐一会儿,却不料因为走神,不知不觉打开了灯。明亮的灯光让他清醒过来,遂意识到外面只有风声,并不是宁卉玲的脚步声。但他又觉得,一定是宁卉玲来了,她在这时候来,一定要问丁一龙的死亡之事。他打开门,外面没有人。他心里的不祥预感一直没有散去,尤其是宁卉玲的身体不好,真不忍心让她因为丁一龙的事,再承受压力。他侧耳凝听,还是没有人走动的声响,看来宁卉玲并没有来。

李小平便在灯光下坐着,听外面的风声。风刮得很大,树发出"哗哗"的声响,好像有什么要倒塌下去。如果山上也刮这么大的风,战友们该受多大的罪?不过,他们要么在大风天不外出,要么是坐在汽车驾驶室里,风再大也没事。但是大风会影响驾驶员,比如视线不清、道路模糊、山石坠落,等等,都会让行驶变得困难。这样想着,他心里又一阵紧张。

外面传来"叭"的一声响,间或好像还有脚步声。李小平想,可能是树枝被风刮断了,但是又很像脚步的声音,是宁卉玲在外面吗?

李小平走到窗户前往外望,天已经黑了,窗前的树在风中翻卷,甩出一团团黑影。他又往马路上张望,没有人,风还在不停地刮着,发出低沉的声响。

他回到沙发上坐下。眼睛不舒服,他抬头看了一眼客厅的顶灯,并不刺眼。天天都是这样的灯光,今天怎么会如此刺眼呢?他用手揉了一下眼睛,才发现眼睛里有泪水。他又揉了几下,本以为会把泪水揉掉,不料泪水却接连涌了出来,手上湿了一片。

外面的风"呼"的一声又大了。

李小平终于忍受不住,哭了起来。是自己出于私心,隐瞒了那只羊的蹄印,才导致丁一龙不停地去找,陷入沙尘暴丧失了性命。现在他要面对宁卉玲,该不该把这些告诉宁卉玲?告诉了宁卉玲,她会不会原谅我?

哭着哭着,李小平便明白,宁卉玲不会来了。他知道宁卉玲的身体不好,现在出了这样的事,她一定哭得很厉害,起初是哭声颤抖,后来身体也随之颤抖。她不想哭,但是心中一痛,眼泪就下来了,眼泪一下来,身体像被抽走了力气,变得软软的。她的身体不好,加之老是为丁一龙担惊受怕,经常觉得疲惫、困乏,甚至昏眩。本以为熬到丁一龙服役满十二年,两个人就再也不会分开,不料他这次却没有下山,无形的石头一下子压在了她身上,她觉得自己扛不住,身体一软,像是在往一个深渊下坠。

此时的李小平,也觉得自己在往深渊里下坠。

灯光再也不刺眼了,反而变得暗淡起来,屋子里的家具随之模糊起来,像是有一层巨大的暗光在移动,所到之处的物件都被遮蔽了起来。

李小平想,此时的宁卉玲是什么样子呢?他不忍心去想,但还是认定,宁卉玲会觉得脑子里有一个意识,那就是丁一龙已经不在了。这个意识像一个沉坠物,起初慢慢滑动,后来便好像失控了似的,迅速向下跌落。她的意识很清醒,在心里一用劲,就阻止了脑子里的那种滑动,脑子又轻松了。她一天没有吃饭,肚子很饿。她挣扎着站起来,去厨房做了一点饭,吃下后好受了很多。宁卉玲坐到沙发上,灯光又变得明亮起来。她终于明白,不是灯光的原因,而是她慌乱无神,出现了幻觉。浑身舒服,脑子清醒时,灯光就会显得明亮;一旦身体发软,脑子昏眩,视线模糊,灯光就会变得昏暗,让她觉得如同坠进深渊无力自拔。她想,不能这样,要振作起来,万一丁一龙回来,看到我这个样子,会被吓坏的。他在昆仑山上那么辛苦,回到家应该让他放松,而不是担惊受怕。

外面的风一直在刮。风是大风,像一个野兽在持续咆哮,声音一大就把李小平的想象打断,让他回到了现实。

李小平想,这么大的风,宁卉玲怎么会来呢?再说已经这么晚了,招待所只有他一个人,她一定会觉得不方便来。这样一想,他反而觉得没有见宁卉玲并非是坏事,如果他一见她就说出不好的消息,她怎么受得了?

如果宁卉玲真的在这时来了,他就把实情全部告诉她,哪怕她打他骂他,他都能接受。其实,哪怕宁卉玲打他骂他,都是轻的,重的是她无法面对丁一龙牺牲的事实,这汹涌而来的灾难,像是要把宁卉玲吞没。这场灾难在丁一龙身上已经发生了一次,本以为随着丁一龙的死亡,它已经终结,不料它却跟着昆仑山的风,又延伸到了宁卉玲身上,要再次吞没一个柔弱的女人。

外面的风好像更大了,窗户上罩上了黑影。李小平知道,那棵树的影子投在了窗户上,风停了,影子自然也就消失了。

李小平拉上窗帘,风声和黑影都被隔在了外面。他有些困,便决定早一点休息。他躺下后又想,宁卉玲今天在供给分部大门口等了一天,加之又昏眩了几次,已经被折磨得筋疲力尽。她今天晚上应该好好睡一觉,明天……李小平愣了一下,遂下定决心,明天就把全部事情告诉宁卉玲,免得她再遭受折磨。

外面的风好像小了。

李小平又想,刮着这样的风,宁卉玲一定也在凝神听,听着听着风就小了,其实风并没有小,是她又出现了幻觉。丁一龙在三年前曾告诉李小平,宁卉玲的身体不好,经常发软,而且还头晕,这种时候没有人照顾她,她想从沙发上站起来,双腿一定软得用不上力。不但用不上力,身体会更软,头会更晕。她一定会很吃惊,看来先前的头晕和身体发软,并不是饿的,确实是身体出了问题。她不服输,想用力站起来,但是一用力却晕得更厉害。那个深渊好像又移到了她身下,她又有了下坠的感觉。她一阵绝望,自己的身体像飘零的树叶一样,随时都会落入黑暗的深渊。即便丁一龙回来了,自己这个样子,以后如何和他过日子?她想给自己一个答案,但是头晕得很厉害,什么也想不出来。没有答案,就没有希望,她不知该如何改变糟糕的身体状况,更不知如何鼓起生活的勇气。她靠着沙发坐稳,防止自己滑落到地上。家里就她一个人,如果滑落到地上,连拉她一把的人也没有,到最后不知会是什么结果。

李小平睡意全无,好像看着柔弱无力的宁卉玲在受罪,却不能帮她一把。

外面没有了声响。

风停了吗？

李小平想,此时的宁卉玲,怎么样了呢?她会不会想,是不是自己的身体发生了变化,听不见外面的声音？如果真是这样,她在这个夜晚该如何度过?她会不会在半夜彻底晕过去,到了明天早上,风停了,太阳出来了,而她却再也睁不开眼睛,再也不能呼吸,再也不能走路？这样一想,宁卉玲可能会一阵恐惧。一恐惧,她的头会更加眩晕。她觉得有什么撞了一下她的头,脖子软软的,连抬起头的力气也没有。她背靠沙发缓了一会儿,脖子慢慢有了知觉,遂抬起了头。宁卉玲一抬头,会看见墙上的那张丁一龙穿军装的照片。照片是前年拍的,丁一龙的那一瞬定格在照片中,就是现在对着她微笑的丁一龙。她心里一阵欣慰,好像照片中微笑的丁一龙,就是丁一龙本人,在刚才悄悄进了屋,要给他一个惊喜。这样想着,李小平觉得宁卉玲突然就有了力气,会一下子站起来。但是,面前还是照片中的丁一龙。宁卉玲笑了笑,两口子之间的微笑,能给对方力气呢！她向卧室走去,像是微笑的丁一龙在注视她,她走得很慢,费了很大的劲才走进卧室。躺下后,宁卉玲听见外面的风还在刮,间或好像又有人在走动。是丁一龙回来了？这么清晰的声响,除了人走动的脚步声,还有什么会发出？宁卉玲想起来,却浑身无力,爬不起来。她想,如果丁一龙真的回来了,会叫她开门。他是急性子,才不会因为要给她一个意外的惊喜,悄悄进门。他没走到门跟前,就会大声喊叫。但是外面的声响,不是丁一龙回来的脚步声,还是风声。

外面的风声小了,没有了人走动的声音。李小平觉得此时的宁卉玲,一定也听不到风声。

睡吧,明天早点起来,把所有事实告知宁卉玲。李小平喃喃一句,盖上了被子。

他却睡不着。

风刮了这么长时间,也该停了。他觉得风停后,外面就会安静下来,宁卉玲就能入睡,最好一觉睡到天亮,那样对她的身体有好处。

　　明天,一定要把实情告知宁卉玲,哪怕宁卉玲不能原谅他,他也不能再犹豫,否则一生都不得安宁。下了这个决心,李小平渐渐有了睡意,很快就睡着了。

　　睡着了的李小平,不会知道此时的宁卉玲,头仍然晕得厉害。她苦笑一声,老毛病了,挺一挺就会过去。她想揉揉太阳穴,一抬手,却发现动不了。她一惊,想坐起来,没有力气。她叹息一声,觉得那个深渊又移到了身体下面,她又要滑落进去。她扭过头,看见照片上的丁一龙,他还在微笑,好像要向他走来。他平时就是照片上的样子,做什么都微笑,不光他自己看上去喜悦,还会感染周围的人。她最初就是被他的微笑感染,爱上了他。这些年他总是在昆仑山上,但他的微笑在她心里,她从来没有觉得苦。现在,她动不了,有照片中的他在对她微笑,在看着她,她心里很欣慰。

　　过了一会儿,宁卉玲觉得头部有了轻松感,眩晕减轻了一些。宁卉玲这才发现,她进卧室后忘了关灯。当时头得那么晕,怎么能想起关灯呢?灯亮着就亮着吧,如果自己一晚上睡不着,有灯光倒也不害怕。

　　很快,宁卉玲觉得更晕了,像是有什么先是在脑袋上爬,然后就钻进了脑袋里,在啃咬着她的神经,让她一阵阵昏眩。她动不了,便咬嘴唇,想借疼痛刺激脑神经,以便减轻头晕。

　　头晕一阵紧似一阵,宁卉玲咬破了嘴唇,也没有用。

　　外面好像仍在刮风,又好像一点声响也没有。

　　突然,宁卉玲觉得自己被什么一把揪起,轻轻地飘浮了起来。她尚有意识,想弄清自己这是怎么了,居然飘浮了起来?她找不出答案,意识逐渐模糊起来,不知道自己是在飘浮,还是在下坠。恍惚中,她好像看见丁一龙从照片上走下来,向她走了过来。他还穿着军装,但是没有帽徽,也没有领花和肩章,只是一身军装而已。她想问他军装上为什么没有帽徽、领花和肩章,但是她开不了口,连说一句话的力气也没有。丁一龙越来越近,却越来越模糊。她看见他在对着她说什么,她却听不清。她不但没有力气说话,耳朵好像也出了问题,听不到声音了。但是她又很疑惑,明明自己能听见外面的风声,为什么却听不见丁一龙的声音?她弄不明白,便不去想,只等着丁一龙走到自己跟前来,只要他发现她动不了,就会扶她坐起来,然后送她去医院。有丈夫在身边就是不一样,饿了有饭吃,病了有人照顾。宁卉玲这样想着,丁一龙已走到了她跟前,丁一龙说了句什么,她好像听清楚了,又好像没有听清楚。她想挣扎着回应他一声,一用力,头又一阵晕,便什么也不知道了。

第二天,宁卉玲醒了过来。她发现自己躺在医院里,李小平站在床边,看见她醒了,叫了一声:"嫂子……"

昨天半夜,李小平顶着大风去宁卉玲家,打算把丁一龙死亡的原因告知宁卉玲。敲了半天门,只听见宁卉玲的呻吟声,便破门而入,及时把宁卉玲送到了医院。

不久,宁卉玲半身不遂,再也无法动了。李小平对宁卉玲说:"我们结婚,我照顾你一辈子。"

宁卉玲不同意,李小平每天都说一遍,宁卉玲不说话,只是摇头。

李小平还是坚持,后来宁卉玲不摇头了,用复杂的眼神看着李小平。李小平还是说:"我们结婚,我照顾你一辈子。"

宁卉玲闭上眼睛,眼角涌出两行泪水。

李小平背起宁卉玲,去县民政局领了结婚证。

第七章：生命禁区的树

24

　　从半年前开始,邓东兴便一直想在多尔玛栽树。

　　多尔玛没有一棵树,邓东兴因为一直想着栽树,便恍惚觉得到处都是树,还有嫩绿的树叶。等到清醒过来便知道,高山反应把人折磨得太厉害,以至于都出现了幻觉。在昆仑山上,高山反应像压不住也抓不稳的幽灵,说出现就出现,说平静就平静。它在人身上折腾时,有时长有时短,但不论长短都会像针扎一样难受,像麻药一样让你昏昏沉沉。这时候别的意识都模糊了,唯独残留的意识还在坚持,一波疼痛涌起,那残留的意识好像被吞噬了,待风平浪静,却仍然还在。这时候高山反应终于过去,人终于清醒轻松。

　　就是在一次高山反应折磨后,邓东兴想到了树。没有任何理由,想到树,就觉得多尔玛应该有树,于是便天天想,想到最后终于明白过来,在不可能长出树的多尔玛栽活树,那就是昆仑山传奇,有了这一传奇,就会在评"昆仑卫士"时更胜一筹。

　　邓东兴被自己吓了一跳,在不毛之地多尔玛栽树,这个想法太疯狂,以至于它一经在内心产生,便像脱缰的野马一样,在不毛之地也能跑出美丽的风景。

汽车营自去年冬天上山后,到现在已有七个月,再过三四个月,就又到了老兵复员的时候。铁打的营盘流水的兵,每一年都有老兵走,也有新兵来,部队就在老兵和新兵的对接中,变成不可撼动的存在。

这批复员老兵中,有邓东兴。邓东兴当了三年兵,第一年在供给分部新兵营训练,别的新兵训练三个月,而他们则训练了五个月。之所以训练那么长时间,一是因为大雪封山还没有开路,他们上不了昆仑山。二是山上缺氧,他们要通过强化训练加大肺活量,以便上山后适应缺氧环境。邓东兴做好了上山准备,不料却被分配到了汽车营。

三年满了就是老兵,也就到了复员的时候。

因为昆仑山遥远,山上的兵要提前一个月下山,在供给分部休息一下,然后和山下的兵一起复员。刚上山时,邓东兴打算一天一天数日子,数到下山的一天,然后就下山,就结束自己的军旅生活。但是在半年前,邓东兴不数日子了,反而希望日子过得慢一些,最好把复员时间推迟。

为什么会这样?

邓东兴有事要做。

半年前,邓东兴听说要评"昆仑卫士"了,便心中一动。有人说"昆仑卫士"相当于二等功,如果被评上,回去联系工作会好得多,而且还很有荣誉感。邓东兴连续三年被评为优秀,立了两次三等功,还被评为一次"红旗汽车标兵"。他的驾驶技术在汽车营首屈一指,连续两年在汽车营修理比赛中,拿了第一名。按说,像他这样的汽车兵,十拿九稳应该被评上"昆仑卫士",但是汽车营接二连三出事,尤其是到了多尔玛担任巡逻任务后,居然出了羊越界，丁一龙牺牲的事故。这些事最直接的影响，就是导致"昆仑卫士"评选基本告吹，一般情况下，出了事故的部队，基本上就不在考虑范围了。"没戏了"，一位战士从邓东兴身边经过时，低声嘀咕出了这三个字，他好像是对他自己说，又好像是在对邓东兴说。

邓东兴却听成那战士就是在对他说，哪怕那战士不是对他说，他也知道沉重的事实，像山一样摆在他面前，汽车营的人评不上"昆仑卫士"。

忍着头痛胸闷、高山反应等各种难受，也就熬过一天又一天。日子一天天过，希望却越来越小，到了最后就变得像皮肉脱落，只剩下一个坚硬内核的核桃，把事实摆在面前，"昆仑卫士"一定会评，但已与多尔玛没有关系。

邓东兴隔几天站一次哨，在白天，望一望山顶的积雪，听一听鸟叫，倒也不难受。到了晚上便不一样，远近的山都变得黑乎乎的，看一眼就不想再看了。这几月，邓东兴经常往一号达坂方向张望，他一直盼望去一趟一号达坂，但是没有去一号达坂的任务，他无法实现愿望。

因为有心事，邓东兴便很少说话。大家以为他被高山反应折磨，便没有多想。每个人都一样，每次巡逻和训练都高山反应，头疼欲裂。所以没有人叫苦，都默默忍受。

在一天晚上站哨时，邓东兴想起田一禾曾对他说过，在多尔玛栽几棵树，最好是能开花的那种树，该多好！田一禾说过那话不久，就在一号达坂牺牲了，栽树的愿望也就不再有人提及。现在，邓东兴想起这件事，就好像夜空亮出了耀眼的星星，突然就让心里有了希望。

那一刻，一直折磨着他的痛苦顿时消失，他心里有了久违的轻松。这种来之不易的轻松，很快便让他知道，自己该做一件事了。因为激动,他便怕心里的想法会像开水一样溢出来,就只是在心里想,不说出一个字。这种时候要稳住,要把激起来的热流降温,然后再慢慢烧,慢慢沸腾,那样才会一点一点实现愿望。

夜很黑,没有风,便没有声响。昆仑山从远处逶迤而来,到了多尔玛一带,因为一号达坂突兀隆起,便像受到阻力似的回旋了几下,然后便矮了下去。昆仑山像一个急于奔跑的巨人,作为无数达坂中的一号达坂,又怎能让它停留脚步,所以它以巨大的冲击力从一号达坂掠过,谁也看不出它曾在这里停留过。

多尔玛只是一号达坂下的峡谷,它太小了,昆仑山几乎对它视而不见,就又向远处逶迤而去。被冷落的多尔玛,因此便变得更加孤单,尤其在黑夜里更是黑乎乎的一团,看不出边防连的房子,甚至连通向外面的那条路,也变得踪迹全无。一切都被昆仑山丢弃,然后沉入孤寂和沉闷之中,好像不呼吸,不凝望,更不会说话。

邓东兴望着黑乎乎的山,心想,不呼吸,不凝望,不说话的是人,一座大山,一个达坂,以及一个达坂下的小峡谷,怎么会像人一样有反应,发出声音呢?但是黑夜像巨大的口袋,口子一松就涌出意想不到的动静。邓东兴本来无所事事地望着黑乎乎的一号达坂,但望着望着便被吸引过去,达坂上有一股黑色像暗流似的向下涌动,到了多尔玛便慢慢摊开,然后蠕动出好看的波纹。黑夜会有如此美妙的动感?邓东兴迷惑不已,仔细一看才发现,是夜空中的云朵在移动,从云朵缝隙漏下的月光,在大地上制造出了这样的景象。

昆仑山上的夜晚也很有意思!邓东兴感叹。

也许是他的感叹不够,那地上的阴影却突然移动起来,像浪花一样冲淹着地上的石头,然后又涌向两边的山壁,那山壁无比坚硬,一撞便把那阴影撞得四散而开,在地上扭动出一丛一丛的奇形怪状之物。是天上的云朵突然加快了流速,便让地上的阴影像是被风吹动一样,在神秘莫测地变幻。

邓东兴又感叹。

黑夜上演着无序的节目,那一丛一丛的奇形怪状之物,慢慢就变化出细密的枝干,还有浓厚的树冠,恍若有几棵树展示在了夜色中。

树!

邓东兴一声惊叫,眼前仿佛真的出现了一棵大树。不,其实并没有树,是夜色中的美妙幻化,在他面前变化出一个启示,昆仑山应该有树。也就是在那个夜晚,邓东兴萌生了栽树的想法,如果在多尔玛栽一些树,春天来了发芽,最好还能开花,田一禾在天上看见了,那该多好!

说干就干,邓东兴在几天后就弄来了一批树苗。副连长卞成刚问他:"从哪里弄来的树苗?"

邓东兴说:"买的。"

卞成刚很吃惊:"从哪儿买的?"

邓东兴回答:"托人从清水河镇买的。"

卞成刚又问:"花了多少钱?"

"二百块钱。"其实花了一千块钱,邓东兴发现卞成刚不高兴,就少说了八百。这批树苗来之不易,邓东兴起初在乡上看到几根树苗,一问已被人订货,摊主死活不卖给他。他托人打听,得知清水河有一个花卉市场,有卖适应高原生长的树苗。帮他打听的人说,在清水河栽树都不容易活,更别说海拔那么高的多尔玛,恐怕栽十棵能活一棵就不错了。邓东兴较上了劲,栽十棵活一棵也不错,只要能活几棵,就实现了愿望。这不仅仅是他的愿望,还是田一禾的,实现了该多好。

卞成刚看了看树苗,又看了看连队周围光秃秃的山坡,皱起了眉头。在多尔玛这个地方,从来都没有栽活过树,以前有人曾试过,最后都死了,之后就再也没有人尝试了。现在,邓东兴又要栽树,能行吗?

邓东兴说:"副连长,树苗都买回来了,让我试试吧。"

卞成刚没有说话。

邓东兴便理解成卞成刚默许了他,于是要去栽那些树苗。卞成刚却拦住邓东兴说:"这个事,要给军分区汇报,你打个电话问问。"

邓东兴拿起那部已好长时间没响的电话,本以为打不通,结果一拨就通了。军分区领导一听多尔玛要栽树,就问:"条件容许吗?"

邓东兴说:"条件需要用事实证明,我们先栽下试试。"

军分区领导听出了问题,便问:"你们已经准备栽了吗?"

邓东兴说:"树苗已经买回来了。"

军分区领导笑笑说:"你这是先斩后奏。"

邓东兴说:"首长,在昆仑山这样的地方,闲着也是白挨头疼胸闷,还有高山反应的各种难受,不如干点什么事分分神,人也好受一些。比如栽树,大家知道要干这个事,都高兴得很。"

军分区领导又笑笑说:"那就栽吧,等你们的好消息。"

邓东兴连声说谢谢,军分区领导在那边挂了电话,他才放下电话。

连队把栽树当成了大事,先是在连队后面选了向阳的地方,把沙子和砾石都起开,然后从别的地方拉运来好土,精心铺好后,才栽上了那些树。树苗买来时已经泛绿,但不能长久干着,所以铺好土后马上就栽了下去。密密麻麻的树苗带出一派生机,让人浮想联翩。

栽下树,浇上水,希望就落了地。

很快,邓东兴栽树的事情,在昆仑山传开,很多人都知道了他的名字,连队也因此受到上级表扬。

那部好长时间都没有响过的电话,突然响了。是军分区司令员打来的,肯定了邓东兴栽树的事。并说这就是昆仑精神,而且这种精神是边防战士从自己内心激发,用行动实践出来的。领导的这番话像一道光,荡去了多尔玛军人心头的阴影,然后就朝着光明的方向移动过去。那里有什么?有"昆仑卫士"称号,还有在昆仑山上广泛传播的传奇。

司令员在电话中还说,昆仑山最缺什么?常人都以为是氧气,是好的生活条件,但昆仑山上的军人却不那样认为,他们认为昆仑山最缺的是抗争,是那种不屈于缺氧,不屈于高山反应,哪怕再难再苦,也要拼搏和抗争的精神。

司令员打来的电话,让邓东兴高兴了好几天。在多尔玛栽树,就是昆仑精神,所以会引起人们关注,也会受到军分区司令员的表扬。有人甚至说,邓东兴真是聪明,在昆仑山上栽活了树,就离"昆仑卫士"称号不远了,本来他的评选条件不错,在这个节骨眼上栽活树,评选时第一个被考虑的一定是他。邓东兴听到大家的议论,心里动了一下,心想只有把树栽活,一切才有希望。

在这几个月,下成刚没有给邓东兴安排别的工作,只让他照看那些树,只要那些树活着,连队的荣耀就在,那些树便不是单纯的树。

邓东兴的肩上好像压上了什么,经常在心里默默对田一禾念叨:"田排长,我一定把树栽活,满足你的愿望。"他天天这样念叨着,不吃饭也不忘记给树浇水,不睡觉也守着树。

但毕竟是寸草不生的昆仑山,栽下去的树苗不久就枯死了好几棵。邓东兴看着那几棵死了的树,哭了。后来又枯死了几棵,邓东兴抚摸着死去的树,双手抖颤不已。

战士们劝他:"你已经在昆仑山上创造了奇迹,只要能活一棵,就是前所未有的奇迹。"

邓东兴摇头,他觉得田一禾在看着他,他不想让任何一棵树死。如果树都死了,他就无法告慰田一禾。还有,他栽活了树,就缩短了连队与"昆仑卫士"的距离,只要连队被评上"昆仑卫士",他也感到光荣。当然,他更希望自己也评上"昆仑卫士",那样的话三年军旅就会很圆满。

好在有三棵树活了下来。

邓东兴被高山反应折磨得病倒了,他躺在床上,每天都问身边的人:"那三棵树的芽,今天长了吗?"

身边的人告诉他:"那三棵树的芽,今天长了一截,又绿又嫩,好看极了。"

邓东兴自嘲说:"只要这三棵树长得好,不倒,我倒下也没有关系!唉,这三棵树是多尔玛的命,只要它们活下来,多尔玛就活了下来。"

大家都不理解邓东兴说的树活下来,多尔玛就活了下来,是什么意思。

邓东兴说:"军分区司令员在电话中说了,在昆仑山上栽树,首先是精神,更是荣耀。所以说,树活下去最重要,树活下来,多尔玛的精神就能保住。树活下来,多尔玛就能活下来,就是这个意思。"

卞成刚看了邓东兴一眼,照邓东兴的意思,他栽活了三棵树,就是连队的荣耀。不过他又想,正是邓东兴有这股犟劲,才栽活了树,这一点倒是很难得。这样一来,评"昆仑卫士"的可能性会更大。邓东兴默默在心里念叨,觉得肩上又压上了什么。还有几个月就要复员走了,走之前栽活三棵树,以后的多尔玛就有了绿色,战士们想家了,或者想山下的树了,就去看看那三棵树,心里会好受很多。甚至……邓东兴心里有一个想法在翻滚,但又被他死死捂住冒不出。少顷,他看见周围没有人,便忍耐不住兴奋悄悄对自己说:"甚至在以后,多尔玛的人看见这三棵树,就会想起我,我的名字将和这三棵树一起留在多尔玛。"说完,他的心一阵跳,脸一片红,一笑过后便去给树浇水。

之后,在连里人的眼里,邓东兴就是树,树就是邓东兴。

三棵树先是发芽,没过多长时间就长出了叶子。绿色的叶子挂在枝头,被风一吹便摇曳,闪出一片绿色幻影。其实没有绿色幻影,是战士们看到叶子后太兴奋,以至于觉得那些叶子已不仅仅是叶子,还会变成别的什么。但到底会变成什么,他们说不清楚。

邓东兴高兴地笑,连里人则兴奋地叫,多尔玛有史以来终于有了绿色。卞成刚打电话给藏北军分区司令员:"报告司令员,树长出叶子了,三棵树都长出叶子了。"

司令员也关心那三棵树:"把树照看好,一定要让它们活下去,活成昆仑山的精神。"

卞成刚兴奋过了头,想都没想就说:"报告司令员,能长出叶子的树,说明已经扎下了根。请首长放心,我们一定把树照看好,一定要让它们活下去,活成昆仑山的精神。"他差一点就把争取评"昆仑卫士"的话说了出来。不仅是他,连里的很多人都觉得,邓东兴栽活了树,连军分区领导都说是昆仑精神,那么就离评"昆仑卫士"不远了。只是这样的话得别人说,自己说出来,会被别人笑话。

司令员说:"有这个精神就好!不过我要亲眼看到发芽的那三棵树,才能放心。"

卞成刚便邀请司令员来连队看树,司令员应允,几天后就来多尔玛看树。这个消息让多尔玛边防连的人都很兴奋,都盼望司令员早一点来，栽活了三棵树是大事，司令员看了一定会高兴。

几天后，司令员坐车来多尔玛看树，不料在半路上，却因为车祸摔断了腿。

25

复员老兵要在一个月后下山，邓东兴听到消息后，突然对卞成刚说："副连长，我不放心我的树。"这几个月，他天天围着那三棵树，好像人就是树，树就是人，如果人复员走了，树怎么办？

卞成刚一愣："你的树？"

邓东兴也是一愣，随即改口："是多尔玛的树。"

卞成刚说："你就放心复员走吧，这三棵树，以后就是我们大家的树，我们照看。"

邓东兴想把田一禾说过的话告诉卞成刚，但忍了忍没说，只是脸上浮出凝重的神情。不仅如此，他还想着"昆仑卫士"的事，在评选之前，一定要把这三棵树照顾好，千万不能让它们出差错，否则评"昆仑卫士"的事，就会受到影响。

卞成刚又劝了一遍。

邓东兴脸上还是不放心的神情。

卞成刚生气了："那你说，你要怎么样？"

邓东兴的脸憋得通红，半天才说出一句话："副连长，我要过了这个冬天再下山。"

卞成刚说："不行，老兵复员是统一时间走，你要在山上再过一个冬天，谁能给你做主？"

邓东兴脸上的通红之色退了下去："副连长，我自己做主。"

连长沉默了一下，说："军人退伍，只有返回入伍地，办了退伍手续才算是真正退伍，那时候你才能做自己的主。现在你还没有脱下军装,就要给自己做主,这是违反规定的事情,不能干。"

邓东兴的犟脾气上来了,不应卞成刚的话,转身边往外走边说:"那三棵树已经长出了叶子,但是很快要入冬了,树最难的是过冬,这个冬天即使我不吃不喝,什么也不干,也一定要让那三棵树活下来。"

卞成刚在气头上,本来想说树能不能过冬,是树的事情,你还能命令它们?但是他看着邓东兴的背影,忍了忍什么也没有说。他能说什么呢?邓东兴这样一折腾,全连人,包括他在内,都指望这三棵树为多尔玛赢得荣誉。别的边防连都没有栽树,只有多尔玛栽了,而且还栽活了,这是多么让人高兴的事。有了这三棵树,就离"昆仑卫士"近了。

半个月过去了,那三棵树的叶子没有长大。

是一场大风,让三棵树的叶子不见长势。

那场风刮起之前没有预兆,天边还有红彤彤的晚霞,雪山被映照出一片红晕,像是谁在高处把颜料倒下来,就变成了这么浓烈的景致。大家都觉得今天的天气不错,明天应该也是好天气。但是过了没一会儿,就有轰隆隆的声响向这边滚来,先是雪山上残留的红色,像是被突然揪住,不知扯到了什么地方。然后天色就暗了下来,那轰隆隆的声响滚到多尔玛,战士们便听见是大风。风再大也看不见,只能看见地上的灰尘起了一层,要飞上天似的被掠起,但很快又落下来,旋转出一团团幻影。

那场风刮了两天两夜,地上的尘土被刮干净,又揭了一层皮,看上去干瘪瘪的,惨不忍睹。

邓东兴天天守在那三树跟前,一次次松土,不停地浇水。然后便坐在树跟前守着,困了迷迷糊糊打个盹,恍惚看见田一禾在看着他,好像对他说了句什么。田一禾留下的那句话,在邓东兴心里生了根,即便是做梦也要蠕动一下,让邓东兴不要忘了,栽树是一代代昆仑军人的愿望,有的昆仑军人直至到死的一刻,也没有忘记栽树。更多的人在离开昆仑山时,也没有实现愿望。梦是无数世界的混乱组合,像在冰面上一样,一滑就进入另一个世界。这个世界树木葱郁,放眼望去一片绿色。他仔细一看,是在昆仑山,啊,昆仑山长满了树,以后不再空气稀薄,让人头疼胸闷。因为高兴,他头一低清醒过来,田一禾的影子不见了,那一片绿色树林也随之消失。他知道那是梦,梦没有秩序,但他心里仍然对田一禾默默念叨,排长,请你多保佑这三棵树。后来有一次他又睡着了,那么短暂的睡眠,居然梦见多尔玛边防连被评上了"昆仑卫士",连队兴高采烈地去领奖,但邓东兴已经复员了,他便想多尔玛边防连终于实现了愿望,就给边防连敬个礼吧,但他的胳膊却无论如何举不起来,他便使劲举,一用劲把自己挣醒了。赶紧看一眼在树上围成圈的衣服,再看一眼树,都好着呢,便又迷迷糊糊打盹。

好在没有再刮风。

十多天后的一天晚上,邓东兴梦见那三棵树的叶子长大了,第二天早晨,邓东兴跑过去一看,三棵树的叶子果然长大了,虽然不是很大,但毕竟比以前大了不少。邓东兴高兴,连里人也高兴。

卞成刚嘿嘿笑了,先前司令员摔断腿的事,还有邓东兴说过的让他生气的话,他好像都忘了。

一个月很快就过去了,复员老兵准备下山。

吹过来的风已有了凉意,昆仑山进入了秋天。山上的秋天比山下来得早,山下还是盛夏,昆仑山在一夜间就会入秋,早上起来,地上会有一层霜色。

那三棵树,一夜之间就苍黄了。

很快,天也就冷了。

老兵出发,要下山复员。

邓东兴对卞成刚说,他不打算走。卞成刚在开饭时强调了部队纪律,邓东兴听不进去。卞成刚又以军人要回到入伍地办了退伍手续才算是真正退了伍为由,逼了邓东兴一下,但邓东兴还是听不进去,转身就走了。卞成刚差一点发火,但一想邓东兴马上就要离开,不要在最后闹出不愉快,所以忍了忍,气就消了。

邓东兴向那三棵树走去,从背影上看,他很难受,恨不得扑到那三棵树跟前,一把抱住再也不松开。

卞成刚叹了口气。

邓东兴走到那三棵树跟前,在心里对田一禾念叨,排长,你生前留下的话,我以为已经帮你实现了,但是现在看来,我只实现了一半,这三棵树在今年算是发芽长出了叶子,但是今年过冬至关重要,只有顺利过了冬,明年才会又发芽长出叶子,那才算是真正活了。排长,你放心,我一定要让这三棵树活。念叨完,邓东兴猛地回头对卞成刚说:"连长,这三棵树过不了这个冬天……"

卞成刚愣住了,这三棵树过不了这个冬天,它们死了,在昆仑山会引起不小的震动,连队的荣耀就会丧失。邓东兴的这句话击中了卞成刚的软肋,一旦连队的荣耀丧失,他这个副连长也会坠入耻辱的低谷,从此再也爬不出来。

邓东兴见卞成刚不说话,便又说:"我有办法让它们活下来。"

卞成刚忙问:"什么办法?"

邓东兴以为卞成刚从他嘴里套出话后,还会让他下山,便说:"连长,只要让我留下来,在山上待一个冬天,我自有办法让它们活。"

卞成刚为邓东兴卖关子生气,脸一沉,没有说话。

邓东兴说:"副连长,到了这种时候,你该拿个主意了。"

卞成刚没有办法，便问邓东兴："你说，我该拿什么主意？"

邓东兴说："副连长，是这样，咱们这个地方，山下的鸟儿一只都飞不上来，今年看的是去年的报纸，明年看的是今年的报纸，打电话前半句靠听，后半句靠猜。这种时候，你就说我的腿扭伤了，暂时下不了山，等养好了伤再下山复员。军分区司令员的腿被摔断了，现在不是还医院里躺着吗？人人都知道伤筋动骨一百天，没有人会怀疑。一百天就是三个月，三个月就是一个冬天，我能让三棵树挨过冬天。你看，是不是该拿这个主意？"

卞成刚一惊说："这不是让我犯错误吗？不行，不能明明看着是悬崖，还要往里面跳。欺骗组织，谎报战士摔伤了腿，这可是万丈深渊，一旦跳进去，就要费很大的劲才能爬出来，等爬出来已变得灰头土脸，要么挨处分，要么降职，为自己的军旅生涯抹上再也洗不掉的耻辱。所以不能干，绝对不能干。"

邓东兴理解卞成刚的顾虑，便说："这个事，只要你不说，我不说，又有谁会知道呢？再说了，不这样干，说不定那三棵树在几天之内就死了。它们死了，'昆仑卫士'就一点希望也没有了。"

卞成刚愣住了，像是有一道光一闪，又被什么遮掩不见了。

邓东兴又说："真的不想要'昆仑卫士'了吗？"

卞成刚想训邓东兴一顿，但转念一想，除此之外又有什么办法呢？说真的，他非常希望这三棵树活下去，这三棵树已不仅仅属于多尔玛，它已变成昆仑军人的骄傲。虽然现在说起这三棵树，人人都说是多尔玛的三棵树，但是到了别的地方，都会说是昆仑山的三棵树，所有的昆仑军人就与这三棵树有了关系，这就是荣誉。再说了，军分区司令员都为这三棵树摔断了腿，如果这三棵树活不了，哪有脸面去见军分区司令员。还有，这三棵树早就与"昆仑卫士"联系在了一起，从它们栽下的那一刻，就好像变成了多尔玛边防连的翅膀，发芽长出叶子，就向着"昆仑卫士"飞翔,如果不出意外,就一定能把"昆仑卫士"驮回来,让多尔玛的战士骄傲自豪。

卞成刚动心了。

但他还是下不了决心,撒谎欺骗组织,这是很严重的问题。干了这样的事,从此会被耻辱重重压着,再也喘不过气。

邓东兴见卞成刚不说话,便走了。

到了晚上,又刮风了,似乎还夹杂着雪花,落到身上便一阵寒意。今年冬天的第一场雪,恐怕马上要落下来了,那三棵树如何度过冬天?邓东兴担心风会刮得更大,而且刮着刮着就下起雪,在地上铺出一层白色。那样的话,那三棵树就会在雪中挨冻,也会被大风刮歪,说不定一夜过后就会倒下,在雪地上趴成三根木棍。栽下它们仅仅半年时间,虽说发芽长了叶子,却没有长高,高低与买回来时一模一样。

这样想着,邓东兴坐不住了,便起身去看那三棵树。一出门,大风迎面扑打到身上,像是打了他一拳。接着又是一股寒意,从衣领向体内浸去,让他不由得打寒战。人都这么冷,那三棵树怎么能熬得住呢?邓东兴拉了一把衣领,顾不上是否拉紧了,便向那三棵树跑去。他跑得快,大风便在耳边刮得响,似乎向他吼叫着什么。起初他没有在意风的吼叫声,后来跑累了不得不停下,才发现并不是风在吼叫,而是因为缺氧和他紧张奔跑,他出现了幻听,被他误以为是风的吼叫,其实是他粗犷的喘息声。

在一块石头上坐了一会儿,好受了很多,于是起身又往前走。好在那三棵树就在连队后面,很快就到了。

风好像更大了,好像真的在吼叫。这样的风吼着吼着,就把雪吼了下来。虽然在黑夜里看不清雪花,但是一落到身上就浸出寒意,就让人知道这场雪下得不小。远远地,邓东兴看见一团黑乎乎的影子,向那三棵树移动了过去。是什么?昆仑山有不少动物,藏羚羊、牦牛、野驴等等,平时不怎么露面,但这么大的风雪会刺激它们,它们没有边界意识,亦不知边防连是军事禁区,一番疯狂乱窜就接近了边防连,然后发现了那三棵树,就又扑了过去。

那三棵树容不得任何伤害。

那团黑影在三棵树跟前停下,直起了身,怀里好像抱着什么。不是昆仑山的动物,而是人,昆仑山上的人。还有,能出现在这里的人,不是外人,只有边防连的人。

很快,邓东兴从那人的体型和动作习惯判断出,是副连长卞成刚。看来卞成刚也在挂念这三棵树,眼见刮起了大风,下起了大雪,就来看它们。但是他能有什么办法呢?这三棵树,在这样的环境,今天还在你面前伫立,说不定明天就没有了影子。

很快,卞成刚开始动了,先是从抱着的那堆东西中,缓缓取出一件衣服,把一棵树围了一圈,又怕风把衣服掀掉,便用绳子绑扎起来。那棵树一下子便变粗,像是已经在这里生长了好几年,一副枝繁叶茂的样子。

风还在刮,雪还在下。卞成刚又走向下一棵树,然后又给那棵树穿上衣服。这种情景就是给树穿衣服,让树穿暖,就能顺利过冬。也许在昆仑山上栽树,就应该在冬天给它们穿衣服,存活率才会高。

给第三棵树穿完衣服,卞成刚看上去像是松了口气。这个办法,也许是他琢磨了很久,觉得有用才开始干的。他是副连长,比任何人都希望这三棵树活,但是树能不能活并非是人说了算,人只能琢磨出办法,然后去树身上试试。现在,卞成刚就这样在干,加之他是副连长,还得悄悄干,不能让连里的战士看见。

但还是被邓东兴看见了,为了避免卞成刚尴尬,邓东兴悄悄退回,让卞成刚和那三棵树多待一会儿。

转身的一瞬,邓东兴听见卞成刚在低声嘀咕:"树啊,亲爱的树,你们可要争气,在这场风雪中活下去,活过这个冬天,在明年再发芽长叶子,活出昆仑山的传奇。要知道,你们可关系到多尔玛的'昆仑卫士'荣誉呢!"

风好像停顿了一下,但雪没有停,还在向下飘落。

邓东兴觉得有什么突然伸过来,在他肩头拍打了一把。

是大风,还是落雪。

都不是。

那就是卞成刚刚才的话,穿过风雪,在邓东兴肩上拍了一把。

风刮了一夜,雪下了一夜。

整整一夜,风像嘶吼的巨兽,在昆仑山奔跑。昆仑山太大,大风奔跑了一夜,都没有跑出昆仑山,所以便嘶吼了一夜。至于大雪,虽然在一夜间都没有停止飘落,但因为昆仑山太大,覆盖了高处的山峰,又覆盖低处的荒野。覆盖过一层后,又覆盖一层,一层一层加厚,才让大地变成了白色。

大地变成白色,天就亮了。

一个严酷的事实摆在面前,围在那三棵树上的衣服都掉了,被积雪覆盖后变成了雪堆。给树穿衣服的办法没用,那三棵树仍然面临着危险。

卞成刚看着那三棵树,长久不说话。

风小了,雪却下得更大。

卞成刚终于拿起电话,向上级谎报邓东兴的腿扭伤了,目前无法下山,需要在连队养伤,等伤养好后再下山。这件事,邓东兴早已画好一个圆,所有事都被围在里面,不论怎样走,都在预设的范围内。

上级同意。

卞成刚颤抖着手放下电话,想长吁一口气,把憋在心里的东西吐出,但他的嘴张了张,却觉得心里更沉了。他想训邓东兴一顿,却什么也说不出来,最后只骂了自己几句。

很快,老兵们要下山了,邓东兴的腿扭伤的事,已人人皆知,所以他不能躲在屋子里,必须拄着拐杖出来,让大家看见他受伤的样子。于是,在卞成刚向大家致完道别词后,邓东兴便拄着拐杖从班里出来,想向大家道别。卞成刚看见邓东兴,一愣说:"邓东兴,你的腿不方便,就不要过来了,站在那儿向大家告别吧。"说完,用复杂的眼神看了两眼邓东兴,邓东兴犹豫了一下便站住,笑着向大家道别。他本来也属于复员老兵中的一员,但是为了三棵树,他冒着风险留了下来。

卡车鸣笛几声,驶出连队院子。

邓东兴便默默念叨,我终于留了下来。

念叨完,他用手一摸脸上,有泪水。

26

老兵走了,一场大雪之后,又下起一场大雪,下到最后就变成了不停歇的大雪。

昆仑山变白,一片苍茫。

没有人走动,大风把地上的雪掠起,像是要让雪重新回到天上,然后再向下飘落一次。偶尔会有人出现在雪地上,大风击向他,大雪砸向他,他好像被击倒了,但趔趄几下又站直,仍往前走去。

是邓东兴。

他每天拄着拐杖,穿过连队院子去看树。他必须装出腿受伤的样子,而且要一直装下去,直到天上不再下雪,地上不再刮风,那三棵树再次发芽长出叶子，才可以对连里人说，我的腿好了。那将会是一句苦苦等来的话，如果让邓东兴细说，一定包含着终于熬过了三个月，终于守护着那三棵树活下来了的意思。

只有卞成刚知道邓东兴的秘密，连里的其他人都以为他的脚扭伤了，都盼望他尽快好起来。他感谢战友们的好意，向他们点头致意。卞成刚在一旁看着他，悄悄嘀咕了一句，鬼天气，快一点过去，春天快一点来，让邓东兴快一点下山去。

邓东兴却一点也不急。

风雪中的三棵树，看不出是死了，还是活着。邓东兴看着三棵树，脸上没有表情。他在等待，只要在秋天把它们保护好，不要让它们枯死，到了冬天就不会有事。不过他又有些担心，昆仑山的秋天与冬天别无二致，刚入秋就大雪飘飞，得小心对待才是。他从卞成刚的举动得到启示，把自己的大衣剪开，在树上围了一圈，然后用塑料布缠绕了一圈，这样就可以防冻，到了明年春天，三棵树就是他希望的样子。他相信它们在明年春天还会发芽，会长出更大的叶子。

邓东兴相信自己的感觉。

卞成刚担心邓东兴露馅，便经常陪着邓东兴，有人时说几句关心邓东兴腿伤的话，没人时便沉默不语。卞成刚后悔听从邓东兴的建议，让邓东兴留了下来。邓东兴这一留下来，就和他绑在了一起，邓东兴站得稳，他便没事；邓东兴站不稳跌倒，他也会被连带摔下去，而且两个人一起摔倒，动静会更大，到那时就不再能够维护荣誉，不会再为评"昆仑卫士"创造条件，而是把愿望砸出大窟窿，让他们二人一头栽进去，再也爬不出来。

一天晚上，卞成刚和邓东兴闲聊，聊着聊着就聊到了电影《昆仑山上一棵草》，这部电影是根据作家王宗元的小说《惠嫂》改编而成，甫一上映便在昆仑山上引起强烈反响，昆仑军人都因为自己的生活被搬上银幕而欣慰。这么多年,这部电影一直对外展示着昆仑山军人的生活,世人认为昆仑山连一棵草都难以存活,就更别说人的处境了。人生一世,草木一秋,人活得比一棵草还艰难,那是什么滋味,外人难以体验。那部电影一开始便呈现出孤寂的气氛,一辆卡车向昆仑高原行驶,刚毕业于地质学校的李婉丽,坐在车厢里望着前方,她是自愿申请到昆仑高原来工作的,随着绿色越来越少,海拔越来越高,她原有的热情骤然下降,直至心里涌出一股复杂的滋味,她才知道自己后悔了。汽车的速度很快,像是要急于扑入昆仑山的怀抱。但李婉丽却觉得高原的风沙、严寒、颠簸和高山反应,带着无比沉闷的气息压了过来,让她恐惧于以后将在这样的地方生活,便不由得产生了打退堂鼓的念头。司机小刘发现李婉丽没精神,便问她是不是后悔了,她如实将自己想回去的想法告知小刘,小刘对李婉丽说,很快你会知道昆仑山上一棵草的典故,那个典故能解你的心忧,能打消你所有的顾虑。李婉丽没有问那是一个什么典故,心想现在下车的话上不能上,下不能下,只能先上山,到时候再找车下山也不迟。很快,他们抵达了地处昆仑山口的宿食站——司机们上山下山都要停留的"司机之家"。热情豪爽的女主人惠嫂接待了李婉丽,李婉丽慢慢被欢声笑语感染,尤其是吃到惠嫂亲手做的饭菜,更是让她体验到了家的感觉。惠嫂悉心照顾李婉丽,让李婉丽感到在昆仑山这样的地方,只要心态好就一定能创造温暖。晚上,惠嫂给李婉丽讲起她最初到这里的经历:她没想到这里是如此一个"鬼地方",便指责她丈夫——宿食站的站长老惠没给她说实话,把她骗到了这里,于是哭闹着要回家去。老惠劝她,在昆仑山口,上山下山的司机,需要她给他们提供热饭,但她听不进去,还是决定要回家。最后,老惠怒不可遏地训斥她:"你呀,你还不如昆仑山上的一棵草!"接着,老惠给惠嫂讲述了一棵昆仑草的故事。几年前,他领着七个病号,徒手在昆仑山口修出几孔土窑洞。扎下根后,他们向昆仑草起誓:"我们要像松柏那样坚贞,更要像杨柳插到哪里,就在哪里活!如果做不到这些,就不如昆仑山的一棵草!"老惠的那番讲述,让惠嫂很受感动,产生了留下来的想法。后来在一场大雪中,司机小刘不顾严寒大雪,两天两夜开着车,给"司机之家"拉运来一车给养。后来附近工厂又面临断粮危机,小刘便不顾疲惫和饥寒,又开车冒着风雪去拉运给养。这些在高原无私奉献的人,他们身上炙热的热情,坚强不屈的意志,终于让惠嫂卸下了最后的顾虑,从此长留"司机之家",为上山下山的司机们提供家一样的温暖。惠嫂的讲述,给李婉丽上了生动而深刻的一课,亦让她打消了内心顾虑。第二天早上,李婉丽和小刘告别惠嫂,上车向海拔更高,氧气更少的高原驶去。朝阳照耀着昆仑山,李婉丽看着一棵昆仑草立下誓言:自己的这一生,要全部贡献给昆仑高原。

卞成刚和邓东兴都没有看过那部电影,但他们都被电影故事感动,心想那棵昆仑草真是幸福,不但被广为流传,而且还成为昆仑精神。如果多尔玛的这三棵树,也能像那棵昆仑草那样扬名就好了,到时候评"昆仑卫士",多尔玛边防连一定能评上。

但是,那棵昆仑草与多尔玛的这三棵树不一样,那棵昆仑草闪着光芒,而多尔玛的这三棵树下面,却隐藏着不能示人的阴影,那阴影是只有卞成刚和邓东兴知道的秘密,也是一次冒险,他们二人只能紧紧把那阴影捂住,捂不住露了馅,他们二人就会身败名裂,从此成为昆仑山上的笑话。

晚上,邓东兴经过连部,看见窗户上印着一个影子。他判断出是副连长卞成刚,从影子上可看出卞成刚在辗转反侧,坐立不安。他想,我把副连长逼到了悬崖边,这件事一旦暴露,副连长就会掉入深渊。可是那三棵树万一死了,连队丧失了荣耀,副连长同样也会背负耻辱。相比之下,冒一次险是值得的。邓东兴觉得副连长之所以这样做,完全是为了连队,而不是被他逼迫而为。

窗户里面的影子发出叹息。

邓东兴一阵头疼,是缺氧导致他出现高山反应了,他不能再站在这儿,便转身离去。

接下来,雪每天还在下,下的时间长了,也就成了习惯,好像下雪或不下雪,都一样。

卞成刚有些不放心,便问邓东兴:"你小子给我交个底,那三棵树会不会有事,能不能过这个冬天?"他因为着急,说完话便气喘,开始高山反应。

邓东兴等卞成刚缓了一会儿,说:"副连长,你不要把这个事情当成赌博,树是我栽的,我心里有数。"

卞成刚脸上仍然有疑惑,但咬咬牙还是点了点头。事情到了这一步,他不信也得信。

此后,邓东兴再没有在窗户上看见卞成刚的影子,也没有听到卞成刚的叹息。

冬天终于过去了。

邓东兴伤筋动骨的事,不能再装了,他便扔下拐杖正常走路。战友们问他的脚好了吗?他说全好了,说着还蹦跳了几下,和以前一模一样。

卞成刚在一旁叹息一声,想起一个与树有关的故事。在东北边境线的三角山上,有一个哨楼就叫三角山哨所,战士们去边境线执勤,或者每天爬上哨楼去观察,都要从哨楼旁的一棵樟子松树下经过。有时候,他们会在那棵樟子松树下站一会儿,有时候则用手抚摸一下树身,显得无比亲切。

那棵樟子松树,有一段传奇故事。

1984年初春,边防连的连长李相恩便带着战士们,从三角山哨所开始巡逻。每年的这一次巡逻,都是经过一个冬天的苦熬,好不容易盼来的走向边界,走向界碑的机会。但李相恩这一趟带队却运气不佳,在中途遇上山洪,顿时面临被冲淹的危险。在危急关头,李相恩一把将战友推开,他自己却来不及躲避,被涌下的洪水卷进哈拉哈河,等战友们找到他早已在洪水中溺亡。从此,哈拉哈河边有了一个李相恩长眠的坟茔。李相恩的妻子郭凤荣从老家赶来,哭倒在那个坟茔旁。一年后,她又返回三角山哨所,在最高处栽下一棵樟子松,然后捧土和浇水。树栽上了,她的泪水却止不住,哭得昏天暗地。郭凤荣之所以那样做,是让一棵树扎根三角山哨所,陪伴丈夫守护祖国边关,守望蓝天白云,倾听树叶在风中发出美妙的声响。从那天起,那棵象征勇敢和担当的樟子松,被战士们称之为"守护树"。无论春夏秋冬,它都傲立于风霜雪雨中,不但完成着树的使命,也将边防军人的精神传承了下去。一批批新兵来到三角山哨所,像那棵樟子松一样伫立于风雪之中。他们守土,国土从来都没有丢失一寸;他们卫国,尊严从来都没有减少一分。他们伫立在边防线上,阳光明媚的天气,他们犹如挺拔的"樟子松",展示着最美的风景;大雪纷飞的寒冬,他们则又犹如坚硬的岩石,耸立出边防军人的风骨。三角山的兵和树的传奇故事,就那样广为流传,成为一段佳话。

卞成刚想起多尔玛的这三棵树,便不由得头皮一麻,好像他和邓东兴的那个秘密,迟早会败露,到那时不但不会成为昆仑山的传奇,反而会把一桩丑闻传向所有地方,让他再也抬不起头。

事已至此,再也无法返回,只能熬,熬到时过境迁,一切就都被时间抹平。这样一想,他心里好受了一些,并希望不要出现意外。

春天的风吹过几场后,下了一场雨。下雨的天气格外阴沉,像是昆仑山憋了很久,终于把心里的郁闷吐了出来。老天爷的发泄多么像人,不痛快了就阴下脸,哪怕再高的山也变得黯淡,再长的河流也变得模糊。尤其是一号达坂,被天上的乌云一压,好像要全部塌陷下来。真的要塌陷下来了,从达坂顶部落下一些黑点,越低越密,像是一座达坂已变成碎屑。低处的人便惶惶然,以为一座达坂真的塌陷了,很快那黑点落了下来,是雨点,又下起一场雨。

这是一场好雨,沉积了整整一个冬天的压抑,都被宣泄了出来。地上早已经湿了,如果换成别的地方,早已有了一层绿色,但是昆仑山所有的地方,春天来了也不见一丁点绿意,更别说长出青草。

不长草,但是活下来的树却能长出叶子。雨后不久,那三棵树终于发出新芽,几天就长出了一层叶子。

邓东兴高兴地笑了,笑过几声后又念叨,这三棵能熬过一个冬天,就能熬过很多个冬天,以后就让这三棵树陪着多尔玛。念叨完,看见卞成刚在看着那三棵树,就又对卞成刚说:"咱们多尔玛边防连,离'昆仑卫士'又近了一步。"

卞成刚在旁边也笑了,邓东兴说的话,正是他想说的话,但因为他是副连长,不便把这样的话说出来,邓东兴说出了他便高兴。笑完了,就清醒了过来,对邓东兴说:"收拾收拾,明天下山吧!"担心了三个月,他天天都觉得悬在头顶的石头会砸下来,现在终于熬到了春天,不能再拖了,让邓东兴下山办理复员手续吧。

树已长出叶子,邓东兴不能不下山,便听从卞成刚安排,开始收拾行李。收拾完行李,天已经黑了。他想,再去看看那三棵树吧,以后再也见不到了。到了那三棵树跟前,邓东兴远远地看见,有一个人蹲在那三棵树跟前。他认出那人是卞成刚,这几个月,他天天盼着这三棵树发芽长叶子,而卞成刚则天天担心它们会死,担心到最后,就感觉到头顶有石头在往下砸,砸到他头上的那一刻,会让他身败名裂。现在终于可以松口气,明天邓东兴一下山,属于昆仑山的一个秘密,永远都不会被人知道。

邓东兴想,我还是赶紧走吧,免得让副连长担惊受怕。于是,他打消了过去和卞成刚说说话的念头,转过身准备回班里去。今晚注定是无眠之夜,等卞成刚看完树走了,我再去看看那三棵树。就在他刚转过身,却听见卞成刚在对树说话。邓东兴的脚步一晃便停住,双耳像是贴着黑夜里的隧道,就飞向了卞成刚。

卞成刚说:"亲爱的树呀,你们终于让我松了口气。"

邓东兴知道,卞成刚说的"松了口气",是指他冒了一次险,他冒险等于是多尔玛边防连在冒险,一旦露了馅,他不但不能为自己承担责任,更无法为多尔玛边防连承担责任。唉,都怪我给副连长出了个馊主意!不过,不那样干没有别的办法。我在冒险,副连长在冒险,这件事就像一个人站在悬崖边,随时都会掉下去,但你一定要装出站在平地上,没有任何危险的样子。如果你没有定力站不稳,事情还没有露馅,你倒会先掉下去。

卞成刚又接着说:"亲爱的树呀,你们终于给我争了口气。"

邓东兴觉得奇怪,副连长怎么翻来覆去重复一句话?不过他仔细一听,发现有不一样的地方,上一句是"松了口气",这一句是"争了口气"。这三棵树给副连长争了口什么气呢?这口气就比"松了口气"大多了,"松了口气"是让副连长从半空落下,稳稳站在地上,而"争了口气"不仅仅是站稳,还要迈开步子往前走,走出引人注目的风景。

卞成刚又接着说:"亲爱的树呀,你们可要给我争面子。"

邓东兴知道卞成刚说的面子,就是"昆仑卫士"。他心一下子热了,有了这三棵树,多尔玛就能拿上"昆仑卫士"。他扭头向连队后面的山崖上看,几个月前涂出的那一面军旗,虽然已经替代了"昆仑卫士"四个字,但他觉得那四个字从山崖上移动下来,慢慢在连队走动,走到哪里就给哪里一个启迪,让战士们都懂得去争取荣誉。争取荣誉需要有成绩来匹配,所以才栽树。"昆仑卫士"四个字不应该只在山崖上,而应该在每个人心里,那样才最重要。

卞成刚还在念叨:"邓东兴要走了,以后就要靠你们自己活了,你们一定要争气,活出你们的风采,活出昆仑山的传奇。"

邓东兴一阵心酸,都不想走了,但是已没有留下的任何理由,必须得走了。这样一想,便不能再在这里停留,不然会忍不住扑到三棵树跟前,抱住它们再也不松开。卞成刚还在念叨什么,邓东兴不能再听了,也许卞成刚会说出心里话,一个人的心里话,另一个人是不能听的,所以离开为好。

不知卞成刚是否对着那三棵树说了一夜心里话,反正他整整一夜都在那儿。

邓东兴也就一夜没看成那三棵树。

27

第二天早上,邓东兴坐着一辆军车离开了连队。上车前,卞成刚对他说:"我没有什么要说的,我只希望你把秘密装在肚子里,永远都不要说出来。"

邓东兴笑着问:"万一我说出去了呢?"

卞成刚恼怒了:"如果你说出去,我到你老家去打你。"

邓东兴又笑着说:"我们老家树多,我给你准备很多树枝,任凭你怎么打都不还手。"

卞成刚被逗笑了。

二人都笑,是因为那三棵树挨过冬天,又在春天发芽长出了叶子。在昆仑山上栽树,谁都知道第一年活并不算活,只有第二年活了才算数。现在,多尔玛的三棵树活到了第二年,一定会引起轰动,也一定会给"昆仑卫士"的评选加分。只是,邓东兴马上就要复员走了,即便是多尔玛被评上"昆仑卫士",他也不能分享幸福。不,评"昆仑卫士"看的是前几年的成绩,但凡前几年在多尔玛当过兵的人,都有功劳。

邓东兴顺利下了山,那辆军车走的仍然是新藏线,只不过是从山上到山下。过甜水海时,邓东兴发现"甜水海"这个名字虽然很美,但它却是一片小水泊,而且还是咸水,他觉得这个名字有些夸张,会误导人以为是高原的一片小水泊也是海。但他认为给一片小水泊起名"甜水海"的人是诗人,要不怎么能给这个面积很小,水又苦涩难咽的小水泊,起"甜水海"这么美的名字呢?

在甜水海兵站吃饭,邓东兴要了一盘鸡蛋炒饭,结账时,饭馆的伙计在发票上将一顿饭写成了"一吨饭",他看着那个"吨"字便忍俊不禁,身上的疲惫顿时消失。

翻过库地达坂后,邓东兴突然感觉到风变柔软了,里面夹杂着一丝暖意。这才是真正的春天。他感叹一声,闭着眼睛享受这难得的幸福。同样是当兵,别人已经回到了家乡,而他为了那三棵树,直到现在才下山,都忘了山下是什么样子。山下是如此美好,相比之下,在山上真是太艰苦,不过一想到那三棵树,他又颇为欣慰,在那么艰苦的地方,树就是人最好的陪伴,对他是这样,对留下的战友也是这样。还有在另一个世界的田一禾,以后也将有三棵树陪伴,就请你安息。

下了库地达坂,邓东兴看见兵站旁边有饭馆,进去点了三份拌面:过油肉拌面、芹菜炒肉拌面、蘑菇炒肉拌面。饭馆老板说点一份就可以了,不够可以免费加面。他说我知道三份吃不完,但我一年没有吃拌面,每份哪怕只吃几口,也要尝上三种。

于是就上了三份拌面。

最后一次在这里吃饭了,邓东兴把每份拌面都吃了一点,品尝到了不同的味道,算是吃了三份。复员回老家后,想吃新疆拌面只能自己做,也许老家的面粉和水做不出新疆味道,但是好歹是个念想,吃几口能缓解对新疆的牵挂。

邓东兴吃完饭,天就黑了,驾驶员已联系好住宿,他们便在库地兵站住了一夜。第二天早上刚起床,有一个车队开进了库地兵站。一位汽车兵从驾驶室出来时还穿着军大衣,被库地的春风一吹,才觉出这里已是山下,不但不再缺氧,而且天气也暖和了很多,便把军大衣脱下,"嗖"的一声扔进车厢,好像再也不会穿一次。下山了,天暖了,那军大衣便会一直躺在车厢一角,直到下次上山,到了寒冷的地方,虽然脏乎乎的,也会被战士们拿出来穿上。

那驾驶员看了一眼邓东兴,好像不认识似的转身离去,但没走几步又突然转身回来,盯着邓东兴看了起来。都是昆仑山的军人,都已经这样看了,不管认识不认识,先打个招呼吧。邓东兴便迎着那驾驶员的目光,径直走了过去。那驾驶员被邓东兴的目光逼得后退两步,终于被逼得开了口:"你是那个在多尔玛栽树的老兵吗?"

邓东兴没有回答,只是看着对方,但他的举动已经告诉对方,你是怎么知道的?

对方便一笑:"你当时是如何下决心要栽树的?"

其实邓东兴还不知道对方叫什么,是哪个部队的,哪一年入的伍。如果他入伍比邓东兴早,那就是老班长;如果他入伍比邓东兴晚,那邓东兴就是老班长。但现在不是谈这个的时候,人家一句问话就把你逼到了死胡同里,你是回答还是不回答?

邓东兴一犹豫,对方没有了耐心,索性把答案说了出来:"你栽树一定有想法,昆仑山上的军人不用猜都知道,比如为连队获得荣誉,在评'昆仑卫士'时赢得加分项,所以好几个边防连都想栽树,都想为自己的连队获得荣誉,在评'昆仑卫士'能够加分。结果,一棵也没有栽活,好不容易弄上山的树苗,几天就变成木头棍子。听说你在多尔玛倒是栽活了三棵树,那三棵树的故事可多了,连军分区司令员都为那三棵树搭上了一条腿。最后,听说你也为那三棵树搭上了一条腿。唉,树站稳了,人的腿就受罪了。你的腿现在怎么样,在昆仑山上受的伤可得恢复利索,不然会落下病根子。"那驾驶员说着,要伸出手摸邓东兴的腿,邓东兴一闪躲开,那驾驶员笑着收回了手。

邓东兴想着只有他和卞成刚知道的秘密,便心头一紧,他这几天在下山的路上,莫不是那个秘密已经露了馅?一紧张,他便不想理那驾驶员,转身往房间走去。

邓东兴没有想到,虽然那个秘密没有露馅,但那三棵树却出了意外,那驾驶员见他要走,在他身后大声说:"那三棵树死了,这个消息已经在昆仑山上传遍了,因为你下山了,所以你到现在还不知道。"

邓东兴头皮一麻,想转过身问个明白,但是那驾驶员的话像石头,在地上一砸一个坑,还有什么不明白的呢?但他还是不相信,不是不相信,而是不敢相信,他为了那三棵树,已经走到了别人不敢走,也不愿走的地步,现在那三棵树却死了,这就像有人一直牵着他的手,突然扔开了他,让他处于绝望无助的境地?

不,先问清楚是怎么回事。

哪怕事实能把人砸晕,也必须弄清楚。那驾驶员没有等邓东兴转过身,索性对着邓东兴背影详细述说了那三棵树的事。多尔玛在前天晚上下了一场暴风雪,等到暴风雪停息,连里人只看见地上有三个坑,那三棵树被连根拔起,不知被刮到了何处。副连长卞成刚发现那三棵树在暴风雪中不知去向,就一头栽倒在地。在倒地的一刻,他想到了邓东兴,想到了那三棵树和"昆仑卫士",但只是一个念头,就被一片压下来的黑暗吞噬,什么也不知道了。好在战士们及时发现了他,他才没有被大雪埋没。他清醒过来后,嘴里呜呜咽咽不知在说什么。

邓东兴恍惚听见自己叫了一声,但是从周围人的反应看,他们好像没有听见他的叫声,他便疑惑,我叫出声了吗?

他往昆仑山方向望去,高处是积雪,低处是褐色山峰,新藏公路被淹没在云雾中,看不到上山或下山的车。

回不去了!

他叹一口气,眼泪就下来了。不过回去又能怎样,长那三棵树的地方,只剩下三个土坑,回去还能种出三棵树吗?

邓东兴抹了一把泪,出了库地兵站,默默上车坐下,眼角还有泪水。车出了兵站,不久就进入戈壁。这片戈壁不大,新藏公路从戈壁穿越过去,很快就会过一座桥,那座桥下有时候有水,哗哗流淌;有时候没水,露着干枯的河床。过了那座桥就有了人家、农田和草木,供给分部就在前面,行之不远即可抵达。

邓东兴却不想往前走,他的心还在山上,还想回去。

回不去了,死心吧!

邓东兴提醒自己,你已经不是兵了,新的生活在等着你,只有把新的生活搞好,才不愧是在昆仑山上当过兵的人。

汽车很快驶进戈壁。

邓东兴又回头往昆仑山方向望,不但看不见昆仑山,连库地达坂也变得模模糊糊。一切都已结束,邓东兴转过身,内心亦安静下来。

汽车过了戈壁,很快就到了那座桥边,桥下有水,而且还很大,发出一阵阵喧哗。邓东兴知道,这是昆仑山的积雪融化成雪水,流下来汇成的河流,从这座桥下流过,最后汇入叶尔羌河。

突然,邓东兴看见了绿色。

是一棵长着绿色树叶的树。

邓东兴一下子兴奋了,山下的树已经长出了密集的叶片,而且还绿油油的,反射出明亮的反光。邓东兴盯着那树叶看,一年了,第一次看到这样的叶片,这才是真正的叶片,非常好看。

汽车离那棵树越来越近,邓东兴突然看见那棵树变成了三棵小树,而且是他在昆仑山上种过的那三棵树。他央求驾驶员:"请停一下车,我要下去。"

汽车停住,邓东兴从车上跳下,向树奔跑过去。在昆仑山上时,他曾经有一个梦想,那三棵树长出叶片后,他要把每一片都抚摸一遍。但是他不得不下山,等不到那三棵树的叶片长大。现在,终于看到了叶片,邓东兴要圆梦。

邓东兴跑得很快,一片绿光闪过来,那三棵树倏忽变得清晰,又倏忽变得模糊。他看见眼前就是他养过的那三棵树,上面长满密集的叶片,而且嫩绿翠碧,像是在向他招手,又像是在对他说话。他叫了一声,飞奔过去。

驾驶员在车里喊叫:"你慢一点,刚下山的人,不能剧烈运动。"

邓东兴没有听到,仍然往树跟前跑。突然,他看见那三棵树倏忽模糊,变成了一团黑影,但那些嫩绿的叶片还闪着光,像是那团黑影很快就会散去,那三棵树又会变得清晰起来。但那团黑影迅速扩散而开,戈壁和天空被遮蔽进去。邓东兴的眼前也是一片黑色,他感觉自己的身体变轻,坠进了黑色深渊。

驾驶员一声惊叫。

邓东兴口吐鲜血,倒在了那棵树下。

第八章：无法见面的亲人

28

　　昆仑山的春天来了。

　　说是春天，大多地方还是看不到一丁点绿色，更别说长有茂密枝叶的树，或者绽开的花朵。只是人身上的衣服少了，浑身轻便了很多。还有风，也不再寒冷，有了暖意。这样的春天，虽然与别处的春天没法比，却是熬过寒冷和寂寞等来的，能让高原军人的心情好起来。

　　连长肖凡突然接到军分区通知，让他从多尔玛下山，回河北去探亲。别人探亲都是自己先申请，上级同意了才可以走，肖凡却是被上级命令回去探亲，所以他必须动身下山。

　　肖凡三年没有探亲的事，在藏北军分区人人皆知，所以军分区给他下了死命令，一周内从多尔玛动身下山，回石家庄去探亲。肖凡三年前回过石家庄一次，妻子林兰兰因为分娩期延后，他便不得不先归队。临走时，他给林兰兰说，如果生的是男孩，就叫童童；如果是女孩，就叫果子。林兰兰说，这都是小名，你应该给孩子取大名。肖凡说，我连孩子出生后的第一面都见不上，哪有资格给孩子取大名,还是把机会留给你吧。林兰兰坚持让他给孩子取大名,他坚持把机会留给林兰兰,林兰兰无奈,只好应了他。

肖凡走后二十多天,孩子出生了,是女孩,小名叫果子,大名是林兰兰起的,叫肖姗。

果子,肖姗。肖凡在昆仑山上一次次叫着女儿的名字,觉得都挺好,却始终不能回去见面。三年过去了,肖姗已经三岁。林兰兰每年给肖凡寄一张肖姗的照片,肖姗从一岁到三岁的样子,肖凡清清楚楚,但是他心里的肖姗,只是照片上的样子,肖姗笑起来是什么样子,说话是什么样的声音,他想象不出来。

现在,终于可以见到女儿肖姗和妻子林兰兰了。

肖凡很激动。

肖凡从多尔玛出发,用了五天时间,到达叶城供给分部的汽车营。他本想休息一天后坐班车去乌鲁木齐,但突然想起,好几年没有去看"零公里"路碑了,一生出这个念头,他便再也坐不住,出了供给分部径直向"零公里"路碑走去。

到了"零公里"路碑跟前,肖凡默默待了几分钟。昆仑山上的军人,只有到了"零公里"路碑跟前,才算是真正下山了。肖凡看着路碑上的"零公里"三个字,想对在昆仑山上因为缺氧、雪崩、寒冷和暴风雪而命殁的战友祈祷几句,却不知该说什么。昆仑山上的事,一旦提及就犹如撕开伤口,所以他们轻易都不提。

肖凡沉默了一会儿,举起右手向路碑敬了一个礼。手落下时,他觉得一阵眩晕,随即眼前一黑,腿一软,便跌倒在地。倒地的一瞬,他觉得自己的身体变得软软的,似乎再也无力爬起。不仅如此,还有一片黑暗围了过来,他一咬牙,用手撑地爬了起来,然后迈动双脚走了几步,身体才恢复过来。黑暗慢慢消失了,他摇摇头让自己清醒过来,然后感叹,都已经下山了,可不能在这儿摔跟头，否则会被人笑话。

他还没打算回去，身体却像是被人牵着一样，马上便转过了身。不仅如此，他发觉四周很安静，明明风吹得树叶在动，却听不见风声。还有路上来回行驶的车辆，也悄无声响，在寂静中驰向远处。为何这般寂静，连一丝声响也没有？

是我的耳朵出问题了吗？

肖凡怀疑自己在山上待的时间太长，听觉真的出了问题。他想弄明到底是怎么回事，但是隐隐有一个声音好像对他说，赶紧回石家庄探亲去吧！这个声音一落，他就转身离开零公里，向供给分部走去。

他浑身舒爽，脚步也似乎很轻松。

下山了就是好，走路不用费劲，从零公里到供给分部，也就一公里，但肖凡觉得一路上都是与昆仑山不一样的风景，看上去无比新鲜，但肖凡却无心去看。女儿和林兰兰在等着自己，看什么呢，赶紧回家。

肖凡从叶城坐"夜班车"到乌鲁木齐，然后又坐火车，终于在三天三夜后到达石家庄。这一路很顺利，也很快，没有费什么力气就到了。肖凡也有些诧异，但回到家的喜悦已使他顾不了这么多，一抬脚就进了家门。

肖凡第一眼看见的，是三岁的女儿肖姗。

小家伙比照片上漂亮得多。

肖凡伸出手去抱女儿，他幻想过很多次的这一刻，现在终于实现了。

女儿却叫了一声："叔叔好。"

肖凡愣住了。

旁边的林兰兰，也为女儿的这一声叫愣住了，看着女儿，不知道该说什么好。

肖凡没有见过女儿，女儿也同样没有见过肖凡。在女儿的概念中，没有"爸爸"这个词，严格来说没有"爸爸"这个人，所以她把所有男性都叫叔叔，对肖凡也不例外。

林兰兰对女儿说："这是爸爸，快叫爸爸。"

女儿眨了一下眼睛，还是叫了一声叔叔。

肖凡颇为尴尬，不知该说什么。这一刻的女儿和他之间，似乎隔了一层像纱一样的东西，他想靠近，女儿却迅速躲开。他想打破，却很无力。他终于发现那层东西并不像纱，你说它是昆仑山的影子也行，说它是三年时间沉积后，变成的石头也无可厚非。至此他才真正意识到，三年没有探亲会酿成很吓人的后果，以至于让女儿心里没有"爸爸"这个概念，认为他就是叔叔，是与任何一个男人都一样的叔叔。

林兰兰对肖凡说："你这三年都不在，女儿学说话时，想让她学叫爸爸，可是没有人做对应，想练习一下都不行。"

肖凡安慰林兰兰："没事，我这次休假时间长，我慢慢教她，她慢慢就适应了，保准她叫我爸爸。"

林兰兰说："那就看你的了，在女儿的记忆中，没有对爸爸的认知，一下子让她把你接受成爸爸，不知道行不行？"

女儿觉得肖凡陌生，躲在一边，用充满惊奇的眼睛看着肖凡。肖凡突然觉得浑身没有力气，也无法与女儿对视。他其实想好好看看女儿，但是女儿眼睛里面的惊奇，让他有了负罪感，他甚至都不敢去看，目光恍恍惚惚地飘了几下，就落到了别处。

林兰兰为避免尴尬，把女儿拉到了一边。林兰兰转过身的一瞬，身体抖了一下。三年时间，也变成了压在她身上的石头，以前她不知道，现在肖凡回来了，女儿管他叫叔叔，她一下子被那块石头压弯了腰，甚至有些喘不过气。不是呼吸困难，而是心里有复杂的滋味在翻滚，好像一下子就会让她窒息。

叔叔。肖凡莫可名状地笑了一下,不知是在笑他自己,还是在笑这件事。

女儿看了一眼肖凡,问林兰兰:"妈妈,这个叔叔是谁?"

林兰兰说:"不是叔叔,是爸爸。"

女儿问:"什么是爸爸?"

林兰兰说:"就是生你的父亲。"

女儿问:"我不是你生的吗?"

林兰兰没有办法给女儿解释,用复杂的神情看着肖凡。她就这样看着肖凡,不知该怎么办。

肖凡想对女儿说几句话,然后慢慢给她解释,但女儿躲着他,把头扭向一边。肖凡在内心感叹,在昆仑山三年,把女儿给耽误了。他感觉肩上又沉了,是在昆仑山经常感到有什么压在肩上的那种沉。他虽然离开了昆仑山,但昆仑山好像跟了过来,又压在了他身上。他一阵眩晕,好像又缺氧、胸闷、气喘——出现高山反应了。唉,在昆仑山三年,原本以为只是与亲人远隔千里,遥相呼应,不料却与亲人如此这般隔阂,即使现在站在她们面前,依然觉得遥不可及。他想起到昆仑山的第一年,一位老兵曾说,昆仑山有根,只要你在昆仑山上待一年,它的根就会长进你的身体里,会影响你一辈子。起初他不理解,后来经的事多了,就明白了那位老兵的话。昆仑山的艰苦环境对人的摧残随处可见,他有两位同年兵战友,新兵训练结束后被分配到一个海拔较高的兵站,有一年他从阿里的清水河下山,夜宿那个兵站时碰到他们二人,一个一头白发,另一个已全部脱发,以至于让他不敢相认。他们准备了饭菜招待他,那个晚上他们虽然频频举杯,但他却不敢去看两位战友的白发和光头。还有一位战友,在昆仑山上得了关节炎,复员后走路一瘸一拐,有人劝他去医院治一治,他说不治了,从昆仑山上带下来的病,哪能那么容易治好。这些事就是昆仑山的根,你一上山就潜入你的身体,直到有一天你才会发现它的存在,但它已经把你的背压垮,把腰压弯。

肖凡想抱一下女儿,却挪不动步子。

他怕吓着女儿。

更怕被女儿拒绝。

林兰兰为了避免难堪,借故给女儿讲故事,分散了女儿的注意力。

肖凡默默在沙发上坐下,沙发很软,他觉得自己在下陷。他惊叹,已经回到了家,却仍然不知身在何处,昆仑山的根,把人牢牢地捆死了。他端起茶杯喝了一口茶,却品不出茶的味道。他放下茶杯望着女儿,女儿背对他坐在小凳子上,他虽然看不到女儿的脸,但他知道女儿觉得他陌生,在躲着他。

怎样才能打开女儿幼小的心灵?

肖凡不忍心让女儿负重,便决定慢慢让女儿适应他,适应了就好说话。

林兰兰做好了饭,叫了肖凡一声。肖凡先是一愣,三年没有听到林兰兰叫他吃饭了,这一刻间的幸福,像一股暖流袭遍全身。他起身向餐桌走去,浑身一阵颤抖。

女儿却"哇"地一声哭了。

肖凡迈不动步子,站在了原地。

林兰兰哄女儿:"爸爸从很远的地方回来,见到我们很高兴,我们一起吃饭。"

女儿还是哭。

林兰兰接着哄女儿:"爸爸和我们是一家人,一家人就要在一起吃饭。"

女儿边哭边说:"我们家只有妈妈和我,没有这个叔叔,我不和他一起吃饭。"

林兰兰的脸色骤变,看了一眼肖凡,意思是她没有教育好女儿,连叫爸爸也没有教会。

肖凡心里愧疚,想对林兰兰笑一下,却笑不出来。

林兰兰继续哄女儿。

肖凡和林兰兰都没有想到,女儿却说出了一句让他们吃惊的话:"我怕这个叔叔,他很吓人。"

高原紫外线让肖凡脸膛通红,嘴唇上甚至有裂痕,竟然会让女儿觉得害怕。

林兰兰无奈地看了一眼肖凡。

这是肖凡最不忍心的,女儿不会叫他爸爸没有关系,但是不能让昆仑山的根从他身上延伸到女儿身上,那样的话就影响到了下一代人。

女儿看见肖凡站在那儿发愣,更加害怕,放声哭了。

肖凡一阵辛酸。他不是为女儿不认他辛酸,而是为自己这一刻的样子难受。他怕自己在女儿和林兰兰面前落泪,便转身出门。出门的一瞬,他听见女儿对林兰兰说:"我不喜欢这个叔叔,不要让他再来我们家。"

肖凡的泪水冲涌而下。

出了门,肖凡想,林兰兰会不会也落泪。他断定林兰兰不会,她在这三年独自支撑着这个家,早已变得比男人还坚强,她一定不会落泪。

在街上随便吃了东西,肖凡准备回家,走到家门口却犹豫了,女儿怕他,回去又会让她害怕,他只有等她睡了再回去。

门口有一个台阶,肖凡坐下,呆呆地看院子里的一棵树。他不记得三年前院子里有这棵树,也许是为了绿化移植过来的,三年就长了这么高。他想起连队在昆仑山的那三棵树,苦笑了一下。都是树,因为长的地方不一样,命运也就不一样。不仅如此,还影响了人的命运。如果昆仑山上也能长出这样的树，一切就会被改变，他的脸膛就不会这么通红，女儿也不会怕他。更重要的是氧气会充足，战友们每天不会难受，他也不会在昆仑山上一待就是三年，导致女儿因为从未见过他而不叫爸爸。

夜色渐浓，天黑了。

有风吹来，树叶发出一阵细微的声响。

很长时间里，肖凡都渴望从昆仑山上的那三棵树发出这种声音，但是从来都没有听到。现在听到了，却不欣喜，反而很失落。那三棵树在最后被暴风雪连根拔起，裹入积雪之中，留下了冲不破驱不散的阴影。那三棵树也是昆仑山的根，这世上哪怕有再好听的树叶声，也无法改变它在人心里的摇动。它一摇动，昆仑山的风雪就会千里万里追你而来，让你重回缺氧、胸闷和喘吁之中。

肖凡叹息一声，决定明天好好看一番这棵树，为死去的战友祈祷一番。

肖凡抬头往自己家窗户上看，灯熄了。

女儿睡了。

该回去了。

肖凡起身进了单元楼道，上楼梯，到了家门口，门半掩着，林兰兰给他留着门。他一阵欣喜，伸手推开了门。厨房就在门口一侧，肖凡一进门便听见厨房里有滴水声。他以为林兰兰没有关好水龙头，便摸黑进了厨房。他要悄悄关掉水龙头，以免吵醒女儿。如果吵醒了女儿，加之他又让她害怕，恐怕她一晚上都睡不踏实。自己千里迢迢回来，第一天就让女儿担惊受怕，还不如不回来。

水龙头却并没有漏水。

肖凡颇为疑惑，难道自己在昆仑山待的时间太长，耳朵出了问题?他用手指头掏了掏耳朵,耳朵舒服了,水龙头的滴水声也消失了。

肖凡又苦笑一下,难道自己真的出现了幻听?

昆仑山到底有多少根,悄无声息地藏在人身体里?以后不管人走到哪里,或者一辈子,都会死死跟着你,并经常伸出舌头舔你一下,让你为之痉挛和颤抖。

肖凡说不清楚,也想不明白,索性便不去想。他向卧室走去,心里涌起一阵冲动。今天第一眼看见林兰兰时,他发现她比三年前丰满,确切地说是女人成熟的美,在她身上淋漓尽致地展示了出来。女儿不认他的失落感,使他对林兰兰产生了强烈的依赖,他想拥抱她,也许只有拥抱她,才能让他体会到回到家的感觉。

他刚走到卧室门口,听见女儿和林兰兰在说话。女儿问:"妈妈,那个叔叔走了吗?"

林兰兰为了哄女儿尽早睡觉,便对女儿说:"走了。"

女儿又问:"妈妈,那个叔叔不会再来我们家了吧?"

林兰兰沉默了。

女儿又问了一遍。

林兰兰无奈,便哄女儿:"不会再来了。"

女儿感觉到肖凡和妈妈的关系不一般,便又问:"真的吗?妈妈你不会骗我吧?"

林兰兰又沉默了。

女儿不睡觉,林兰兰继续哄她:"妈妈不会骗你,那个叔叔不会再来我们家了,你闭上眼睛,赶紧睡觉。"

肖凡站在卧室门口,一阵伤悲,又一阵无奈。他不知道林兰兰这样哄女儿,到了明天该怎么办?他想起昆仑山上的雪路,看上去平坦光滑,行驶或步行大可不必担忧,但那是柔软的雪堆积出来的,汽车一旦碾压上去,或者人一脚踏下,就会深陷进去。现在,林兰兰哄女儿的方式,就像昆仑山上的雪路,今天看似平坦可行,到了明天就会坍塌,让人寸步难行。

女儿还是不睡觉,林兰兰还在哄女儿,不管明天是否坍塌,今天必须哄女儿睡觉,而唯一让她从恐惧和紧张中脱离出来,轻松进入睡眠的办法,就是不要让肖凡的影子留在她心里。这样做有些残忍,也会伤害到肖凡,但是有什么办法呢?女儿的心犹如安静的湖泊,从来都没有投入过一块小石子,现在怎么能砸进去一块石头呢?

肖凡打消了与林兰兰零距离接触的念头,走到沙发跟前,坐了一会儿,然后慢慢躺下。

今晚只能睡沙发了。

恍恍惚惚,肖凡听见林兰兰还在哄女儿,林兰兰在说什么,女儿又在问什么,他好像听清了,又好像没有听清,一阵困意袭上身,他模模糊糊要睡过去。

这时,肖凡看见林兰兰从卧室里走了出来。她穿着性感的内衣,脸上红扑扑的,扑进了他的怀抱。他一下子睡意全无,清醒了过来。他和林兰兰拥抱,接吻,然后抚摸林兰兰。

突然,女儿叫了一声。

肖凡听见了。

林兰兰也听见了。

林兰兰叹息一声,起身去了卧室。从卧室传来女儿的哭叫:"我看见那个叔叔在我们家,让他走,我怕他。"林兰兰又叹息一声,她已无法再哄女儿。

肖凡想起身离开家,但是能去哪里呢?这一刻,他又感觉到昆仑山的根在他身上盘结、扭扯和抽动,让他有窒息的感觉。

卧室里传来林兰兰和女儿的哭声,她们都哭了。

肖凡用沙发靠垫蒙住头,眼泪流了下来。

第二天,女儿还叫肖凡叔叔。

第三天,女儿连叔叔也不叫了。她怕肖凡,一看见他便眼睛里溢出恐惧,小手也发抖。肖凡不忍心让女儿幼小的心灵受到创伤,便与女儿保持距离,一旦发现她因为他而紧张害怕,便赶紧走开。

几个月的假期,就这样过去了。

直到肖凡离开家的那个晚上,女儿也没有叫一声爸爸。

肖凡对林兰兰说:"我要走了。"

林兰兰不说话。

肖凡想对女儿说句话,她却早已转过头躲开了他。这几个月,她早已习惯了拒绝他。

肖凡也习惯了被女儿拒绝。

外面一片漆黑,在此时离开家上路,肖凡觉得恍惚,不知道就这样离开,往后与这个家,与女儿之间还有没有关系。

林兰兰担心女儿受惊吓,对肖凡说:"我不放心女儿一个人在家,没有办法把你送到车站,只能把你送到家门口。"

肖凡点点头,没有说什么。他的意思,不说林兰兰也明白。

林兰兰把肖凡送出门,她看了一眼肖凡,本来要转身回去,但犹豫了一下,又停住对肖凡说:"你放心,从明天开始,我天天拿着你的照片教女儿叫爸爸,保证你下次回来,她一定叫你爸爸。"

肖凡心里一惊:"那样不好,千万不要那样。"

林兰兰不解:"你人又不在,除了照片,拿什么让女儿认你?"

肖凡并不认为林兰兰那样做不妥,而是有一件事像刀子一样刺了他一下。昆仑山上有一位汽车兵,连车带人从达坂上翻了下去,到了达坂底下,车变成了一个铁疙瘩,而人不知是被车挤压在了里面,还是被甩到了什么地方,连影子也没有找到。她女儿在供给分部天天举着照片,对着昆仑山方向喊爸爸。老兵们劝那女孩的妈妈,要想办法让你女儿从事故的阴影中走出,哪怕忘了她爸爸也不是坏事,因为她太小了,天天像是被石头压着,会影响她的成长。肖凡在偶然中听到这件事后,并没有往心里去,因为这样的事在昆仑山上太多了,像肖凡这样的老兵,已经见惯不惊。现在林兰兰这样一说,他不由得心悸,好像在供给分部天天举着照片的女孩,是他的女儿,而他是照片中的那位军人。他犹豫了一下,还是没有给林兰兰解释什么,只是与林兰兰拥抱了一下,就上路了。

突然,身后传来林兰兰的惊叫声:"女儿不见了。"

肖凡扔下行李,一个箭步冲进卧室,床上空空如也,女儿果然不见了。于是两个人在家里找,找遍了所有的地方,都没有。他们出门去院子里找,还是没有。

林兰兰绝望了,哭泣起来。

肖凡也绝望了,但他是丈夫,是爸爸,不能哭。于是又去找,在院子里找了一遍,还是没有。

两个人不死心,决定进屋再去找。

经过先前院里新栽的那棵树,突然从树枝间传来女儿的哭声。肖凡和林兰兰循着哭声看过去,女儿骑在树枝上,那根树枝太细,女儿随时会掉下,得赶紧把她弄下来。

林兰兰走到树跟前,想伸手把女儿抱下来,但她害怕女儿掉下来,手伸了一下便缩了回去。

肖凡一着急,便伸手去拉女儿,心想先拉住女儿,然后把她抱下来。他抓住了女儿的胳膊,却死活拽不动她。他怕拽疼女儿,便跳起来去抱女儿,连拽带抱,终于把女儿弄了下来。他怕吓着女儿,便把女儿递给林兰兰。

被林兰兰紧紧抱在怀里的女儿,看了肖凡一眼,突然叫出一声:"爸爸……"

肖凡听见了。

林兰兰也听见了。

两个人都愣住了,女儿一下子就喊出了爸爸,他们之间的隔阂一下子消失了,代之而来的是亲情,热乎乎的,让他们觉得温暖。

肖凡高兴地应了一声,他的声音很大,而且经由这一叫,他突然觉得浑身有一股清爽的感觉在溢动,夜色好像一下子退去,他眼前一片明亮。

黑夜在一瞬间变成了白天。

很快,肖凡看清了周围的一切,并且发现自己躺在病床上,而不是在石家庄,更不在家里。

有人在叫:"这个解放军终于醒了。"

肖凡问周围的人:"我怎么啦?"

一位护士说:"你在'零公里'路碑跟前晕倒了,被人送到医院,昏迷了一天一夜,一直在说胡话,一会让人叫你叔叔,一会儿又让人叫你爸爸……"

肖凡这才知道,他在昏迷中经历的事,是一场昏迷之中的梦魇。

29

第二天,肖凡出院了,他决定回汽车营休息几天,然后回石家庄。长期在缺氧的高原上生活,已养成习惯,到了氧气充足的山下反而不适应,便导致他晕倒后陷入昏迷,在梦中经历了女儿不叫他爸爸,一直叫他叔叔的事。

叶城正在刮一场大风。

叶城的夏天,经常刮大风。

肖凡看见大风刮起的灰尘,落成一团灰蒙蒙的幻影。但过不了一会儿大风又来了,灰尘便又旋转而起,像一个巨兽在摇头摆尾地狂奔。肖凡默默说:"大风没有面目也没有肢体,被灰尘染成浑浊的颜色,不知要干什么?"说完,他笑了一下,刚才说的是一句诗吗?人在昆仑山太寂寞,经常自己对自己说话,用以抵制寂寞,也以此打发时间,所以在昆仑山上说的话,只有昆仑山上的人能听懂。

风越刮越大。

肖凡想,雪是风的兄弟,会不会大风刮着刮着,就下起了雪?风和雪搅在一起,就变成了飞雪,一会儿飞掠而起,一会儿倏然落下,会像大手一样狠狠拍打大地。

大风是否会把大地拍疼?

肖凡觉得一旦是那样,大地一定会被大风拍打得很疼,一阵一阵地抽搐。风的力量很大,肖凡对此深有体会。几年前的一场大风,硬生生地把山上的石头吹得垮塌了,向山下滚出一片灰尘,然后又在山底砸出一个深坑。还有一次,大风吹垮了牧民的毡房,连队的战士赶过去救灾,那位牧民用脚踢着一块石头,嘴里呜呜咽咽。

但是风中的雪落在人身上却是轻的,即使落上一层,也感觉不到重量。只有雪被风吹刮,才会猛烈无比,一下子能把人刮倒,然后倏然把人覆盖。这时候,人就感受到了雪的力量,也会感受到风中的疼。

肖凡明白了,他之所以感觉到大风会把大地拍疼,是因为记忆在这一刻突然复苏,让他的身体有了感应,有了疼痛感。

昆仑山的风有根,会悄悄潜入人的身体里,冷不防就会扭动一下,让人随之抽搐。

肖凡在窗前站久了,腿有些酸,便决定回到桌前坐一坐。但他还是想看风,便又看了一眼。风刮得更大了,"呜呜呜"地呼啸不止,似乎有无数灰色怪物在狂叫奔突。天地间变了颜色,更变了模样。他又觉得大风把大地拍打得很疼,这种感觉很强烈,以至于让他觉得那种疼痛并非出自他的感觉,而是直接来自大地,大地太疼了,直接把疼痛传到了他身上。

连部很安静,通讯员去提水了,或是因为风太大,路难走,这么久了还没有回来。肖凡在椅子上坐了一会儿,觉得不舒服,便起身在屋子里走动。他很想去外面走走,但是风太大了,恐怕走不了几步就得回来。再说,他恐惧那种疼痛,在房子里都这么强烈,到了大风中恐怕会更加受不了。

外面传来杂乱的声响。

肖凡没有从窗户上往外面望,他从风声便判断出,风一定又刮得更大了。这么猛烈的风,一定把大地拍打得更加疼痛。

这样想着,肖凡身上又一阵抽搐。

还有一股凉意。

肖凡走到炉子跟前,伸出手去烤火。其实只是有一股凉的感觉,并不冷,但这种凉的感觉让他不安,所以便去烤火。烤了一会儿,那股凉意被压了下去,身上舒服了。

心里也舒服了。

肖凡苦笑一下,我这是怎么啦,居然如此反常?通讯员可能快回来了,他便起身,心想不可让于公社看见他如此失态,否则作为副连长的形象就会变得不好。

通讯员提着水进来,放在炉子上烧。过了一会儿,水就烧开了。通讯员给肖凡泡了一杯茶,然后就出去了。肖凡看着通讯员的背影在门口一闪就不见了,便明白通讯员不想干扰他,所以就出去了。外面的雪下得这么大,风刮得这么紧,通讯员会去哪里呢?可能会去炊事班和战士们聊天吧,自从汽车营抽调一百个人上山后,就只有炊事班的两三个人留守,后来虽然有探亲的人返回,但人数还是不多。在这样的下雪天,连他这个连长也觉得寂寞,战士们就更不用说了,聊天会成为大家打发时间的唯一方式。

肖凡端起茶杯喝一口,很烫,嘴一阵灼痛。茶要泡久一点,喝起来才好,怎么就忘了呢?

肖凡苦笑一下,放下茶杯。昆仑山的冬天太难熬了,有时候会觉得时间停滞不前,人在那种停滞的郁闷中,有坠入深谷的感觉。时间长了,就会头晕胸闷,出现高山反应。这时候的高山反应,不是因为缺氧,而是因为心情郁闷引起的。所以说,昆仑山上的高山反应有两种,一种是因为缺氧,另一种是因为心情郁闷。

外面的风刮得更大了,呜呜呜的,似乎携带着什么在乱撞。

肖凡的身上又一阵疼痛。

他以为还是缺氧引起的心理反应,但是这次不一样,从脚到腿,然后又到前胸后背,都一阵抽搐。他一惊,不是心理引起的反应,这次是身体真的疼。这样一想,他身上一阵接一阵地疼,以至于小腿肚子都颤抖起来,眼前也冒出金星。疼痛的闸门一旦被打开,有时像细小如溪的涓涓流水,有时像翻天覆地般的汹涌波浪,人的肉体被不断冲刷,要么在剧痛中呻吟,要么在微痛中忍耐。

我的身体有麻烦了。肖凡的嘴巴一阵颤抖,像是说了这句话,又好像没有说。

他以为是风寒的原因,便走到炉子跟前去烤,烤了一会儿,身体还是疼。他想起风是昆仑山的根一说,便叹息一声,自己身体的疼痛,恐怕又是一条昆仑山的根,在几年前就钻进了自己身体里,悄悄等待着扭动的一刻。现在那一刻到来了,它便像小动物一样一跃而起,在他身体里乱窜。人抵挡不住它的乱冲乱撞,要不了几下,轻则浑身发抖,重则会被放倒在地。

我被昆仑山的根缠住了。肖凡心里一阵颤抖,紧接着身上又是一阵疼痛。

肖凡索性不烤火了,起身时,反而感觉身上不怎么疼痛,好受了一些。

吃过晚饭,风还在刮,战士们都匆匆回了班里。肖凡在院子里停留了一会儿,身上有了一层土。他再也不觉得大风会把大地拍打疼痛,因为他的身体已经告诉他,他感觉到的大地的疼痛,不真实,真实的是身体里面的疼痛。

过了一会儿,肖凡拍打掉身上的土,进了连部。落在身上的土很轻,一拍打就掉了,反倒是胳膊却一阵疼痛,让他的心一揪,心里又涌起不祥的预感。

躺下后,他想起了女儿肖姗和妻子林兰兰。不知道妻子如何在教女儿学叫爸爸,不过他不担心这个事,女儿再过几年就懂事了,自然会叫他爸爸。这件事让林兰兰为难了,他记得曾在昏迷导致的梦魇中,和林兰兰开过一个玩笑,说肖姗这孩子如此倔强,一点也不像他的女儿。林兰兰一听眼泪就下来了,气呼呼地说不是你的女儿,是谁的女儿?他忙向林兰兰赔不是,再也不敢开那样的玩笑。他想着肖姗噘嘴和瞪眼的淘气样子,还是挺招人喜欢的。他甚至觉得个性明显的女孩子,一则聪明,二则长大有主见。这样想着,他心里舒服多了,不管怎么样,他心里装下了女儿的样子,这是他昏迷和梦魇一回的收获。如果林兰兰教肖姗成功,这次回到石家庄,就能听到肖姗叫他爸爸。

外面响起熄灯的哨子,肖凡想出去看看,但身上又一阵疼痛,便躺着没有动。身上的疼痛像蚂蚁一样游移,偶尔还咬他一口。不,不是蚂蚁咬了他,而是那疼痛就潜藏在他的身体里,动不动就会扭动或撕扯一下,让他一阵难受。

炉子烧得很旺,呼呼的燃烧声,似乎让屋子里有了动感。那是一股炉子里的热浪,在向屋子四周弥漫。肖凡觉得身上热,便以为身上的疼痛会被驱散。通讯员在熄灯的哨子响过后,给炉子加好煤就出去了,在半夜通讯员还会加一次煤,整整一晚上都会很暖和。

肖凡想,他可能是在巡逻中得了风寒。有一次巡逻回来,他整整呻吟了一晚上,到第二天早上才睡过去,大家以为他好了,不料一摸他的额头,烫得像火烧一样。他们这才知道他并不是睡着了,而是发高烧晕了过去。那次高烧在当天就好了,他以为就是一次常见的发烧,不料却落下了病根子,到了今天便排山倒海般地倾轧了过来。他想,自己得的可能是关节炎,或者风湿。如果是这两种病,倒也不要紧,平时穿暖和就是了。心情放松了,睡意就上来了,他不一会儿就酣睡过去。

风刮了一夜。

早上醒来,肖凡惊讶地发现,自己的下边没有了每天早上都有的晨勃。因为离林兰兰远,他在昆仑山没有性爱,但是身体是正常的,有时候想林兰兰了,身体也会有反应。尤其是每天早上的晨勃,证明他的身体很正常,也很好。但今天是怎么啦?他想起多尔玛的水会让人阳痿的说法,便一惊,难道袭上身的疼痛,并不仅仅是关节炎或者风湿,是更可怕的事情?

肖凡默默起床,一天都打不起精神。

第二天早上醒来,还是没有晨勃。肖凡躺着没动,幻想着和林兰兰在一起的情景,尤其是这次在梦魇中,他看见林兰兰丰满了,身上更有女人味。梦魇虽然错错落落,但有时候却清晰真实,比如梦到回家的日子,虽然经常因为肖姗怕他,家里的气氛很沉闷,但他和林兰兰还是有见缝插针的性生活。仅仅过了三年,林兰兰的身体丰腴了很多,而且变得更加光滑、细腻,他们在一起很疯狂,似乎把空度的时光都补了回来。林兰兰的眼睛里有了满足的神情,肖凡也觉得很幸福。

现在,肖凡幻想着林兰兰的身体,心里有了难以压抑的冲动,呼吸也粗喘起来。但是,下面还是没有反应。像是有一只可怕的手,突然按到他身上,要把他死死压倒在地。

他浑身软了,一股凄凉的感觉在弥漫,外面的大风好像刮进屋子,他浑身一阵颤抖。

接下来的一个月,肖凡一直希望出现奇迹,但是每天早上都没有晨勃。他想办法,想让下面勃起,但是一点希望也没有。他觉得坠入了一个深渊,那是一种带着羞耻感的下坠,让他不敢让人看到他在挣扎。

完了。

肖凡悄悄叹息,眼睛湿了。

林兰兰发来一封电报,她从回去探亲的肖凡战友嘴里知道,肖凡已经从昆仑山上下来了,大概在哪天能到石家庄?

肖凡收到电报后一惊,自己这样的情况,回石家庄该怎么办?他立即决定,不能回去,抓紧时间到叶城的医院治疗,治疗好了,如果时间容许就回石家庄,时间不容许就算了。于是他给林兰兰回了一封电报,找借口说这次下山,只是在零公里休养一段时间,很快就会上山。

林兰兰很快又发来电报,说既然你回不了石家庄,她便打算带着女儿肖姗到新疆来看肖凡。她还告诉肖凡,肖姗已经学会了叫爸爸,她之所以带肖姗来新疆,就是让肖姗当面叫肖凡一声爸爸。

肖凡心里一紧,电报差一点从手中掉落。

他从抽屉里取出两张照片,还没来得及看,便"啪"的一声掉在了地上。那两张照片，一张是林兰兰，另一张是肖姗。肖凡把照片捡起，看着照片上的林兰兰，手有些抖。于是照片再次从肖凡手中滑落，又掉在了地上。

肖凡慢慢把照片捡起，眼泪落了下去。

他又去看肖姗的照片，小家伙的头发长了，也胖了一点，笑得非常开心。他突然想起来，在他的梦魇中，肖姗从来没有这样笑过，她怕他被紫外线长期照射的样子，幼小的心灵在每天都承受着恐惧。他心里一阵痛，作为父亲，他不但不能给女儿温暖，反而让她恐惧，他想死的心都有。梦魇中的这个情景，在当时犹如真的在现实中，现在仍然真切清晰，如同刚刚经历。

想起林兰兰，肖凡觉得自己更没有脸面活了。哪怕腿断了，手残了，他至少可以站在林兰兰面前，接受她的爱抚和拥抱，但是现在他的身体变得像沉重的船，哪怕林兰兰怎样波涛汹涌，他却因为无法起锚而纹丝不动。船废了，再美丽的湖泊，也无法将其载动远行。

肖凡默默把信和照片收起来，看着窗户外面飞掠的尘土发呆。尘土在窗玻璃上划出的幻影，似乎和风一起落下去了，又似乎悬在那儿，把窗玻璃映衬得一团模糊。他觉得自己的心情像窗玻璃一样，被看不清，抓不住的东西紧紧围裹着，无以安宁，更无以挣脱。

天慢慢又黑了，肖凡无奈地躺下睡觉。

天又亮了，肖凡无奈地起床。

肖凡压着心事，谁也不知道他的内心在翻江倒海，更不知道他每天与大家一起出操、学习和吃饭时，一阵阵弥漫起的羞耻感，在怎样撕扯他的心。

因为怀疑是多尔玛的饮水让自己的身体出了问题，所以肖凡很想打电话给多尔玛，让战友们少喝水，但是做饭用的水不是也一样吗?他想让多尔玛去别处拉水,但是很快就否定了这一想法。怎么能因为他的事情,在多尔玛闹那么大的动静?如果有一天战士们知道了他的隐私,他有何颜面再当连长?

肖凡苦笑着摇头,又一阵失落。

他给林兰兰回电报,找借口说下山并不是休息,而是有任务,建议她和女儿不要来。他先前说下山是休息,是抱有把身体治好的愿望,但是现在没有希望了,他只能另找借口,阻止林兰兰来新疆。

林兰兰很快又回了电报,说女儿好不容易学会了叫爸爸,为什么不要来,难道又要拖三年吗?如果又是三年见不上面,女儿恐怕再难认他这个爸爸。

肖凡再次回电报说,路太远了,等他回去让女儿再叫爸爸也不迟。他之所以这样说,是因为还抱着两个希望,一个是幻想着自己能够好起来,另一个是去医院治疗,应该能治好。

林兰兰又来了电报,说肖凡真是不可理喻,连老婆和女儿都不见,是不是待在昆仑山上把脑子待坏了?她不管,就要带女儿来新疆,哪怕见不上面,隔老远也要让女儿叫肖凡一声爸爸。

肖凡没办法了,便没有回电报,他希望林兰兰一生气,不来了。

很快,上级领导听说肖凡下山后,并没有回石家庄休假,便打来电话说,你上一次休假拖了三年,这次就不要再拖了,赶紧回石家庄休假。

肖凡放下电话,手抖个不停。他的身体一直没有恢复过来,他最害怕面对的时刻,终于来了。

一天,肖凡路过零公里时,看了一眼"零公里"路碑。刚下山时因为要看"零公里"路碑,结果晕倒在路碑跟前,然后就是昏迷不醒的一天一夜,让他在错乱的梦魇中穿越时空,像风一样回了一趟家。他怎么也想不到,真的要回家了却是如此沉重,好像迈出一步,就会被大风挟裹而去。这样的风不如昆仑山的风那么大,却透骨般的阴冷,刮到谁身上就会让谁弯腰屈身,再也直立不起来。肖凡这样想着,便没有了去看路碑的心思。昆仑山上的兵,上山时看一眼这个路碑,默默上路;下山时看一眼这个路碑,满心是回家的欣悦。多少年了,这是不变的习惯。这次不一样了,肖凡看一眼路碑后却在想,这一个月休假怎么熬,到了上山的那一天,还能不能像以往一样看一眼这个路碑?他担心自己的生活和家庭,会在这一个月里被摧毁,到时候,自己将如何再上昆仑山?

肖凡离开零公里,直接去了医院。

医生检查后,一脸无奈地告诉肖凡:"如果你在刚发现问题时,到医院来检查,还有希望,现在太晚了。"

肖凡心里一阵难过,昆仑山一到冬天就大雪封山了,下面的人上不去,上面的人下不来,他压根不知道在什么时候,他的身体出了问题。

医生说:"这种情况,让很多人都羞于开口,把本来有的希望都耽误了。"

肖凡无言以对。

出了医院,肖凡不死心。他不死心的原因是,不能接受阳痿这个事实。他才三十岁,怎么就到了这一步?

不能接受!

肖凡又去了另一家医院,医生说出的话,与上一个医生说的一模一样。医生在后面说了什么,肖凡已经听不到了,他只看见医生的嘴唇在动。医生发现肖凡走神了,叫了肖凡一声,肖凡才反应过来。医生把刚才的话重复了一遍,这次肖凡听清楚了,医生所有的话无外乎只说明一点,没有希望。

肖凡绝望了。

这样的事实,哪怕再不能接受,也得接受。

阳痿。肖凡觉得这两个字像刀子,在刺他的心。

肖凡慢慢走出医院,迎面的阳光刺过来,他一阵眩晕。山下的阳光,比昆仑山上的阳光好,但是他却觉得有雪在落,有风在刮。昆仑山的根,这次深深扎进了他的心里,这辈子都无法拔出。

肖凡向供给分部走去,走了几百米突然停住,他无法回家,也就不能回供给分部,他得找一个地方躲起来,把这几个月的时间熬过去。

他在街上慢慢走,不知该往哪里去。

无意一抬头,看见一家宾馆,肖凡决心先住下来,然后慢慢想办法。办完入住手续,肖凡进入房间,从窗户看出去,往东望去。河北在新疆的东面,但是从这里望不到石家庄,他想象不出此时的林兰兰和女儿在干什么,从时间上推算,她们二人应该在吃晚饭。以前身体没出问题时,他时时能想象出林兰兰和女儿的情景,她们吃饭、嬉闹、睡觉等等,他能想象得很细致,好像她们就在他的面前。自从身体出了问题,就再也想象不出她们在干什么了,羞耻堵住了他的心,封死了他的想象。唉,连想象也没有了,他好像失去了自己。

房间里很沉寂,窗户上慢慢裹上了暗色,天黑了。

肖凡躺在床上,眼泪流了出来。

在昆仑山上,肖凡没有哭。现在,肖凡无路可走,便哭了。

第二天,肖凡在宾馆待了一天,没有出门。

第三天,肖凡又在宾馆待了一天,还是没有出门。

第四天,肖凡仍准备在宾馆待一天,不出门。到了中午,他待不住了。他胸闷气喘,像是仍然在昆仑山,又要高山反应。理智告诉他,除了阳痿,他一定还有别的病,如果一直在宾馆待下去,晚来的病会提前来,不该来的病也会来。

肖凡决定出去走走。

出了宾馆,肖凡突然有了一个想法,提前回昆仑山吧,至少可以在山上躲一年,至于林兰兰,只能先瞒着她了。主意一定,肖凡决定去供给分部联系上山的车,如果明天有上山的车,一大早就走。

肖凡正往前走着,看见前面有一位女人,手牵一位小女孩的手,在缓缓走动。他因为想着上山的事,没有仔细观察她们。那小女孩回过头看什么,发现了他,突然向他喊出一声:"爸爸。"

那女人的背影一颤,猛然转过了身。

是林兰兰。

30

林兰兰是昨天来供给分部的,住在招待所。肖凡跟着林兰兰进入招待所后,林兰兰的脸色不好看,憋了好一会儿,终于问肖凡:"我说了我们会来新疆,你下山了为什么不到供给分部找我们?还有,你说你要执行任务,为什么不在供给分部,而住在县城?"

肖凡强装笑脸:"我想给你和女儿一个惊喜。"

林兰兰还是不高兴:"没有你这样给惊喜的。"

肖凡哽咽几声,不知该如何回答林兰兰。如果他的身体没有出问题,他断然不会如此,他想向林兰兰如实坦白,但一股凉意浸遍全身,他便知道不能说,只要他话一出口,就会爆出吓人的雷,把他,还有林兰兰,都炸翻在地。

林兰兰的气消了,佯装生气瞪了肖凡一眼,然后像是要举行仪式似的,把女儿肖姗拉过来,对肖凡说:"女儿已经学会了叫爸爸。"

肖凡很高兴,但他还是故意逗了一下林兰兰:"我不在,你叫谁做的参照?"

林兰兰这回真的生气了:"拿谁做参照?拿你做参照呀,你三年都不回去,我天天拿着照片教女儿,这个人就是爸爸。爸爸就是这个人。女儿虽然还不能理解'爸爸'这两个字的真正含义,但是她记住了你照片上的样子,所以一见到你,就把你和爸爸二字对接上了。女儿就这样学会了叫爸爸,真是不容易。"

肖凡笑了,能这样就已经不错了,他很知足。

林兰兰把女儿拉到肖凡跟前:"叫爸爸。"

女儿奶声奶气地叫了一声:"爸爸。"

肖凡蹲下身要抱女儿,女儿却仍然觉得他陌生,一转身跑开了。肖凡看见女儿在跑开的一瞬,脸上有惊恐和不安。他明白了,女儿只是学会了"爸爸"两个字,至于他和她之间的关系,她还是不知道,不理解,不接受。

林兰兰也明白了,她以为自己通过努力,成功教会了女儿叫爸爸,但事实证明她只迈出了一步,离成功还很远。女儿还是害怕肖凡,看来在女儿和丈夫之间仍然隔着什么。是什么呢?是一座昆仑山,林兰兰这样一想,心便沉了。

"慢慢来吧。"肖凡像是在安慰林兰兰,又像是在给自己打气。女儿觉得他陌生,虽然她叫得出"爸爸"两个字,但只是嘴叫,心不叫。

林兰兰无可奈何,只好说:"慢慢来吧。"

当晚,林兰兰平静了下来。肖凡知道他这么长时间不在家,林兰兰一直很孤独,现在他们见了面,林兰兰一下子觉得欣慰,脸上有了喜悦之色。他还发现林兰兰的身体更丰腴了,是那种一眼看上去该凸的地方凸,该凹的地方凹的女性躯体之美。肖凡心里一阵冲动,但是一想到自己的身体出了问题,一股凉意就浸遍全身。林兰兰发现肖凡在看她,脸一下红了,但毕竟是夫妻,她大胆迎着肖凡的目光,向肖凡走了过来。她眼睛里有灼热的神情,好像向肖凡走过来的,不仅是她的身体,还有积蓄了很久的激情。那股凉意很快就浸入了肖凡心里,他一颤,觉得自己坠入一个深渊,下坠的速度让他眩晕。林兰兰走到肖凡跟前,眼睛里面有什么在往外涌。那是能够把肖凡拽入幸福的灼热,这么长时间,林兰兰一直在期待,肖凡也一直在期待。但是肖凡却觉得自己已坠入那个深渊底部,浑身被寒流浸透,无论如何都兴奋不起来。

女儿在旁边叫了一声,林兰兰不得不转身去了。

肖凡松了一口气,女儿无意间挽救了他,他既有泅渡上岸的庆幸,又有难以言说的酸楚。房间里的灯光很明亮,也很温暖,但肖凡却觉得自己犹如置身于荒野,浑身止不住发抖。

林兰兰安顿好女儿,到了肖凡跟前,肖凡还在发抖。她问肖凡:"你怎么了,病了吗?"

肖凡一惊,虽然没有回答林兰兰,但林兰兰的这句话像暗夜中的一道亮光,一下子镀亮了他的眼睛,也让他清醒了过来。他索性任由身体发抖,间或还发出粗喘。他这个样子,在昆仑山上经常会出现,军人们高山反应或感冒,都会是这样。

林兰兰一看就明白了,肖凡从山上下来,把病也带了回来,只是她不知道肖凡患了什么病。她出去到饭馆买了一碗肖凡最爱吃的揪片子,等他吃完后,又让他吃了药。

肖凡在装病,这药便不得不吃,只有这样才能让林兰兰以为他病得不轻,那样的话她的注意力就会被分散,眼睛里不会再涌出那种灼热。她眼睛里面的那种灼热,在以前是幸福,但对现在的肖凡却是羞耻,他必须避开。

林兰兰问:"难受吗?"

肖凡回答:"难受,浑身没有力气。"

林兰兰已没有了先前的激情,肖凡的病把她拉入现实,她要照顾好肖凡。肖凡每年上山后,她最担心他生病,山上的医疗条件有限,万一肖凡感冒或患了肺水肿,面临的就是难以逾越的阻碍。现在,她的担忧变成了事实,看到肖凡发抖和喘粗气的样子,她被吓坏了,也知道了在昆仑山病了是怎么回事。

其实,肖凡已经不发抖了,但他还得装出发抖的样子。不但要装出发抖的样子,还要不停地喘粗气。他必须用生病假象遮掩自己。他觉得沉重,是那种看不清被什么压着,但却很难扛起的沉重。

林兰兰扶肖凡躺下,给他盖上被子,然后说:"休息一会儿吧。"

肖凡闭上眼睛假寐,心里却更为复杂。他装出生病的样子,可避免与林兰兰的肉体接触,他没有了压力。但是他却觉得迷失了自己,是那种站立不稳,脚下打滑,要跌入一个看不清、辨不明的黑洞中去的迷失。他在昆仑山曾遇到过很多次大风,有几次差一点被大风刮走,但他心里一鼓劲,脚下一用力,就稳稳地站在原地。作为军人,怎么能被风刮倒呢?现在,他还是军人,但面对妻子林兰兰,却无法挺住,只能装病蒙混过关。

他心里难受,忍不住叹息一声。

林兰兰听到肖凡的叹息,以为他难受,便走过来安慰他几句。他便又装出喘粗气的样子,林兰兰扶他坐起来,让他喝了一口水,他装出略有好转的样子,躺了下去。

肖凡又成功了一次。

林兰兰问肖凡:"要不你早一点休息?"

这正是肖凡所期待的,但他还要装一下,以免被林兰兰发现。他咳嗽了一声,对林兰兰说:"你倒一杯水放桌子上,我晚上口渴了自己喝。"其实林兰兰已完全相信他病了,他大可不必这样装,但是他不能有丝毫的马虎,否则今夜难以过去。这样想着,他心里又一阵难受,但他知道必须把难受压下去,否则自己将一步走到尽头。那尽头,是男人的耻辱,也是他最无法面对的结局。

林兰兰关了灯,陪女儿睡了。

灯熄灭的一瞬,肖凡觉得巨大的黑暗吞没了自己。窗户上有月光,但只有朦朦胧胧的一层,像是一个想用力站起,但又用不上劲的人。他把目光从窗户移开,就又落入了屋内的黑暗中。他无法去妻子身边,不过这样也好,与妻子保持一定的距离,倒也不会有麻烦。黑色压在他身上,他脸上有了冰冻的感觉,他知道自己流泪了,但没有用手去擦,只是任由那冰凉的感觉从脸上向下蔓延。

明天怎么办?

后天怎么办?

哪怕自己再能装病,也总有好的一天。他这次休假有两个月,身体的事,终归是纸包不住火,林兰兰知道真相后,我该怎么面对,以后怎么生活下去?肖凡找不到答案,脸上又有了冰凉的感觉。

窗户上的月光只剩下一个小圆圈,但却很明亮,透过窗玻璃在地上投下一片光影。光影比窗户上的圆圈大多了,明晃晃的很刺眼。肖凡的眼睛被刺得不舒服,便起来拉严窗帘。他意识到林兰兰在身后,一回头,林兰兰果然站在身后。他虽然看不清林兰兰的表情,但是他能感觉到林兰兰一定很吃惊——你不是病了吗,为什么却如此利索?他很紧张,事情这么快就露出了马脚,他顿时觉得自己跌入了黑暗的谷底,无论怎样挣扎都无法爬出。好在林兰兰并未产生怀疑,只是问:"你睡不着吗?"

肖凡装出粗喘的样子:"窗户上的光圈刺眼。"

林兰兰说:"你病了,叫我来拉窗帘就行了。"

肖凡说:"没事,我还没有到动不了的那一步。"

林兰兰叮嘱肖凡一番,便又睡了。她稍后看了一眼肖凡,但只是看了一眼,没有说什么。

肖凡这才放下心来,这次是黑夜帮了他,林兰兰没有看清他的举动和表情,否则他就露馅了。他是军人,动作迅速,身手敏捷,就连起身去拉窗帘也极为利索,如果林兰兰看清楚了,怎能不怀疑呢?重新躺下,肖凡一点睡意也没有,觉得盖在身上的被子很重,不一会儿就让他出了一身汗。他诧异,明明不热,为什么却出汗了呢?哦,是因为紧张,就出了汗。

外面起风了,有黑影在窗户上移动,像是有人在向屋里张望。肖凡看见窗户上的小圆圈倏然消失,屋子里更黑了。他看不清屋里的任何东西,黑暗遮蔽了一切。他觉得从发现身体出了问题的那天起,他就跌入了巨大的黑暗,然后越陷越深,再也爬不出来。但这是属于他一个人的黑暗,哪怕从此暗无天日,也说不出口,喊不出声,甚至不能在别人面前掉泪。

窗外有一只鸟儿叫了一声。

肖凡想起在昆仑山失眠时,经常听到鸟儿在黑夜中叫。昆仑山的鸟叫不一样,只要叫一声,就会接连不断地一串鸣叫,似乎能把昆仑山掀起来。也许鸟儿也觉得在昆仑山太寂寞,便发出那样酣畅的叫声,以度过难挨的夜晚。到了白天,却见不到一只鸟儿,不知它们飞到了哪里。在昆仑山,不管是被鸟叫声侵扰,还是被寂寞围裹,人都不会多么难受,因为人很少,很多时候都好像和自己在相处,没有比对的他人,也就没有失落。他的身体出了问题后,虽然心情郁闷,却没有多么难受,因为他觉得林兰兰在千里之外的石家庄,中间隔着一座昆仑山,便也就隔着巨大的遮掩。

但是现在,林兰兰就在他身边,再也没有什么能遮掩他。

那只鸟儿又叫了一声。

肖凡的身体抽搐了一下,好像这一声鸟叫是一把刀子,隔着窗户刺了他一下。在昆仑山时从来没有过这种情形,难道山下的鸟儿比山上的鸟儿厉害,用叫声也能伤人?不是,我的心已经受伤,即便是一声鸟叫也让我颤抖。这样的颤抖比被刀子刺中还难受,让人悲痛欲绝。

肖凡想去外面走走,但是他又担心会被林兰兰发现,便躺着没动。他知道林兰兰还没有睡,因为刚才的鸟叫声也惊扰了她,她发出了一声惊叫,虽然她怕吵醒女儿,极力把惊叫声压了下去,但是肖凡还是听到了。肖凡不知道林兰兰是否也怕鸟儿叫,他不在的日子,她如何度过如此难耐的夜晚?

肖凡一动不动躺着,挨着寂静的黑夜,盼着林兰兰入睡,也盼着自己入睡。

半夜过去了,肖凡有了困意,脑子里模模糊糊地出现了连队,还有连里的战士,他们向他说起一件事,那是一件让人快乐的事,战士们说得高兴,他也听得高兴。但是袭来的困意犹如一场大风,让快乐的场景戛然而止,他觉得自己滑进了一个柔软舒适的神秘去处,意识渐渐模糊了。一个感叹潜入他最后的意识——那时候,我的身体还是好的,所以才那么快乐。然后,就沉沉睡去。

他又做了几个梦。梦是一个秩序错乱的世界,会出现认识的人,也会出现不认识的人;会发生在现实世界中曾经发生过的事,也会发生匪夷所思的事。人主宰不了梦,所以做梦的人会被错综复杂的梦带走,或经历惊心动魄的离奇之事,或说一场错乱无序的话,直至梦醒后才会恍然大悟,梦中的一切才会变得遥远。

后来,梦中起风了。

众多杂乱的梦飞纷呈地,肖凡都没有感觉,唯独一场轻柔的风让他有了感觉。在昆仑山上,他曾多次遇到过这样的风,那是一种似有似无,却让人感到清爽的风,在那样的风中被吹一会儿,会神清气爽,心旷神怡。但是那样的风在昆仑山,难道他一下山,那样的风就跟到了山下?那风仍然在吹,落到他脸上,有一种从未有过的舒适感。他似乎处于半梦半醒的状态,好像有一只手在抚摸他,要让他醒来;好像还有一只手,要抚摸他继续睡去。

终于,肖凡醒了。

林兰兰趴在肖凡身边,正吹气如兰地看着他。这是黑夜,她一定看不清他,但她熟悉他,看不清他也觉得他亲切。他心里一阵欣喜,林兰兰离他这么近,让他再次体验到了夫妻之间的亲密和甜蜜。

林兰兰不知道肖凡醒了,仍在黑暗中看着肖凡。肖凡感觉到了林兰兰的呼吸,急切紧促,把气息直接喷到了他脸上。哦,他在半梦半醒之间感觉到的,并不是清爽的风,而是林兰兰的呼吸。昆仑山的那种清爽的风,只能在昆仑山才可遇到,下了山遇到的是别的风。林兰兰的呼吸也是一种风,比昆仑山的那种风还好,他即便是这样躺着,也感觉到很幸福。

以前,肖凡探家时都会体验到这种幸福,林兰兰扑入他的怀抱,把这种气息喷到他脸上,他就会沉醉。然后就是长久的拥抱和接吻,他一路的疲惫会在顷刻间消失殆尽,身体会变得兴奋,迎来的夜晚会无比幸福。

想着这些,肖凡心里有了冲动,想把手伸向林兰兰。林兰兰的腰近在咫尺,他只要把手伸过去就可以抚摸到。林兰兰的腰柔软、细腻和光滑,他每次抚摸都很欣喜。现在,他已抑制不住自己,要伸手过去抚摸一番。

但是,肖凡突然想起自己的身体出了问题,手便像是软了一样没有动。不但手没有动,他把眼睛也闭上,任凭林兰兰的呼吸越来越灼热,越来越近地喷到他脸上。他知道林兰兰一定是难以抑制内心的冲动,便悄悄摸到了他跟前。她发现他睡着了,不忍心把他弄醒,便趴在他身边看他,看着看着更难以抑制内心的冲动,便呼吸紧促,本能地把气息喷到了他脸上。这热烈的呼吸,把他从梦中拉了出来,好在有黑夜遮蔽,加之他没有一把抱住她,她便没有发现他已经醒来。如此这般,他和她虽然近在咫尺,但是却犹如隔了千山万水,让他一阵心酸。

林兰兰叫了一声他的名字。

肖凡很紧张,如果林兰兰忍不住把他弄醒,伸出手抚摸他,他一直小心翼翼维护的堤坝,将会在一瞬间塌垮,然后倾泻出悲怆的洪水。那一刻,一切都会昭然若揭,他将无地自容。或许这个夜晚注定会让他迈不过去,最后被耻辱死死压住,再也翻不了身。

林兰兰或许是不忍心把他弄醒,停了一会儿,热烈的呼吸平静了下来。

肖凡赶紧装出粗喘的样子,间或还咳嗽了几声。今晚他一直在这样装,已经让林兰兰相信他病了,现在他必须再装出生病的样子,才能让兴奋的林兰兰冷静下来,一场危险就过去了。噢,这居然是一场危险。

肖凡心里一阵难受。

肖凡装出的样子,果然起到了作用,林兰兰不再发出热烈的呼吸,像是在黑暗中凝固了一般,长久都没有声息。过了一会儿,她给肖凡盖好毯子,悄悄去了卧室。

肖凡的眼泪流了出来。

第二天早上,林兰兰起床后,发现肖凡不见了。桌上有一封信,上面这样写着:

  亲爱的兰兰,昨天晚上因为生病,没有来得及告诉你一件事,部队临时接到任务,我今天必须一大早坐汽车营的车上山。这次回来,女儿终于叫爸爸了,我很高兴。谢谢你教会她叫爸爸,她是个好孩子,长大后一定会有出息。

肖凡即日

  林兰兰觉得奇怪,以往肖凡每次上山,都会告诉她下山的日期,为什么这次什么也没有说?还有,哪怕是再紧急的任务,也不至于在下山的第二天就接到通知。不过,她相信肖凡,坚信他不会隐瞒她什么。再说了,部队有部队的纪律,既然肖凡不说,那一定是需要保密,她作为家属,便不能问。

  从第二天开始,林兰兰又像以往一样,开始了等待。

  第八天,林兰兰等来了一个消息,肖凡上昆仑山后,在巡逻中遇到雪崩,不幸牺牲了。

  林兰兰欲哭无泪,一声声叫着肖凡的名字。这么多年,她最担心的就是听到这样的消息,挨过一年便暗自欣慰,复又暗自祈祷肖凡在昆仑山平平安安,不求干出什么成绩,不求当多大的军官,只要活着回来就感天谢地。现在看来,昆仑山就像一个巨大的水桶,把她的担忧一年一年装进去,到最后就变成彻骨的凉水,从头到脚泼下来,让她凉透了心。

  过了几天,又一个消息传到了林兰兰耳朵里,肖凡在昆仑山上时已经阳痿,他下山本可回家休假四个月,但因为无法面对林兰兰,就没有回去。在叶城偶遇林兰兰后,装病挨过一晚上,第二天在天不亮时,就悄悄离开招待所,搭乘一辆军车上了昆仑山。

林兰兰像凝固了一样,久久不语,久久不动。

供给分部的家属们都觉得林兰兰可怜,便去安慰她,却怎么也敲不开招待所的门。她们以为林兰兰出事了,便叫人撬开了门,屋子里空空如也。

不知什么时候,林兰兰已带着女儿悄然离去。

第九章：一支驳壳枪

31

在多尔玛边防连的执勤任务,已全部完成,汽车营的人准备下山。肖凡遇难后,藏北军分区考虑到汽车营教导员丁山东的身体不好,便提升副连长卞成刚为连长,让他把汽车营的人带下山。

他们离开多尔玛,回到了藏北军分区所在地清水河,排长伊布拉音·都来提早已痊愈,也回到了汽车营。

这次上山的人数虽然只有一个连的人,但大家一直都习惯于说是汽车营,好像整个汽车营都在山上。卞成刚升任连长的第一天,于公社高兴地叫起来:"太好了,你上山时是副连长,下山就是连长,升官了,祝贺。"

卞成刚没有说什么。

于公社猜得出,卞成刚负责管理这近百人,实际上当的是汽车营的家,一个难题又摆在卞成刚面前,评"昆仑卫士"有没有希望?换了别的部队,评不上也就罢了,但对汽车营来说则会引起争议,常年在昆仑山上奔波的汽车营,连名字都与"昆仑卫士"密不可分,为什么会评不上呢?这就像亲手做好了一盘菜,转眼间却与你没有了关系,让人如何接受得了?

于公社向卞成刚报告:"连长,军分区司令员来电话说,让我们在军分区休息几天,然后下山。至于什么时候下山,司令员在电话中没说,只是让我们等通知。"

卞成刚便带着大家,在步兵营空闲的营房里住了下来。

营里安顿妥当后,于公社看见卞成刚仍然恍恍惚惚。也难怪,上山时一百个人,现在是九十五个人,丁山东一直在住院,李小平调下了山,而肖凡、邓东兴和丁一龙三个人死了,于公社心里一阵难受。昨天说起这些事,卞成刚对于公社说,如果能够替换,让他替肖凡、邓东兴、丁一龙三人去死,换他们都活下来。于公社说,怎么能换呢?说完,心里一阵难受。

于公社给卞成刚倒了一杯茶:"连长,你喝杯茶,忙了好长时间了。"说着,于公社放下茶杯就出去了。他知道连长有心事,便想让连长一个人待着,到了吃晚饭时再来叫一声。于公社还知道,连长在想死了的那三个人,他如何给他们家人交代。这件事像大石头一样压在连长背上。田一禾、肖凡、邓东兴、丁一龙四个人,也都有父母,连长该如何一一去处理他们的后事?

于公社不敢走远,坐在离营部不远的地方,一旦连长有事喊一声,他就可以马上出现在连长面前,这是通讯员的职责。

闲坐无事,于公社便想这次上山真是不顺,加上之前的田一禾,一共死了四个人,让全营的九十多个人在这一年一直很紧张,尤其是卞成刚,是在汽车营连连出事的关头临危受命,在这样的折腾中,他像巨浪中的树叶,倏忽一闪被吞没,又倏忽一闪浮了出来。连长上任后的这几天,从来都没有见他笑过。能笑得出来吗?听说已经开始评"昆仑卫士"了,汽车营是否能评上的问题,再次像石头一样压在连长身上,这件事就像一个人哪怕走再远的路，都无法逃离注定的结局，让你摆脱不了命运的束缚。经由这件事，于公社想起小时候发生的一件事，当时的村里田靠引水浇灌，他爷爷当时是公社书记，亲自带人去开坝引水。那个坝很大，一年四季积蓄着水，用水时挖开一个口子，引完水再用石头和砂土将口子堵好。做这件事有风险，弄不好会淹死人。爷爷带人挖开大坝口子后，不料水流太急冲垮了大堤，把没来得及跑的三个人冲走了，等找到他们三人时已咽了气。爷爷为此受了处分，并一直心怀愧疚。爷爷当时的样子，与营长现在的样子一模一样，都是被大石头压着的人。他爷爷在阿里当过兵，当年随进藏先遣连从皮山出发（那时候还没有新藏公路），历尽坎坷到达阿里。有那样的资历，他在地方的职务应该还有提升的空间，但是因为引水事件，直至退休也没有被提升。于公社长到十八岁时，爷爷听说阿里军务区来征兵，便让于公社去阿里当兵，替他去烈士陵园看看当年的战友，尤其是祭奠一下老连长。老连长在当时因为积劳成疾，加之高原上的医疗条件差而死。于公社的爷爷要把他背下山，他说来不及了，就让他留在阿里。于公社的爷爷明白老连长说的留在阿里，是指死在阿里，不要费周折下山。老连长在最后给于公社的爷爷交代了一件事，他死后把他的那支驳壳枪留下，阿里虽然解放了，但是阿里是边境，把驳壳枪留下有用。于公社当兵后，爷爷就去世了。他听说那支驳壳枪在藏北军分区的军史馆里，但一直没有机会看一眼。第一年，他觉得后面一定会有机会，但是到了第二年，仍然没有看上一眼。汽车兵不是上山就是下山，一直没有自由时间。他去烈士陵园祭奠完先遣连的先烈们，只能在心里默默对爷爷说，老连长的驳壳枪还没有看上，只能等第三年了。现在是第三年，如果还看不上就得复员，以后就再也没有了机会。

　　于公社扭头向军分区的军史馆方向望了一眼，想给连长说说,请他托人打开军史馆的门,让他进去看一眼,但是他又有些犹豫,连长的心情很压抑,还是不给人家添麻烦为好。

天色暗了下来,远处的夕阳呈现出一片金黄,在雪峰上慢慢移动,像是不忍就此结束,不一会儿,巨大的暗色向下压着,那抹金黄渐渐变淡,最后慢慢消失。

于公社想看那支驳壳枪的愿望,也像夕阳中的那抹金黄,慢慢沉到了心底。

伊布拉音·都来提吹响了开饭的哨子,战士们都已经饿了,迅速列队唱歌,然后进了饭堂。军分区给营里送来了鸡鸭鱼肉,晚上要会餐。汽车部队有一个习惯,每每完成任务都要会餐,以示对战士们的慰劳。大家在这几个月一直吃不上新鲜蔬菜,好多人的嘴唇都裂开了口子。所以这一顿饭很丰盛,而且还容许喝酒。当然,酒不是白酒,仅限于啤酒,可以放开喝。于公社在下午看见司务长从外面弄回一车啤酒,就知道晚餐要配啤酒。

吃饭时,卞成刚脸色沉重,一直没有说话。邓东兴没出事前,他因为对那三棵树寄予了希望,一直怀着蒙混过关的侥幸心理,并认为邓东兴假装腿受伤的事,是只属于他们二人的秘密,只要他们不说,便永远不会有人知道。但是那三棵树在一场暴风雪中全死了,而且邓东兴也在一棵树下猝死,他这才意识到不应该听从邓东兴的主意,如果他让邓东兴随老兵们一起下山复员,就不会导致邓东兴在后来猝死于那棵树下。

他担心这件事迟早会露馅。

那三棵树让他和邓东兴做了一场想向"昆仑卫士"靠近的梦,但最终却空无所获。他压力很大,军分区迟早要追究邓东兴猝死的事,他已做好承担责任的准备。这样一想,他又一阵惶恐,他承担不了的责任,或者不敢说的,是他默许邓东兴假装腿受伤,在多尔玛多待了一个冬天的事。随着下山的日子逐渐临近,他觉得自己被什么推动,要站到人群面前,把曾经紧紧捂着的一个秘密和盘托出,给组织一个交代。

要不要给组织交代,他犹豫不决,拿不定主意。

大家举杯一口喝干,气氛热闹起来。

于公社坐在卞成刚对面,发现卞成刚才只喝了一小口,但察觉到大家都喝完了,才勉强把一杯酒喝完。他想,连长有心事,怎么能喝得下酒呢?这样一想,他也端不起酒杯。

饭吃到中间,卞成刚又站起来说:"这顿饭大家可以放开吃,放开喝,但是今天晚上不准乱跑,除了站哨的人,其他人都不准出门,好好休息一晚上,也许明天一早下山的命令就下来了。"

谁都知道军营里的事,听从命令便是,没有人说什么。

吃完饭,于公社开始排晚上的哨兵,排到第四个,他写上了自己的名字。第四个哨兵在凌晨三点多,本来通讯员不用站哨,但他在这一刻心里一动,自己的名字就落在了纸上。他想着那支驳壳枪,但正常去看没有机会,便想趁着夜深人静钻进军史馆,哪怕看一眼也会心满意足。但是军史馆不能随便进去,他如何钻进去?他的名字已经落在了纸上,去一定是要去,至于想什么办法,到时候再说。

熄灯号吹过后,卞成刚看了一眼哨兵名单,没有说什么,于公社悬着的心放下了。按照惯例,卞成刚在熄灯后要去各班查看人员在寝情况,通常也会带着于公社。今天依然一样,卞成刚在前,于公社跟在后面,二人在院子里转了一圈。所有房间都已熄灯,但还有人说话。很快就要下山,加之会餐让大家兴奋,所以有人不能平静。卞成刚走过去,战士们听到他的脚步声,声音哑了下去。

二人转了一圈,各自进屋休息。于公社却睡不着,一班哨一个半小时,他不怕自己睡过头,因为到了他的哨,上一班哨的人会来叫他。他很紧张,一紧张便没有了睡意。屋子里漆黑,他睁着双眼,感觉黑暗比昆仑山还巨大,压得他喘不过气。其实黑夜只是一种存在,不管你有没有感觉,天黑下来后它就一直在。是于公社太紧张,目光一落入黑暗,便犹如滑进了深渊。不能这么紧张,视情况而定,实在不行就放弃计划。

从隔壁传来下成刚的叹息声,很小,但依然清晰,于公社隔了一面墙也听得清清楚楚。连长有心事,也睡不着啊!于公社感叹。

第一班哨很快就结束了,于公社听见交接班的声音。还有两班哨的三个小时,就轮到我了,可以睡一会儿,也可以不睡。于公社慢慢放松下来,一放松就困意袭来,很快睡着了。在快进入梦境的那一刻,于公社还有清醒的意识,心想还要站两班哨呢,千万不要睡过了头。梦境像打开的口子,与于公社最后的意识对接在一起,爷爷在梦的另一边看着于公社,于公社觉得奇怪,爷爷已经去世两年多了,怎么会跑到昆仑山上来?哦,这是在梦里,梦是没有规律的,爷爷像风一样跑到了我梦里。这是于公社最后的清醒意识,梦像伸过来的一只手,一把便将他从最后的清醒意识中拽住,拉入另一个世界。

梦中的爷爷无比清晰,还是活着时的样子。爷爷对于公社说,昆仑山是非同寻常的地方,你站哨时一定要尽职尽责,不要放过任何异常现象。

于公社知道爷爷的思维还停留在那个年代,他们那时候是解放阿里,从来都不敢放松警惕。于是,他对爷爷说,你们那个年代是那样,现在不一样了,不用那么紧张。

爷爷却不高兴地说,不论是什么时候,军人始终是军人,不能放松警惕,也不能降低标准。

于公社已没有清醒的意识,模模糊糊地对爷爷说了句什么,爷爷好像生气了,也模模糊糊地对他说了句什么。梦就是这样,自己说了什么,别人说了什么,都像无序的风一样乱刮,一晃就会过去。

爷爷问于公社,先遣连的先烈们都好吗?

于公社说,都好,部队给他们建了烈士陵园,每个人都建了墓,还立了碑,碑上面把每个人的生平写得清清楚楚。我一个一个看了,算是了解了每个人的生平。经常有人去烈士陵园祭奠他们,有的墓碑前放着鲜花,虽然已经干枯,但可以想象拿进去时是鲜花;有的墓碑前放着酒瓶,虽然酒瓶是空的,但可以肯定是送酒的人为先烈们打开了酒瓶,时间一长酒就蒸发了。

爷爷说,酒蒸发了,也就等于是那些老伙计喝了。

于公社点头称是,虽然是在梦中,但他还是想起那次去烈士陵园祭奠的情景。他告诉爷爷,你们先遣连的那一批兵是阿里军人的骄傲,每次我们的车队到了烈士陵园外面,如果时间紧张,就鸣笛通过,算是对老前辈们的问候;如果时间容许,就进去祭奠一番。有好几次,营长李小兵给我们讲起你们的事迹,我们都深受教育。

爷爷点了点头,又问于公社,你单独祭奠他们了吗?

于公社说,都单独祭奠过了,我本来想趴下给他们磕头,但是我是穿着军装的军人,不方便那样做,就给他们敬了礼,也给他们鞠了躬。我还把您在我小时候经常念叨的话,都给他们说了一遍,他们应该都听到了。敬了礼鞠了躬后,最后我又说我是替爷爷您去的,说完就离开了。

爷爷却摇摇头,一脸不满意的神情。

于公社明白了,爷爷不满意,是因为他至今还没有去祭奠先遣连的老连长。他想对爷爷解释,不知老连长死后埋于何方,但是他想起爷爷曾对他说过,看到了那支驳壳枪,就等于见到了老连长。老连长在临死前交代爷爷,把那支驳壳枪留在阿里,之后的移交手续也是爷爷亲手办的。一支驳壳枪,不但让老连长的魂留在了阿里,也让爷爷魂牵梦绕一生,所以必须去看看那支驳壳枪,了却爷爷的夙愿。

这样一想,于公社决定去军史馆去看那支驳壳枪。他问爷爷,我见到了那支驳壳枪,是不是把您经常念叨的话,对那支驳壳枪再念叨一遍?

爷爷好像笑了一下,没有说话。

于公社把爷爷的话记得很清楚,老连长当年在一次执勤中,被一群狼围住,他从腰间拔出驳壳枪瞄准了狼,但在那一刻他又放下了驳壳枪,因为当时离边境线很近,如果他开枪的话会引起对方国的误解,搞不好还会引起纷争。他拿着驳壳枪,如果狼扑上来就用枪去砸狼。好在那群狼围了他一会儿后走了,他默默把驳壳枪插回腰间,松了一口气。还有一次,老连长带人去剿匪,实际上那是最后一个土匪,在山里躲藏了很多年。那土匪只有一支装火药的老式土枪,看见老连长带人围了上来,就把枪口对准老连长。老连长把驳壳枪放下,对那土匪说,你如果放下枪,性质就不一样了。那土匪不明白老连长为什么会放下驳壳枪,又更不明白老连长为什么会说那样的话。老连长说,我放下驳壳枪,并不是怕你,而是不想逼你,至于让你放下枪,是给你一个机会,你放下枪就等于投降,可以在新中国获得新生,从此好好做人。那土匪明白了,放下了枪。事后老连长说,他当时很紧张,毕竟那是土匪,而且枪口正对着他的胸口,一扣动扳机就会让他倒地身亡。好在他的劝说起到了作用,当他从地上拿起驳壳枪时,虽然手心里一把汗,但还是很高兴……老连长关于驳壳枪的故事有很多,爷爷在于公社小时候一件一件给他讲过,他一直记到了现在。现在,到了给老连长讲述的时候,他讲述一遍,就等于是爷爷和那支驳壳枪聊了一次,或者见了一次面。

于公社决定去看那支驳壳枪。

他刚下了决心,爷爷就走了。于公社看见爷爷意味深长地看了他一眼,然后就不见了。

爷爷虽然走了,但于公社没有醒,梦还在持续。于公社随着梦的无序脚步出了门,军史馆的门开着,他有些恍惚,军史馆里有文物,为什么门却开着?他想起自己曾担心进不了军史馆,看来是多虑了。他推开门进去,一眼就看见了那支驳壳枪。驳壳枪在玻璃柜中,他用力去掀柜盖,却打不开。打不开玻璃柜,他便不能伸手取出驳壳枪。他很失望,看过几眼驳壳枪后小声念叨,爷爷,我只能这样替您看一看驳壳枪了。爷爷的声音从门外传来,说的是什么,他听不清。他想对爷爷说,只能这样了。外面又传来爷爷的声音,他还是听不清爷爷在说什么,便就不知道该对爷爷说些什么。

外面起风了,再也没有传来爷爷的声音,他便转身往外走,但是门却不见了,他一急便大声喊叫,希望有人能给他开门。叫了几声,好像有人应了一声,在叫他的名字。他应了一声便醒了过来,原来已轮到他站哨,是上一轮的哨兵来叫他,从梦中叫醒了他。

梦恍恍惚惚,好像结束了,又好像还没有结束。

于公社出了门,向哨位走去。外面与屋子里一样,都是巨大的黑暗,他一出门便觉得自己迅速被淹没。这时候,他才明白那个梦结束了,杂乱的梦中情景也一去不返,他又回到了现实中。夜很黑,他想看看那支驳壳枪,对驳壳枪述说的愿望更加强烈。这一趟下山就要复员,以后再也没有机会来阿里,如果不完成爷爷的夙愿,他将终生遗憾。

在哨位上站了一会儿,于公社一扭头才发现,军史馆离哨位只有几十米,如果撬开窗户进去摸一把那支驳壳枪,然后待上一二十分钟,绝对不会被发现。这个时候,所有人都在酣睡,谁也不会出来。主意一定,于公社放下枪下了哨位,只走了两三步,又转身回去把枪背在身上。不管在什么时候,哨兵都不能让枪离身,他当兵三年,这一点自然清楚。

到了军史馆窗户前,于公社用手推了一下窗户,有些松动,撬开应该不成问题。他拉起枪的刺刀,将刺尖对准窗户缝隙,然后屏住呼吸,准备轻轻去撬。不能太用力,否则弄出声响就会有麻烦。

突然,于公社被窗户上反射过来的光刺了一下眼睛。哦,什么时候,月亮出来了?他只顾想心事,居然没有发现有了月亮,夜晚已经变得不那么黑。他向四周看看,营房很清晰,就连院子里的那些杨树也枝条分明。他不敢耽误时间,复又举起枪的刺刀,对准缝隙要把窗户撬开。

就在这一刻,于公社透过窗玻璃看见,从窗户透入屋内的月光,恰巧照在那支驳壳枪上。虽然是黑夜,但那支驳壳枪显得锃亮,有一股光芒折射出来,好像还被先遣连的老连长握着,正在看着于公社。

驳壳枪有光芒。

于公社犹豫一下,放下了手中的枪。

黑暗中好像传来爷爷的声音,于公社似乎听清了,又似乎没有听清。

他背上枪,一转身却发现身后站着一个人。

是连长卞成刚。

卞成刚说:"你小子这一刺刀撬下去,你就完了。"

于公社低下头,不说话。

卞成刚又说:"你小子这一刺刀撬下去,不光你完了,我作为连长也就完了。"

于公社仍然低着头,不说话。起初,他以为连长说的"完了",是指评"昆仑卫士"会彻底无望,心里便一阵懊恨,稍待平静后又觉得所谓的"完了",是犯法,连长和他可能都要承担法律责任。一股冰凉倏然浸遍身体,他不由得颤抖了一下。不是因为高原之夜的寒冷,而是恐惧在心里翻滚,带出了让人如坠冰窖的寒凉。

卞成刚说:"你爷爷的事,我早就知道,也知道你一直想圆了你爷爷的夙愿,但是私自进入军史馆接触革命先烈留下的文物,那就是犯罪。好在你小子还算头脑清醒,在关键时刻,没有迈出走向罪恶的一步。"

于公社虽然一直低着头,但是不能一直不说话,便对卞成刚说:"月光照在驳壳枪上,看上去很神圣。"

卞成刚说:"月光从来都是无瑕的。"

于公社问卞成刚:"连长,您怎么知道我爷爷的事?"

卞成刚说:"我们的老营长李小兵在上山前,专门把你的情况告诉了我。他估计你会打这支驳壳枪的主意,便提醒我要看着你,不要让你干出后悔一辈子的事。"

于公社很吃惊:"老营长怎么知道我的事?"

卞成刚说:"老营长的爷爷当年也在先遣连,也是先遣连老连长的兵。"

32

第二天吃过早饭后,卞成刚让于公社吹哨子,集合战士们上一堂教育课。在吃早饭时,他还没有想好讲什么,于公社昨晚的举动,像一只手牵着他,要把他牵到一个地方去。那是什么地方,他说不清楚,但是隐隐约约传过来的力量,一下一下地撩着他,让他不由得想挪动脚步走过去。他很快警醒过来,身为连长,万万不能像于公社那样干出冲动的事,不然会把藏北军分区的脸面丢尽。其实,帮邓东兴欺骗组织的事,已经很丢人,下山后可能会受处分或调离汽车营,以后再也没有机会上山。

至此,他理解了于公社,更理解了于公社想抚摸那支驳壳枪的愿望,人一旦有了想法,尤其是在昆仑山这样的地方产生的想法,就会更加迫切地想去干。孤寂的环境,有时候更容易让人做出偏激的事,就像一个人走在荒无人烟的地方,只能自己琢磨,自己拿主意,不论对错,连个商量和出主意的人也没有。

不能让于公社那么想,更不能那么干。

早饭就那样一边想着事,一边吃完。卞成刚想,如果于公社那样干了,不要说汽车营评不上"昆仑卫士",恐怕连参评的资格也不会有。放下碗筷,卞成刚决定,上午给战士们上一堂教育课。虽然军分区说是让大家休息,但是不能睡大觉,而且比起在多尔玛边防连巡逻执勤,不费力气和没有高山反应的教育课,就是很好的休息。

卞成刚要给大家讲一讲先遣连的故事。

让于公社吹哨前,卞成刚对于公社说:"先遣连是咱们藏北军分区的骄傲,今天我给大家讲一讲先遣连的故事,算是给大家上一堂党史课。"

于公社一愣,问卞成刚:"连长,你会提我是先遣连的后代吗?"

李不兵说:"不提。"

于公社又问:"以后,我就再也不提自己是先遣连的后代了。"

卞成刚说:"你自己拿主意。"

于公社说:"我提什么呢?再也不提了。"

卞成刚没有再说什么,于公社便吹响哨子,战士们很快集合完毕,进入工兵连的一个空屋子。卞成刚说:"咱们在阿里,最骄傲,最值得怀念的是什么?是先遣连。"

坐在下面的于公社脸上露出激动的神情,卞成刚看了一眼于公社,于公社把激动的神情压了下去。卞成刚又接着说:"我们学先遣连,学什么呢?首先要学他们的历史,从他们的历史中寻找他们的精神。"

卞成刚给大家讲述先遣连的传奇故事。

1949年10月1日,天安门城楼张灯结彩,毛主席向全世界庄严宣布:中华人民共和国今天成立了!这是一个欢欣鼓舞,载入史册的时刻。然而,此时的西藏还没有完全解放,毛主席为此作出批示:进军西藏,宜早不宜迟!然而,当时刚成立的新中国百废待兴,加之国际形势颇为复杂,而且地方分裂势力亦蠢蠢欲动,所以和平解放西藏的难度很大。中央经过考虑后决定,由新疆军区组建一支进藏先遣连,经昆仑山先行进入西藏阿里,摸清阿里当时的形势,对老百姓宣传中央政策,把他们团结到新中国怀抱中。很快,新疆军区完成了由汉、维、蒙、回、藏、锡伯、哈萨克7个民族官兵组成的进藏先遣连,李狄三被任命为先遣连的连长。1950年8月1日,李狄三率领进藏先遣连从于阗出发,开始了去完成光荣使命的神圣之旅。使命很神圣,但现实却很残酷,他们要翻越的昆仑山海拔大多在5000米左右,高寒缺氧会导致人高山反应,很容易让生命遭遇危险。但进藏先遣连对此毫无惧色,仅凭一张自己绘制的昆仑山地图,和一个用了很久的指北针,在崎岖山路上前行。行之数日后,他们走到了赛虎拉姆大石峡,这是昆仑山的第一老虎口,是让人谈之色变的地方。先遣连一进入石峡,便有山石从头顶落下,差一点砸到战士们头上,战士们闪身躲过,又差一点掉进倾泻的山洪中。石峡中间最为狭窄,只能勉强通过一人一马,而且不时会碰到峡壁的石头上。有些地方凸出锋利的山石,划破了战士的腿,但战士们却不能停顿,直到通过石峡才顾得上把血肉模糊的腿包扎一下。一直用了三天,先遣连才通过险象环生的石峡,进入了略为好走的昆仑山腹地。虽然道路略为好走了,但接下来的行进中,他们面临的是与世隔绝般的孤寂环境,一路上没有人,连一只飞动的鸟儿也没有。不仅如此,山越来越大,路越来越险,海拔也随之升高,空气更是越来越稀薄。高山反应时时刻刻折磨着战士们,就连马匹都在粗喘,走不了几步就得停下歇息。几天后,海拔5500米的库克阿达坂耸立在先遣连面前,他们本以为翻过这个达坂后海拔会降低,不料在翻越过程中却陷入始料未及的困境。达坂上含氧量极低,气温下降到了零下40摄氏度,如此恶劣的环境让战士们头痛欲裂,举步维艰。但使命在鼓舞着他们,他们咬着牙慢慢往前挪,脸上一片紫色,手背和脸上凸起青筋,似乎随时会爆裂。不仅如此,不少人的眼睛先是肿胀,继而便患上雪盲症,整天不停地流眼泪。这样便导致战士们看不清路,有不少战士正行走着,突然一头栽倒,甚至昏厥过去。马匹也承受不了高山反应,常常在一转眼间便暴毙而亡。看着先遣连的悲惨状况,连长李狄三颇为着急,他让战士们点燃一堆篝火,然后对大家说:"同志们,现在我们确实遇到了不少困难……但是,如果没有困难还要我们做什么?红军长征时又是草地又是雪山,国民党前面打后面追都过来了,现在咱们还能翻不过这座山吗!"所有人都表态一定要翻过库克阿达坂,于是体力好的人背起受伤的人,继续往前走。8月15日,经过15天的艰难行进,先遣连终于把库克阿达坂扔在身后,进入了藏北阿里境内。但阿里的平均海拔在4500米,含氧量仍然很稀薄,很多地方都不见人烟。这是李狄三始料不及的难题,先遣连经历了那么多困难,上山的第一个任务就是寻找藏族群众,现在连人烟也没有,如何了解阿里情况,如何给藏族群众宣传政策?寻找藏族群众是当务之急,李狄三将先遣连分为5个侦察小组,分头去寻找藏族牧民。十多天后,有一个小组终于在一个草滩发现了一户藏族牧民。李狄三带着翻译连夜赶过去,藏族牧民一看他们拿着枪,便扔下羊群往山里跑去。李狄三让战士们卸下枪支,把羊群收拢在一起,他则手捧哈达向藏族牧民走过去。那藏族牧民发现他们并不伤害羊群,又见李狄三手捧哈达一脸诚意,便打消顾虑接过哈达,返回草滩的家中。李狄三让翻译告诉藏族牧民,新成立的中华人民共和国会让穷人过上幸福生活,这也是中央和平解放西藏的目的。藏族牧民听后很激动,将他知道的藏族群众都介绍给了先遣连,藏族群众帮助先遣连砍柴打猎,维持了正常生活。之后,先遣连收到上级指示,让他们继续为藏族群众做宣传工作,来年开春后会有大部队上山,先遣连等待与他们会合。然而谁也没有想到,这一等便是8个月,其艰难超出了所有人的预料。入冬后的几场大雪,让阿里变成了与世隔绝的封闭世界,山下的物资补给上不来,先遣连的生活面临一系列难题。没有柴火,先遣连便组成打柴小分队,把荒野中仅有的带硬刺植物打回去,以备做饭和取暖之用。那带硬刺植物扎破了战士的手,他们下午背着柴火回去,双手血肉模糊。粮食也很快吃完了,他们便组织小分队去打猎,一进山好几天,运气好的话能碰上猎物,运气不好到最后只能两手空空回来。入冬后住处也成了问题,李狄三便带领战士们就地挖建地窝子。阿里的冬天太冷,土层结冻往往达到一米多,战士们用铁镐挖下去,地上只出现一个白点。无奈之下,战士们便先用火去烤,烤到冻土化了便挖。就那样,先遣连在阿里的永冻层上,造出了41间地窝子、49个掩体、8间马棚……经过打猎储备了过冬物资,住处也解决了,更大的困难却接踵而至,因为长期经受高山反应,再加上严重缺氧,以及饥饿引起的营养不良和疲劳导致的内分泌紊乱等,让不少人患上了可怕的高原肺水肿。1951年元旦前后的那些日子,每天都有战士因为高原肺水肿而死,几乎每天都至少开一次追悼会。到了3月份,高原肺水肿如同疯狂的收割机,让先遣连的牺牲人数达到了极致,有11名战士在同一天被夺去生命,以至于很多地窝子都无人居住。李狄三也没能躲过高原肺水肿,但他一直瞒着大家,直到战士们发现他的腿肿得很粗,挽起他的裤腿一看,腿上的绑带已被流出的黄水浸湿,都无法拆解下来。李狄三已无法走动,只得卧床养病,但他仍然心系先遣连的安危,把每天的事用日记形式记下来,仔细听战士们汇报事务,并鼓励战士们要有信心,大部队上来后所有困难都会迎刃而解。到了1951年5月,李狄三的病情已严重恶化,他主持召开了他生命中的最后一次党支部会议,5名支委举手表决,一致要求为李狄三注射先遣连唯一的那支盘尼西林,以期保住李狄三的命。李狄三摇摇头说:"请同志们不要这样逼我,大家的心意我领了,我都成这个样子了,还用什么药? 我的病我自己心里清楚,就别浪费药了,临死了就别再让我背着个不执行党的决议的名声了,我恳求同志们把手放下吧!"李狄三说完,所有人都忍不住哭泣,泪水纷纷垂落。到了5月28日,副团长安子明率领的大部队,克服重重困难抵达了扎麻芒保(先遣连驻地)。此时的李狄三已睁不开眼睛,他示意旁边的人把日记交给安子明,只说了一句:"可把你们盼来了……"便停止了呼吸。这一年,李狄三年仅34岁,他1939年参军离开后,没有回过一次家,从新疆进入阿里前,他给家里写过一封信,之后便再也没有联系。直到1960年,他儿子李五斗在一张报纸上,看到左齐将军写的文章《李狄三》,才知道父亲早已在阿里高原牺牲。

  战士们听得泣不成声。

他们都知道先遣连，却是第一次听到先遣连的故事。

卞成刚又说："其实在先遣连，除了李狄三之外，在其他人身上也发生过悲壮的故事，说起来也是感天动地，非常震撼。"

战士们都用期待的目光望着卞成刚，卞成刚接着讲述先遣连的故事。

先遣连到达阿里的扎麻芒堡后，发现那里的条件很艰苦，进驻后没几天，就被一场大雪死死封在山里，后方补给也无法送上山。王震将军听闻消息后，给先遣连下了一个命令："那样的条件不宜向纵深处发展，你们就地创造条件，自力更生过冬，坚持到明年春季与支援部队会师。"之后不久，王震将军又严令先遣连："不准给当地群众增加任何负担，一针一线都不能占有。"其实，先遣连断粮断盐的消息传下山后，南疆军区便派左齐（副政委兼政治部主任）赶到和田组织物资救援先遣连。离1951年的春节还有半个月，左齐的救援队伍踏上了昆仑山，那是由毛驴、骆驼、骡马和牦牛组成的驮运队，准备分三批把物资送上山去。上山的路被大雪封死已有数月，补给线亦被冰雪阻断。左齐组织的前两批救援队走到半路，便因毛驴、骆驼、骡马和牦牛死伤过多而宣告失败，王震将军收到报告后为之震惊，物资运不上去会让先遣连命悬一线，于是他再次指示："要不惜一切代价接通运输线，把物资运上山去。"于是，最后一批由707头毛驴和牦牛组成的救援队，驮着1.5万斤粮食、食盐和年货，又从于阗出发了。那一路风雪交加，救援队历经坎坷，一直走了25天，到达新疆和西藏的交界处——界山达坂时，600多只毛驴和牦牛已经倒下，只剩下30多头牦牛还能走动。为了让牦牛能够保持体力，只好让它们吃驮运的粮食，每头牦牛出发时驮运的40公斤粮食，到这时已被吃得剩下三四公斤。时间紧任务重，救援队决定分开走，让体力好的塔里甫·伊明和肉孜·托乎提二人，先赶着3头牦牛驮运一些东西前行,以便尽快解决先遣连的急需。塔里甫·伊明和肉孜·托乎提赶着 3 头牦牛匆匆上路,行之不远便遇到一场暴风雪,牦牛受惊向不同方向跑去,塔里甫·伊明好不容易把牦牛赶到一起,却一头栽倒再也没有起来。肉孜·托乎提挥泪离开塔里甫·伊明的遗体,赶着 3 头牦牛再次上路。直到正月初七,他终于赶着 3 头牦牛走到了两水泉,为苦苦等待的先遣连送去 1.5 公斤食盐、7 个馕饼和半马褡子书信。战士们听完肉孜·托乎提的讲述,为救援队一路的生死历程落泪,他们不顾肉孜·托乎提的阻拦,给师部发了一封电报,请求山下不要再给先遣连送补给,他们不忍心战友们用生命去换取供给。之后不久,先遣连的给养又中断了,他们便组织战士打猎维持生活。蒙古族战士巴利祥子是神枪手,他带领蒙古族战士组成的打猎组,白天循着地上的动物爪印寻找猎物,晚上裹着大衣睡在石崖或者雪窝中,寒冷让他们在长夜里无眠,但他们一直坚持了下来。一次,巴利祥子一枪将一头野牛击倒,他以为已将野牛击毙,不料野牛突然跳起向他扑去,巴利祥子闪避开野牛的攻击,再开一枪将野牛击倒,遂脱离危险。但巴利祥子在后来还是被疾病击倒了,从巴利祥子开始,包括卫生员许金全在内的一大半人,都被一种来历不明的疾病折磨得死去活来。谁也说不出那是什么病,一染上就会暴食暴饮,即便吃得肚子撑胀仍觉得饥饿。维吾尔族战士木沙显得尤为突出,他刚得病时食量大得惊人,一顿能将一条野牛腿吃掉,但之后便连续数日一口也不吃,一滴水也不喝,从脚一直肿到脸上,全身密布裂开的口子,流出的黄水让人看上去觉得骇然。这还不是最可怕的,最可怕的是患者很快就会两眼发红,过不了多长时间就会失明,甚至一命呜呼。死亡阴影在先遣连弥漫,但在死亡逼近的最后关头,先遣连仍然涌现出类似于"四块银圆"这样的故事。战士于洪连续多日一阵阵发昏,躺在炕上下不来。一天晚上,他咬着牙爬到也被病痛折磨得痛不欲生的甘玉兆的地窝子里,气喘吁吁地对甘玉兆说:"副班长,我不行了,你可要把咱们这个班带好。要服从命令,多争些最苦最难的任务。西藏还没有解放,大部队快来了,你要把他们带出去,困难也快到头了!可惜,我可能要先走了。"第二天,甘玉兆挣扎着爬起来去看于洪,于洪已有气无力,无法再睁开眼睛,但他却把四块银圆递给甘玉兆,"副班长,求你帮我做一件事,把这四块银圆交给李股长,这是我的党费……"话没说完,那四块银圆从于洪手中掉落在地,他便溘然长逝。当时,不论疾病多么可怕,先遣连的精神始终没有垮。先遣连有一盒盘尼西林(青霉素),是上级领导在先遣连出发时送给他们的,但是没有人舍得用,他们总觉得要留到最后,给能够把先遣连延续下去的人。其实在当时,谁用了盘尼西林谁就能活下去,譬如炊事班的班长张长富被疾病折磨得已无希望存活,先遣连数次要给张长富打盘尼西林,但张长富却死活不接受,"谁再让我打那针盘尼西林,我就自杀。我都40多岁了,死了也没啥,我求你们别再劝了。"直至他去世,那一盒盘尼西林仍然没有动。去世的人,直至去世之前,仍觉得把那盒盘尼西林留下,先遣连就会有希望。

……

先遣连的历史,大多与死亡有关,卞成刚讲得几次哽咽,战士们听得忍不住要掉泪。最后,卞成刚说:"今天我们重温先遣连的历史,可以看出,他们之所以不惧死亡,就是为了解放阿里,巩固祖国的边疆。这一点,他们当年是这样做的,今天守卫昆仑山的军人,也是这样做的。我们作为先遣连的后代,作为昆仑山上的兵,要为此骄傲自豪。"

于公社听到卞成刚提到"我们作为先遣连的后代",脸上又浮出激动的神情。

卞成刚愣了一下。

于公社脸上的激动神情淡了下去。

学习完毕,战士们解散返回班里。卞成刚叫住了于公社:"你刚才三番两次地激动什么?"

于公社支吾了几声说:"刚才提到的'四块银圆'的事,我爷爷也给我讲过。"

卞成刚又是一愣,然后说:"你在前面给我表过态了,你不提自己是先遣连的后代。你忘了?"

于公社的脸憋得通红,但他憋不住,于是说:"连长,你刚才也说'我们作为先遣连的后代'的话了,我以为你要把我的家族历史活学活用,所以就激动了。"

卞成刚说:"我刚才说的'我们作为先遣连的后代'的话,意思是从藏北军分区的历史而言,我们都是先遣连的后代,不是指你的家族历史。"说完,卞成刚也有些纳闷,他是这样认为,战士们会这样想吗?不过,除了于公社外,谁会知道这里面的详情呢?

于公社也有些纳闷,但他没有问什么。

午饭时间到了,开饭的哨声响了。于公社要去忙打饭的事,他走到门口突然停住,问卞成刚:"连长,有件事能不能问你一下?"

卞成刚说:"没事,你问。"

于公社说:"连长,我很好奇,李小兵营长的爷爷是先遣连的什么人,你能让我知道吗?"

卞成刚说:"等到下山后吧,我一定告诉你。"

于公社虽然没有达到目的,但是卞成刚答应他下山给予他答案,便高兴地一笑,去炊事班打饭。

吃完午饭,传来一个消息:军分区领导听说卞成刚给战士们上教育课的事后,决定让卞成刚把先遣连的事迹和先遣连的后代结合起来,给军分区机关干部讲一堂课。卞成刚一下子被难住了,便找借口对军分区领导说,他不知道谁是先遣连的后代,没有办法讲。军分区领导说,你小子在我们跟前还装吗?我们难道不知道谁是先遣连的后代?

卞成刚觉得有什么压在了肩上。

正如于公社所说,要活学活用。

卞成刚从军分区机关出来,边走边想,这个课该怎么讲?讲于公社的爷爷吗?仅仅只讲一个,恐怕交不了差。那么也讲讲李小兵营长家族的事,他只知道个大概,不知从哪里讲起。他有些后悔,觉得不该讲先遣连的事,先遣连有不少伤口,讲一次等于揭开一次。这不,很快就又要揭一次伤口,这可怎么办?

远远地,于公社向卞成刚走来,到了跟前急不可待地说:"连长,你准备怎么讲?"

卞成刚问于公社:"你都知道了?"问完他一愣,消息已经传开了,于公社怎么能不知道呢?

于公社显得很兴奋,但看见卞成刚神情恍惚,脸上的兴奋神情又淡了下去。

卞成刚说:"没有想好怎么讲,先考虑考虑。"

于公社不再说什么。

前面是军史馆,卞成刚下意识地走了过去。军史馆有窗户,从外面能看到里面,卞成刚苦于没有思路,便想过去看看。

于公社明白了卞成刚的意思,跟在卞成刚的身后,到了军史馆窗户跟前,卞成刚看到了那支驳壳枪。理智告诉他不可轻举妄动,但他也想摸一摸那支驳壳枪,摸到那支驳壳枪,他就触摸到了先遣连的历史,感知到他们当年的呼吸,就知道该怎样讲课。

不能摸那支驳壳枪。

卞成刚默默打消了念头。

于公社突然对卞成刚说:"连长,你看,墙……"

卞成刚细看,军史馆的外墙上有裂缝。去年冬天的雪大,军史馆的外墙受到雪水渗漏,便出现了裂缝,需重新打土坯砌出新墙。

卞成刚转身往回走,于公社在后面喊叫:"连长……"

卞成刚没有回头:"马上报告军分区领导,这墙得修。"

军分区领导接到卞成刚的报告后,决定修墙。卞成刚提出请求,由他带人修墙,军分区领导同意了,说尽快下通知,由卞成刚所在的汽车营完成修墙任务。

卞成刚和于公社都很高兴。

因为高兴,卞成刚没有再琢磨讲课的事。

33

第二天一大早,军分区的命令下来了,让卞成刚带领汽车营的人去维修军史馆外墙。

比起在边防连执勤,这个任务会轻松很多,大家都没什么压力。

卞成刚的眼皮却跳了几下。

他起初以为是右眼皮在跳,便心一沉,有了不好的预感。有一句老话说,左眼跳财,右眼跳祸。这次上山出了这么多事,死了好几个人,他多次在心里祈祷,千万不要再出事,让每个人都平安下山。但是他又觉得左眼皮在跳,于是心里便又一喜,左眼跳财的说法总是让人欣喜,觉得遇事会吉利。

不过,左右眼皮都跳,到底是福还是祸?

卞成刚的心情复杂起来,按说,军人不应该相信左眼跳财、右眼跳祸的话,但是出了这么多事,他的心一直悬在半空,如果再出什么事,他的心就会摔碎在地,从此无力再上昆仑山,再也不敢想昆仑山的事。

不要多想,把修墙的事干好。卞成刚想,是不是在昆仑山上待的时间长了,缺氧和高山反应影响到了眼皮,便如此无缘由地跳?没有科学依据,他到最后苦笑一下,不再去胡思乱想。他想让自己安静下来,便用手揉了揉眼睛,像是要把跳财或者跳祸的预感都揉下去。他用了不小的力气,眼皮被揉疼了,好像左眼还在跳,右眼也好像一阵阵乱颤。他还是判断不了到底是左眼在跳,还是右眼在跳? 判断不了,就不知道是在跳财,还是在跳祸。

于公社提了一个暖瓶进来,给卞成刚倒了一杯水,然后就出去了。卞成刚喝一口水,感觉眼睛不跳了。他欣喜,遂又喝一口水,眼睛真的不跳了。他苦笑了一下,原来喝水可以治眼跳,早知道这样,一杯水就解决了问题。不过也不要紧,以后眼皮再跳就用这个办法。为了防止眼皮再跳,他又喝了几口水,心里舒服了很多。

卞成刚放下水杯,开饭的哨声响了,吃过早饭就要去施工,所以这顿早饭很重要,他让炊事班加了几个菜,以便让战士们吃饱。

进入饭堂,于公社已经把连部的饭菜打好了,有咸菜、素炒白菜、炒木耳、炒土豆丝、炒茄子条、凉拌黄瓜、凉粉、凉拌豆角、煎鸡蛋等小菜,比平时多了一倍。最吸引人的是,炊事班把馒头切成片,过油煎了一下,看上去黄灿灿的,勾人食欲。

卞成刚说了一个字,好。

于公社看着卞成刚笑了一下,然后把一碗小半粥递给卞成刚。卞成刚接过小米粥想,于公社像是什么也没有发生一样,还能笑出来。昨天晚上的事已经过去了,就当它没有发生。他一直担心于公社会有顾虑,会想不开,但看着于公社没心没肺的样子,他倒坦然了。在很多事情上,要想得通,你想不通,难道和昆仑山去斗吗?

吃过早饭,卞成刚分布了任务,战士们便回班里,换迷彩服准备劳动。这是最后一项任务,完成后就可以下山。上山一年了,现在又到了春天。山上的春天与山下的春天不一样,这个时节的春天已一片葱绿,但山上的树才冒出嫩芽。等到汽车营的人下了山,也就到了夏天,大家把棉衣脱下,直接换上短袖衬衣,一身清爽。

于公社不敢与卞成刚对视,但他是通讯员,不得不在卞成刚身边打转。昨天晚上的事一直让他惭愧,他想对卞成刚认错,刚说出两个字:"连长……"卞成刚便拍了一下他的肩膀说:"你小子,好样的。"

之后,没有再提昨天晚上的事。

快集合时,卞成刚发现于公社不在,他心里一紧,难道于公社还在惦记那支驳壳枪,又偷偷行动了?千万不能让于公社碰那支驳壳枪,一碰就会说不清楚。

于公社迟迟没有露面。

卞成刚一问才知道,于公社刚才感到肚子不舒服,忙不迭地跑去了厕所。等了一会儿,集合的哨声已响了,才看见于公社从厕所出来,飞快地跑到队伍跟前,不好意思地向大家笑笑,又看了一眼卞成刚。

卞成刚看着于公社,决定让于公社留在营部值班,那样的话于公社就会离那支驳壳枪远一点,没有接近的机会。以往出去劳动,身为通讯员的于公社都要留在营部值班,所以这次把于公社留下值班倒也合情合理。但他转念一想,这次任务重,再说又离军分区大院不远,有什么事喊一声就能听见,所以不用留人值班,而且让于公社去干活,多一个人手多一份力,早一点干完早一点下山。

卞成刚犹豫了一下,让于公社归队。

卞成刚还是不放心,虽然于公社上厕所耽误了时间,但是不能肯定于公社有没有打那支驳壳枪的主意。万一于公社发现时机不成熟,改变主意装出是去上厕所的呢?他扭头看了一眼军史馆,门紧锁着,窗户也关得严严实实,没有人能轻易进去。不过要看紧于公社,只有于公社不脱离他的视野他才能放心。他注意观察于公社,发现于公社穿着皮鞋,便对于公社说:"快去换鞋子,今天所有人都去劳动。"

于公社被卞成刚这么一喊,转身冲进宿舍,从床底下慌乱摸出上山前发的那双低腰胶鞋,三两下穿上,顾不上系鞋带便向外蹿出。

队伍整理完毕,卞成刚开始讲话:"同志们,为了尽快完成任务,我希望大家在劳动中发挥顽强拼搏,努力突击的攻坚精神,大家有没有决心?"

大家齐声高喊:"有——"

卞成刚看见于公社站在他正对面,一脸激动的神情。这小子,是不是因为接近了驳壳枪就兴奋?他还是不放心,那支驳壳枪就在军史馆里,一不留神,于公社都会接近,一旦接近就会发生意想不到的事情。他想安排于公社去打土坯,那样会离军史馆远一些,于公社想打驳壳枪的主意,也没有机会。不过他又觉得让于公社在他的视野范围内比较好,一旦于公社有什么动静,他马上能看到。这样想着,他又觉得不应该不放心手下的兵,如果于公社要对那支驳壳枪动手,昨晚是最好的机会,何必等到今天在众目睽睽之下再动手?从昨天晚上的情形看,于公社的自律意识很强,遇事能掂出轻重,是让人放心的兵。

但分工时,卞成刚还是对于公社不放心,如果让于公社抹军史馆前面的墙,离门太近,万一于公社又打那支驳壳枪的主意,极容易得逞。不,不能让于公社在军史馆前面干活,把他调整到军史馆后面去,那样的话哪怕他有天大的本事,也不可能穿墙而入到那支驳壳枪跟前。其实做这样的决定,卞成刚心里很难受,一个连长对一个战士不放心,这多少有些悲哀,但是眼下的情况特殊,加之他又想尽快完工,所以就让于公社参与了施工,他盯紧就是了,应该不会出事。

于是,卞成刚让于公社到军史馆后面去抹水泥。

于公社好像感觉到了卞成刚的心思,看着卞成刚笑了一下。

这小子,笑什么呢?卞成刚认定于公社的笑有两个原因,一个原因是离那支驳壳枪近了,他又动心了,如有机会恐怕又会伸出手去抚摸一下;另一个原因是把军史馆的危墙修好,里面的文物,包括那支驳壳枪便会无忧,所以于公社看上去兴奋,这是人之常情。卞成刚愣了一下神,否定了第一个原因。不能如此对待一名战士,把他往好处想,他一定会变好。

连队离开军分区大院,绕到军史馆后面,就到了施工的地方。墙上留有明显的水渍,看来去年的雪水融化后,房檐排水不畅,便渗到了墙上。军史馆内有文物,而且大多是先遣连、初建藏北军分区的工具、老昆仑军人的器物、历年荣誉证书奖章、重大事件文件等等,大多都有几十年的历史,可以说是藏北军分区的史书。最珍贵的是先遣连老连长的那把驳壳枪,它浓缩了先遣连的历史,但凡知道先遣连的人,顺着这把驳壳枪,就可以讲出先遣连的所有历史。军史馆里有这么多宝贝,怎能处于危墙之下?军分区重视,卞成刚自然不敢马虎。

战士们分成了两拨,一拨去打土坯,另一拨用水泥黏合墙基的砖缝。虽然阿里高原缺氧,气候也寒冷,但是不影响土坯,打好后晾一周即可干透,到时候在军史馆外墙上贴一层,即可加固。

军分区营房科是这样定的方案,于是就这样干了。至于用水泥黏合墙基的砖缝,则是为了加固墙基,只要墙基坚固,就不会使墙松软或者塌垮。

卞成刚还是不放心于公社,他看了看军史馆外墙,觉得让于公社抹最中间的墙最好,那样于公社就始终在他的视野里,不管有任何动作都逃不脱他的眼睛。于是,他对于公社说:"公社,你去抹最中间的墙。"

于公社应了一声,端着水泥盆走了过去。

一位战士突然说:"如果这个墙倒了,哪个地方最危险?"

另一位战士说:"如果这个墙倒了,一定是最中间的墙那儿最危险?"

于公社愣了一下,又笑了笑,径直向最中间的墙走去。

卞成刚呵斥了一声那两个战士,他们便不再吱声。但他们的议论却像针一样扎了一下他的心,万一墙倒了,最中间最危险,那么于公社就会……他不敢往下想,想把于公社叫回,但是最中间总得有人去干,谁去都会面临危险。不,不要这样疑神疑鬼,墙虽然有了裂缝,但是牢牢地立了这么多年,怎么会说倒就倒呢?卞成刚这样犹豫的时候,于公社已经走到了最中间的墙下面,开始清理墙上的脱皮。必须先把脱皮清理掉,才能往上面抹水泥。

战士们都蹲下清理墙基的杂物。

卞成刚看见公社在战士们中间蹲下,埋头干了起来,虽然人多,但卞成刚还是能分辨出哪个是于公社。至此,卞成刚还是不放心于公社,要时刻都看得见于公社才行。他苦笑了一下,那支驳壳枪附带着先遣连的英魂,让后人如此魂牵梦萦,于公社是这样,他也是这样。于公社想摸一摸那支驳壳枪,是出于单纯的愿望和冲动,而他阻止于公社,是不想发生有辱先遣连的事。一切都和先遣连有关,一定要把于公社盯紧,不能让他做出出格的事。

在这样的地方干活,必须小心谨慎才是,否则就会有危险。卞成刚想起前几年复员的一位哈萨克族战士,他给大家唱过一首民歌《我不敢》:

　　我不敢行走悬崖
　　我害怕它突然塌垮
　　我不敢喝河里的水
　　我害怕里面有泥巴
　　但我敢和你们交朋友
　　我愿意在我最困难的时候
　　让你们牵走我的马

卞成刚觉得歌中的人并非胆小,而是怀着赤子之心,在与这个世界对话。这样想着他便一笑,用盆子盛好了水泥。他刚蹲下,一位战士过来说:"连长,我来吧!"

卞成刚摇摇头说:"大家一起干。"

那位战士转身去了另一个墙角,卞成刚觉得那位战士应该明白,自己的意思是要和大家一起干,不要搞特殊。虽然修墙与执勤不一样,但是力气活,他带头干,战士们的劲头便大,能早一点完成任务。

干了一个多小时,墙角的杂物清理完毕,可以往危墙上抹水泥了。

卞成刚看了看危墙,大概三四米,顺利的话在一周内能够完成。这样也好,战士每次上山都是来去匆匆,很少在军分区待一待,作为藏北军分区的兵,不能不说是遗憾。这次在军分区待上一周,也算是了却了遗憾。况且有十几名战士今年就复员了,所以完成这个任务意义更大。

卞成刚抹了一会儿水泥，突然发现不光危墙是明摆着的隐患，而且墙基还暗藏着危机，有好几个地方已陷了下去。墙基不牢固，墙再好也没有用，他的心悬了起来。他用手摸了摸墙基的石头和水泥埂子，还算好，并没有深陷，只要把墙基和墙面连接处填实，再用水泥封死，便可无忧。他吩咐几名战士，先把墙基和墙的连接处搞好，然后再用水泥抹墙基，战士们按照他的指示，便去忙了。

于公社突然出现在卞成刚身边："连长，我有一个建议。"

卞成刚站起身："你说。"

于公社的脸憋得通红，咬了一下嘴唇说："我觉得在危墙外面砌一层新土坯，这个方案不可取，应该把危墙拆掉，重新砌一堵新墙。"

卞成刚皱了一下眉头，于公社善于观察，这是他的过人之处，但是施工方案是营房科出的，我们怎么能改变呢？再说了，于公社的依据是什么呢？他向于公社表达了这一疑虑。

于公社一下子有了信心："危墙本身就不稳，会一直产生外力，用土坯在外面加固后，并不能解决外力对加固层的挤压，时间长了仍然会塌垮。"

卞成刚很吃惊，于公社的分析，有较高的专业水准，这个家伙不可小觑。他问于公社："你当兵前是干什么的，该不会是造房子的吧？"

于公社说："小时候见村里人盖房子，经常议论这些事，所以就产生了刚才的想法。还有一点，这个房子和我们村的房子一模一样，如果出事的话，应该不会超出我说的情况。"

卞成刚再次震惊，于公社的话句句在理，他佩服于公社的同时，不由得为施工的战士们担心起来，万一危墙在施工中倒了，岂不是会造成危险?他问于公社:"你给看看,危墙在施工中会不会有危险?"

于公社看了一眼危墙说:"不会。"但他说完担心卞成刚不相信,便紧张地看着卞成刚。

其实卞成刚已经坦然了,于公社说不会有危险,那就一定不会有危险,他有些佩服于公社,所以相信于公社的话是对的。他打算中午休息时去找营房科的人,让他们来查看一下。

于公社看出卞成刚信了他的话,很高兴地走了。他在连部当了三年通讯员,平时很注意言行,从不在卞成刚跟前多说一句话,今天给卞成刚提了一个建议,他很高兴。

卞成刚蹲下身继续干活。

战士们干得很快,一个小时后,便用水泥抹完了墙基。

卞成刚看了看初具规模的墙基,其笔直而崭新的姿态,使他感到一丝愉悦,他们在山上待了六个月,在最后完成了对这堵墙的修补,为这一趟上山画上了句号。卞成刚与其他战士一样,盘着腿坐在地上抹完水泥,然后把抹过的地方再修复一下,让它慢慢晾干。

干了没一会儿,卞成刚便觉得双腿难受,于是起身准备蹲着继续干。他刚站起伸了一下懒腰,突然感到一股沉闷的气息压了下来。那一刻的感觉很像昆仑山的大雪,说落就向头顶压下来,让人觉得像是有石头要砸到头上。现在是春天,不会突然下起大雪,那么是什么压了下来？他下意识地抬起头,天哪,墙倒了!墙顶上已经飘起灰尘,但因为墙是纯土质结构,倾倒的速度有些慢,所以像被一只看不见的大手抓着,在松开的一瞬,甩出一团幻影。

卞成刚扔下盆子,大叫一声:"墙倒了,快跑。"

墙完全倾斜,倒下的速度依然很快,卞成刚在奔跑中听到身后传来一声沉闷的巨响,一股大风般的冲力将他击倒,他的左脚被什么击中了,疼痛的同时又有沉重的东西压在了上面。"完了",他惊叫一声,奋力地向外抽腿,还算好,一下子就抽了出来。他来不及多想,便起身向外跑。

身后倒塌、碰撞的声音不断。

等卞成刚跑出后墙的范围,才发现自己光着左脚,刚才用力往外抽出了腿,但鞋子却被埋在了里面。墙已经全倒了,他没有多想,转身又往回跑,在他后面还有十几个人,他要看看他们的安危。

工地上一片混乱。

紧张地挖寻、整理队伍、清点人数之后,发现于公社不在了,于是又继续挖,十多分钟以后,仍不见于公社。

卞成刚的心收紧了,如果于公社被埋在更深的地方,恐怕早已停止了呼吸。他想起于公社刚才就在他身边,而且是盘着腿在干活。于公社仅仅缺了像他起身的那几秒钟宝贵的时间,就被埋在了下面。他很后悔,自己从早上就对于公社疑神疑鬼,所以把于公社安排在了墙中间,为的是让于公社始终在他的视野中,后来那两个战士的议论是极为难得的提醒,但他仍然不为所动,于公社便始终处在最危险的地方,以至于到了现在就出了事。

一切都是我造成的!卞成刚想咬咬牙让自己振奋起来,但是他的嘴唇在颤抖,已经不听意志控制,随即又颤抖出一阵隐痛。

一位战士绝望地喊:"于公社不见了。"

卞成刚大吼一声:"继续挖!"

刚落下的灰尘,因为翻挖又泛了起来,灰蒙蒙的,像一个魅物在挤眉弄眼。

突然从墙里面传来了于公社的声音:"我在这儿。"

大家便往墙里面看。

灰尘慢慢落下,像那个魅物挤眉弄眼一番后,便收住表情躲到了一边。然后,就显出了于公社的身影。

卞成刚又吼一声:"你干什么?快出来。"

最后一抹灰尘落下,于公社的脑袋露了出来。他头上有土,脸上是一层灰尘,但两只眼睛在笑,把一脸灰尘冲出一片颤意。

卞成刚不再吼了,但声音仍然很大:"怎么回事,你怎么跑到军史馆里面去了?"

于公社笑着说:"墙倒了后,我好好地没事,就钻了进来。我担心整座房子塌了,会把那支驳壳枪埋在里面,所以就把它抢出来了。"说着举起右手,让大家往他手里看。

大家都看得清清楚楚,于公社手里握着那支驳壳枪。

卞成刚想吼一声,但不知该吼什么。他一直担心于公社接触这支驳壳枪,但现在驳壳枪已经在于公社手里。不过,他的思维在急速运转——在墙倒了的那一刻,于公社惦记着这支驳壳枪,所以他顾不得危险钻进了军史馆里面。于公社在那一刻的想法,与先前想抚摸这支驳壳枪,一心为私欲的想法不一样,他担心这支驳壳枪被砸毁,被埋入废墟,所以做出了义无反顾的举动。

卞成刚对着于公社笑了一下。但他很快就收住了笑,对于公社又吼了一声:"危险,快出来。"

于公社举着驳壳枪,得意地晃了晃,迈腿要跨过断墙,回到大家跟前。

突然,卞成刚看见于公社头顶落下一片灰尘,光线也骤然暗了下来。卞成刚一声惊叫,旁边的战士亦一片惊呼。

所有人都看见了那片灰尘。

那片灰尘不再像挤眉弄眼的魅物,而像是一头向下猛扑的猛兽,要把血盆大嘴吞向于公社。但于公社毫无察觉,仍一手举着驳壳枪,在向大家笑。

卞成刚又吼了一声:"房子有危险,快出来。"

于公社抬起头准备向上看,就在他刚抬起头的一瞬,那个灰尘猛兽已经扑到了他头上。大家看见,他脸上倏然浮出惊愕,然后就什么也看不见了。

那个灰尘猛兽吞没于公社后,像是摇头摆尾扭动了一下,断墙倏然消失。但从灰尘猛兽的模糊身躯中,却传来于公社的声音:"连长,把驳壳枪接住。"

驳壳枪被甩了出来。

卞成刚一把接住驳壳枪,然后就看见,那个灰尘猛兽好像倏然变成了一个巨物,冲天而起,似乎要把天空一口吞没。但它扭动了几下,又落了下来,然后向外冲涌出一团黑暗。

房子"轰"的一声塌了,于公社的身影倏然消失。

34

于公社的遗体被挖出后,军分区派出警卫排,守护着已变成废墟的那个地方,不让任何人接近。出了这样的事,军分区要调查原因,然后上报给上级。

卞成刚把那支驳壳枪交给军分区领导时,一股冰凉的感觉沁入手心,他为之一颤。自从于公社把这支驳壳枪甩给他后,就一直在他手里,但因为于公社死了,他一直没有来得及掂量或者抚摸一下,直到要交出了,才下意识地握住并抚摸了一下,但那股冰凉的感觉让他心悸,不知这支驳壳枪到底蕴藏着什么?于公社一直想抚摸一下这支驳壳枪,但最终都没有实现愿望,现在于公社抚摸到了,却不是了却心愿,卞成刚很伤心。

从军分区领导办公室出来后,卞成刚一阵恍惚,他本以为上山任务已经完成,再也不会出现死亡的事情,不料在下山之前,又让先遣连的后代于公社搭上了性命,他很心痛。

卞成刚暗自叹息,是我出于私心,疑神疑鬼地防着于公社,才让于公社遭了难。这次上山前后死了四个人,马上要下山了,我不想再出事,所以才防着于公社,不料却把于公社推进了死亡深渊。他很清楚自己之所以那样做,是因为曾纵容邓东兴栽树,而且还撒谎说邓东兴的腿受伤欺骗了组织,他害怕再出事会导致自己受处分,于是就防着于公社。现在出了这样的事,被处分或者降职一定是少不了的,下山后该承担责任就承担责任,该接受处分或者降职,都接受,否则自己将罪不可恕。

值班排长伊布拉音·都来提来报告:"军分区来电话通知,让我们明天下山。我已经通知把车加满油,明天一早就出发。"

卞成刚问:"于公社的后事怎么处理?"

伊布拉音·都来提说:"军分区处理于公社的后事,不让我们操心。"

卞成刚摇了摇头说:"我去争取一下,先处理完于公社的后事,我们晚一两天再下山。"

排长不知说什么好,卞成刚向伊布拉音·都来提一挥手,伊布拉音·都来提出去了。

卞成刚找到军分区领导,刚说了一半想法,领导便一口回绝。卞成刚急了:"于公社是先遣连的后代,他爷爷差一点牺牲在昆仑山,如今他却在昆仑山送了命……如果不容许我留下处理于公社的后事,我也能理解,领导一定是考虑到把部队带下山也很重要。但我只有一个请求,能不能把于公社埋在埋先遣连63位烈士的陵园?"

军分区领导说:"要走申报烈士程序,如果于公社被评上了烈士,可以埋在埋先遣连63位烈士的陵园;如果于公社评不上烈士,就把他埋在烈士陵园对面。但是最后到底埋在哪儿,还得征求于公社家里人的意见,如果于公社家里人要求埋到老家,那就得把于公社的骨灰送回老家。"

卞成刚暗下决心,一定要亲自到于公社老家去一趟,一则向于公社的家人赔罪,二则向他们说明军分区领导的意思。

从军分区大楼出来,卞成刚想去军史馆看看。军史馆的一间房塌了,看上去像是被什么咬了一口,袒露着一个豁口。为什么偏偏就在我带着战士施工时塌了呢?卞成刚心里酸痛,脚步不由得晃了几下。军史馆的房子这一塌,就像一枚钉子,把他死死钉在了耻辱柱上。部队不容许出事,而汽车营的兵上山前后一年,出了这么多事,他们已经抬不起头了。前几天从多尔玛回到军分区,他明显感到别人看他的眼光不一样,意思是你们汽车营的兵死了好几个,下山后会是什么结果?

评"昆仑卫士"的事,就不要再想了。

至于他个人,受处分或者被降职,都有可能。

但他没有过多悲痛,因为九十多个人在等着他带下山,而下山同样也并非易事,有好几个部队的汽车兵,因为下山放松了警惕,结果就出事了。所以他要咬紧牙把下山路走好,把九十多个人顺利带回去。不料于公社却在这个节骨眼上出了事,让他觉得有一只大手扼住了他的脖子,很难喘上气。虽然在藏北军分区从上到下都常说,在昆仑山上没有不死人的事,但是这次上山死的人太多,他觉得自己像是要被压垮,以至于要一屁股瘫坐在地上再也起不来。下山之后,处分或降职是必不可少的,甚至还可能会被处罚得更严重。这样一想,他觉得背上像是压上了大石头。肖凡、邓东兴、丁一龙和于公社的死,他没办法给部队交代;尤其是于公社的死,让他更没办法给先遣连的先烈们交代。被处罚事小,无法交代事大。

卞成刚绝望了。

一阵风吹来,一股寒意裹住了卞成刚。

卞成刚咬咬牙,那股寒意被压了下去。他看了一眼那个显眼的豁口,径直走了过去,他要告慰于公社的魂灵,等到下山办完所有事,当然也是在他受处分或降职,或者接受更严重的处罚后,他一定会去于公社的老家,给于公社的家人赔罪。他会对于公社的家人说,是他没有负责任,导致于公社出了事。他想把这些想法给于公社念叨念叨,如果于公社在天上有灵,也就放心了。

但是军史馆已有战士看守,带队的一名少尉拦住了卞成刚。卞成刚肩上扛的军衔是上尉,但那位少尉因为担负特殊的使命,毫不客气地对卞成刚说:"不许靠近,请回去。"

卞成刚急了:"我的兵死在了这里,我过去看看不行吗?"

"不行!"

"为什么不行?"

"你应该清楚。"

这句话刺激了卞成刚,他很清楚自己是出了事的部队的连长,有很糟糕的结果在等着他,但是在这一刻,他只想尽一点人之常情,却被如此残忍地拒绝,他受不了。他觉得这位少尉说的"你应该清楚"的意思是,是你把于公社安排在了那个位置,才让于公社丧了命。是这样的,哪怕这位少尉说的不是这个意思,他也认为事实就是这样。田一禾、丁一龙和肖凡的死,都与执行任务有关,他虽然痛心,但没有如此自责,只有邓东兴和于公社的死让他揪心,好像邓东兴和于公社已经站在悬崖边,而他却推了他们一把,让他们坠入了死亡深渊。

卞成刚想推开那位少尉,但他毕竟是连长,而且当兵多年,知道在这种时候不能违抗上级命令,所以他没有说什么,转身走了。

于公社的样子，一下子在卞成刚心里模糊起来，他甚至想不清楚于公社长什么样子。

整整一个下午，卞成刚没有出门，于公社死之前的那一幕在他眼前闪烁，他一会儿觉得于公社举着那支驳壳枪，从里面跳了出来；一会儿又觉得于公社在那一刻并没有露面，而是在军史馆里面，房子一塌，就把于公社压在了里面。他一愣，以为事情还没有发生，还来得及扭转局面，便本能地伸出手要拉于公社一把。一束光从窗户透进来，照在他的手上，他才明白自己走神了。他走到窗户前向军史馆方向望去，另一个连队在清理废墟，他只望了一眼便转过身，走到桌前坐了下去。快吃饭了，以前的这个时刻，于公社总是先招呼他一声，就去饭堂给连部的餐桌打饭，今天没有了于公社的招呼，也没有了于公社，房子里有一股沉闷的气息，像是有一根绳子在慢慢拉紧，捆缚住了他的头部。他准备出去走走，刚起身便听见有人在外面喊"报告"，他又一阵恍惚，以为是于公社在外面。外面的人又喊了一声"报告"，他这才听出不是于公社的声音。他心里一阵难受，再次明白于公社确实不在了。他拉开门，伊布拉音·都来提站在外面，"连长，开饭了。"

吃饭的时候，气氛仍然很沉闷，大家都因为又死了一个人而伤心，饭便吃得没滋没味。

卞成刚更是吃不下饭，他看了一眼于公社经常坐的位子，现在空荡荡的，好像于公社刚刚从那儿起身，一晃就不见了。他心里又一阵难受，只吃了几口便放下筷子，独自走出了饭堂。战士们看着他的背影，都不知所措。邓东兴死后，他们觉得他一个人在独自扛着，但他到底在扛着什么，他们却不得而知。之后，连长好像扛不住了，一次比一次沉重，但连长一直咬着牙在扛，扛到这次，不再有高山反应，不再有雪崩大风，都快要下山了，却出了于公社这样的事，连长这次能扛得住吗？

卞成刚已经走出饭堂,从他的背影上看不出答案。

天很快就黑了,卞成刚走出营区,向机务站走去,他想给对象李秀萍打个电话。他心里难受,想在电话中听听李秀萍的声音。从邓东兴的死亡开始,他一直憋着,憋到现在只想痛哭一场。他因为忙,直到去年上山前的那个早晨,才去见了李秀萍一面,说是见面,其实是告别。他望着身姿曼妙的李秀萍,内心的话语如潮汹涌,然而他却只轻轻地说了一句,我这个冬天要去阿里高原守防。李秀萍说,我早就知道你已下决心要上山,你放心上去吧,没事的,我等你下来。他望着李秀萍清纯的眼睛,突然间又有了力量,于是他平静地说,你是我自小就幻想的那个人。真的,我很小的时候,就觉得将来有一个大眼睛的姑娘在等我,她就是你。这是他几天来最想给李秀萍讲的话,李秀萍陷入迷醉之中,双颊上浮起两片非常美的晕色。少顷后李秀萍说,是吗?我可没有那么好。李秀萍的双眼直直地看着他,似乎有很多话要说。他向李秀萍挥了挥手,看了一眼李秀萍的眼睛,便转身走出了房门。他是带着对李秀萍的牵挂走上昆仑山的,度过了艰辛而漫长的一年,现在,他知道李秀萍一定在苦苦盼望他下山,但是邓东兴死了,死于一个只有他和邓东兴二人知道的秘密,他一直在犹豫,要不要把实情告知组织?如果不告知,那个秘密会烂在他肚子里,永远不会有人知道,他也就永远不用承担责任。但是他会愧疚一辈子,一想起邓东兴就会难受。如果把实情告知组织,下山后一定是处分或者降职在等着他,到那时该如何给李秀萍交代?

机务站的大门开着,有几名战士在门口聊天,他们看见卞成刚,好像用手对他指点了几下,然后议论起了什么。卞成刚猜得出他们的议论:那是汽车营的连长,这次上山接连出事,甚至有一名叫邓东兴的战士,就是因为他的纵容而死了,他回去该如何给邓东兴家里人交代?还有昨天出事死了的于公社,也是这位连长一手造成的。卞成刚听不到他们的议论,但是他们的声音像石头一样砸了过来,他不知该挪动脚步离开,还是留在这儿等他们议论完毕再进入机务站。

仅仅一个下午,他这个连长在军分区扬了名。这次的扬名,并非是以往的立功或荣誉,而是于公社事故让他一个趔趄,就滑进了无底的深渊。

一只鸟儿从机务站上空飞过,发出一声鸣叫。卞成刚头皮一麻,遂清醒过来。那个深渊像幻影一样消失了,他木然地站在原地,才知道自己不愿走向机务站。

少顷,卞成刚恍恍惚惚向后山走去。

他想等一会儿再去打电话,那样的话就不会被别人看见。他想哭,虽然理智告诉他不能哭,但是心里一阵阵难受,他还是忍不住想哭。哪怕他不把他和邓东兴密谋的秘密说出,仅仅于公社的死,他下山后一定会受处分或者降职,以后恐怕再也上不了昆仑山,所以就为昆仑山哭一次吧!至此他才明白,他其实想为昆仑山哭,为昆仑山哭,就为所有的事哭了一场。

这样想着,卞成刚的眼睛就湿了。

那只鸟儿从机务站飞过来,在卞成刚头顶盘旋鸣叫。天已经黑了,卞成刚抬起头,却看不清那是一只什么鸟。他愣愣地站住不动,难道连一只鸟儿也看出我是个倒霉鬼,在对着我哀叫?

卞成刚一停下,那只鸟儿受到惊吓,鸣叫一声飞离而去。

黑暗一点一点压下来,淹没了卞成刚。

脚边有一块石头,卞成刚低头看了一眼,坐了上去。不去机务站,他便不知道该去哪里,只好在这块石头上坐一会儿。他向远处的清水河达坂望去,黑暗中的达坂只有模模糊糊的形状,像是慢慢滑动,又好像一动不动。他尚未判断出是夜雾让清水河达坂有了动感，还是黑夜让他产生了幻觉，黑暗便像是膨胀了似的，变得巨大而宽阔，很快就笼罩了一切。清水河达坂下面就是下山的路，每次下山，汽车兵把车开到清水河达坂上，都要回头望一眼清水河，望过这一眼后，才算是真正下山了。但是现在，黑夜笼罩了一切，下山的路也已不见，卞成刚觉得他的路也被堵死，迈不出一步。

夜深了，卞成刚很难受，他迫切地想要给李秀萍打电话，只有听到她的声音，他的神智才会好转，才不会疯掉。

后山距机务站有五六百米，他一溜烟工夫便已到达，电话线路却不通，他绝望了。电话线也许在某个达坂，或者某个雪山下被大风刮断，山上与山下，他与李秀萍之间，便被彻底隔断。

卞成刚一阵恍惚，其实他不知道该给女朋友说什么。这样一想，他反而觉得电话没打通是好事，再大的苦难，让他一个人承受，他不忍心把李秀萍牵扯进来。

出了机务站，卞成刚默默往回走。他还想去军史馆看看，也许晚上没有人看守，他要给于公社会念叨一遍心里话。但他是从军多年的老兵，马上意识到不可一意孤行，白天有士兵看守，晚上有纪律看守，他不能接近军史馆一步。至此，他才意识到自从于公社想看那支驳壳枪开始，军史馆便与于公社，还有他，构成了说不清道不明的关系。接近那支驳壳枪，就接近了先遣连的历史，但也接近了某种命运。如果他小心一点，在开工前仔细察看一下那堵墙，就会发现存在的危险，然后采取有效措施，就会避免一场灾难。当时没有意识，现在已于事无补，后悔也没有用。

想着心事，卞成刚无知无觉地往前走着，等到清醒过来，发现自己又走到了后山上。军分区的院子一片模糊，他想看一眼军史馆，却一点也看不清。

夜风吹打着卞成刚，寒冷与懊丧很快便围裹了他。他走不动了,便裹着大衣躺下,硬邦邦的石头撑得腰生疼,但他懒得动一下,任悲伤与苦涩淹没自己。

夜空中没有月亮,也没有星星。卞成刚看看夜空,又低下头看看昆仑山,天上地下被巨大的黑暗遮蔽,没有光亮。

卞成刚觉得自己的人生,也没有光亮。

终于忍不住了,卞成刚放声大哭起来。卞成刚没有了信心,一种深深的失落感搅起强烈的眩晕,他觉得自己在向一个深渊滑入,既没有挣扎停住的力量,又不能彻底沉到底,就好像一片树叶一样,悬在半空。

我不活了!

卞成刚从腰间拔出匕首,握在了手中。本来,他带着匕首是防身的,现在却要用来杀身。一股风吹来,一阵寒凉浸入体内,卞成刚一阵眩晕,已没有挣扎的力气。

风停了,沉闷的气息压着卞成刚,像是整座昆仑山压着他。他心中一阵悲凉,右手握着匕首,向左手腕抹去。就此了结,与昆仑山,与悲惨的命运,与所有的愧疚,彻底了断。

风好像又刮了过来。

卞成刚觉出这次的风,与以往的风不一样,以往的风刮来也就刮来了,哪怕再大也只是把脸刮痛,让身体前倾或者后倒。但这次的风好像有手,要一把抓住他,然后拽他起来。是风不想让我了结自己吗?他想挣扎一下,不是从绝望挣扎到安生,而是挣脱拽他的风,然后结束自己的生命。

但是,风像是紧紧抓着卞成刚,他挣脱不了。风居然有这么大的力量,能把一个人如此死死拽着,真是不可思议。卞成刚苦笑一下,连他自己都如此不可思议,还怪什么风呢?他索性不动,任由黑夜压着他,也任由风把他死死拽着。

一个声音传来:"连长,你千万不要想不开……"

是值班排长伊布拉音·都来提的声音。

卞成刚清醒过来。哦,原来是伊布拉音·都来提带着战士们来找他,看见他要把匕首抹向手腕,就一把拉住了他的手,因为用力过猛,让他觉得是风刮了过来,而且把他死死拽着。

战士们把卞成刚从地上拉了起来。

伊布拉音·都来提说:"我们很快就下山了,连长……你千万不要想不开。"

卞成刚心里充满复杂的感觉,但他已经没有了向伊布拉音·都来提解释的力气,你哪里知道我此时的心情啊!邓东兴只会把那个秘密的一半带走,留下的另一半便如此折磨着他,让他拿不定主意是去向组织坦白,还是继续隐瞒下去。侥幸心理和恐惧交织在一起,折磨得他痛不欲生,他便不想活了,心想死了一切就都会解脱。但战友们及时把他从死亡的悬崖边拉了回来,他头昏脑涨,任由战友们边拉边扶往回走。

伊布拉音·都来提说:"刚才接到军分区领导通知,鉴于咱们汽车营又出了于公社死亡事件,加之教导员丁山东的身体不好,又把老营长李小兵调回汽车营了,他今天已经上了山了,刚才去了咱们汽车营。明天早上,他要带咱们汽车营的人下山。另外,供给分部从山下打来电话说,田一禾、邓东兴和丁一龙的家人来了,在供给分部等着咱们下去。另外还有消息说,肖凡的妻子林兰兰,在肖凡出事后带着女儿悄悄走了,不知去了哪里。军分区领导在一小时前去了我们的住处,命令李小兵营长带我们下山后,给邓东兴、丁一龙和于公社的亲人做好工作,妥善处理好他们的后事。"

卞成刚心中一痛,该给邓东兴、丁一龙和于公社的亲人怎样的说法?尤其是邓东兴的死,与他一手纵容有很大的关系,他该承担怎样的责任?至今,他都没有如实向组织坦白他和邓东兴的那个秘密,他该如何去面对邓东兴的家人?他又想起于公社和丁一龙,他们两人如果还活着,该是多么好的两个小伙子啊!他又想到了肖凡,他在后来才知道肖凡的身体出了问题,但是在肖凡出事之前知道又能有什么办法呢?一丝羞愧在他心里游动,我不应该产生自杀的想法,我的生命相对他们几个人来说,是多么美好而又宝贵!我轻易抛弃掉生命,对得起谁啊?渐渐地,他内心的悲怆消失了,他要调节情绪,挽救自己。

伊布拉音·都来提又说:"供给分部已经与于公社的老家取得了联系,如实告知了于公社出事的消息,于公社的父亲已经动身来新疆了。另外,于公社的父亲听说李小兵营长是先遣连的后代,他一定要见他。供给分部领导刚才打电话上来说,李小兵营长下山后有一个任务,就是要安慰好他老人家,这是咱们的责任。"

"知道了。"卞成刚答了一声,将那把匕首扔入黑暗中。

当晚,卞成刚给藏北军分区递交了一封材料,如实坦白了他和邓东兴的那个秘密。

第十章:无言的告别

35

　　一大早就出发,下山。
　　车队出了藏北军分区,开上清水河达坂,拐过一个弯,军分区和清水河镇被一个山冈隔绝,什么也看不见。这样的离开,虽然还是在昆仑山上,还要走三四天海拔高低不一的路,但毕竟已经离开,算是踏上了下山的路途。
　　李小兵坐在最后一辆车里,虽然他没有肩负执勤使命,但是现在又恢复了汽车营营长的职位。昨天晚上伊布拉音·都来提说下山后有一个任务,是给于公社的父亲做工作,那一刻他想起于公社是先遣连的后代,心里便不是滋味。
　　也许命运注定,先遣连的几代人,都要在阿里奉献生命。
　　李小兵看见前面的雪山始终不动,好像他们的车跑了一上午,仍然在原地不动。昆仑山是一座大山,汽车往往跑上一天,感觉仍然在同一座山下,事实上已经跑出了很远。所以在昆仑山上跑车的汽车兵,从来都不慌不忙,一天一天慢慢走,走到头顶的昆仑山移到身后,就下山了。

简单,沉闷,孤独。

上山是这样,下山也是这样。

倒车镜中,昆仑山由清晰变得模糊,慢慢就远了。

李小兵带着车队下山,一路上都是这样。

整整两天,李小兵只看过一次倒车镜,之后再也没有让目光移过去。李小兵不想看倒车镜中逐渐远去的昆仑山。上山时举步维艰,上气不接下气,有的战士甚至倒在了半路,让人谈及"上山"二字,脸上就变了颜色。但是下山则不一样,海拔越来越低,每个人都会有终于又平安下山的感觉。这是一种说不出滋味的别离,有一次,李小兵在清水河达坂上想向阿里敬一个告别礼,但是他却举不起手。敬什么告别礼呢,过不了多少天又会上来,昆仑山的兵与昆仑山,从来都是难舍难离。

车队过了界山达坂,又过了麻扎达坂,最后是库地达坂,一路下了山。

阳光越加明亮,空气越来越充足,人的呼吸越来越顺畅,浑身有说不出的轻松。这是下山的幸福,只有常年在昆仑山奔波的人,才能体会到这种来之不易,让人浑身上下都舒服的感觉。

第四天中午,车队到了零公里。李小兵恍惚走神,好像自己还在昆仑山上。他一愣回过神,发出一声叹息,虽然人到了山下,心还在昆仑山上。

另一个汽车团的车向这边驶来,驾车的人向李小兵一行按响喇叭,算是打招呼。这是汽车兵的习惯,在路上碰到军车都会这样。

那几辆军车向库地方向驶去。

大家盯着看,好像那几辆军车是他们的车,开车的是他们。但那几辆车很快就变成戈壁上的小黑点,他们便不再看,把目光收回往零公里方向看。路碑就在不远处,下山后看一眼路碑,或者在路碑旁待一会儿,心里就会踏实。

春天已经到了尾声,夏天很快就要到来。汽车营在去年底上山后,冬天就来了,然后一场又一场下雪,山上和山下都是一片白色。山上的雪比山下的雪下得大,而且还封了山,让山上变成了封闭的世界。好不容易熬过冬天,然后就是并不暖和,仍然天天高山反应的夏天。日子过得很慢,却出了一件又一件的事,一个又一个地死人,到了下山的时候,大家一算已经死了四个人,加上先前的田一禾,一共是五个人。死了这么多人,大家便说不清楚,这一趟上山是干什么? 还有什么比人的生命更重要? 不过他们又想,生命固然重要,但昆仑山的有些事情,除了用生命顶上去,又能用什么办法去换呢? 人虽然倒下了,昆仑山的精神却没有倒,与昆仑山一样耸立的,仍然是昆仑精神。

现在,终于下山了。

李小兵让车队停下,默默下车走到路碑前,望着上面的零公里三个字,长久不说话。战士们都知道他弟弟李大军的事,便看着李小兵不出声。出发的时候,汽车营的一百个人从零公里出发,现在又回到了零公里,却有四个人长眠在了昆仑山上。

零公里在见证什么?

李小兵想起李大军曾在路碑前跌倒,那是不好的征兆,他没有在乎,又让弟弟上了山,结果差一点丧命。他以为弟弟躲过了两劫,不料脚在入冬后却日渐严重,不得不推迟复员,住院治疗一个月,出院后就变得一瘸一拐,好像随时会跌倒。弟弟不想给他添麻烦,出院后不知去了什么地方,他多方打听也不知其下落。他心里一阵难受,觉得零公里路碑压在了他身上,以后还怎么从这里上路?

李小兵浑身一软,倒在了零公里路碑前。

战士们以为李小兵太累,要扶他回去休息。他摇了摇头说:

"没事,腿发麻没站稳。"

战士们便站在一旁等待李小兵。他们想,营长心里一定在想李大军的事,他们在这时候不好劝营长,只能等营长发话才能返回。

阳光有些刺眼,再加上大家都看着李小兵,李小兵便觉得浑身沉重,亦意识到自己有些反常,便决定带战士们返回营地。

他刚一转身,发现身边站着一个人。那人伸出手,李小兵下意识地伸出手与对方握住。那人说:"营长,你好。"

李小兵说:"你好。你是……"

对方说:"我叫于立峙,是于公社的父亲。"

李小兵本来已与于立峙松开了手,听于立峙这样一介绍,便又伸出手握住于立峙的手。这次不是礼节性握手,一下子握住,却说不出一句话。

于立峙对李小兵说:"我来看看零公里路碑,一过来就看见你们在这儿,你这大个子,让人一下子就认出你是李营长。"

听于立峙这样一说,李小兵便明白于立峙是替于公社来看零公里路碑的,他看了一眼路碑,又看了一眼于立峙,还是说不出话。

于立峙看着路碑说:"从零公里出发的人,魂就被昆仑山带走了;从昆仑山下来,只有到了零公里,魂才能回来。"

李小兵闻之心中一痛,于公社没有从昆仑山回来,他的魂还在雪域高原上飘荡。但是于立峙没有说,他也说不出一句话。在昆仑山上当兵的人,有很多事,到了最后都说不出一个字,只是默默藏在心里。他没有想到从没有到过新疆,从没有上过昆仑山的于立峙,把这件事情想得这样透彻。

于立峙看了一会儿零公里路碑,转身对李小兵说:"李营长,不打扰你们了,我回招待所去。"

于立峙转身离去的一瞬，有一片强烈的光照了过来，在他身上镀上了一层亮色。是阳光，还是昆仑山的雪光？李小兵和战士们没有看清，那片光就消失了。

　　李小兵也带着战士们离开零公里。

　　回到汽车营，李小兵把战士们安顿好，一个人在营部待了一会儿，拨通了供给分部主任的电话："主任，我们顺利下山了，我下午过去给供给分部的领导们汇报这次执行任务的情况。同时，也向领导汇报一下，这次上山执行任务，先后有田一禾、邓东兴、丁一龙、肖凡和于公社五个人牺牲了……"

　　主任在电话中说："这些事要报上级研究，你也不要有太大的压力，事故不是人为造成的，想必上级领导会考虑权衡。"

　　李小兵拿着话筒的手颤抖了一下："可是，毕竟死了五个人……"

　　主任说："你现在要干的事情，是安抚好战士们，如果有下山综合征现象，马上去医院检查。"

　　"是。"李小兵应了一声，放下了电话。

　　阳光从窗玻璃上照进来，在地上投出几个光圈。李小兵想起在零公里时照在于立峙身上的那片光，当时他无法断定那是什么光，现在他可以肯定，那一定是阳光，昆仑山的雪光不会那么远地照下来。

　　哪怕是一片雪光，是昆仑山的，便永远属于昆仑山，移不到别的地方。

　　人也一样。

　　李小兵想，下山有下山的事情，不要多想了，把眼下的事情处理好。

　　第二天早上，上级的决定下来了，那五个人都死于执行任务中，可申报烈士。同时，不追究任何一个领导的责任，让他做好善后工作,尤其是于公社的父亲于立峙来队之事,一定要处理好。

营区的喇叭中放着歌曲《为了谁》,李小兵听着歌,觉得是在唱田一禾、邓东兴、丁一龙、肖凡和于公社五个人。他们的付出,甚至生与死,是为了谁?很多时候,人们只看到昆仑山的军人,看到他们吃的苦,但忽略了他们吃苦的背后,耸立着的边关。边关是风雪边关,也是高海拔边关,他们除了默默坚持,没有别的选择。他们的影子是大写的人,他们的身影可以耸立成边关长城。

这样想着,李小兵心里好受了。他们的死,国家会发抚恤金,人们会记住。

擦去泪水,李小兵觉得肩上轻了,但倏忽一转念,觉得肩上又重了,好多事情就这样终结了,他想挽回或者做一些补救,已没有了机会。

于立峙住在供给分部招待所,李小兵提着于公社的遗物——几件军装、一个搪瓷缸子、两个日记本、一支钢笔、一个相册、一个士兵证、几本书,准备一并交给于立峙。他觉得"于立峙"这个名字不仅念起来费舌,其含义也很费解,倒是立峙给儿子起的名字于公社,好叫又好记。他责怪自己不应该这样想,于公社都已经牺牲了,于立峙一定很难受,他应该多安慰才对。

但是,该怎样安慰呢?

什么样的安慰,能缓解一个父亲失去儿子的痛苦?

李小兵的脚步沉重起来,无力往前走。

倒是于立峙接到消息,早早地就站在了招待所大门口,远远地向李小兵叫了一声:"李营长。"

李小兵一愣,慌忙应一声,走过去的步子不再沉重。

两个人进了招待所房间,李小兵把于公社的遗物放在桌上,想说什么,却一句话也说不出来。于立峙招呼李小兵坐,然后倒了一搪瓷缸子茶。李小兵发现,于立峙用的是和于公社一模一样的搪瓷缸子，只不过于立峙的这个更旧一些。他问于立峙："于叔，公社也有这样一个搪瓷缸子，现在和其他遗物一起交给您。"

于立峙点点头，没说什么。

李小兵又问："你们家都用这样的搪瓷缸子喝水吗？"

于立峙说："这是我父亲当年从先遣连复员回老家时带回去的，我用了一个，另一个在公社当兵走的时候，让他带上了。"

李小兵说："我知道公社在部队，一直在用这个搪瓷缸子喝水。"

于立峙不再谈论搪瓷缸子，把话题转开问李小兵："我就想知道一个事，公社到底摸没摸那支驳壳枪？"

李小兵说："我接到军分区的通知上山后，详细问了一下这个事。公社算是摸了那支驳壳枪，但不是那种偷偷摸摸地摸。"他把于公社从军史馆中抢出那支驳壳枪的前后情景，一一告知于立峙。

于立峙说："公社总算是替他爷爷了了一个心愿。"

李小兵觉得于立峙的话中有久远的事，便请于立峙细说。

于立峙说："公社的爷爷，一直跟在先遣连的老连长身边，虽说不是警卫员，但起的就是警卫员的作用。老连长在最后不行了，公社的爷爷要背他离开守防的地方去治疗，他不同意，因为那样一走，就少了两个守防的人，就好像边防线开了一个口子。当时公社的爷爷说：'老连长，你都这样了，再不去就只有一死。'老连长却死活不同意。当时的先遣连只有老连长一个干部，他如果离开，真的就没有人指挥了。但是大家都知道老连长再不去治疗，生命就会……公社的爷爷强行要把老连长背下去，老连长借机要把那支驳壳枪交给公社的爷爷，当公社的爷爷接过那支驳壳枪时，老连长问他：'握着驳壳枪是什么感觉？'公社的爷爷说：'沉，但是让人心里踏实。'老连长说：'感到踏实就对了，枪是咱们军人的生命，咱们能离开枪吗？'公社的爷爷回答：'不能。'老连长又说：'咱们军人像枪一样，也是边防的命，你说边防能离开咱们军人吗？'公社的爷爷明白了老连长的意思，也就打消了背老连长下山的念头。公社的爷爷自打握过那支驳壳枪后，就一直记着那种感觉，并常说那支驳壳枪上有军人的魂，一握就传到了人心里。后来公社的爷爷离开先遣连时，老连长因为患病去世好几年了，但公社的爷爷觉得老连长的魂在那支驳壳枪上，他想最后握一次那支驳壳枪，让老连长的精神传到他心里，走好以后的路。但是因为种种原因，他已无法抚摸到那支驳壳枪，带着遗憾转业回到了老家。公社的爷爷在公社小时候，经常念叨那支驳壳枪，公社便记在了心里。公社当兵走时，公社的爷爷对公社说：'到了阿里有机会的话，一定摸摸那支驳壳枪，它会给你力量。'公社这孩子记住了爷爷的话，到了部队便一直想着那件事。我写信给公社说，因为那支驳壳枪是文物，一定要在不违反纪律的情况下，才能抚摸那支驳壳枪，如果部队不容许，万万不可干傻事。"

李小兵说："公社没有干傻事，他是个好兵。"

于立峙说："从营长你刚才的讲述中，我看得出公社经过激烈的思想斗争，最后还是用理智战胜了冲动，没有破窗而入去抚摸那支驳壳枪，这说明他长大了，成熟了。"

李小兵说："不仅如此，他在最后的危急关头，冲进危房中抢出那支驳壳枪，说明他心中有大爱，在那一刻不顾个人安危，要保住那支驳壳枪。"

于立峙说："那支驳壳枪是先遣连的魂。"

李小兵说："公社在握住那支驳壳枪时，先遣连的魂便经由枪身传到了他的灵魂里。那支驳壳枪是阿里军人的精神，由此可得到证明。"

于立峙点点头。

李小兵说:"那支驳壳枪的事,值得在昆仑军人中广泛传播,让更多的人都知道,那样就会有更大的影响。"

于立峙说:"部队上的事我不懂,那支驳壳枪还在藏北军分区吗?"

李小兵说:"还在。军分区在重新修建军史馆,以后那支驳壳枪还是镇馆之宝。"说到这里,李小兵想起安葬于公社的事,便又问于立峙,"临下山时,军分区领导让我征求您的意见,是把公社安葬在山上的烈士陵园,还是送回老家?"

于立峙说:"公社的爷爷在山上十几年,现在公社又倒在了山上,说起来都与先遣连有关,也与那支驳壳枪有关,就把他安葬在山上吧。"

李小兵点头应下,承诺会尽快把于立峙的意见反馈给军分区。他向于立峙道出实情,是连长下成刚为了盯紧于公社,所以安排于公社在危墙中间干活,导致了于公社的死亡。不料于立峙说:"墙倒后,他不是好好的没事吗?是他自己钻进危房中去抢那支驳壳枪,才遇了难,这件事不能怪连长。"

李小兵说:"公社毕竟是我们带的兵,他出事丧了命,我们有不可推卸的责任。"

于立峙说:"不,公社在这件事上的选择,与任何人没有瓜葛。"说完,便默默整理于公社的遗物,不再说话。

李小兵准备离开,让于立峙独自整理于公社的遗物,也好安静一会儿。他刚转过身,于立峙却叫住他,把于公社的那个搪瓷缸子塞到他手里,示意让他带走。李小兵说:"这是公社的遗物,您带回老家是个念想。"

于立峙说:"不,这个搪瓷缸子是公社的爷爷从昆仑山带下来的,公社当兵时陪着他,现在公社不在了,就留给你吧,让它陪着你。"

　　李小兵接过搪瓷缸子,向于立峥敬了一个礼,默默转身出了招待所。

　　第二天,供给分部主任通知李小兵去办理田一禾、邓东兴、丁一龙、肖凡和于公社抚恤金的申报手续。到了供给分部,李小兵咬咬牙,拿起田一禾的抚恤单子。田一禾,那个英俊的少尉排长,本来可以下山见他的对象马静,但发现连长肖凡的身体不好后,便代替肖凡去了一号达坂。马静从兰州来到供给分部,等待她的却是田一禾牺牲的消息。马静真是一个好姑娘,到最后把田一禾的墓地让给了别人,然后一个人默默返回兰州。她回去的路上,忍受了怎样的悲痛?他以后有机会去兰州的话,一定去看看她。他看了一眼姓名栏里的"田一禾"三个字,眼前又浮现出田一禾英俊的样子。昆仑山上的兵都是好兵!他在证明人那一栏写上"李小兵"三个字,把单子放到了一边。

　　接下来是邓东兴的抚恤单。邓东兴是为了树倒下的,昆仑山上难以把树种活,但邓东兴偏偏要种树,后来终于种活了树,但因为一场风雪都夭折了。人不可与天斗,更不能昆仑山斗,可邓东兴偏偏要和昆仑山斗,昆仑山就那样压着邓东兴,最后,邓东兴扑向山下的那棵树,急于去抚摸嫩绿的树叶。邓东兴在那时已处于崩溃边缘,那一刻伸出的手,是从绝望伸向希望,但昆仑山在那一刻狠狠压向邓东兴,邓东兴怎么能扛得住呢?在一瞬间,邓东兴被压进了死亡深渊……李小兵在证明人那一栏写上"李小兵"三个字时,心里一阵难受,在昆仑山上有很多像邓东兴这样的兵,说倒就倒下了,他们倒下后,人们才发现他们忍受了那么多的苦难。

　　然后就是丁一龙的抚恤单。李小兵最不忍心签的是丁一龙的抚恤单,丁一龙的生与死,是最典型的高原事件,也是边防军人别无选择,甚至义无反顾的殉道。在昆仑山上,哪怕是一件小事,也能把军人推到风口浪尖,转瞬间让他们命殁。丁一龙最后的挣扎,才清晰地呈现出了内心的意念。在那一刻,他看清了自己的命运,也握住了破解命运的密码,但是那场风,却是看不清的另一种命运,也是无法战胜的命运嬗变……他在证明人那一栏写上"李小兵"三个字后,仍一阵恍惚,不知自己写下了什么。

接着要签肖凡的抚恤单,李小兵的手有些抖,几次都无法把笔落下去。肖凡的遭遇,好像在昆仑山还发生过。对,就是老兵吴一德,他因为在昆仑山待的时间太长,身体有了难言之隐,但他隐瞒了一辈子,让自己活成了另外一个人。而肖凡的痛苦则在于,他无法隐瞒自己,时刻都面临着被自己打倒在地的痛苦。李小兵曾不止一次想,假如肖凡没有遇难,他该如何活下去?李小兵找不到答案,他发现人的命运哪怕再坏,也有一定的限度,而昆仑山很容易把一个人的命运推到极限。肖凡就是典型的例子,哪怕老天爷再无眼,昆仑山再残酷,也不可能把肖凡再向前推一步。肖凡已经没有了力气,即便是没有什么推他,他也会倒下。李小兵咬了咬牙,在证明人那一栏写上"李小兵"三个字。

少顷,李小兵看见于公社的抚恤单,那上面已经签上了"于立峙"三个字。于立峙作为家属来了供给分部,抚恤单便由于立峙来签。李小兵默默放下笔,转身走了出去。

第二天早上,李小兵听到一个消息,于立峙把于公社的抚恤金捐了出去,一大早已经离去。

36

中午,李小兵听到一个消息,部队要裁军。

裁军,意味着一部分人要离开部队。

很快，消息变成具体的通知——上级给汽车营分配了十个转业名额，以完成这次裁军任务。

军人的转业范围，指的是军官和志愿兵，士兵离开部队叫复员。但十个名额还是让李小兵一愣，汽车营到转业年限的志愿兵只有两名，那么就是说，这十个转业名额，从少尉排长到少校营长，要走八名军官。当然，汽车营的少尉、中尉、上尉军官加起来有十多个，即便全部转业也轮不到李小兵。

上面要求尽快上报转业名单，李小兵很为难，都是在昆仑山上出生入死的兄弟，不能轻率决定谁走谁留。他舍不得任何一名部下走，但是转业是军队大业，基层部队都不支持的话，这一任务该如何完成？

汽车营虽然是小建制部队，但也必须服从。

消息已经传开，有人在车场按响车喇叭，起初只是一两声，后来便断断续续不停地响，听起来像是有人在有一句没一句地说着什么。战士们都茫然地向车场张望，想看到是谁在按喇叭，但是长时间却没有人从车场出来。

李小兵也听到了喇叭声，如果在平时，他一定会去车场训人，但是现在他大致能猜出是谁在按车喇叭，也能猜出那人的心思。

转业消息已掀起风波。

李小兵想先放一两天，好好想想报哪十个人上去。

营部因为少了于公社，没有了以前的热闹。于公社性格活泼，一旦营部冷清沉寂，便会说一些有意思的话逗李小兵开心，时间长了李小兵对于公社也有了依赖。现在没有了于公社的声音，也没有了于公社出出进进的身影，李小兵觉得孤单。他想着于公社，心里又一阵难受，比起他与于公社的感情，于立峙与于公社的感情，该是多么深切。他能体会到于立峙失去儿子是什么滋味，但于立峙却把于公社的抚恤金捐了出去，这是多么伟大的父亲。在于立峙内心，用多大的力量才能强压痛苦，而且做出这样的选择？

李小兵又想到弟弟李大军，刚才还为于公社生出的痛苦，便像旋涡一样在心里搅起一股酸楚。这时候他才知道，一个人失去亲人，被巨大的痛苦围裹，会让你哭不出来，喊不出声。弟弟因为脚受伤变得一瘸一拐后，他一直忙，夜深人静时，那种痛会像兔子似的蹦出来，撕扯得他的心疼痛。他睡不着，回到老家该如何给父亲交代呢？他常常在黑暗中呆坐几个小时，无意间一摸脸上，眼角已被眼泪浸湿。这一年在另一个部队，以及最近上昆仑山把汽车营带下来，他就是这样过来的，现在下山了，他应该和弟弟一起回一趟老家，却又遇上干部转业的事，看来一时半会儿又回不去。昨天回到营部，他给妻子欧阳婷婷打了一个电话，欧阳婷婷以为他要回家，高兴地问他想吃什么，她马上做。但他却对欧阳婷婷说："今天要给上面写报告，看来是回不去了。"

欧阳婷婷沉默了一会儿说："看来山上的任务，还没有画上句号。"

李小兵说："可能要一个月才能画上句号。"

欧阳婷婷说："那你一个月也回不了家吗？"

李小兵说："那倒不至于，明天下午可以回去。不过今天有一件事，还得麻烦你帮我去办一下。"

欧阳婷婷在电话另一头笑出了声："麻烦我？你说的这个'麻烦'，从何说起？"

李小兵不好意思地笑了一下，每次他让欧阳婷婷帮忙，都说要麻烦她，他习惯了，她也习惯了。不过今天需要欧阳婷婷去办的事，与以往不一样，所以他犹豫了片刻，才对欧阳婷婷说："我弟弟李大军，他的复员费批下来了，但是他已经离开了部队，我没有时间去供给分部的财务股领取,麻烦你下午去领一下。"说完,李小兵心里一阵难受,沉默了。

电话另一头的欧阳婷婷也沉默了,过了一会儿,她才说:"你放心吧,我一定办好。"

李小兵和欧阳婷婷就这样说了几句话,便挂了电话。

一直忙到今天,因为要确定转业干部,看来又回不了家。上山的时候时间紧,没有回家与妻子告别,现在再不回家看看妻子,说不过去。

车场里又传来喇叭声,战士们都已习以为常,不去看,也不议论。

李小兵默默坐着,心想按响喇叭的人,是让喇叭声在说话,高一声低一声,说着酸楚和无奈。喇叭声是汽车兵的特殊工具,在昆仑山上行驶或停止,只要传出几声,听到的人就明白是什么意思。高兴时,汽车兵会按出高亢的声响;伤感时,又按出低沉的声响。高原上寂寞,喇叭声传出去,就等于替他们说了话。

现在,车场内的喇叭声也在诉说。战士们听得懂,李小兵当然也明白。

正这样想着,妻子欧阳婷婷给李小兵打来了电话:"你弟弟复员费的事情,我已经办妥了。你哪天能回家?"

"回,吃完中午饭就回家。"他没有想清楚,嘴巴不听使唤地说了出来。

欧阳婷婷有些不高兴:"回家吃午饭不行吗?"

李小兵说:"中午开饭前有事情要给大家讲一讲。"

欧阳婷婷没有说什么,含糊其词地说了一句什么,就挂了电话。

到了午饭时间,队伍集合完毕,李小兵带着大家进入饭堂,待大家坐定,他端起一杯酒说:"同志们,截至今天,我们营算是完成了上山执勤的任务,但是我们中的几位战友却牺牲在了昆仑山上,再也回不到我们中间。现在,让我们敬他们一杯酒。"说完,李小兵把杯中的酒洒在了地上。

战士们也一一照做。

李小兵说:"完成了上山执勤的任务,我们下了山,但今年的运输任务马上又要开始,所以我们要振作起来,全身心投入到新的任务中。"

但转业的消息,已经传到了汽车营中,几乎所有的干部,无论是少尉、中尉,还是上尉,都脸色沉重,茫然地看着李小兵。

李小兵有些恍惚,汽车营中有十个人很快就要转业走了,无论今后怎样,这些人都不可能再上昆仑山,但是转业工作还没有开始,这个话题不宜现在议论。

于是,大家默默吃饭。

还没吃完饭,饭堂里暗了下来,大家扭头向窗外看,院子里有一大团白色,犹如巨兽一般在蠕动。

起雾了。

以前从没有遇到过大中午起雾,大家都有些惶惑,筷子慌乱地在碗沿上碰出声响,有人还叫了一声。

"专心吃饭!"李小兵喊了一声。

大家便不再往院子里看,只是吃饭,但心里却想着如果是前几天天起这么大的雾,我们就翻不了库地达坂,得在兵站住一宿。

吃完饭,大雾还没有散。

李小兵让大家将车停进停车场,然后一辆一辆检查。一字形停放的车队很好看,加之战士们已将其擦洗过,看不出在昆仑山奔波过的样子。李小兵想,其实汽车也累,因为山上的氧气稀薄,经常在行驶中发出几声沉闷的声响,就停在了路上。老兵李大军的车不就是累死了吗?车在昆仑山上累死是常事,在别的地方则闻所未闻。好在这次没有出现累死车的事,否则人也死车也死,该让人如何承受?这样想着,李小兵无意一扭头,看见营部门口的大雾被一个黑影冲开,出现了一个人。那人在跑,但好像嫌自己跑得慢,一边跑一边向车队挥手。李小兵认出那人是维吾尔族老乡,他挥手是做拦车的意思。这个地方的老乡,认为对车只能挥手,哪怕它已经停止不动。李小兵走过去问那维吾尔族老乡:"怎么啦?"

维吾尔族老乡说:"解放军,你们能不能给我帮个忙?不,你们能不能给我老婆帮个忙?"

李小兵又问:"怎么啦?慢慢说。"

维吾尔族老乡说:"我老婆的肚子疼,疼得她的嘴都快转到脖子后面去了。你们有汽车,帮个忙,把她拉到叶城的医院里,不要让她再受罪了。"

病来如山倒,看来他老婆患了急性病症。但是部队不能在任务之外随意出车,李小兵有些犹豫:"你们家还有人吗?如果有人,我们可以出几名战士帮助送人。"

老乡说:"我有两个儿子,但是一时半会儿回不来。"

"他们在什么地方?"李小兵只是顺嘴一问,其实他在想用什么办法给老乡帮忙。

老乡说:"在昆仑山上当兵。"

李小兵一愣,立即做出决定,由他开一辆车,把人送到叶城县医院去。

战士们都惊讶,送人不是任务,得请示供给分部领导。再说这么大的雾,能开车去县城吗?

李小兵看出了大家的顾虑,但他却问老乡:"你老婆疼了多长时间了,有什么症状?"

"这个事情,咋说吗？我不是医生,把嘴巴说烂也说不清楚。我只能给你说,她那个疼啊,一脸都是汗水,像下大雨一样。唉……"维吾尔族老乡发出一连串叹息。

李小兵对战士们说:"让值班干部打电话请示供给分部领导,我先送人过去。"

一位战士说:"但是雾太大了,能开过去吗？"

李小兵只说了一句能开过去,便让那位老乡去做准备。

李小兵说能开过去,那就一定能开过去。战士们虽然有顾虑,但是李小兵的话就是命令,是命令就必须服从,这是说一不二的事情。大家都争着陪李小兵去,李小兵却说:"你们都留在营里,不要乱跑,我一个人去。"

"营长,多一个人多一个帮手,万一路上有什么事,也好有个照应。"战士们看似在争取,实际上是不放心。

李小兵说:"不会有事。"他的话仍然是命令,没有人再说话。

老乡很快背来老婆,李小兵发动一辆车,就出发了。

雾更浓了,李小兵开着车出了车场,一下子就不见了。战士们都有些愣怔,是大雾吞没了汽车,还是汽车冲进了雾中？

李小兵像战士们一样,也为这么大的雾吃惊。他在零公里这么多年,只遇到过一次这么大的雾,当时他是入伍第一年的新兵,跟着一位老班长运输汽油返回,快到零公里了,突然就起了大雾。老班长说车上拉的是油罐,危险更大,得把车停在路边,等大雾过了再走。他把车的前后灯都打开,让李小兵在车前,他在车后,防止来往车辆撞上他们的车。李小兵站在车前,感觉大雾拂过来,像是在抚摸他,又像是只在他眼前一晃,便腾向远处。这雾也太大了！他感叹一声,不知道为什么会起这么大的雾,更不知道这大雾会耽误多少事。后来,雾小了,不远处的树变得清晰起来,李小兵甚至看清了枝丫和树叶。他以为雾要散了,他和老班长很快就要启动车,赶回连队不耽误晚饭。但是雾突然又大了起来,那刚刚变得清晰的树,迅速变成模糊的一团,然后就不见了。李小兵回过头,车灯也变得模糊了,但是那两个车灯仍照出红光,经验丰富的司机一眼就可以认出那是车灯。没事,所有车在这样的天气都不会贸然行驶,他和车都是安全的。他突然明白,他在车前,哪怕有车开过来,也是在对面车道上行驶,而老班长在车后,开来的车会在同一车道上对着他,他不安全。李小兵正这样想着,就听得车后传来一声沉闷的声响,紧接着又是一声惨叫。他跑过去一看,老班长倒在路上,一辆急刹车的小车在忽闪车灯,从车上下来的人连声惊叫,把老班长扶了起来。老班长被撞断了腿,李小兵把老班长抱上那几人的小车,送向县医院。临走时老班长说,幸亏守在车后面,不然小车撞到油罐上,后果不敢想象。老班长被送走后,李小兵才发现大雾已经散了,他也明白过来,老班长知道车前安然无恙,就让他守在了车前面,而老班长守在车后,主动选择了危险。这么多年过去了,他一直忘不了这件事,在昆仑山上跑车的汽车兵,在关键时刻做出的选择,有不一样的担当。

　　李小兵想着往事,不由得就踩紧了油门。维吾尔族老乡虽然着急,但是雾太大,还是忍不住提醒李小兵:"营长,慢一点,雾太大了。"

　　李小兵把踩紧油门的脚松了松,车速慢了下来。

　　维吾尔族老乡说:"虽然我的心急得很,想让你的车像马一样奔跑,但是我知道这个汽车还是要掌握好,太快了容易出事情。"

　　李小兵一激灵,暗自责怪自己因为想着往事,不知不觉把汽车开快了。不应该,越是在这样的时候,越要冷静,不然出个什么危险,就是一瞬间的事,到时候后悔都来不及。

大雾慢慢散了。

维吾尔族老乡放心了,对李小兵说:"现在我们眼睛都能看得清清楚楚,路好好的,汽车少少的,我的心急得很,你把车开得像马一样奔跑吧,把我的老婆快一点送到医院,让她少受一点罪。"

李小兵把油门踩下,车速快起来。

很快,到了医院。

维吾尔族老乡的老婆患的是急性阑尾炎,要做手术。但老乡带的钱不够,医院答应可以先收治,但是在做手术前要把手术费交上。李小兵问老乡:"家里还有没有钱?"

老乡一脸愁苦:"出门前,我把所有的钱都拿上了,没有想到还是不够……"

李小兵又问:"有没有办法可想?"

老乡说:"两个儿子都在昆仑山上当兵,就算他们有办法,这么远的路,一时半会儿能起多大的作用呢?唉,都怪我,把两个儿子都送去当兵,如果留一个在身边,遇上今天这样的事,也不至于一点办法也没有。"

李小兵劝住老乡:"你把两个儿子都送去当兵,一点也没有错,千万不要后悔。"

老乡哀叹了一声。

李小兵转身向昆仑山方向眺望,也许是大雾刚散开,远处只有模糊的山的形状,什么也看不清。看清又能怎样,总不能指望向老乡的两个儿子叫一声,他们就能马上到跟前来吧?守在昆仑山上的军人,家里出了事却得不到消息,等到日后得到消息,往往于事无补。"唉",李小兵也叹息一声。

老乡蹲在墙角小声啜泣起来。

李小兵把老乡拉起说:"不用发愁,这个事情我来想办法。"

老乡止住了啜泣。

李小兵找到一部电话，一打通就对妻子欧阳婷婷说："有个事，给你说一下。"

欧阳婷婷在电话那头不高兴："下山都两天了，有事不能回家说吗？"

李小兵回答："是急事。"

"有多急？"欧阳婷婷的声音里流露出不满。

李小兵说："别人需要帮忙，和你商量一下，看怎么帮。"

欧阳婷婷生气了："你下山连家都不回，原来是在忙别人的事。"

李小兵回答："本来打算下午要回家，可是事情赶在了一起，不得不把回家的事先放下。"

欧阳婷婷了解李小兵，知道但凡是李小兵决定的事，一定有他的道理，而且九头牛也拉不回来。便问："你说吧，是什么事？"

李小兵便把维吾尔族老乡的事，原原本本告诉了欧阳婷婷，希望欧阳婷婷从弟弟李大军的复员费中拿两千块钱，帮维吾尔族老乡把手术费垫齐。

欧阳婷婷犹豫了一下，还是答应了。

钱很快送到了医院。

李小兵和欧阳婷婷在院子里说话，虽然他们长时间没有见面，但是他们的交谈却没有说自己，也没有说对方，只是在说维吾尔族老乡的事。说到最后，李小兵对欧阳婷婷说："我可能还得过几天才能回家，部队要裁军，给汽车营分配了十个转业名额，我得先把这个事情处理完。"

欧阳婷婷说："我就知道你一下山，就会被事情死死绑住。"

李小兵说："这是没有办法的事，你再等几天，我一处理完就回家。"

"好吧。"欧阳婷婷的声音里有复杂的语调,她咬咬牙压了下去。

送走欧阳婷婷,维吾尔族老乡的妻子已顺利做完手术。李小兵在医院陪了一晚上,第二天早上才返回零公里。刚进营部,值班干部拿着一封信进来说:"营长,嫂子在昨天晚上送来这封信,让我交给你。"

李小兵打开信,上面写着:

小兵:

　　我知道你要忙好多天,有些事情你可能一时半会儿顾不上,所以就让我来帮你处理。你弟弟李大军的脚受伤后,变得一瘸一拐,也没有回老家去,老家人前后写了好几封信,上周又发了一封电报,催促无论如何回去一趟。你弟弟的复员费已被用掉了两千元,我就从家中拿两千块钱补给他。裁军和完成十个转业名额都是大事,估计你近期走不开,我就做主和你弟弟一起回老家去。我们过两天就出发。你放心,我一定把这件事办好。

　　你一定要注意休息,按时吃饭。

妻,婷婷
即日

李小兵拿着信的手颤抖起来,弟弟来的时候,是一个活蹦乱跳的小伙子,回去的时候却变得一瘸一拐,并且他也不能亲自陪弟弟回去。他不敢想象当妻子把弟弟送回老家时,年迈的父亲将如何接受这一事实?

他心里一阵难受,眼泪就下来了。

这时,值班干部进来报告,供给分部的政治处来电话通知,让李小兵去开会。

李小兵擦去泪水,出了门。

37

会上通知,各营尽快确定转业人员,一周后上报政治处的干部股。

各营都很为难。

本来军官就少,转业名额又这么多,怎么完成?

阳光从会议室的窗户透进来,照在各营长的身上,人不动,阳光也不动,便感觉没有阳光,也好像没有人。

供给分部主任和政委也为难,但是转业是大事,再难也要完成。他们让各营的营长表态,有的营长表态坚决完成,有的营长实在完不成,没办法表态。

李小兵第一个表了态,坚决完成。他是站起来表态的,凑巧有一片阳光照在他身上,让他的个子显得更高。他表完态就坐下了,那片阳光从他身上移开,落入旁边的角落。

所有的营长都很纳闷,汽车营的军官本来就不多,李小兵表态这么坚决,他能完成吗?李小兵发现大家看他的眼神不自然,便低下头,什么也不说。

阳光从窗玻璃上垂直照进来,刺得很多人睁不开眼。

供给分部主任和政委决定,各营长回去先摸底,两天后先报一次情况,到了一周的规定时间,必须上报转业名额。

会就这样散了。

大家都心情沉重,没有一个人说话。有的军官才分配下来,仅仅只是少尉排长,就这样转业离开部队,不光他们难受,大家心里都不是滋味。在这件事上，供给分部主任和政委也于心不忍，但这是无法改变的任务，不管有怎样的恻隐之心，也必须完成。

李小兵急于赶回汽车营，但供给分部主任叫住了他："李小兵，你留一下。"

阳光又照到了李小兵身上，他想，我表态坚决，主任要表扬我了。

主任并没有表扬李小兵："你们营的卞成刚外出办事受了伤，你知道这件事吗？"

李小兵一愣，忙问主任："什么时候的事？"

主任也是一愣："你不知道？"

"不知道。"李小兵有些蒙。

主任说："因为转业的事引起了震动，今天上午派出干部股和军务股的人联合查岗，发现你们营的卞成刚不在岗，再一查，是昨天上午出去的。"

李小兵一哆嗦，那片阳光从脸上一滑，不见了。他对主任说："卞成刚外出，副营长就可以批假。"

主任说："卞成刚倒是请假了，问题是他受了伤，到现在还没有回来。"

李小兵一阵惶恐，这两天事情太多，他没有来得及给大家做思想工作，没想到出了这样的事。李小兵还没有确定转业人员名单，但那位排长断定他必然在转业范围，一时想不通，便跑出去了。

主任说："你回去尽快把那位排长找到，把这件事处理好。"

李小兵应了声，匆忙赶回汽车营。路经家属院，他向他家所在的那幢楼看了一眼，家属院里有人走动，他远远地看见有一个女人像欧阳婷婷，便一愣，欧阳婷婷已准备去他老家，在走之前等着他回家一趟。那女人走得渐近,他才看清不是欧阳婷婷,遂为自己走神不好意思地笑了一下。

回到营部,李小兵拨通卞成刚所在连的连部电话,得知卞成刚还没回来,李小兵对值班干部说:"让你们指导员马上来见我。"

指导员很快就来了:"营长,您回来了?"

李小兵压不住怒火,大声质问:"你们的连长卞成刚干什么去了?"

指导员说:"营长,我本来以为他两三个小时就可以回来,没想到……"

"说吧,卞成刚去干什么了?"李小兵急于想知道事情的缘由。

指导员说:"卞成刚去了库地乡的一位老乡家。"

"去干什么?"指导员的语气中毫无愧疚之意,李小兵压不住怒火,便大声质问。

指导员说:"去年我们下山时,向库地的一位老乡借了几公斤菜,因为当时没有带钱,就先欠着了,后来我们就上山了,一直没有顾得上给人家钱,现在……"

指导员没有把话说完,李小兵便知道指导员的意思,汽车营马上有一批军官要转业离开部队,以后有可能再也不会回来,卞成刚要把钱送给老乡。这是好事,说明军人信守承诺,但卞成刚受伤了,这就变成了事故,必须马上把人找到,伤得重的话送医院,轻的话及时包扎。

指导员按照李小兵的吩咐,去布置了。

李小兵走到窗前,看见外面的树已经长出了硕大的叶子。夏天快来了,满眼生机让人心情愉悦。往年的这个时候,汽车营的人都在忙着上山下山,但是今年才刚刚从山上下来,加之又有十个人要转业离开，人人觉得这个春天很沉重，不知该如何度过。

外面响起汽车的轰鸣声，李小兵凭经验听出，来的车不是汽车营的汽车。他尚未来得及出门，那车已开进了院子，有一人从车上下来，大喊一声："营长。"

是李大军。

李小兵好几个月没见到李大军，看见李大军一瘸一拐地走到他面前，虽然心里一阵难受，但还是握住李大军的手："你怎么来了？你的脚怎么样了？"

李大军说："我的脚没事！我听说你们下山了，我来看你们。"

李小兵知道，弟弟把自己的伤残压在心里，就像离开部队不再提自己是兵一样，什么时候都说没事，这样也好，有些事情能扛住，就把它稳稳扛住，才能活得轻松。于是他对李大军说："好，你能来太好了！"

"在库地我已经见到了咱们营的卞成刚。"李大军说得高兴，呵呵一笑。

李小兵从李大军的神情上断定，卞成刚可能只受了一点小伤，不然李大军不会这样轻松。但是他还不知道卞成刚的具体情况，哪怕是小伤，只有弄清楚才能放心。

李大军看出了李小兵的顾虑，对李小兵说："营长，你是在担心卞成刚的伤势吧？我告诉你，没事。但是他受伤的前后过程，却有事……"

李小兵急了："你就快点说吧，什么事？"

李大军说："昨天中午不是起了一场大雾吗？零公里和叶城的雾，也一定不小吧？"

李小兵点头称是。

李大军说："虽然我现在开不了车，但是我复员后这几个月，交了不少开车的朋友，只要想坐车就一定有车坐。昨天一位朋友开车送我,本来我昨天下午就可以到达汽车营,但是那场大雾把我困在了库地,我正着急呢,有一个人用手拍打车门,连声叫我老班长,我下车一看是卞成刚。他上车后告诉我,他要给老乡去付钱,但是雾太大,他担心会迷路,所以想找个地方等大雾散去后再上路。他看见我的车停在路边,便想在车里待一会儿,没想到是我的车。我们两人在车里闲聊,卞成刚说他在多尔玛为了栽活三棵树,默许邓东兴假装腿受伤多待了一个冬天。他很后悔,如果让邓东兴和复员老兵一起走,当时是冬天,就不会出现邓东兴去抚摸树叶的事,也就不会导致邓东兴因为从高原下来后剧烈运动而猝死。下山前他给藏北军分区领导递交了情况说明和检查,因为汽车营归供给分部管理,所以军分区让供给分部先拿一个处理意见。虽然这件事目前还没有结果,但不巧赶上有一批转业名额,卞成刚估计自己要被列入转业范围,回山东等待安排工作。叫他那么一说,我这才知道咱们汽车营要走十个军官,等于一下子要走一大半啊!卞成刚说他分配到汽车营还不到十年,而且上昆仑山的次数也不多,所以他不想转业。我对他说在你这个时候转业,到了地方上有年龄优势,受欢迎。他说他对昆仑山有特殊的感情,他军校毕业后本来要被分配到西安,但他申请分配到了藏北军分区的汽车营。我问他为什么要那样做,他说他父亲在当年是汽车营的一个兵,在临近转业的最后一个月,开车往阿里的清水河送冬菜,在半路上遇到雪崩牺牲了,被埋在库地的一个山坡上。他之所以申请分配到汽车营,一来是要沿着父亲当年的足迹完成军人使命,二来是离父亲的坟墓近一点,在清明节和过年时,好给父亲上坟。我听了卞成刚的话,心里不是滋味,咱们汽车的每个兵,都有一本翻不完的账。但是现在卞成刚估计要转业离开,以后没有人给他父亲上坟了。我对卞成刚说,你放心回去吧,以后的每个清明节我替你给你父亲上坟。卞成刚非常感激,就把我认成了他的哥。我们在车上等到大雾散了,找到那位老乡付了钱,然后去给排长的父亲去上坟。那个山坡上埋着和卞成刚父亲一起牺牲的另外二人,因为长时间没有扫墓,三个坟墓上面长满乱草,有的地方已下陷。我们搬来石头砌在坟墓周围,以防止坟墓塌陷。搬石头时,卞成刚的两根手指头被砸伤了。我赶紧扶着他下了山坡,上车往零公里的供给分部卫生队赶。走到半路,我们发现路旁边的那条河中的水流量大了很多,看来是山上的积雪因为天气变暖融化了大量雪水,流下来就加大了流水量。卞成刚说,他在昨天早上听说零公里附近的老乡要赶着羊进山,他们不知道河中的水流量大了,一旦进山会遇上危险。前几年就发生过老乡牧羊时夜宿山谷,在半夜被洪水冲走淹死的事。营长你也知道,雪山上的积雪在白天融化成雪水,流下来需要时间,往往流到山下就到了半夜,所以晚上才是最危险的。我们商量了一下,卞成刚建议我开车去那几个村庄,把这一消息告诉老乡,以免他们贸然出门遭遇意外。我担心他受伤的手,他说不疼,不碍事。于是我们两人一个村庄又一个村庄地去通知,直到所有人都知道了消息,我才把卞成刚送到了医院。他让我先回汽车营,他包扎完后就回来,我就从医院来了汽车营。营长,事情经过就是这样的,卞成刚是个好兵,你可不能批评他。"

李小兵点点头,答应了李大军。卞成刚去给老乡送钱,算是公事,而且还能为老乡着想,带着伤给老乡送信,应该表扬他才对。

李大军看见李小兵的神情放松了,便一笑说:"好了,营长,我把你也见了,话也说了,我还有事情,先走了。"

李小兵知道李大军要去见他嫂子欧阳婷婷,他们一起回老家的事,想必早已商量好了。他想挽留李大军再说几句话,但李大军已经走了。

下午，传来卞成刚要被截掉手指头的消息。原来，卞成刚本就受伤不轻，但他为了给老乡传递消息，一直忍着疼痛，甚至在李大军问及情况时，装作轻松地说没事。到了医院，他预感到情况不好，便找借口支开了李大军。医生检查后得出一个结论：错过了接骨时间，而且已经受感染，必须截掉那两根手指头。

李小兵浑身一阵颤抖。

外面起风了，门被吹得一阵响，像是风要扑进来。李小兵想起身去把门关紧，但犹豫了一下没动。有的风，你关上门就把它挡在了外面；有的风，你却是没办法挡的。风该刮就让它刮吧，注定被风刮的人，又怎能躲得过呢？

李小兵打电话把这一情况报告给供给分部主任。主任在电话中沉默了一会儿，说："卞成刚是好兵。上过昆仑山的都是好兵。你做好安抚工作，不要影响转业的事。"

李小兵问主任："主任，我本来已经酝酿好了转业人员，里面就有卞成刚，现在他的两根手指头被截掉了，还能让他转业吗？"

主任说："卞成刚的两根手指头被截掉了，于公于私，还怎么能让他转业？他这个情况，要等待评残疾等级，暂时不列入转业范围。"

"好的，我按您的指示办。"李小兵在电话里表了态。

放下电话，李小兵一筹莫展，出了这样的事，转业名单受到了影响，该从哪儿找一个人补上呢？他这两天考虑的十个转业对象，是经过前后思虑和左右比较，好不容易才定下来的，现在少了一个人，怎么办？

李小兵很为难。

外面的风一直在刮，不仅门在响，似乎整座房子都要被掀翻。

直到吃过晚饭，李小兵仍然一筹莫展。如果再找出一个转业对象,那就得强迫人家走,对他来说是无情的,对要走的人来说则是残忍的。但是,十个转业名额必须完成,必须从汽车营再选出一个人,不能让别的营替代。

窗户被大风吹开,一股风吹进来,李小兵一个冷战,打了一个喷嚏。虽然已经是春天,但毕竟在昆仑山下,加之风刮得这么猛,空气中便充满寒意。

天色慢慢暗下来,风也小了。李小兵关上窗户,看见窗玻璃上像是在藏着什么,要让他看清,又遮遮掩掩。

他觉得自己的心也像窗玻璃上的光影,便苦笑了一下,回到桌前坐下,却不知该干什么。

外面又起雾了,不一会儿就变成了大雾,但李小兵毫无察觉,直到窗户上暗了,他才反应过来。他很诧异,为什么汽车营一下山,就天天起大雾?好像有什么正在一点一点弥漫过来,要把他围裹进去,让他苦苦挣扎。

大雾冲涌到窗玻璃上,好像要急于扑进屋中,但被窗玻璃撞得上下翻卷,最后又乱晃成一团,向别处弥漫过去。

李小兵看着乱成一团的雾,叹息一声,心里也乱了。

这时,桌上的电话响了,是政治处的干事打来的。干事告知李小兵,李大军送完下成刚从医院出来,路过零公里路碑时,看见路碑下面的基座破损了,他皱着眉头看了一会儿,就来了汽车营。等到从汽车营返回,在零公里买了一袋水泥,把零公里路碑的基座维修好了。李大军说,汽车营上山时从零公里出发,下山后第一眼要看的也是零公里路碑,零公里路碑是汽车营的魂,不能让它破损,更不能让它倒了。李小兵放下电话,才明白李大军当时说他要去办事,原来是去修零公里路碑。他一阵欣慰,虽然李大军已经复员,但李大军的心还在汽车营。这就是昆仑军人的本色,不论是离开的还是留下的,甚至死了的或者活着的,都是这样。

天很快黑了。

李小兵还没有想出那个转业对象。

他又往窗玻璃上看去，不知什么时候，大雾已经停了，窗玻璃上笼罩着黑色，已不见那翻卷的雾。他默默想，就像这大雾一样，没有什么不能过去，先睡上一觉，明天早上一定能想出办法。

在床上躺下后，李小兵才觉出困意。这一天把他折腾得够呛，但是因为神经紧张，并不觉得累，现在一躺下，疲惫和困倦便袭来，他觉得自己被什么淹没，沉入了深不见底的柔软之中。

是大雾吗？

白天起雾，到了晚上还不散？

在晚上起的大雾，到了明天早上会不会散？

李小兵已经睁不开双眼，脑子里好像有什么在上升，但很快又倏然一滑跌了下去。他好像想起了欧阳婷婷，她应该已经到了老家。她该如何处理弟弟的事情呢？他好像想出了答案，但是一股甜蜜而又柔软的舒适感，在这一刻浸入全身，他滑入进去，意识遂变得模糊。

李小兵酣然入眠。

因为第二天是星期六，不用出早操也不用早起，李小兵醒来一看表才五点多，便又睡了过去。回笼觉无比甜蜜，他很快便滑入柔软舒适之中，一点一点进入了梦乡。他连续多日都很紧张，这时的放松终于让他酣睡过去，身体的疲惫也顿时消失。他好像做了一个梦，梦中发生了一件什么事，才刚刚开始，却突然传来刺耳的声响，让他为之一震，以为梦见了飞机，但仔细一看却什么也没有。那刺耳的声响还在持续，他的梦戛然而止，一激灵醒了过来。

是电话在响。

这么早,是谁打来了电话?他尚未完全清醒,其意识卡在"是谁打来了电话"这儿,像昆仑山口的风一样盘旋徘徊,没有马上去接电话。少顷之后,他遂反应过来,这么早打来电话,一定是有紧急事情。他紧张起来,立即伸手抓过电话听筒,喂了一声,那边的人却已经挂断了电话。他拿着电话愣怔,这么长时间没有人接听,对方一定以为电话旁边没有人,便挂断了电话。他把电话听筒放回原位,期待它能够尽快响起。

等电话,便睡意全无。

战士们陆续都起床了,说话声,走动声,还有拧开水龙头洗漱的声音,让这个早晨变得热闹起来。

又一天开始了。

李小兵看见窗玻璃上有一层雾水,弥漫出的图纹,像刚刚完成的一幅画。太阳已经升起,落到窗玻璃上的阳光,让那层雾水慢慢收缩,很快便只剩下大致形状。李小兵感叹,有些事情的变化稍纵即逝,不知刚才没有接上的电话,会不会误事?

这时,电话又响了。

李小兵马上拿起电话,是藏北军分区政治部打来的,今天上午将给供给分部下发两个通知,让汽车营做好准备去领取通知。李小兵知道有些事要保密,便没有问,应诺一定会派人去供给分部机关领取。

一上午,李小兵都处在恍惚之中,会是什么通知呢?眼下最要紧的是确定转业名额的事,该不会是藏北军分区下的督促通知?不会,转业工作由供给分部干部股负责,军分区不会直接过问。

那么会是什么?

汽车营这次上山执行任务,出了这么多事,该不是一个处分通知?

或者,又有什么紧急任务,通知汽车营去执行。汽车兵开上车跑得快,有急事自然会落到汽车兵身上。如果真是那样,倒也没什么担心的,无非多上一次昆仑山而已。

中午,派出的人取回一个通知。李小兵猜测了多种理由,但他万万没有想到,汽车营以集体名义被评上了"昆仑卫士"。他把那个通知看了好几遍,才慢慢平静下来。他让值班排长伊布拉音·都来提马上集合所有人,把通知给大家念了一遍。

汽车营的兵热泪盈眶,激动得说不出话。

紧接着,被评为"昆仑卫士"的个人通知也下来了,田一禾、肖凡、丁一龙、邓东兴和于公社五个人,被追评为"昆仑卫士"。

李小兵原以为,只有汽车营以集体名义被评上了"昆仑卫士",没想到还有五位个人也获得了此殊荣。他又让伊布拉音·都来提集合所有人,把第二个通知给大家念了一遍。

汽车营的兵都哭了。

上级给出的理由是,汽车营完成了一次很艰难的执勤,前后有五位同志付出了生命代价,但他们没有白牺牲,因为昆仑山的环境摆在那儿,我们除了用身体去扛,用死亡去换,没有别的办法。一代又一代昆仑军人都是这样过来的,活下来的人下了山,过上了幸福生活;死了的人,永远留在了昆仑山上。为什么这样说呢?因为他们死后,精神却长久活着,所以他们和精神一起留在了昆仑山上,应该被评为"昆仑卫士"。

李小兵泪流满面,面对昆仑山方向,举手敬了一个军礼。

汽车营的车场里,喇叭声响成一片。在昆仑山上经历了无数次生死的汽车营,终于被评上了"昆仑卫士",这持续不停的喇叭声,像是替汽车兵在说,我们对得起自己,对得起昆仑山。

当天,李小兵向供给分部提交了转业名单,第一个写着他的名字。

很快,李小兵就转业了。出乎所有人意料,他没有回老家,而是联系安置到叶城县交通局,任了新藏公路维护队的队长。

之后很多年,李小兵一次次带着工人,从零公里出发,维护着新藏公路。

2021年10月2日乌鲁木齐一稿
2021年11月3日长沙二稿
2022年5月30日乌鲁木齐三稿
2022年9月25日乌鲁木齐四稿

后　记

　　昆仑山虽然被称为"万山之祖",但平均海拔5500米至6000米,是常人难以涉足的生命禁区。

　　1991年12月至1993年5月,我是藏北军分区汽车营的一名战士,军衔列兵、中士等;先后担任过连队文书、驾驶员。汽车营的驻地在新疆叶城的零公里(新藏线起始点),汽车兵只能在那里过一个冬天,第二年5月份便要上山,颠簸四天到达阿里首府狮泉河(在小说中被虚构为清水河)。当时有一句老话:在阿里汽车营,不仅要当汽车兵,还要当通讯兵,更要当炊事兵。每次车队上山都要带一部步话机,遇到困难爬上军用电话线杆,打电话求救。至于上山下山吃饭,则都是自己做,真正是餐风宿露。

　　晚上打开携带的被褥露天而宿,虽然铺在褥子下的塑料布可防潮,但不防寒,如果遇上大风,牙齿发颤与大风呼啸的节奏如出一辙。而下大雪则更难挨,第二天早上被子变得像雪堆,有的战士冻得无力从被窝中爬出。

　　艰苦环境对人的摧残随处可见,我有两位同年兵战友,新兵训练结束后被分配到一个海拔较高的兵站,有一年我从清水河下山,夜宿那个兵站时碰到他们二人,一个一头白发,另一个已全部脱发,以至于让我不敢相认。他们准备了饭菜招待我,那个晚上我们虽然频频举杯,但我却不敢去看两位战友的白发和光头。

新藏线从"零公里"出发,不久即爬上库地达坂,该达坂即昆仑山在新疆境内的部分。当地人习惯把库地达坂简称为昆仑山,而驻防的军人则进一步简化,用"山上"或"山下"简而称之。当年我没有理解山上与山下之说的内涵,多年后才明白,山上的特殊含义是指五六千米高海拔、危险、缺氧、头疼、胸闷、孤独和吃不上蔬菜;而山下则特指氧气充足、安全、轻松和行走自如,即使是叶城那样的小县城,让下山的军人也觉得犹如是繁华都市。

山上吃不到新鲜蔬菜,发生在一位战士身上的一件事是典型例证。他在山上驻防两年,下山看见有饭馆,进去点了三份面:过油肉拌面、芹菜炒肉拌面、蘑菇炒肉拌面。老板说点一份就可以了,不够可以免费加面。他说我知道三份吃不完,但我两年没有吃拌面了,哪怕每份只吃几口,也要尝上三种。

山上的有些地方不长树也不长草,军人自从上山驻防便再也见不到绿色。有一位战士换防后下山看到树,车刚停便跳下去要抚摸绿色树叶,刚跑到树下却一头栽倒,年轻生命戛然而止。在山上长期缺氧,呼吸和肺活量已经变异,到了氧气充足的山下,生命反而不能适应出了意外。

有一年从山上部队下来三位藏族战士,一下车坐在地上软软地起不来。他们适应了缺氧环境,到了氧气充足的山下,反而醉氧。战士们扶他们进屋,神情复杂,感叹不已。

氧气,在山上的军人身上引发过数不清的悲剧。一位战士在巡逻中走在最前面,爬上一个山头后感觉有风,便回头招呼身后战友:快来,这儿有风,氧气多!话音刚落却一头栽倒,瞬间坠入悬崖,连队搜寻三天也没有找到他的尸体。在高海拔地带不可激动,亦不可剧烈运动,那位战士犯了人在高原之大忌,丧失了生命。

山上海拔最高的是神仙湾哨所,是全军海拔最高哨所,5380米,年平均温度在零摄氏度以下。换防军人一到神仙湾便气喘胸闷,头疼欲裂,只能用背包带捆绑在头上,以减轻头疼。有一次我去神仙湾采访,从连队到哨所要迈上一百多级台阶,气喘吁吁用了一个多小时。到了哨所与哨兵交谈,他们慢慢转过身,一字一顿说话。看着他们眼睛里的血丝,嘴唇上裂开的口子,让人一阵心酸。

一位战士在巡逻中走失,他向着连队方向行进,实际上因为错误判断了方向,越走离连队越远……最后战士们找到他的尸体时,看见他嘴里咬着水壶口,壶中已没有一滴水,他在绝望之中渴毙于高原。

山上与山下,并非简单或常见的距离,二者相距一千多公里,中间有无数达坂和雪山,常人不能轻易涉足,而军人则上上下下数年如一日,数次如一回。山上凛冽残酷,但因为与山下构成难以割舍的对接,所以山上导致山下发生了很多悲怆事件。有一位中尉干事与高中女同学通信建立了恋爱关系,那女孩从兰州到新疆叶城的阿里留守处(小说中用了代号供给分部)与那干事见面,无奈那干事在山上执行任务下不了山,女孩便在供给分部等待,等到最后等来了那干事在山上掉入河中溺亡的消息。那女孩返回时悲痛哭叫:我们谈了一场恋爱,连面对面看对方一眼也没有,连手也没有拉过一次。

供给分部有一个邮局,有一位业务员是来自四川的军嫂,她丈夫在山上冻坏了腿,下山后等待部队安置。我有一次去寄信时听她与人闲聊:我们家老李,虽然腿废了,但人还是下山回来了,挺好的!我见过她丈夫,看上去有不幸中的万幸之神情。

山上有些地方的水不好,长期饮用会导致脱发、掉牙、阳痿等。有一位连长的身体出了问题,本来从山上下来要回家探亲(山上军官都两地分居),却躲在叶城待了几个月,又悄悄上了山。后来得知他无法回去见妻子,只能就那样一年一年躲避。再后来听说他转业后离婚了,可能此后再也没有成家。

每年5月份换防,驻地群众夹道欢送,锣鼓喧天,唯有为丈夫送行的军嫂表情凝重,咬紧了嘴唇。换防车队远去,锣鼓声渐熄,军嫂们的脸上都是泪水。有一位军嫂没有等来下山的丈夫,她不能接受事实,每天去路口向山上张望。军嫂们都知道已经无望,但是仍然陪她一起等待,一起默默流泪。

藏北军分区汽车营的老兵,大多已当兵七八年仍然是战士,他们唯一的出路就是等待转志愿兵(即后来的专业士官)。他们年龄偏大,未成家,但在昆仑山跑车,转志愿兵是唯一改变身份的机会。直至现在,他们压抑、焦灼和沉重的神情,我仍然记忆深刻。有一位山西籍老兵,在汽车营当兵八年无望转志愿兵,只能复员回去。在离开部队的前一夜,他悄悄开车出去,一直开到库地达坂下面,坐在引擎盖上望了一晚上昆仑山。天亮后他开车回到汽车营,对营长说,我难受……营长说理解,不追责,边说边转过身擦眼泪。

我们的营长身高一米八多,加之虎背熊腰,声如洪钟,站在队伍前面训话时,胆小的战士会发抖。他弟弟也当了兵,他把弟弟调到汽车营本打算予以照顾,不料弟弟在一次上山运输中遇到暴风雪,好几个脚指头被冻坏截掉。他带着弟弟返回河南老家,一米八几的人进门后弯着腰,低着头,好像一下子矮了很多。他父亲让他直起腰说话,他吞吞吐吐把弟弟的情况告知父亲,从头至尾都没有直起腰。

有一次,一辆车独自上山运输物资,抛锚后等待救援。因为缺水,正副驾驶员熬到最后,在绝望甚至崩溃之际,突然想到当时唯一含水分的就是尿,于是便用杯子接上自己的尿,闭着眼睛喝了下去。人体在昆仑山上缺水,承受能力很快就会到极限,甚至还会有生命危险,所以他们只能喝尿。

藏北军分区的汽车兵,从叶城的"零公里"出发,一路经达坂、悬崖、冰河、峡谷、风雪、灾难、乱滩和泥沙。行进途中的一日三餐,要自己动手做。那时候只有土豆、萝卜、白菜三大样,唯一的调味品是军用罐头,但那样的饭(基本上都是面条)却越吃越香,多年后才明白是因为当时条件有限,是且吃且珍惜的心理反应。

新藏线上海拔最高的地方六千多米,汽车兵要时时忍受缺氧和高原反应折磨,到达清水河后个个都是土人,满眼血丝,满脸脱皮,嘴唇破裂。有几句经常被人提及的老话,是对他们最准确的例证:"死人沟里睡过觉,班公湖里洗过澡。""天上无飞鸟,地上不长草;风吹石头跑,四季穿棉袄。"有一辆车在山上跑了20多天,下山后停在院子里过了一夜,第二天早上散成了一堆铁。那辆车的驾驶员向连长报告:连长,我的车"累死"了!汽车营的车队往返阿里一趟,新兵回到连队后倒头就睡,而老兵哪怕再累也要在院子里坐一会儿,其情形无外乎说明他们暗自欣喜:又一次从山上平安下来了!

以上这些事,皆为真事,被我稍作虚构,写进了这部长篇小说中。

昆仑山这样的地域,以及边防军人这一特殊人群,所发生事件常常超出我们的想象。由此相信,现实大于虚构,这不仅是写作状态,也是必然。

离开零公里的汽车营三十年了,今写下这部小说,是回望,亦是交代。

是为后记。

王族

2022年9月26日乌鲁木齐